外教社外国文学简史丛书

俄罗斯文学简史

第2版

КРАТКАЯ ИСТОРИЯ РУССКОЙ ЛИТЕРАТУРЫ

郑体武 / 著

上海外语教育出版社
外教社 SHANGHAI FOREIGN LANGUAGE EDUCATION PRESS
www.sflep.com

图书在版编目(CIP)数据

俄罗斯文学简史 / 郑体武著. — 2版.
— 上海：上海外语教育出版社，2019
（外教社外国文学简史丛书）
ISBN 978-7-5446-6020-4

Ⅰ.① 俄…　Ⅱ.① 郑…　Ⅲ.① 文学史－俄罗斯　Ⅳ.① I512.09

中国版本图书馆 CIP 数据核字 (2019) 第 217076 号

出版发行：**上海外语教育出版社**
（上海外国语大学内）　邮编：200083
电　　话：021-65425300（总机）
电子邮箱：bookinfo@sflep.com.cn
网　　址：http://www.sflep.com
责任编辑：陈妍宏

印　　刷：上海华业装璜印刷厂有限公司
开　　本：890×1240　1/32　印张 11.625　字数 300 千字
版　　次：2019 年 12 月第 1 版　2019 年 12 月第 1 次印刷
印　　数：3 100 册

书　　号：ISBN 978-7-5446-6020-4
定　　价：39.00 元

本版图书如有印装质量问题，可向本社调换
质量服务热线：4008-213-263　电子邮箱：editorial@sflep.com

普希金

（1799—1837）

陀思妥耶夫斯基
（1821—1881）

托尔斯泰
（1828—1910）

契诃夫
（1860—1904）

高尔基

（1868—1936）

勃洛克
（1880—1921）

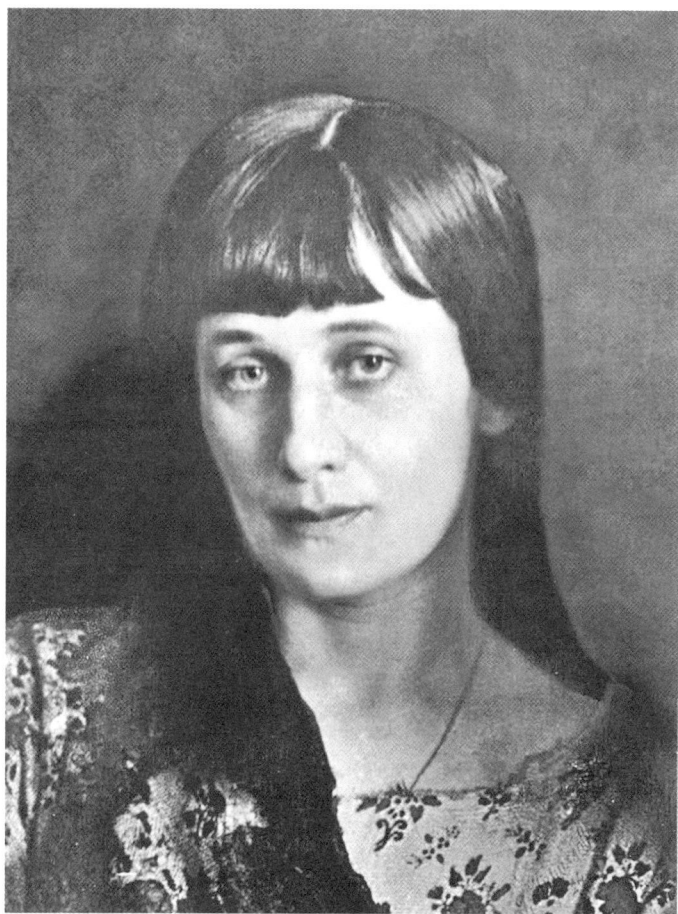

阿赫玛托娃

（1889—1966）

肖洛霍夫
（1905—1984）

✦ 目录 ✦

引言

俄罗斯是一个后来居上的文学大国。俄罗斯文学的历史虽然号称千年，但放在欧洲文学乃至世界文学的背景上看，真正属于独立发展的成熟的历史不足二百年。且不说跟中国这样的文明古国相比，就是单从欧洲着眼，当欧洲（主要是西欧）早已在文艺复兴的康庄大道上高歌猛进并诞生了众多天才的时候，俄罗斯还在中世纪的黑暗中徘徊。姗姗来迟的古典主义亦没有贡献出具有世界意义的作家和作品，其成就无法跟西欧尤其是法国古典主义比肩。直到普希金诞生，俄罗斯文学才结束默默无闻状态，引起欧洲同行的重视。然而令人惊讶的是，在19世纪，俄罗斯文学仅用了短短几十年的时间，就完成了世界文学史上罕见的飞跃，一举跻身世界文学前列，创造了世界文学史上罕见的辉煌。如果说普希金、莱蒙托夫、果戈理的创作使俄罗斯文学接近乃至赶上了世界文学的先进水平，那么屠格涅夫、陀思妥耶夫斯基和托尔斯泰的创作则完成了对世界文学先进水平的超越。就连此前一直遥遥领先的欧洲文学界都不得不惊呼："该是我们向俄罗斯同行学习的时候了！"俄罗斯文学的发展进程和成就，是给"后来居上"这种说法的一个绝好注脚。

俄罗斯文学滥觞于11世纪，但截止到整个17世纪，俄罗斯文学几乎没产生多少特别出色的作品，可能只有《伊戈尔远征记》是个例外。这部二百多年前才发现的史诗，除了其文学价值和历史价值外，还有一个非常难得的品质，那便是雅罗斯拉芙娜的著名"哭

v

诉"所表现出的人道主义精神。这段"哭诉"应该说是为塑造后来俄罗斯文学特有的品格做出的最早贡献。

在18世纪以前，俄罗斯文学一直游离于统一的欧洲文学进程之外。文艺复兴没有波及俄罗斯。俄罗斯文学跳过了文艺复兴，直接进入了古典主义时期。即便这样，俄罗斯古典主义仍比欧洲晚了一百年。古典主义的出现，标志着俄罗斯文学开始加入到统一的欧洲文学大家庭。

俄罗斯文学近千年的发展史，经历了这样几个历史阶段：11—17世纪的古代或称中世纪的发轫期，18世纪的积累期，19世纪的繁荣期，20世纪的多元期。普希金是俄罗斯现实主义的奠基人，是现代俄罗斯文学语言的缔造者，在所有文学体裁方面都提供了无与伦比的典范。普希金克服了18世纪体裁思维的局限，采用了比较灵活的诗歌和散文形式。但普希金没有轻易摒弃过时的体裁，他要"旧瓶装新酒"，借助"体裁的记忆"，在内容上推陈出新。作为"俄罗斯文学之父"、"俄罗斯民族诗人"和"一切开端的开端"，普希金在诗歌、小说、戏剧等所有文学领域都有前无古人的开拓和建树。俄罗斯文学的成熟始于普希金，俄罗斯文学走向欧洲和世界的底气，始于普希金。

普希金追求的是和谐，而在莱蒙托夫的诗歌世界里，耽于思考的抒情主人公则始终处于与周围环境的冲突之中，处于与大地和天空不和谐的悲剧状态。他的权利和需要总是得不到满足，情感无以寄托，找不到安慰，崇高的愿望无法实现。他注定了躁动和毁灭的命运，孤独苦闷，不被理解。莱蒙托夫将内心活动和灵魂历史作为艺术探索和分析的对象。对人内心的关注大大拓展了浪漫主义和现实主义的艺术边界。俄罗斯文学的这一进步要归功于莱蒙托夫。

关注内心活动也是果戈理的一个特点，但角度不同。果戈理认为，俄罗斯和俄罗斯人有着巨大的潜力，只是被扭曲了，在现实中枯萎了。是俄罗斯生活中无所不在的庸俗，使人们精神上发生了萎缩，忘记了自己作为人的使命，蜕变为空虚的幻想家、病态的贪得无厌者、蛮横无理的寻衅滋事者，跟乞乞科夫一样满脑子一己私利。作家对笔下人物卑琐的欲望和无聊的内心给予了辛辣的讽刺和嘲笑。按照作家的想法，讽刺和嘲笑应该能彻底改变那些道德堕落者，促使他们通过自我教育而脱胎换骨。让"死魂灵"复活并回归基督教理想和社会怀抱，这是果戈理为他们指出的所谓正确道路。

普希金、莱蒙托夫、果戈理确定了俄罗斯文学后来的发展方向，即社会批判与道德探索相结合。对俄罗斯作家来说，生活中和文学中的美和朴素与道德的完善是不可分割的。相对于道德上的纯洁，俄罗斯作家不大痴迷于美本身。在他们看来，美不是绝对价值，如果缺少了真与善的基础；脱离了伦理道德的美仿佛华而不实的装饰，空洞无谓的布景。相反，真正的美往往是朴实无华的，具有神圣的单纯，不需要刻意雕饰。美不在华丽考究的形式，尽管普希金、屠格涅夫、丘特切夫和费特的作品中并不缺乏这方面的典范，而在所表达的思想的朴素和这些思想的品质本身，最重要的是真和善。俄罗斯文学的民族传统告诫作家们：不要追求写得华丽，说得漂亮，真和善不需要华丽词藻的装饰，朴素和自然才是其本色。这一观点类似中国古代先哲所说的"美言不信，信言不美"。

写得朴素不等于随意，不等于粗糙，而是相反，写得朴素是为了能够更准确清晰地表达思想。摒弃华丽的雕饰和对美本身的痴迷，使得俄罗斯作家能够创造出审美意义上的完美风格和优美语言。对此，我们至今仍叹为观止。例如，屠格涅夫和阿克萨科夫对散文语言的提炼以及他们赋予散文语言的罕见诗意，应该说，其功绩堪与普希金对诗歌语言的提炼相比肩。这一成就凝聚了作家对俄罗斯大自然的感受，对俄罗斯乡村的体悟和对俄罗斯农民内心的洞察。在《猎人笔记》中，屠格涅夫用描写地主的语言来描写农民，既不居高临下，也不哗众取宠，对农民的淳朴敦厚和聪明机智也不大惊小怪。列夫·托尔斯泰的创作对人物性格和题材的新拓展，对俄罗斯生活的史诗般再现丰富了俄罗斯文学，并将俄罗斯文学的发展向前推进了一步。他的"心灵辩证法"丰富了现实主义艺术。托尔斯泰放弃了作者、叙述者或第三人称对主人公的思想活动所作的连续描写，他采用内心独白的形式，以此来表达思想感情的此起彼伏、自然流动。不是作者或叙述者越俎代庖，替人物说话，而是人物自己现身说法，袒露自己的内心世界。这样的心理描写，没有明显掺入旁观者的想法，读来异常真实可信。

屠格涅夫和托尔斯泰的小说如果说还是"独白性"的，作者话语是作品的结构核心，那么陀思妥耶夫斯基的小说则是对话性的。作者的声音不是高于别人，而是与他们平起平坐，具有独立性。在陀思妥耶夫斯基的小说中，不同意见的分歧证明了弥漫于整个俄罗斯乃至整个世界的精神骚动和灵魂骚动，证明了光明与黑暗、基督与魔鬼两种因素在人身上时刻进行着无情而不妥协的斗争。这一殊死搏斗的戏剧性决定了情节冲突的紧张性，以及不同意见和不同声音的激烈碰撞。然而，作家坚信灵魂的光明因素最终会取得胜利，因而他整个面向幸福的未来，面向普遍和谐的王国，这普遍和谐既是日常生活冲突和悲剧的背景，又是现代人和现代社会的道德理想与尺度。另外，陀思妥耶夫斯基明显地动摇了现实主义的原则之一——环境决定论，即环境决定性格。他认为，一方面，人物的思想产生于特定的现实；另一方面，人物也能制造环境。

契诃夫对俄罗斯文学的后续发展起到了强大的推动作用，使之发生了新的飞跃。契诃夫于存在的混沌和无序中看到了人。他笔下的人总是被一些日常生活中的偶发事件所包围，这些事件是经过艺术选择的，因而并非没有意义。然而这种选择又是隐蔽的、不公开的。在契诃夫笔下，所有的东西都是平等的，没有高下之分。物质的跟精神的同样宝贵，都值得诉诸笔端。任何一个细节都可以变得具有象征意味，蕴涵着对平淡日常生活的反抗和对永恒生活的向往。契诃夫以此扩大了对世界和人的认识，对艺术的可能性的认识。通过偶然认识必然，通过生活自然而复杂的流动来认识生活，是契诃夫的独特发现。契诃夫的作品体现了这样一个思想：生活的自然流动排除了能够影响人物性格的环境因素。无论是契诃夫早期还是晚期的短篇小说，决定论的原则均不复存在：不是环境塑造人，把他变成"小人物"，而是相反，是"小人物"作茧自缚，成了自己制造的环境的牺牲品。

19 世纪俄罗斯文学取得的成就是俄罗斯文学史乃至世界文学史迄今难以企及的高峰。

20 世纪俄罗斯的命运可谓艰难曲折，其间经历了两次战争（第一次世界大战和第二次世界大战）和两次巨变（十月革命和苏联解体），有辉煌，也有失落。20 世纪俄罗斯文学的命运同样艰难曲折，有高峰，也有低谷。对 20 世纪俄罗斯文学的认识和评价也历经曲折和变化。

20 世纪的俄罗斯文学由三大板块构成：苏维埃文学、侨民文学和"回归"文学。这三大板块长期相互隔绝。在 19 世纪，俄罗斯知识分子不可能不知道赫尔岑的作品，在 20 世纪，侨民也见得到在苏联发表的全部作品，但在苏联本土，读者却长期无缘与俄罗斯文学的另一部分谋面，其中不乏堪与经典媲美之作。它们中有的有幸得到发表，但后来被打入冷宫，几经磨难才重新回到读者手中；有的还未发表即遭封杀，直到戈尔巴乔夫改革时期才开禁。

"20 世纪俄罗斯文学"是苏联解体前后出现的一个新概念，也体现了学术界在文学史观念上的一大变化。以往将新旧文学的分水岭划定在 1917 年十月革命，即十月革命前为古典文学时期，十月革命后为苏维埃（苏联）文学时期。即便将 19 世纪末 20 世纪初单列出来，仍将这一时期视为古典文学的最后一个阶段。苏联解体和各加盟共和国的独立使得原有文学史分期原则遭遇困难，变得有些不合时宜，于是，"20 世纪俄罗斯文学"的概念应运而生。

一般认为 20 世纪俄罗斯文学起始于 19 世纪 90 年代。俄罗斯第一个现代主义流派——象征主义就是这时产生的。随之而起的还有其他一些流派，在与这些流派的相互作用过程中现实主义也得到发展。早期的高尔基同时在现实主义和相对"浪漫主义"两个流向上写作，他的作品令当时的读者耳目一新。20 世纪伊始高尔基已是享誉欧洲的大作家。蒲宁、安德列耶夫和库普林在俄罗斯也颇负盛名。诗歌的复兴与繁荣是世纪之交俄罗斯文学的一个标志，这一时期有白银时代之称。

尽管十月革命后不断受到政治进程的干预，20 世纪俄罗斯文学的整体水平还是堪与 19 世纪俄罗斯古典文学相颉颃的，而且，若论"平均"水平，可能还会有过之无不及。不错，20 世纪没有可与普希金、陀思妥耶夫斯基和托尔斯泰相提并论的巨匠，但像高尔基、蒲宁、布尔加科夫、普拉东诺夫、肖洛霍夫、阿·尼·托尔斯泰这样的小说家无疑还是属于经典作家之列的。他们在相当程度上可以跟屠格涅夫、冈察洛夫、列斯科夫放在同一行列。19 世纪的诗歌有 5 位不容置疑的经典诗人：普希金、莱蒙托夫、丘特切夫、涅克拉索夫、费特。20 世纪虽然没有"新的普希金"，却有勃洛克、阿赫玛托娃、茨维塔耶娃、曼德尔施塔姆、帕斯捷尔纳克、马雅可夫斯基、叶赛宁、特瓦尔多夫斯基（《瓦西里·焦尔金》是公认的经典），而与之接近的有古米廖夫、鲁勃佐夫、布罗茨基等。

如果说 19 世纪俄罗斯文学的发展不够均衡，那么 20 世纪俄罗斯文学在这一点上更加明显。19 世纪 20—40 年代初，依靠普希金、格里鲍耶陀夫、莱蒙托夫、果戈理的成就，俄罗斯文学实现了快速飞跃，但到40年代和50年代前半期，则进入了相对停滞状态，60—70年代又达到高峰，这首先是体现在屠格涅夫、陀思妥耶夫斯基和托尔斯泰的长篇小说上，而80年代，随着一大批经典作家陆续作古，俄罗斯文学的整体水平又明显下降。毫无疑问，19世纪末20世纪初的创新探索是20世纪俄罗斯文学发展的高峰。然而，白银时代首先是一个诗歌时代，当时的大作家高尔基和蒲宁不是在所有方面都保持了最高的艺术水准，安德列耶夫和库普林更不是始终能和19世纪的经典作家相提并论。20年代，白银时代余音未了，文学存在的客观条件尚较为宽松，这时诞生了一大批杰出的小说家，而诗歌到30年代已趋向衰落。还有很多杰出的作品创作于或完稿于30年代，但其中很多未能与读者见面，而大量意识形态化的文学作品越来越缺乏艺术性。

二战期间最好的作品是特瓦尔多夫斯基的《瓦西里·焦尔金》。战后文学水平降到了极点。50年代中期，苏联文学开始回升，但当时的文坛新秀还无法跟经典作家相提并论。60年代，帕斯捷尔纳克、阿赫玛托娃相继谢世，特瓦尔多夫斯基在完成不乏乌托邦成分的长诗《山外青山天外天》后，改而只写抒情诗，虽写得不错，但毕竟没有阿赫玛托娃的深刻和精致。50年代末，肖洛霍夫文思开始枯竭。有意思的是，在70—80年代社会发展的"停滞时期"，俄罗斯文学竟超越了60年代的水平——特里丰诺夫的城市小说，拉斯普京、别洛夫和阿斯塔菲耶夫的乡村小说，就是最有力的例证。进入90年代，文学失去了以往的社会地位，不再是精神生活的中心，一度陷入空前的困惑和茫然。关于苏联解体后的俄罗斯文学状况，至今评论界褒贬不一，莫衷一是，很多问题还有待观察。

20世纪俄罗斯文学的创作方法、文学团体和流派更加多元。19世纪俄罗斯文学经典的构成主要是现实主义作品，其次是浪漫主义作品。20世纪，除了现实主义，还有形形色色的现代主义，如象征主义、阿克梅主义、未来主义、意象主义等等。勃洛克批评过象征主义的神秘主义，宣称"接受"生活及其全部的矛盾性（《啊春天无际无涯……》《我渴望疯狂的人生》《夜莺园》），但就是在取材于十月革命的《十二个》和《西徐亚人》中，他依然在延续象征主义的创作方法。马雅可夫斯基在 20 年代下半期将自己的创作定义为"有倾向的现实主义"，但这并不等于就真的彻底放弃了从前的未来主义诗歌原则。阿克梅主义作为流派在十月革命后已山穷水尽，但阿克梅主义的创作方法始终没有在阿赫玛托娃的诗歌中消亡。抒情诗的创作方法虽然不太容易断定，尤其是像帕斯捷尔纳克这样复杂的诗人，但在他的作品中还是看得出糅合了创新与传统两大因素。苏联官方 1932 年提出"社会主义现实主义"作为苏联文学的基本创作方法。社会主义现实主义要求用社会原因，而非个人或个别社会集团的作用来解释社会的发展。同过去和现在相比，社会主义现实主义更看重未来。这个概念当年确实是现实主义的一个变体，但无论如何不能涵盖苏联创作的全部文学作品。社会主义现实主义后来走向教条，其定义已完全不是现实主义文学，而是意识形态化的标准文学，或者如有的学者所说，是"伪古典主义"文学。从 50—60 年代开始，俄罗斯文学开始大胆挣脱社会主义现实主义的束缚，回归富于社会批判精神的传统现实主义，并在其中融入了普遍的人类关怀。以拉斯普京、阿斯塔菲耶夫、别洛夫为代表的乡村小说堪称 20 世纪俄罗斯文学的最高成就之一。70 年代以后，俄罗斯文学中还陆续出现了观念主义、元现实主义（元喻主义）、超现实主义、表现主义等文学流派，它们长期处于地下状态，直到苏联解体后才由地下转入地上，从而得到自由发展和传播。

　　仔细考察近 30 年俄罗斯文学的发展变化，可以很有把握地断定：1991 年苏联解体，不光是一场影响深远的社会政治巨变，在文学史上也具有分水岭意义。这是 20 世纪俄罗斯文学进程的终结和 21 世纪俄罗斯文学的开始。做出这一判断，主要基于文学内部和外部发生的一系列重要变化。随着苏联的解体，统一的作家协会也不存在，分裂成为以意识形态划界的自由派和保守派两大对立阵营，此外，还活跃着若干个独立的作家组织，它们各自为政，互相攻讦；国家不再对作家组织、文学刊物和创作活动给予预算支持，作家组织成为自筹经费的纯粹民间团体；在创作方法上，传统与后现代成为文坛两大主潮，而在这两大主潮之下，各自又拥有着林林总总、五花八门的派系，如传统现实主义、新现实主义、自然主义、浪漫主义、感伤主义以及此前处于地下状态的观念主义、元现实主义、仿宫廷骑士派、讽刺先锋派等等，不一而足。多样化与丰富性，是苏联解体以来俄罗斯文学艺术形态的突出特征。

对于 20 世纪与 21 世纪之交，也就是 21 世纪初始阶段俄罗斯文学的成败得失，目前见仁见智，由于距离太近，要盖棺论定还为时过早。不过种种迹象表明，这一时期的文学已经属于 21 世纪，这一点应该是没有异议的。

第一编

古代

第一节 概述

大量书面文献和考古发现表明，早在接受基督教以前，东斯拉夫人就有了文字。东斯拉夫文字的缔造者是拜占庭的两位传教士基里尔和梅福季。基里尔在 9 世纪下半叶创造了格拉果尔字母，用以翻译宗教文献。9—10 世纪之交，在古希腊语字母的基础上，并保留格拉果尔字母中能够表达斯拉夫语言特点的要素，形成了一种新的字母，也就是后来所谓的基里尔文字。公元 988 年，罗斯受洗，促进了文字和书面文化的广泛传播和迅速发展。东方的基督教，也就是东正教，允许用民族语言举行宗教仪式，此举意义重大，有利于民族语言书面语的发展。文学是语言的艺术，一旦文字出现，文学的诞生便指日可待了。

俄罗斯文学发端于 11 世纪。11—17 世纪的俄罗斯文学称为古代俄罗斯文学（又称中世纪俄罗斯文学）。古代俄罗斯文学成就明显逊色于同期的西欧文学，但作为后续文学发展的基础，其意义不容忽视。正如古代俄罗斯文学研究家库斯科夫所说："不了解古代俄罗斯文学的历史，我们就不可能了解普希金创作的整个深度、果戈理创作的精神实质、托尔斯泰的道德探索、陀思妥耶夫斯基的哲学内涵、俄国象征主义的特点和未来主义的语言探索。"

第一章

古代俄罗斯文学

3

古代俄罗斯文学产生的原因大致有三：一是教会的需要，基辅罗斯在公元 988 年接受基督教后，迫切需要将从拜占庭运来的圣经典籍翻译成教会斯拉夫语（或称古斯拉夫语）；二是生活的需要，早期封建国家出现以后，大到国际协议，小到买卖契约、法律文书、财产转让或继承都需要以书面形式加以确认；三是基督教的传播和国家的出现使中世纪的人萌发了民族意识，从而对历史发生了浓厚兴趣。他们确信，了解过去、不忘根本在个人生活和社会生活中是不可或缺的，于是他们一方面从希腊文翻译历史文献，一方面开始编写自己的编年史。

由此可见，古代俄罗斯文学从来源上可以分为翻译文学和原创文学两个类别，从功能上又可以分为教会文学和世俗文学两个范畴。纯文学尚未分化为独立的领域。跟中国古代"文史哲不分家"的情况相仿，在中世纪的俄罗斯，文学总是与历史、哲学、科学和宗教纠缠在一起。有鉴于此，对古代俄罗斯文学的评价不能套用今天的标准。

古代俄罗斯文学的体裁有两大类：一类是教会体裁，如使徒行传和布道讲话；另一类是世俗体裁，如军人故事、编年史、旅行记，以及训诫、格言警句等。教会体裁是从拜占庭创立的教会体裁体系中借鉴来的，世俗文学体裁则是在民间口头文学体裁与教会文学的相互作用下形成的。

跟许多国家的情况一样，在古代俄罗斯，存在两种语言：一种是日常生活中使用的本民族的口头语言，一种是既用于教会事务、又用于国家和文化生活重要场合的书面语，即教会斯拉夫语。有意思的是，中世纪的俄罗斯人无论受过教育与否，都懂教会斯拉夫语，这是相互交流的基础。这两种语言后来发生了混合，到 18 世纪，教会斯拉夫语融入了俄语的高雅语体。了解这一点，对理解俄罗斯文学后来的发展很有助益。

第二节 古代文学进程

古代俄罗斯文学的发展经历了艺术文学逐渐清晰、逐渐摆脱对教会的依赖这样一个过程，换句话说，经历了一个逐渐走向世俗化的过程，而17世纪俄罗斯文学中诗歌、戏剧和长篇小说的出现可以说是这种世俗化的高度体现。

古代俄罗斯文学大致可以分为四个时期：1）基辅罗斯时期（11—12世纪初叶）；2）封建割据时期（12世纪中叶—13世纪上半期）；3）蒙古鞑靼统治与俄罗斯中央集权国家形成时期（13世纪下半期—15世纪）；4）中央集权巩固时期（15世纪末—17世纪）。不同时期各体裁的代表性作品有：《律法与神恩讲话》、《往年纪事》、《伊戈尔远征记》、《顿河彼岸之战》、《彼得与费弗罗尼娅的故事》和《阿瓦库姆行传》。

《律法与神恩讲话》是11世纪布道散文的杰作，也是俄罗斯文学有史以来的第一部作品，作于1037—1050年间，作者为伊拉里昂神父。此人博学多识，才华过人。

《律法与神恩讲话》构思缜密，结构严谨。第一部分是律法与神恩的比较，是为第二部分所做的有力铺垫。第二部分是讲话的核心部分，是对弗拉基米尔大公以及与伊拉里昂同时代的罗斯统治者及其业绩的礼赞。第三部分是对上帝的祷告。

《律法与神恩讲话》洋溢着爱国主义激情，将罗斯作为与世界各国平等的国家来加以颂扬。伊拉里昂认为所有的基督教民族都是平等的，以此思想来对抗拜占庭至上说。《律法与神恩讲话》开宗明义，将犹太教（律法）与基督教（神恩）加以对比，证明神恩优越于律法。律法只在犹太教民中间传播，神恩是所有民族的财富。也就是说，旧约是上帝在西乃山赐给先知摩西的律法，只是对犹太民族生活做出的规约。

新约则是基督教信仰，具有世界意义，且每个民族都拥有自由选择神恩的权利。显然，伊拉里昂在与拜占庭分庭抗礼，挑战拜占庭独享神恩的垄断权。

《律法与神恩讲话》具有高超的艺术水准，在中世纪流传甚广，对12—15 世纪的俄罗斯作家影响很大，是古代文学"布道讲话"体裁的典范。

《往年纪事》是一部由不同作者撰写的古代俄罗斯编年史总集，成书于 12 世纪初。这是一部杰出的历史政论作品，是古代俄罗斯不可多得的宝贵文献。《往年纪事》的出现是古罗斯历史意识发展的一个鲜明例证。编年史的作者试图廓清年轻的基督教国家在其他欧洲国家和民族中间的地位和作用。《往年纪事》的书名本身已清楚表明作者的宗旨："这就是往年纪事，罗斯人源自何处，是谁成为基辅第一任王公，而罗斯国家又是如何产生的。"

《往年纪事》以年代为序，讲述古代俄罗斯的历史事件（第一个确切年份是公元 852 年）。编年史中没有统一的情节和人物，时间顺序是基本的联系因素。编年史文本零散，材料芜杂，这决定了该书的题材和体裁特点。弗拉基米尔大公接受基督教和罗斯受洗、军事征伐与重要战役、抗击波洛维茨人入侵、诸侯分裂割据、外交斡旋、天象变化、建筑活动、基辅—洞窟修道院修行者的生活情况等是作品的主要题材。

编年史作者不光转述事件，他们还关心祖国的命运，捍卫罗斯统一的思想，呼吁诸侯和解，并进行道德说教。作者关于善与恶、基督教价值的议论给编年史涂上一层政论色彩。《往年纪事》反映了人民对罗斯历史的看法，这些看法不总是狭隘的、封建的，因为基辅—洞窟修道院的立场不受王公的制约。

《往年纪事》融会了不同体裁、不同语体的文本，有简略的年记，也有详尽的叙述。这些文本有的是专门为编年史而写的，或是夹杂其间的，如《哲学家讲话》里面就插入了对基督教信仰的陈述。

《往年纪事》是杰出的历史和文学文献，反映了古代俄罗斯国家的形成，政治和文化的繁荣，乃至封建割据的开始。

《顿河彼岸之战》是古代俄罗斯文学的重要文献，讲的是莫斯科大公德米特里·伊凡诺维奇率领俄罗斯军队在库里科沃战场大胜马麦汗的故事（1380 年）。作品的确切写作时间不详，一般认为是 14 世纪末15 世纪初。传统上认为《顿河彼岸之战》的作者是梁赞人索弗尼，此人是位司祭，但学界也有不同意见。

《顿河彼岸之战》的作者以《伊戈尔远征记》为样板，将俄罗斯军队战胜马麦视为大公们同仇敌忾的结果，是对《伊戈尔远征记》作者发出的呼吁的生动回应。

《顿河彼岸之战》用诗体写成。与有关库里科沃大战的编年史述不同，这里没有对事件的连续叙述。作者试图表达胜利的喜悦，"用歌声和狂热的古斯里琴"来颂扬德米特里·伊凡诺维奇大公的丰功伟绩，还有他的弟弟弗拉基米尔·安德列耶维奇。与此同时，作品中也表现出另一种情绪，即"怜悯"，对阵亡战士的哀悼和同情。俄罗斯妇女为阵亡者哭泣。

有别于《伊戈尔远征记》，《顿河彼岸之战》写的是对草原的胜利，因此，前者中的诸多形象在此又担负起新的任务。例如，在这里，大自然的力量是站在俄罗斯人一边的："太阳高照"，"为德米特里·伊凡诺维奇指明道路"，而马麦的灾难"就像鸟儿的翅膀在乌云下盘飞，乌鸦不停地哀鸣……"《顿河彼岸之战》的作者没能理解或者说是简化了《伊戈尔远征记》中的个别古代形象。在他的作品中，基督教因素明显加强，而语言则带有公文语体的特征。

《顿河彼岸之战》不但具有独立的艺术价值，还具有重要的史料价值。

《彼得与费弗罗尼娅的故事》成于 16 世纪中期，作者为作家兼政论家叶尔莫莱-叶拉兹姆。这是古代俄罗斯当之无愧的叙事艺术典范。作品由关于穆罗姆的圣徒彼得和费弗罗尼娅的传说加工而成。该故事流传甚广。

故事的核心是少女费弗罗尼娅与穆罗姆大公彼得的生活和爱情故事。这个故事史书上没有记载。女主人公的形象来源于俄罗斯童话，她是梁赞公国拉斯科沃村一位养蜂人的女儿，以行善积德、聪明机智而远近闻名。故事是这样的：彼得大公被蛇咬伤，多方治疗不见好转，听说民女费弗罗尼娅能治，便派遣仆人来请费弗罗尼娅。费弗罗尼娅一口应允，但提出一个条件，即伤治好后彼得要娶她为妻。费弗罗尼娅深知，要大公娶一个农民的女儿可没那么容易，毕竟她与大公门不当户不对。果然不出所料，伤好后，大公对自己的承诺只字不提。早有准备的费弗罗尼娅给大公治伤时留了一手。不久大公伤病复发，不得不羞愧地又来找她治伤。费弗罗尼娅便趁机要求彼得先发誓娶她，这才终于迫使大公兑现了自己的诺言。

跟俄罗斯民间童话中的女主人公一样，费弗罗尼娅敢于争取自己的爱情和幸福。她至死都对丈夫忠贞不渝。费弗罗尼娅是跟丈夫同时死去的，因为没有他她活不下去。死后他们的遗体合葬在同一口棺材里，曾经两次有人企图把他们分开重葬，但都未能得逞。

费弗罗尼娅的聪明不光表现在她的行为上，还表现在她的言谈中。她善于使用谜语般隐晦的语言。成为大公的妻子后，达官显贵们经常恶毒地攻击她，企图把她从城里赶出去，同丈夫分开。但对女主人公来说，爱情是至高无上的，她宁愿放弃一切，只要能跟丈夫在一起。大公放弃王位，同妻子一道离开自己的公国，后经市民们极力劝说和挽留，他们才重新回到穆罗姆。

作者强调，圣洁的人并不在乎权力和财富，他们与贪图权势的显贵们判然有别。

《阿瓦库姆行传》（1672—1675）是使徒行传类作品的代表作。这是大司祭阿瓦库姆·彼得罗夫的忏悔录，是俄罗斯文学史上的第一部自传体作品。阿瓦库姆从自己的青年时代写起，一直写到 55 岁。作者借鉴了数百年的使徒行传体裁传统，同时又大胆突破和创新，因为他要讲述的是自己的修行经历。作者以自白的语调，对自己的罪孽做了忏悔。他有崇高的一面，也有卑劣的一面。阿瓦库姆作品中有许多非同寻常之处，如对主人公精神状态的描写，风景描写，以及丰富的日常生活细节。就连宗教幻想成分在作者笔下也不乏日常生活气息。在尼康大主教的宗教改革（1653 年）之前，阿瓦库姆的生活即充满坎坷，他曾因反对飞扬跋扈的地方政权和在乡村布道而受到迫害。然而对阿瓦库姆最严峻的考验还是在宗教改革之后。这一改革导致了教会的分裂。旧礼仪派的追随者认为大量的新措施不光是对古老东正教礼仪的破坏，而且是对以往生活方式的背弃，是对基督徒王国的进犯。

阿瓦库姆从圣经角度对尼康大加挞伐，愤怒地声讨"尼康改革的异教性质"。但讲到自己的家庭时，阿瓦库姆的笔调发生了明显的变化。他以异常温柔的语调谈起自己忠诚的妻子阿娜斯塔西雅·玛尔科芙娜。她赞成他对人生及其苦难的看法。"在怀疑和困惑的时候"，正是玛尔科芙娜给了他有力的支持。

阿瓦库姆的文体鲜明而又富于个性。叙述用第一人称。同时，作者也有意识地使用一些民间俗语。他好像是在自嘲，称自己的笔墨是"不连贯的废话"。他确信"上帝不是要听漂亮的词藻，而是想看到我们的行动"。阿瓦库姆坦诚地与读者交谈，他的每句话都发自内心，感人肺腑。一个 17 世纪的人的情感世界，在他的笔下得到朴素而自然的表达。阿瓦库姆称他"不愿意用蹩脚的哲学诗句来装饰俄罗斯的自然语言"。

古代俄罗斯文学在 17 世纪显露出一些引人注目的新倾向，批判、讽刺和政论因素加强，出现了诗歌、戏剧和长篇小说等新型文学。

西米昂·波洛茨基（1629—1680）是俄罗斯诗歌的缔造者，他创造的诗体是音节诗。所谓音节诗，就是每行有 11—13 个音节，每两行一押韵。

波洛茨基赋予诗歌作品以巨大的启蒙和教育意义。波洛茨基认为，诗人的崇高志向在于吸引人们的"耳朵和心灵"，诗这种强大武器应该用来传播教育，普及文化，宣传正确的道德观念。他的诗就体现了这样的追求，如《公民》认为每个人，包括统治者，都应遵守法律；《尊严》中说真正的幸福不在于追求荣誉、仕途、权势，而在于从事喜爱的工作；讽刺诗《商人》历数商人的欺骗、撒谎、发假誓、偷窃、重利盘剥等八大罪状。不过波洛茨基的诗写得过于概括和空泛，缺少有血有肉的具体形象。此外，波洛茨基还认为，音节诗应该成为斯拉夫书面语写作的典范。

西米昂·波洛茨基是俄罗斯历史上的第一位文人诗人，也是第一位宫廷诗人。他的诗歌语言是纯书面的，与散文语言大为不同，相当古雅。他为古典主义诗歌开辟了道路。

波洛茨基的名字也与俄罗斯戏剧的诞生联系在一起。他的《关于一个浪子的寓言喜剧》（1673—1678）是当时学校戏剧的开山之作，也是古典主义戏剧的先声。

17 世纪的小说力求摆脱事务功能，摆脱与教会礼仪的联系，变成无拘无束的叙事作品。它不但打破或重新诠释了中世纪的规范，还在融合几种传统体裁和借鉴西方经验的基础上创造了新颖而复杂的结构。

作于 17 世纪 60 年代的《萨瓦·格鲁德钦的故事》讲述不久前的一段往事，富商格鲁德钦-乌索夫一家遭受的不幸。小说糅合了两种体裁模式。一种是"奇迹故事"，讲一个青年将灵魂出卖给魔鬼、后来又悔过并得到宽恕的宗教传说。"奇迹故事"是中世纪最流行的体裁之一。另一种是"魔幻故事"，小说的很多情节都有魔幻故事的痕迹。

17 世纪下半叶出现的《弗洛尔·斯科别耶夫的故事》则是一部骗子小说。弗洛尔·斯科别耶夫是诺夫哥罗德的一个没落贵族子弟，平日靠替人写状子为生,生活窘迫,总想发财致富改变现状。他用欺骗手段骗取了大家闺秀安努什卡的爱情,与她暗中成婚,并设计迫使安努什卡的父亲同意这门婚事,得到大笔财产和领地。

从一定意义上讲,《萨瓦·格鲁德钦的故事》《弗洛尔·斯科别耶夫的故事》等类似作品的出现标志着俄罗斯长篇小说的萌芽。不过这时的长篇小说很快受到古典主义的排挤,长期处于边缘状态,直到18世纪下半期才得到重视。

第三节 《伊戈尔远征记》

《伊戈尔远征记》是古代俄罗斯的著名史诗和文学杰作之一,自发现以来一直吸引着众多研究者。研究它的著作可谓汗牛充栋,但至今仍存有许多未解之谜。据专家估计,《伊戈尔远征记》大致作于12世纪末,以唯一的手抄本(估计16世纪)形式流传下来,1792年被著名收藏家穆欣-普希金发现,1800年穆欣-普希金在两位手稿专家的协助下将手稿出版,1812年原始抄稿毁于莫斯科大火。

《伊戈尔远征记》的基本情节在史书中有详细记载。1185年春,诺夫哥罗德大公伊戈尔·斯维雅托斯拉维奇举兵征讨波洛维茨人。随伊戈尔出征的还有他的弟弟库尔斯克和特鲁勃切夫斯克大公弗谢沃洛德、伊戈尔的儿子普济维尔大公弗拉基米尔和伊戈尔的侄子雷尔斯克大公斯维雅托斯拉夫。参加征讨的还有切尔尼戈夫大公雅罗斯拉夫·弗谢沃洛德维奇的卫队。远征以俄罗斯人大败告终,整个军队只有15人生还,所有的大公全部被俘。虽然伊戈尔不久死里逃生,但其失败给罗斯酿成了新的灾难。波洛维茨人乘胜追击,一举扩大战果,烧毁了罗斯的不少城市和村庄。

《伊戈尔远征记》重心不在直接讲述伊戈尔的远征（作者只是笼统地对事件做了些提示），而是重在反映这段历史的知情者对远征所做的反响和议论。这说明，《伊戈尔远征记》并非单纯的叙事作品，而是抒情与叙事兼有。

《伊戈尔远征记》的体裁众说纷纭。俄罗斯著名学者利哈乔夫认为，要准确定义《伊戈尔远征记》的体裁是不可能的，因为这要求要么把它纳入民间口头文学，要么纳入书面文学，而《伊戈尔远征记》本身兼有口头文学与书面文学两方面因素。

《伊戈尔远征记》是对伊戈尔远征所做的较为抒情同时又具有政论色彩的追忆。在作者看来，伊戈尔远征的失败乃是俄罗斯王公内讧的结果，其罪责不该由伊戈尔一人承担。作者的政治理想是树立基辅大公的权威，认为这样可以巩固罗斯的统一，约束各地大公的肆意妄为。正因如此，作者才把基辅大公斯维雅托斯拉夫写成一个英明而威严的统治者并让他占据作品的中心部分。

长诗由开篇、叙事、尾声三个部分组成，结构高度严谨和匀称。其中叙事又分成三个部分：第一部分叙述伊戈尔远征的故事，中间穿插一些抒情插笔，外加一个独特的结尾，将伊戈尔兵败后波洛维茨人入侵俄罗斯与斯维雅托斯拉夫胜利进军波洛维茨进行对照；第二部分是核心部分，与基辅大公斯维雅托斯拉夫的名字联系在一起，讲斯维雅托斯拉夫的梦，王爷们对梦的解释，斯维雅托斯拉夫的"金言"，作者关于波洛维茨大公们的插笔；第三部分是叙事的结束部分，讲雅罗斯拉芙娜的哭诉，伊戈尔的逃脱，波洛维茨人的追击，伊戈尔回到基辅。

丰富的象征形象体系是《伊戈尔远征记》的一个突出特点。拟人、比喻、排比等诗歌手法的运用在《伊戈尔远征记》中比比皆是。如将伊戈尔比作光明，将敌人比作乌鸦，战斗比作酒宴；用试图遮蔽四个太阳（即四个大公）的乌云象征波洛维茨军队的行动。自然界与人的世界不可分割的联系使长诗的色彩异常丰富，这也是其重要特点。在这里，大自然积极地参与到所有事件中来，天和地、动物和植物对伊戈尔所率军队的痛苦和欢乐给予呼应。大自然的凶兆伴随着伊戈尔的出征，它千方百计干扰伊戈尔注定失败的行动：日食，黑暗遮蔽了大公的道路，大雷雨呻吟着发出不祥的预兆，鸟儿的哀啼和野兽的吼叫让人不寒而栗。对伊戈尔怀有敌意的那些力量也没有消停：神话中的妖怪吼叫着向敌国发出伊戈尔前来讨伐的警报，鸟儿在林中警惕着这场灾难，狼、鹰、狐狸、乌云、风一起对抗伊戈尔，但当波洛维茨人打败俄罗斯人时，草又同情地低下了头，树则痛苦地弯下了腰。当伊戈尔逃走时，周围的大自然拼命帮助他，激励他，为他高兴。顿涅茨河用波涛爱抚他，千方百计庇护他；为了让人听见敌人的追赶，喜鹊和乌鸦停止啼叫，啄木鸟为他指路，夜莺用歌声为他报告黎明。雅罗斯拉芙娜向大自然的力量、向风、向太阳和第涅伯河发出祈祷，请求它们拯救她的丈夫。雅罗斯拉芙娜的哭诉是《伊戈尔远征记》中最感人的段落之一，尤其值得注意的是，她不光请求拯救她的丈夫，还请求拯救丈夫手下的战士：

> 光明的、三倍光明的太阳啊！
> 你对什么人都是温暖而美丽的：
> 神啊，你为什么把你那炎热的光芒
> 射到我丈夫的战士们的身上？
> 为什么在那干旱的草原里，
> 你用干渴扭弯了他们的弓，
> 用忧愁塞住了他们的箭囊？

这应该说是俄罗斯文学人道主义传统最早的源头。

《伊戈尔远征记》是古代俄罗斯最著名的文学作品，具有很高的艺术水平和价值，堪与西欧的史诗《罗兰之歌》《尼伯龙根之歌》等相媲美。

第二编

18 世纪

第一节　概述

18世纪是俄罗斯文学历史发展的转折期、积累期。相对以往的文学而言，这是俄罗斯"新"文学形成的时期。所谓的"新"，首先表现为文学的"世俗化"，其次是承认虚构为文学作品的要素之一，最后是建立了新的体裁体系。

18世纪的前25年，即彼得大帝时期，是俄罗斯文学史上的过渡时期。这时，纯文学作品的出版几乎还未提上议事日程，政府也无暇给予关注，倒是作为一种文学艺术形式的戏剧，在彼得大帝的直接支持下得到了迅速发展。1702年，莫斯科开办了一家剧院，但因剧目匮乏，仅维持了5年就关闭了。相比之下，莫斯科斯拉夫—希腊—拉丁学院和基辅莫吉良学院附设的学校剧院情况好得多，但上演的也是西欧剧目。

这期间，俄罗斯文学发生了一些新变化。首先，出现了爱情诗，这是俄国诗歌的一个全新现象，此前的书面文学中还不曾有过。其次，出现了叙事文学的新类型，即以手抄本形式流传的小说，《俄罗斯水手瓦西里·卡里奥茨基与美丽的佛罗伦萨公主伊拉克利娅的故事》《勇敢的俄罗斯骠骑兵亚历山大与他的追求者提拉和叶列奥诺拉的故事》《一个贵族子弟如何通过自己崇高而光荣的学问为自己赢得伟大的荣誉、尊严和骠骑兵头衔以及如何因自己的善行而受封为英国王子

第二章
▶
18世纪上半期俄罗斯文学

17

的故事》是这方面的代表性作品。这些作品明显是彼得一世时期的产物，冗长的名称带有鲜明的时代特征。作品的主人公大多出身寒微，他们不是靠出身而是凭个人的聪明才智获得社会地位。作品的形式中糅合了俄罗斯文学和翻译文学两大传统因素。这些"故事"完全是世俗作品，其情节是虚构的，人物性格是逐层揭示的，人物的命运是人物所作所为的结果，而非《萨瓦·格鲁德钦的故事》中说的那样，是命中注定。最后，出现了俄罗斯古典主义的萌芽，费奥凡·普罗波科维奇（1677 或 1681—1736）的《诗学》（1705）和《修辞学》（1706）是最早探讨古典主义一系列美学、诗学问题的理论著作。

18 世纪的俄罗斯文学经历了一个复杂的发展过程。坚定不移的大众化进程是 18 世纪俄罗斯文学发展的一个基本特征。这一进程既表现在思想内容层面，又表现在诗学层面。文学的主要内容开始转向"世俗化"，文学关心的对象在很大程度上是"尘世"的痛苦和欢乐。如果说 18 世纪上半期，尤其是在四五十年代，俄罗斯文学中占主导地位的是高级体裁（颂诗和悲剧），主人公都是王公贵族的话，那么在 18 世纪下半期，俄罗斯文学则发生了显著变化，诗歌中出现了车夫、酒鬼和喜欢打架斗殴者，如瓦西里·迈科夫（1728—1778）的《叶利赛，或愤怒的巴克斯》；小说中出现了举止轻佻的女主人公，如米哈伊尔·丘尔科夫（1743 或 1744—1792）的《漂亮的女厨子，或浪荡女人的奇遇》。另外，作家类型的更替也表现出文学的大众化：以往的作家都是教会的知识分子，现在则变成了人民大众的启蒙者、同情者（诺维科夫、冯维辛）、捍卫者（拉季舍夫）。

18 世纪俄罗斯文学的主体是在文学思潮的框架内发展的，这可以说是它的第二个基本特征。18 世纪俄罗斯文学有两大文学流派，一是延续近一个世纪的古典主义，一是 18 世纪后半期出现的感伤主义。

第二节　古典主义

　　古典主义是一个席卷全欧洲的文学流派，一般认为法国古典主义是其标准模式。古典主义将所有的作品都严格按体裁归类，每种体裁都有自己固定的标准。作品的内容越是抽象，越是接近概括性的思想，就越是有价值；相反，越是具体，越是接近个别的人，就越是没价值。古典主义将体裁分为三个等级：高级体裁，以国家大事和哲学问题为题材；中级体裁，写共同思想与追求个人幸福之间的冲突；低级体裁，阐释具体生活事件，常以滑稽的方式。高级体裁有反映国家大事的叙事性的史诗，有就某个国家大事或哲学问题抒发诗人崇高情感的庄严的抒情性颂诗，还有颂诗的散文形式演说。中级体裁有悲剧，写情感与义务的斗争以及"高雅"抒情诗的各种形式，如田园诗、与田园诗类似的牧歌等；由于个人情感常是以暴君的为所欲为形式表现的，而义务是以爱国主义者的公民美德形式表现的，因此古典主义的悲剧往往具有爱国主义、追求自由乃至革命倾向。低级体裁有反映日常生活的长篇小说、寓言、滑稽讽刺诗等。

　　不言而喻，俄国古典主义也具备欧洲古典主义，首先是法国古典主义的许多共同特点，如严格遵守逻辑和体裁规范；崇尚理性；将人物性格的某一特征予以突出和夸大，将主人公严格分为正面人物和反面人物；艺术形象缺少变化，缺少动态感，塑造形象时偏重将具体的东西抽象化；要求艺术逼真，要求在戏剧作品中严格遵守"三一律"，即时间、地点和动作的统一，等等。但俄罗斯的古典主义也有自己的特点。

　　俄罗斯古典主义产生于18世纪30—40年代，要比欧洲古典主义晚一百年。俄罗斯古典主义是在启蒙主义取代理性主义的时候形成的。对俄罗斯生活迫切问题的关注，是俄国古典主义与欧洲古典主义最主要的区别。这时的俄罗斯文学已不满足于像彼得时代的小说那样只是简单地反映现象，哪怕是新的现象。

如果说法国古典主义是在经过启蒙主义洗礼的集权主义上升阶段发展的，那么俄国古典主义则是在彼得大帝去世后俄罗斯出现倒退时形成的。正因如此，俄国古典主义文学肇始于"讽刺——秋天的成果"，而不是肇始于"颂诗——春天的果实"（别林斯基语）。

与现实生活的紧密联系和暴露倾向是俄国古典主义的典型特点。同情失去自由的劳动者，鞭挞不劳而获的贵族老爷，认为人的价值和尊严是超越于阶层之上的，是俄罗斯古典主义的进步精神之所在。

俄国古典主义的另外两个特点是：与此前民族传统（诗体改革）和民间口头创作（歌词体抒情诗等）联系密切；与主要使用古希腊罗马素材的法国古典主义不同，较多取材于本国历史。

俄国古典主义文学一开始便富于战斗的锋芒，充满社会激情和公民精神。处于俄国古典主义前夕的安季奥赫·康捷米尔（1708—1744）是一位讽刺诗人，一生共写了9篇讽刺诗。他的作品大多取材于彼得一世改革时期的现实生活，或针砭时弊，抨击愚昧和保守势力（《告理智，或致诽谤学术者》），或谴责"铁石心肠""嗜血成性"的贵族地主残酷欺压农民，任意挥霍农民血汗（《费拉列特和叶甫盖尼，或论堕落贵族的嫉妒与傲慢》）。

康捷米尔是俄罗斯文学史上第一个起来抨击贵族、为民请命的诗人。别林斯基认为，康捷米尔对农奴的保护"雄辩有力地证明俄罗斯文学从一开始便向社会昭告了所有高尚的情感，所有崇高的观念"，表达了"有关人的尊严的神圣真理"。在《致缪斯——论讽刺作品的危险性》中，康捷米尔形象地表达了要说真话的愿望。

康捷米尔的讽刺诗具有明显的启发教育作用，它好比镜子，让人可以从中看到自己。康捷米尔明白，"人民在灵魂上尚有缺陷"，因此他坦诚相告："我在诗中笑，可心里却在为那些道德低下的人哭泣"。

诗人这样概括他的思想核心："凡是我所写的一切，都是出于公民的职责，凡是对同胞可能有害的东西，我都一概拒绝"。

康捷米尔关注的主要不是古希腊罗马及其历史人物，而是严酷的现实本身，在他笔下，横行霸道的愚昧势力扬言要把进步人士所珍视的攸关俄罗斯未来的一切革出教门。康捷米尔告诫后面的俄国文学，不要嘲笑人类共有的缺点，而要揭露社会弊端，同保守势力和反动势力作斗争。俄国古典主义继承和发扬了这位讽刺作家的遗产。

俄国古典主义的形成是与特列季亚科夫斯基、罗蒙诺索夫和苏马罗科夫的名字联系在一起的。

差不多就在康捷米尔开始发表讽刺诗的时候，法国作家保尔·台尔曼的俄译改写本《爱之岛旅行记》（1730）在俄罗斯出版。这是用俄语出版的第一部印刷文学作品，译者是瓦西里·特列季亚科夫斯基（1703—1769）。此书出版时译者刚从国外归来不久，但他迅速融入了俄罗斯社会生活，并在艺术创作和语文科学领域表现出非凡的革新家和探索者的才能。

特列季亚科夫斯基对俄罗斯文学的最大贡献是他的诗体改革。是他最早意识到，要在俄罗斯本土确立诗的体裁，必须改革已经过时的音节诗体系。他在《俄语诗简明新作法》（1735）一书中，首次提出俄国诗歌应用重音诗体代替音节诗体。所谓音节诗体，就是每行诗的音节数目相同，重音数目不限，此种诗体一直沿用到18世纪初。特列季亚科夫斯基只要求由 11 或 13 个音节构成的诗行必须轻重音节相间；只能用扬抑格（音步由两音节构成，重音在第一音节），不能用抑扬格（音步由两音节构成，重音在第二音节）；相应地，只能押阴韵（每行倒数第二个音节押韵），不能押阳韵（每行倒数第一个音节押韵）。而对非 11 个或 13 个音节构成的诗行未做要求，认为仍可沿用。因此，他的诗体改革是不彻底的。尽管如此，作为诗体改革家，他对俄罗斯诗歌的贡献还是不容低估，罗蒙诺索夫的诗体改革就是在他的基础上更上一层楼的。

特列季亚科夫斯基是俄罗斯第一个平民作家,他坚信"理智与美德"是全人类的使命,而非仅仅是某些纯种人的使命。

米哈伊尔·罗蒙诺索夫(1711—1765)的创作是俄罗斯古典主义诗歌的杰出成就,鲜明地反映了诗人的启蒙主义观点。他擅长写作几成官方体裁的庄重典雅的"颂诗"。从农民、牧羊人、猎人和军人到商人、航海家、学者和沙皇,都是他的主人公,都是他赞美的对象。

罗蒙诺索夫认为艺术应具有崇高的思想性和公民性,他的代表作组诗《与阿那克里翁的谈话》(1757—1761)明确地表达了这一观点。罗蒙诺索夫对俄罗斯诗歌提出的要求,均在他本人的创作实践,尤其是他的颂诗中得到体现。祖国是罗蒙诺索夫颂诗的核心主题,他不遗余力地讴歌俄罗斯的幅员辽阔,取之不竭的自然资源。

劳动也是罗蒙诺索夫颂诗讴歌的对象。诗人认为,要实现俄罗斯的繁荣富强,各个阶层都必须加倍努力工作,必须重视科学和教育,关心科技人才的培养。

罗蒙诺索夫在发展和净化俄罗斯语言方面做出了重要贡献。针对当时俄语中古斯拉夫语、俄罗斯语和外来语混杂的情况,他将词汇分为三类:一是书面斯拉夫语,口语中不用,但有文化的人认识,其中有些十分陈旧的词汇应予摒弃;二是斯拉夫语和俄语共用的词汇;三是日常生活中使用的俄语口语。对应这三类词汇,罗蒙诺索夫提出了三种文体:一为高级文体(史诗、颂诗、悲剧),用第一、第二类词汇;二为中级文体(戏剧、诗体书信、讽刺诗、牧歌、哀歌),用第二、第三类词汇,也可用一些古斯拉夫语;三为低级文体(喜剧、小说),基本用第三类词汇。

罗蒙诺索夫也是一位诗体改革家,他将特列季亚科夫斯基的诗体改革向前推进一步,用重音诗体彻底取代音节诗体,即诗行不拘泥于音节数目,轻重音节的排列必须遵循一定的规律,音步可以是二音节

（扬抑格或抑扬格），也可以是三音节（扬抑抑格或抑扬扬格）；可以押阴韵，也可以押阳韵。罗蒙诺索夫的诗体改革很适合俄语的特点，解决了俄罗斯诗歌的形式问题，对后来俄罗斯文学的发展起到了有力的推动作用。他的诗体至今仍在沿用。罗蒙诺索夫是一个百科全书式的人物，几乎在所有领域都取得过卓越成就。诗歌创作并非他的主业，但他的贡献非常之大，被誉为"俄罗斯文学的彼得大帝"。

第三节　苏马罗科夫

俄国古典主义的成就与亚历山大·苏马罗科夫（1717—1777）的创作分不开。苏马罗科夫主张所有的体裁都是平等的："一切都是值得称赞的：无论是戏剧，还是牧歌或颂诗——尽情挥洒吧，任由你的天性"。以体裁论，在18世纪的俄国文学中，苏马罗科夫本人的作品就堪称丰富多彩。

在同时代人中间，苏马罗科夫以悲剧作家著称。文学界的进步人士（尤其是诺维科夫）对他的讽刺作品评价也很高，但他在读者中间流传最广的作品还是他的抒情诗。

苏马罗科夫创作（包括他的悲剧）中的抒情流脉首先与爱情主题联系在一起。他的爱情诗含有明显的道德因素。《原谅我，亲爱的》将真挚的个人情感与崇高的爱国之情熔为一炉；《不要伤心，我的爱人》具有民歌的朴实和情趣，在古典主义诗歌中并不多见。

苏马罗科夫的优秀诗作重视抒写人的体验——难以割舍的、"不合法的"和令人欢欣鼓舞的爱情、苦恼、分离、妒忌。例如，诗人写一个害单相思的女子极力掩饰自己的情感，不让"剥夺了"她的"自由"的人知道。她苦涩地说："你对我冷若顽石，我对你热烈如火。"

对当时来说，这样的爱情诗可以说是写得相当细腻，相当含蓄。苏马罗科夫常将一些个人生活事件纳入诗中，这一点无疑启发了后来的杰尔查文。

苏马罗科夫是当之无愧的俄罗斯古典主义戏剧的奠基人，他创作了9部悲剧和12部喜剧。

遵循古典主义规则（首先是取材于俄国历史）并未妨碍苏马罗科夫在自己的悲剧中触及大众极为关心的问题，并赋予这些问题以政治色彩，如悲剧《自僭王德米特里》（1771）反映的就是不算久远的"混乱时期"的历史事件。剧中的主人公是一个窃取王位的暴君。然而，这部悲剧同时又通过联想和暗示促使人们思考：叶卡捷琳娜二世掌权是否合法，她是否有权在其子保罗成年之后仍留在王位上（反对派讨论过保罗登基的事）。这部悲剧鲜明地表现出反暴君倾向。德米特里"自僭为王"的罪过最后被一笔勾销，因为维护王权最重要的是看行动，而非"门第和血缘"。

> 何时你能不乱施你的淫威，
> 　你是否是德米特里，人民无所谓。

《自僭王德米特里》为俄罗斯政治悲剧奠定了基础。

从苏马罗科夫的悲剧作品可以清晰地看出古典主义戏剧体裁的一般特点。苏马罗科夫悲剧中的基本冲突通常是理智与激情的斗争，社会义务与个人情感的斗争。在这场斗争中，获得胜利的总是社会因素。此类冲突及其解决意在培养观众的公民情感，让观众树立起国家利益高于一切的思想。剧作家本人很看重戏剧的教育作用，称之为"流浪者毕生要进的学校"。

苏马罗科夫的喜剧不是很严格遵守古典主义规则。他始终未能写出一部"高级的""正宗的"五幕诗体喜剧。在他最优秀的喜剧《假想的戴绿帽子者》中，剧作家塑造了两个栩栩如生、愚昧落后的领地贵族维库拉和哈弗罗尼亚形象，他们在某种程度上可以说是冯维辛《纨绔子弟》中普罗斯塔科娃和斯科季宁的前身。

苏马罗科夫还是个寓言作家，写过近四百篇寓言。同前辈康捷米尔、特列季亚科夫斯基、罗蒙诺索夫等人相比，苏马罗科夫的寓言用不拘一格的抑扬格诗体写成，语言朴实无华，接近口语，中间还夹杂着俚语和俗语，结尾往往词浅意深，如格言警句一般，这是苏马罗科夫的一个创新成就。他在许多方面为克雷洛夫的寓言创作提供了借鉴。诺维科夫（1744—1818）称苏马罗科夫的寓言是"俄罗斯的艺术宝库"。

苏马罗科夫的作品富于战斗精神，对社会上的丑恶与不公毫不妥协。作家公开说：

> 只要我一息尚存，
> 就不会停止用笔抨击罪恶！

第三章

> **18世纪下半期俄罗斯文学**

第一节　概述

从18世纪60年代开始，受方兴未艾的启蒙主义思潮影响，俄罗斯文学的大众化进程加快。同时，社会上也出现了对理性主义作为主导美学和道德范畴的失望情绪。文学领域随之出现了早期浪漫主义"气息"，或曰感伤主义萌芽。就古典主义作品而言，文学与生活的不断接近首先表现在"低级体裁"中。这些低级体裁再现的不是古典主义清晰理性的世界，而是鲜活而又逼真的日常生活。

"滑稽讽刺"长诗体裁应运而生。苏马罗科夫说的"可笑的英雄长诗"体裁符合古典主义诗学规范，其滑稽效果来源于内容与形式的故意不对称，即要求用高级语体讲述低级事物或者反过来。在滑稽讽刺长诗《叶利赛，或愤怒的巴克斯》中，瓦西里·迈科夫将这两种截然对立的语体并用，但他最习惯的还是用"低级"语汇描述"低级"事物，只是提出用情境的滑稽性来取代古典主义假定的滑稽性。

18世纪后期，"第三等级"和"小人物作家"开始参与到俄罗斯文学进程中来。值得注意的是，丘尔科夫本人非但不避讳，还有意强调自己出身的贫寒（"我没有房子，从出生就不曾是主人，而且很可能到死也不会拥有这样的名分"）。这些作家的美学主张在很多地方是反对古典主义艺术原则的。艺术反映对象的大众化，如对日常生活场景、农奴制下的农民和商人生活的真实描绘，开始蔓延至戏剧领域，首先是滑稽歌剧体裁，但最深刻地反映农奴制下农民处境的还是尼古拉·诺维科夫的杂志《雄蜂》（1769—1799）和《画家》（1772—1773）。农民与地主阶层地位的悬殊，从《雄蜂》刊首的题词中可以看出："他们在辛苦劳作，你们却不劳而获。"刊登在《画家》上的《赴某地旅行记片段》描绘了一幅更广阔和更概括的农民悲惨图画。

18 世纪下半期的诗歌和戏剧一样，发生了很大变化。古典主义的诗歌原则是靠体裁规范维系的。因此，不突破体裁方面的教条，诗歌就不可能得到进一步的发展。有意思的是，最先开始尝试突破规范的不是别人，而是古典主义作家自己，如罗蒙诺索夫、苏马罗科夫、迈科夫，还有赫拉斯科夫及其追随者，但体裁领域真正的叛逆者还要推杰尔查文。

18 世纪 60 年代，抒情诗中出现了新的形象思维形式，即重在反映内心体验的心理描写。赫拉斯科夫及其追随者的抒情诗在思想内容上为感伤主义和浪漫主义准备了土壤，其语言表达手段后来主要被感伤主义诗歌所接受。

第二节　古典主义与感伤主义

18 世纪下半期俄国文学的创新成就最早出现在戏剧领域，这与冯维辛（1745—1792）的创作分不开。喜剧《纨绔子弟》是冯维辛的主要作品，在当时曾引起强烈的社会反响。

当时的俄罗斯剧院上演的剧目，除了苏马罗科夫的古典主义作品，基本上都是外国戏剧，如翻译或改编的莫里哀的戏剧，本民族题材的俄罗斯作品凤毛麟角。冯维辛是以本民族题材进行戏剧创作的第一人。喜剧《旅长》（1769）嘲笑领地贵族的愚昧落后，同时批判京城贵族的崇洋媚外。旅长、他愚蠢而吝啬的乡下妻子和他们举止轻佻的儿子伊万努什卡是剧中的主要人物。就实质而言，剧本没有脱离 18 世纪题材的窠臼：子女的婚姻。

旅长和参赞想让伊万努什卡娶索菲娅，而索菲娅爱上了杜勃罗留波夫。该剧带有轻喜剧的性质：参赞爱上了旅长的妻子，他的妻子则爱上了伊万努什卡，而旅长又对参赞的妻子怀有好感。他们互相偷听各自的求爱，最后一切真相大白，结果导致旅长和参赞家庭破裂。索菲娅没有嫁给伊万努什卡，而是嫁给了自己的心上人，后者赢了官司，成为拥有两千个农奴的富翁。冯维辛的这个剧本此时还完全遵守古典主义传统。正面人物形象索菲娅和杜勃罗留波夫是抽象的，缺乏具体特征，不像其他形象那样能代表一些社会典型。伊万努什卡是个法国迷，参赞是位批评家，旅长是名粗野的军人。这些形象个性不够鲜明，缺少变化，缺少对心理活动的刻画。

在喜剧《纨绔子弟》（1781）中，冯维辛偏离了古典主义原则，尽管还遵守着三一律。该剧的情节同样围绕子女的婚姻展开。独断专行的女地主普罗斯塔科娃本想把心地善良的养女索菲娅嫁给自己的兄弟斯科季宁，可就在这时，一个名叫斯塔罗东的人突然出现了，他选定自己的侄女索菲娅做他的财产继承人。闻此消息，普罗斯塔科娃马上改变主意，企图让自己愚昧无知的儿子米特罗凡把索菲娅娶到手。于是为了争夺索菲娅、讨好斯塔罗东，普罗斯塔科娃和斯科季宁无所不用其极，丑态百出。普罗斯塔科娃甚至策划暴力劫持索菲娅，强迫她嫁给米特罗凡。普罗斯塔科娃的计划没有得逞。一个叫米朗的小伙子暗地里保护了索菲娅。斯塔罗东同意米朗与索菲娅结婚。很快传来女皇的旨令，托管普罗斯塔科夫一家的财产，以保护农民免受主人的残酷压迫。这样的结局当然难以令人信服，因为在当时，地主对农民的统治权几乎是不受限制的。

《纨绔子弟》的剧情发生在普罗斯塔科夫家的庄园，在打牌、下棋、喝茶、吃饭、量衣服尺寸、米特罗凡做家庭作业等日常生活场景中展开。冯维辛的巨大贡献在于，首次在俄罗斯戏剧舞台上推出了有血有肉、活灵活现的人物形象。《旅长》中主要人物的妻子是个反面人物，愚蠢自私，贪得无厌，但同时又是个不幸的女人，对狠心的丈夫忠贞不贰。还有《纨绔子弟》中的普罗斯塔科娃，尽管是以反面人物形象出现，但她毕竟还是一个全心爱着儿子的母亲。显然，冯维辛在此要探究的是"谁之罪"的问题，也就是形成这些畸形性格的教育、环境乃至社会制度等深层原因。

18世纪60年代，俄罗斯文学中出现了感伤主义萌芽。

感伤主义产生于西方，适逢大革命前资产阶级要求个性解放，摆脱封建农奴制国家束缚的时候。个性解放是启蒙哲学的基本要求，也是在启蒙主义基础上成长起来的早期资产阶级现实主义和感伤主义的主要激情。

感伤主义的一些美学原则就是以此为历史前提的。如果说对古典主义者而言，艺术的主要任务是歌颂国家和王权，那么感伤主义关注的中心则是人，但不是笼统的人，而是具体的"这一个"，作为个体的人。人的价值不是取决于他所从属阶层的尊贵，而是取决于个人的尊严。因此，大多数感伤主义作品的正面主人公都是中下阶层的代表，这是感伤主义作品能在平民阶层的读者中间取得成功的根本原因。

感伤主义作品用情感崇拜来对抗古典主义的理性崇拜。人的内心世界，人的心理，各种可能存在的细微情绪和体验，是大多数作品的主导题材。新的内容要求新的形式，家庭心理小说、日记、旅行记等因而成为感伤主义的主要体裁。文学变得"感性"、抒情、富有情绪感染力。西方感伤主义的典范理查逊的《克拉丽莎》和《帕美勒》，斯泰恩的《感伤的旅行》，卢梭的《新爱洛绮丝》和歌德的《少年维特之烦恼》等在俄罗斯也拥有读者。

研究者一般将感伤主义的历史追溯到米哈伊尔·赫拉斯科夫（1733—1807）的创作，然而他同时也是罗蒙诺索夫和苏马罗科夫的追随者。遵循古典主义诗歌的既定规范是赫拉斯科夫全部创作的一个特点。不过，在区分不同体裁以及相应的语体风格时，赫拉斯科夫对体裁的等级有自己的新看法。从前被当作低级体裁的苏马罗科夫的歌谣，在他眼中具有头等重要的价值。高级与低级体裁他非但一视同仁，还更加看好低级体裁。不难理解，赫拉斯科夫是不接受低级体裁这一术语的：他用"宁静""舒缓""愉悦"之诗与"激昂""高亢"之诗分庭抗礼。

18世纪60年代的小说同样显露出一些新倾向，它们最鲜明地表现在艾明的长篇小说中。他的《艾尔涅斯特与道拉芙拉两地书》（1766）无疑受到卢梭的《新爱洛绮丝》的影响，同时它又与18世纪俄罗斯书信文化的发展有关。

感伤主义的两个大家卡拉姆津和德米特里耶夫的文学创作活跃于18世纪90年代，同时发表作品的还有为数众多的二三流作家。卡拉姆津和德米特里耶夫是俄罗斯感伤主义的立法人。德米特里耶夫的影响范围要比卡拉姆津窄一些。

启蒙主义作家拉季舍夫也可归入感伤主义之列。如果说卡拉姆津代表的是浪漫主义的感伤主义，那么拉季舍夫则代表了现实主义的感伤主义。

拉季舍夫（1749—1802）第一个洞察到"社会矛盾的本质"，参透了"历史本身，首先是民众运动的气息"，他放弃习惯的理性主义模式，转向"创造"革命——发展着的现实这一概念。为了实现宏伟的革新任务，反对专制和农奴制的斗争，他调动了俄罗斯文学的所有成就。针对如何摆脱专制制度这个问题，颂诗《自由颂》（1788—1789）

给出了答案。这是一篇讴歌人民革命、在内容和形式上都有创新的作品。在这首诗里，拉季舍夫完成了由罗蒙诺索夫开始、杰尔查文延续的体裁革新。拉季舍夫运用颂诗固有的激昂和雄辩音调、政论色彩以及高度的表现力，将颂诗变成一种革命号召。

作为作家兼思想家和革命家，拉季舍夫走的就是一条反抗暴政的道路。这条道路的顶峰是《从彼得堡到莫斯科旅行记》（1790）。

这是一本关于拉季舍夫时代的俄罗斯，关于俄罗斯人民的地位和状况，关于民族未来的书。"真理就是我们的最高神祇"是拉季舍夫的基本美学原则。深刻的社会分析使他能够向读者展示俄罗斯现实生活中的一切弊病，真实可信的叙述与义愤填膺的揭露有机结合，自白与宣讲相互交织，从而加强了该书的感染力。《从彼得堡到莫斯科旅行记》触及的18世纪后期俄罗斯社会生活的广度，在拉季舍夫前辈作家和同辈作家中，无出其右者。

在描述一路上的所见所闻时，作者一般不掩饰自己的态度。他会根据人、机关、法律给社会带来的危害程度，对事件或现象做出恰如其分和富有感情的评价。作者大量使用讽刺手法，嘲笑商人的欺诈（缺斤短两，空头支票）和他们妻子的不道德行为。

当拉季舍夫向读者展示农奴制下农民的惨状，贵族地主对他们的为所欲为时，他的语体变成了慷慨激昂的愤怒声讨：

> 贪婪的禽兽，不餍足的吸血鬼，我们为农民留下了什么？就剩我们夺不走的空气了。是的，只有空气。我们还在不断地掠夺，不止是他土地上的收成、面包和水，还有光明本身。法律禁止剥夺他的生命。但禁止的是一下子夺去。有多少办法可以慢慢地夺取啊。

拉季舍夫在提炼文学语言方面进行了一些有益的新探索，对此必须给予应有的重视和评价。作家对语言问题持高度负责的态度，因为他清醒地意识到语言的社会功能（"人应该用自己的所有发现和自我完善回报语言"）和语言的影响力（"言语……几乎没有什么是它不能表达的"）。与卡拉姆津派的作家不同，拉季舍夫在选择词汇手段时遵循的是词语的表现功能和自然原则，而不是词语的"舒服"和"优雅"。在诗歌领域，拉季舍夫也是一个革新家，他借鉴民间风格的"无韵诗"，推出了新的诗体。他写过极为抒情的《仙鹤》，还有几部长诗。

拉季舍夫为自己提出了一个艰巨而复杂的任务：于无人迹处开辟道路。作为散文和诗歌领域一个勇敢的开拓者，他完成了这个任务。

第三节　杰尔查文

加甫里尔·杰尔查文（1743—1816）是古典主义体裁领域真正的叛逆者。

杰尔查文的早期创作多是模仿作品，特别是模仿罗蒙诺索夫的颂诗，诗歌缺乏独创性。1779年，他创作了《梅谢尔斯基公爵之死》和《在北方为皇室少年贺寿》。在这两首诗中，杰尔查文打破了颂诗规定的十行诗节传统：《梅谢尔斯基公爵之死》由八行诗节构成，而《在北方为皇室少年贺寿》不分诗节。

《梅谢尔斯基公爵之死》已经不能称其为颂诗，它更像哀歌。为未来沙皇亚历山大一世生日而作的《在北方为皇室少年贺寿》带有室内抒情诗的格调，这在古典主义创作中是前所未有的。

《费丽察颂》是杰尔查文根据叶卡捷琳娜女皇写给自己的皇孙亚历山大的一篇童话《赫洛尔王子的童话》写成的。在诗中，杰尔查文并不是直接地，而是通过诗中象征着"幸福"的吉尔吉斯-卡伊沙茨汗国的公主费丽察间接地颂扬女皇。他摒弃了以往颂诗对帝王抽象的、程式化的赞美，通过女王的日常生活和行为举止体现她的勤政爱民、明达宽厚。杰尔查文运用对比的手法，把对女皇的赞颂与对她身边亲近大臣的讽刺相结合，这就打破了古典主义确立的体裁的纯正性。

杰尔查文的颂诗具有强烈的讽刺和揭露性质。他创造了讽刺颂诗的诗歌模式，如《致君王与法官》（1780）；这种颂诗还常常包含着戏谑成分，如《大臣》（1794）。杰尔查文特有的"戏谑诗"促进了俄国诗歌的革新。他不仅在一首诗中同时使用"高级"和"低级"词语，而且还把它们放在同一诗句中（《上帝》，1780—1784）。

在革新颂诗的同时，杰尔查文继续了罗蒙诺索夫开创的事业。他常常使用对比的手法，把"无能的"达官显贵同多才多艺的俄罗斯人民相对照。对俄罗斯人民的关注促使他在文学创作中不懈地探索民族性格和民族形式，合理地吸收民间文学的精粹，表现民族特征。

在《俄罗斯少女》（1799）中，杰尔查文第一个把俄罗斯姑娘的乡村舞蹈写进诗中。在他看来，最珍贵的美不是虚无缥缈的抽象的美，而是现实生活中实实在在的美。诗人在普通劳动人民的生活中看到了真正的美，在农村姑娘的身上发现了纯朴的美。

杰尔查文诗中所表现的世界是一个多样的、多彩的、多声的物质世界，他以日常生活中现实的形式、色彩和声音塑造了一个鲜明生动的世界，甚至连大自然的景物都有了具体的生活形象。在《冬天的愿望》（1787）这首诗中，诗人把冬天描绘成一个穿着"缎子般光滑的毛皮大衣"、乘着轻便马车在白色原野上迅猛奔驰的俄国老爷。

现实的、活生生的、复杂的人的生活、趣味、激情、习俗，所有这些被古典主义视为"低级的"、不配用诗歌表现的东西，统统纳入了杰尔查文的创作视野。用类似绘画中的景物写生的手法描绘日常生活，在他晚期创作中表现得尤为明显。诗人用鲜明的色彩强化瞬间的视觉印象，如《致叶甫盖尼——兹凡卡的生活》（1807）中对宴客餐桌的描写。《致叶甫盖尼——兹凡卡的生活》是杰尔查文创作成熟期的精品，是其创作的总结。他为俄国诗人艺术地再现现实提供了一个新的视角，启发他们在日常生活中寻找诗意和美。

杰尔查文创作的独到之处在于：他把源源不断的、丰富多彩的生活和具有不同性格和精神世界的人作为诗歌的表现对象。如果说罗蒙诺索夫给了俄罗斯诗歌韵律和节奏的话，那么杰尔查文则给了俄罗斯诗歌生机与活力。

第四节　卡拉姆津

尼古拉·卡拉姆津（1766—1826）成就卓著的文学活动是从创办《莫斯科杂志》（1791—1792）开始的。刊登于该刊上的《俄国旅行家信札》并非寄自国外的真正信件，而是由作家的旅行日记加工而成。

卡拉姆津选择了书信体裁。这是一种比较自由的形式，可以谈论作家在路上的所见所闻，还可以淋漓尽致地展示作者的个性。尽管作者宣称他感兴趣的首先是他的个性世界，但他还是无法对西方存在的巨大社会反差保持沉默。

"俄国旅行家"以毫不掩饰的讽刺口吻描绘了英国议会的大选。选举前夕两位候选人福克斯和古德掏腰包在两家小酒馆请威斯敏斯特拥有投票权的居民吃饭。在选举投票时，一个 13 岁的小男孩爬上看台喊到："你好，福克斯，找个地缝钻进去吧，古德"，过了片刻又说："你好，古德，找个地缝钻进去吧，福克斯"。没有人把这个捣蛋鬼驱开。

欧洲的文化生活是卡拉姆津特别感兴趣的一个话题，可以让他充分明确地表达自己的美学理想。年轻的作家要求艺术作品写人，"本色的人，摒弃一切多余的修饰"。

《俄国旅行家信札》对卡拉姆津来说，可说是一部练笔之作，使他的写作技巧趋于完善。作家的最高成就是中篇小说。即使情节取材于俄国历史，卡拉姆津也能反映出同时代人的命运。

他笔下最常见的形象是妇女，而且男女主人公的社会出身相当广泛：有农家女、大家闺秀、上流社会的太太，有地方行政长官、没落贵族、大贵族。他们都是一些爱着的人，痛苦着的人，行为高尚或道德沦丧的人。《可怜的丽莎》是一部特别成功的中篇小说，它与《大家闺秀娜塔丽娅》一起构成独特的寻找个人幸福的两部曲。在这两部中篇小说中可以找到不少共同的地方，包括卡拉姆津对两位女主人公性格所做的分析也有巧合之处。

男主人公之间的共同之处要少得多。论品质，卡拉姆津的同时代人——平庸的贵族埃拉斯特与17世纪末的贵族子弟阿列克谢不可同日而语，后者在祖国危难关头表现出真正的爱国者气概。但从纯艺术表现层面上看，埃拉斯特的形象却要深刻和丰满得多。在这里，卡拉姆津试图根据"自然规律"塑造性格。

中篇小说《可怜的丽莎》之所以能在卡拉姆津同时代读者中取得很大成功，首先应归功于作品的人道主义倾向（"农民照样会爱"）和非同寻常的悲剧性结尾（女主人公投湖自尽）。这个结尾与歌德的《少年维特之烦恼》异曲同工。

卡拉姆津的诗歌同样是在感伤主义—浪漫主义流脉中发展的。他在许多方面为浪漫主义题材和体裁作了准备。他许多诗作中的哀歌情调，对痛苦的诗意描绘是茹科夫斯基诗歌激情的前奏。许多浪漫主义诗人都对他的话抱有同感："诗人有两个生命，两个世界；假如他在现实世界里感到寂寞和不快，他会转入想象世界并凭自己的趣味和意愿生活在那里。"对卡拉姆津来说，诗人就是"高明的说谎者"。

卡拉姆津对俄国文学的发展起了重要作用，他在文学创作、文学批评乃至历史研究领域都卓有建树。

第三编

19 世纪

第四章

▶

19 世纪前期
俄罗斯文学

第一节　概述

　　19 世纪前期是俄罗斯诗歌的繁荣期，小说和戏剧的奠基期。在这个时期，浪漫主义首先成为文坛主流并发展到顶峰。

　　浪漫主义主张个性独立，追求精神解放和自由。浪漫主义的精神之父卢梭在俄罗斯同样享有极高的知名度。卡拉姆津曾密切关注夏多布里昂的创作。浪漫主义诗人茹科夫斯基虽从未彻底摆脱感伤主义，但毫无疑问，总体上来说他还是一名浪漫主义者。

　　俄罗斯的浪漫主义诞生于 19 世纪初，究其原因，一是 1812 年卫国战争后俄罗斯民族意识与个人意识空前觉醒，二是俄罗斯文学本身有融入欧洲文学进程的内在要求。

　　俄罗斯的浪漫主义鼎盛于 19 世纪 20 年代。茹科夫斯基的哲理—心理传统与雷列耶夫的公民传统代表了俄罗斯浪漫主义的两极。30 年代，俄罗斯浪漫主义平行发展的两极在莱蒙托夫和果戈理的创作中实现了融合。别斯土热夫、丘赫尔别凯、亚·奥陀耶夫斯基对心理分析、对再现人类灵魂历史的追求，突破了公民浪漫主义的局限。莱蒙托夫、赫尔岑、奥加辽夫的浪漫主义创作证明公民浪漫主义传统仍具有生命力。浪漫主义的哲理—心理传统在巴拉廷斯基、丘特切夫的诗歌，弗·奥陀耶夫斯基的系列中篇小说《俄罗斯之夜》

中体现得特别深刻和充分。莱蒙托夫的浪漫主义创作则融会了俄罗斯浪漫主义的两大传统,堪称整个俄罗斯浪漫主义艺术成就的集大成者。

19世纪前期不光是浪漫主义的繁荣期,也是浪漫主义向现实主义的转变期。就这一点而言,1825年是个具有重要意义的年份。在这一年里,格里鲍耶陀夫发表现实主义喜剧《聪明误》,普希金完成现实主义历史剧《鲍里斯·戈杜诺夫》、诗体小说《叶甫盖尼·奥涅金》的部分章节和长诗《努林伯爵》。另外,普希金这时创作的抒情诗也表现出由浪漫主义向现实主义的过渡特征,如《我记得那美妙的一瞬》《冬天的傍晚》《新郎》《浮士德一幕》《冬天的道路》《预言家》等,尤其是《书商与诗人的谈话》,可以说是诗人现实主义意识的一份独特宣言。

不过这时的现实主义还只是处于奠基阶段,尚未获得对浪漫主义的整体优势。现实主义地位的确立和巩固是在普希金、莱蒙托夫和果戈理的现实主义创作达到顶峰之后。由此可见,普希金、莱蒙托夫和果戈理不但是俄罗斯浪漫主义的杰出代表,更是俄罗斯现实主义的奠基人。

茹科夫斯基和巴丘什科夫是早期浪漫主义的两位杰出代表。

第二节　诗歌

19世纪前期的俄罗斯诗歌主要由浪漫主义、同属于浪漫主义的十二月党人、普希金圈内诗人、哲学诗人和介于浪漫主义与现实主义之间的波列查耶夫和柯尔卓夫诸多板块构成。普希金创作的前半期和作为诗人的莱蒙托夫也属于这个范畴。

瓦西里·茹科夫斯基(1783—1852)是作为感伤主义诗人开始创作生涯的,但他走得较远,并成了保守浪漫主义的代表。

作为保守（高尔基称为消极）浪漫主义诗人，茹科夫斯基认为自己的诗歌使命就是鼓吹远离现实生活，进入梦幻和内心体验的世界。维谢洛夫斯基称茹科夫斯基为"情感和真挚想象的歌手"。

命运的变化无常、世事的稍纵即逝是茹科夫斯基诗歌的基本主题。他最好的哀歌体抒情诗是《乡村公墓》（1801）和《傍晚》（1806），前者译自英国诗人托马斯·葛雷的《墓园挽歌》，后者则开了俄国浪漫主义哀歌体诗歌的先河。然而，给诗人茹科夫斯基带来最大声誉的还是他写的39首谣曲，其中包括《柳德米拉》（1808）和《斯维特兰娜》（1813）。《俄罗斯军营中的歌手》（1812）使茹科夫斯基在俄罗斯一举成名。该诗取材于俄罗斯打败破拿仑的卫国战争，讴歌爱国主义和大无畏精神。该诗用崇高和优雅的语体写成，以对应其爱国主义主题。

茹科夫斯基扩大了诗歌的题材范围，为俄罗斯文学贡献了"灵与心之诗"，因而成为俄罗斯心理抒情诗的奠基人。茹科夫斯基的诗歌语言朴素灵活，富于乐感，这个特点突出地表现在他的《歌》（1806）、《给她》（1811）、《来自另一世界的声音》（1815）等抒情诗中。

茹科夫斯基是俄罗斯当之无愧的第一个真正的抒情诗人，是普希金的导师和先驱之一，别林斯基说"没有茹科夫斯基就没有普希金"。

茹科夫斯基还是一个杰出的翻译家，译过司各特、歌德、席勒、拉封丹、荷马、拜伦和维吉尔等人的作品。

巴丘什科夫（1787—1855）也是普希金的导师和先驱之一，是普希金之前的一位杰出的抒情诗人。跟茹科夫斯基一样，巴丘什科夫也是由感伤主义转向浪漫主义的。

巴丘什科夫在更大程度上是处于俄罗斯古典主义传统而非西方浪漫主义的影响之下。如果说茹科夫斯基向往德国文学，巴丘什科夫则心仪罗曼文化。巴丘什科夫的生活经历说不上太平，结局是悲惨的。尽管深受精神病的折磨，他还是把全部精力贡献给了文学。他先是写阿那克里翁式的享乐之诗，后来则改写哀歌。

巴丘什科夫与茹科夫斯基相近，两人都对现实不满，都肯定个性及其内心世界是最高价值，都呼吁自由，倡导挣脱尘世的虚枉和鄙琐，但两者的浪漫主义也有很深刻的分歧。

巴丘什科夫是俄罗斯文学中所谓"轻诗"的主要代表人物之一。他的诗表达的不是公民主题，而是个人主题。在鼓吹享受尘世生活的同时，诗人也追求内心的独立和自由。他鼓吹躲进书斋，深居简出，只限于同亲友和情人交往。这是"轻诗"很典型的主题。"轻诗"往往篇幅不大，诗句不长，既刚健有力，又灵活而富于弹性，读来朗朗上口。正是在提炼和完善诗意方面，巴丘什科夫被认为是普希金的先驱。

十二月党人诗人代表了浪漫主义中的公民传统，其中较著名的有丘赫尔别凯（1797—1846）、亚历山大·别斯土热夫（1797—1837）、亚历山大·奥陀耶夫斯基（1802—1839）等，最著名的当推雷列耶夫。

康德拉季·雷列耶夫（1795—1826）是著名的十二月党人诗人，是公民精神的歌手和捍卫者。雷列耶夫政治抒情诗的突出特点是诗中充满高昂的革命激情、对祖国的"罪人""恶棍"的审判，以及对忘记自己公民责任的年轻一代的谴责。雷列耶夫认为，为祖国服务、信守理想是公民应尽的责任和义务。

"我不是诗人，而是一个公民"（《致亚·亚·别斯土热夫》，1825），这一著名的诗句后来在涅克拉索夫的创作中得到发展。

十二月党人起义前不久写的《公民》（1825）一诗，具有宣传鼓动性质。在诗中，雷列耶夫愤怒地斥责那些"在可耻的悠闲中打发年轻生命"的人和那些"不打算将来为人类自由而进行斗争"的人，激发人们勇敢的公民精神。《公民》融合了雷列耶夫诗歌中的所有主题，是雷列耶夫最著名的诗篇。

组诗《怀古》（1825）将爱国主义和公民观念相结合，歌颂历史人物斯维亚托斯拉夫、德米特里·顿斯科伊、叶尔马克和伊万·苏萨宁的大无畏精神。取材于乌克兰历史的叙事诗《沃伊纳罗夫斯基》（1823—1825）是雷列耶夫创作中迈出的新的一步，体现了雷列耶夫的公民理想和追求。

雷列耶夫的公民浪漫主义充满人道的、自由的、建立在公正的法律基础之上的社会生活理想，得到普希金、莱蒙托夫、涅克拉索夫的响应。

与十二月党人诗人并存的还有一个诗人群体，这就是"普希金圈内诗人"，如维亚泽姆斯基（1792—1878）、亚济科夫（1803—1847）、杰尔维格（1798—1831）等，其中以巴拉廷斯基成就最为突出，影响也最大。叶甫盖尼·巴拉廷斯基（1800—1844）是一个忧郁的诗人，对一切都充满怀疑和失望。他既不相信地上的和谐，也不相信天上的和谐；既怀疑存在"此岸"幸福的可能性，又怀疑获得"彼岸"幸福的可能性。在巴拉廷斯基看来，自古以来，人就具有二重性。不论是在自己的内心，还是在他周围的世界，都找不到和谐。正是这种认识，奠定了巴拉廷斯基的诗歌忧郁、失望和矛盾的创作基调。

1827 年，巴拉廷斯基的第一本诗集出版。这本诗集反映了巴拉廷斯基早期创作风格和创作主题，可以看作是诗人早期创作的总结。诗集中的每一首诗表现的都是不同的内心状态，彼此间没有必然的主题联系，但如果把它们汇集起来，就可以形成一条连绵不断的心路历程。

对幸福和生存价值的思考，是贯穿于诗集始终的主题，也是巴拉廷斯基整个创作的焦点。诗集中的大部分作品（如《该分手了，亲爱的朋友》，1820；《真理》，1823；《绝望》，1823）描述的是心灵的躁动与不安。抒情主人公热爱自由，渴望幸福，但一个人是否能获得幸福取决于爱的愿望能否实现。而爱却是转瞬即逝的，虚无缥缈的，他没有希望得到（"我曾拥有一切，但忽然间又一无所有"）。

巴拉廷斯基同情十二月党人，但不愿意写作政治倾向明显的诗。《最后一个诗人》（1835）具有创作宣言的性质，诗中的冲突贯穿始终。该诗表现了工业文明与大自然、与艺术的对立，以及对人性的戕害：当"四季沿着自己的钢铁大道行进"，一代代人"为工业而四处奔忙"。

诗集《黄昏》（1842）表达了孤独而又不肯屈服的诗人的悲剧性感受和对未来进步的怀疑。同时代的唯物主义者不理解他，或认为他对生活的态度太过消极悲观。尽管普希金对巴拉廷斯基评价很高，但他被后来的象征主义者重新发现也只是作为哲学诗人。

1843 年，巴拉廷斯基决定赴国外旅行。虽然他与斯拉夫派的关系不是太好，但他从巴黎写给家人的信中还是说："祝你们新年好，祝你们未来好，因为我们的未来比任何地方都多；祝贺你们，为着我们的草原，因为这是此处的科学无论如何都无法取代的广阔天地；祝贺你们，为着我们的冬天，因为它令人振奋，晶莹闪亮，并用严冬的雄辩语言比这里的演说家更有效地号召人们去运动；祝贺你们，为着我们的确比其他民族年轻 12 天，因而也会比他们更长寿，或许要长寿 12 个一百年呢。"巴拉廷斯基 44 岁时客死于意大利的那波里。

30 年代的诗坛上还活跃着一些平民诗人，他们的创作表现出民主主义和现实主义倾向。这些诗人中值得一提的应该是波列查耶夫和柯尔卓夫。

亚历山大·波列查耶夫（1804—1838）深受 20 年代十二月党人诗人的影响。在他非法出版的长诗《萨什卡》（1825）中，沙皇尼古拉一世不无根据地发现了"十二月党人思想的蛛丝马迹"。为此，波列查耶夫被发配充军。

波列查耶夫的诗中回旋着愤怒、反抗和痛苦的音符。他笔下的普通军人形象相当真实，饱含着诗人深切的同情，是诗人对俄罗斯文学的一大贡献。这一切决定了波列查耶夫的历史地位：他是贵族革命诗人和民主革命诗人之间的联系纽带。

波列查耶夫诗歌发展的基本路线是现实主义，尽管他的许多诗作与莱蒙托夫叛逆的浪漫主义抒情诗异曲同工。从波列查耶夫的诗中可以发现残酷的尼古拉一世时期的本质特征。

历史地看，波列查耶夫的诗是处在通向涅克拉索夫的道路上。

比起波列查耶夫，在30年代俄罗斯文学发展进程中，柯尔卓夫是迈向民主主义和涅克拉索夫更重要的一步。

阿列克谢·柯尔卓夫（1809—1842）自学成才，他的诗曾经相当流行。柯尔卓夫是以歌谣进入俄罗斯文学史的，这些歌谣给他带来了"俄罗斯的彭斯"的美誉。同时代人视他为杰出的人民诗人，他第一个表现了普通人的真实生活，既不加以理想化，也不添枝加叶。

柯尔卓夫的诗的核心主题是俄罗斯农民的日常生活。他讴歌和颂扬俄罗斯农民对土地的依恋，农民神圣的劳动和俄罗斯广袤无垠的大地（上帝无限仁慈的象征），他虔诚地体验着的诗化的土地。

传记作家指出过父亲对柯尔卓夫的不良影响（父亲是牲畜贩子），但却忘记说这反倒让年轻的诗人得以尽情呼吸南俄罗斯草原的自由空气。柯尔卓夫诗中对自由与辽阔的向往正是来源于此。《灵魂就是这样向往的》（1840）和《雄鹰的沉思》（1840）两首诗鲜明地表现了诗人对另一种生活的探寻。后者描绘了一个勇敢自由的雄鹰形象。对俄罗斯人来说，柯尔卓夫就是自由飞翔的"俄罗斯诗歌的雄鹰"，是"对自由与光明的骄傲呼唤"。

柯尔卓夫的诗歌还有一个主题——爱情。在柯尔卓夫笔下，爱情大多是不幸的，但并非没有希望（《爱的时节》，1837）。1837年，为悼念普希金之死，柯尔卓夫创作了具有象征寓意的《森林之诗》（1837）。诗中的森林是诗人的象征：他久久地抵抗风暴，但最终还是成为秋天"邪恶势力"的牺牲品。《森林之诗》与《收成》（1835）和《农夫之歌》（1831）一道，被数代俄罗斯人争相传诵。

尽管如此，在柯尔卓夫笔下，大自然始终是幸福快乐的源泉。柯尔卓夫清晰地表明了对世界的肯定态度，他的爱情诗和风景诗是这样，反映贫苦农民恶劣生活环境的歌谣也是如此，如《痛苦的命运》（1837）、《穷人的命运》（1841）、《十字路口》（1840）、《村夫的沉思》（1837）、《车夫库德里亚维奇的第二首歌》（1837）等无不流淌着感人至深的对生活的热爱和乐观主义情绪。

柯尔卓夫有"草原诗人""穷人诗人""爱情诗人"之称。柯尔卓夫的贡献在于，他使普通百姓的语言获得了合法地位。他向民歌学习技巧和表达手段，前无古人地将民歌中的语汇和形象、谚语和俗语、比喻和象征运用于自己的诗中。还有一点是新的，即有着独特语言和独特思想的穷人进入了俄罗斯文学。柯尔卓夫对涅克拉索夫和叶赛宁影响很大，也堪称屠格涅夫《猎人笔记》的先导。

第三节　小说

19 世纪之初，感伤主义小说走向衰落，浪漫主义继之而起，并成为 19 世纪前 25 年俄国小说的主流。与此同时，另一个动向值得关注，这便是浪漫主义向现实主义的转变，也是在这期间开始和完成的。

19 世纪初期活跃于小说领域的主要是以卡拉姆津为首的感伤主义作家，但由于政治局限性，卡拉姆津流派的小说没能参与到现实主义的形成过程中来。在卡拉姆津的《俄国旅行家信札》取得巨大成功后，又过了至少 25 年，长篇小说才在俄罗斯文坛站稳脚跟。

值得注意的是描写道德风俗的长篇小说在俄罗斯的出现，其代表人物是瓦西里·纳列日内（1780—1825）。他的成名作是在法国作家雷萨日和英国作家菲尔丁的影响下写成的长篇小说《吉尔·布拉斯，或加弗利拉·西蒙诺维奇·契斯佳科夫公爵旅行记》（1814，1838）。这是俄罗斯第一部描写骗子的小说，其主人公是只有两个农奴的破落贵族契斯佳科夫公爵。在寻找被抢走的妻子的过程中，契斯佳科夫漫游了无边无际的俄罗斯，从而认识到俄罗斯帝国的所有潜在缺点。随着情节的展开，作者通过霉运连连的契斯佳科夫的眼睛，将俄罗斯社会不同阶层的人物推上舞台。纳列日内被别林斯基誉为"俄罗斯第一个长篇小说家"，他遵循的依然是感伤主义和启蒙主义传统，但对日常生活的描写已相当接近真实。这一点他可以说是"自然派"的先驱。纳列日内对果戈理的《死魂灵》产生了明显的影响。

将吉尔·布拉斯移植到俄国的还有一些作家的作品，如法捷伊·布尔加林（1789—1859）的长篇小说《伊凡·维日金》（1829）和根纳季·西蒙诺夫斯基（生卒年不详）的长篇小说《俄罗斯的吉尔·布拉斯，或亚历山大·西比里亚科夫的漫游，或生活的学校》（1832）。但真正的俄罗斯的吉尔·布拉斯注定要到10年后才会出现，那便是果戈理《死魂灵》中的主要人物巴维尔·伊万诺维奇·乞乞科夫的形象。

这一时期人们喜爱阅读历史小说。米哈伊尔·扎戈斯金（1789—1852）以长篇小说《尤里·米洛斯拉夫斯基，或1612年的俄罗斯人》（1829）为俄罗斯长篇小说的体裁奠定了基础。他也因该小说而获得"俄罗斯的司各特"之称。小说取材于1612年波兰人攻陷莫斯科这一历史事件。作品的爱国主义主题得到了普希金和茹科夫斯基的呼应，尽管扎戈斯金流露出几分略显狭隘的民族主义情绪（他抨击西方在俄罗斯的影响，"1612年的俄罗斯人"保存着对自己古老习俗和东正教教会的忠诚），而且对人物心理的刻画还比较薄弱，对历史细节的描写还不够忠实可信。但古老习俗、传统信仰和百姓的宗法制生活在小说中反映得比较真实，民歌谚语使用得比较恰当，这使得小说获得了非同寻常的成功。

德国作家霍夫曼的影响与司各特完全不同。我们可以在这一时期的文坛巨匠的作品中见到他的影响，如普希金的《黑桃皇后》或果戈理的《肖像》。就连一些二流作家的笔下也能见到他的影子，如奥陀耶夫斯基和维尔特曼。

弗拉基米尔·奥陀耶夫斯基（1804—1869）深受德国浪漫主义特别是谢林哲学的影响。奥陀耶夫斯基创作的意义在于，他是给浪漫主义与现实主义之间的冲突和论争以及向现实主义创作方法的过渡所作的一个注脚。奥陀耶夫斯基的中篇小说《4338年，彼得堡书信》（1835）很有名，这是俄罗斯最早的社会乌托邦小说之一。在奥陀耶夫斯基的乌托邦里，俄罗斯凌驾于整个世界之上（盎格鲁—撒克逊世界再也不足挂齿），寒冷的涅瓦河畔的彼得堡是新文明的中心，拥有怡人的气候和热带植被，人们使用电话、照相机、电气火车，并能去月球旅行。

亚历山大·维尔特曼（1800—1870）的长篇小说《朝圣者》（1832）也独具特色。维尔特曼是俄罗斯文学中怪诞风格的创始人，这种怪诞风格在后来的果戈理和陀思妥耶夫斯基笔下可以见到。受霍夫曼和迈斯特的影响，维尔特曼的"朝圣者"借助地图不用转车便可直接去朝圣，并不断落入荒唐的境地（梦与醒的边缘）。可能维尔特曼把自己的作品看成了对沙里科夫式的模仿性旅行记的戏仿。

在俄罗斯小说发展过程中，十二月党人起了重要作用，其中最多产和最具特色的小说家是别斯土热夫-马尔林斯基（1797—1837），也就是前面提到的十二月党人诗人亚历山大·别斯土热夫。他写批判性小说，也写日常生活小说，内容富于传奇、神话、冒险和神秘色彩。激昂的语调、华丽的辞藻、不羁的想象、炽热的情感，连同浪漫的情节构成了马尔林斯基特有的风格。

马尔林斯基的浪漫主义中掺杂了现实主义成分，他笔下也有一些真实而生动的取自战争环境的形象、上流社会和地方贵族的生活场景，但总的来说他还是浪漫主义较为鲜明的代表之一。马尔林斯基的名字在 19 世纪 30 年代如雷贯耳，追随者和模仿者甚多，但自从普希金和果戈理的小说，尤其是莱蒙托夫的《当代英雄》问世后，马尔林斯基便风光不再。

普希金 30 年代的创作明显由诗歌转向散文：《别尔金小说集》《黑桃皇后》《上尉的女儿》，未完成的《杜布罗夫斯基》《戈留辛诺村的历史》《埃及之夜》《彼得大帝的黑教子》等均出自他的笔下。

与普希金同时在 30 年代写小说的还有青年果戈理，他相继发表了中篇小说集《狄康卡近乡夜话》（1831）、《密尔格拉德》（1835）和《彼得堡故事》。果戈理的小说与普希金的小说一道成为俄罗斯小说的奠基之作。

第四节　戏剧

19 世纪前期，俄罗斯戏剧舞台上的主要体裁还是悲剧，因为用这一崇高戏剧体裁讴歌公民理想非常符合十二月党人时代的英雄主义精神。然而在剧目中占主要地位的已不是 18 世纪古典主义悲剧，而是感伤主义剧作家弗·奥泽罗夫（1769—1816）的作品：《雅典的俄狄浦斯》（1804）、《德米特里·顿斯科伊》（1807）等。

奥泽罗夫的悲剧同古典主义的悲剧相比，具有较为深刻的心理分析，但尚未彻底摆脱古典主义悲剧的传统形式，在塑造人物性格方面也没能超越感伤主义的假定性和片面性。

创作悲剧的还有十二月党人圈内的作家格里鲍耶陀夫、丘赫尔别凯、雷列耶夫和普希金。其中只有普希金成功地完成了时代的重任，创造出了能够表达时代精神、满足历史需要的悲剧。俄罗斯文学中第一部现实主义悲剧典范《鲍里斯·戈杜诺夫》（1825）正是出自普希金的笔下。

亚历山大·格里鲍耶陀夫（1795—1829）还很年轻时就创作了不朽的喜剧《聪明误》。该剧的情节相当简单。恰茨基在国外留学三年后返回莫斯科，但他少年时代的所爱索菲娅已经爱上父亲法穆索夫的秘书莫尔恰林。索菲娅不赞成恰茨基的新思想。可聪明的恰茨基却全然没有发现索菲娅对他根本无动于心。以法穆索夫为代表的保守的莫斯科（"房子是新的，但思想是旧的"）越来越让他失望。索菲娅散布谣言说恰茨基疯了，这才让恰茨基猛然清醒过来。他愤怒地抨击落后的莫斯科（"这就是社会舆论"）并听到莫尔恰林的回答："啊，恶毒的语言比手枪还可怕。"他戳穿索菲娅的谎言，愤然离开莫斯科。

《聪明误》是对19世纪20年代莫斯科的绝妙讽刺。作者以完美的现实主义笔法成功刻画了主人公们的性格。这不是一些概括性的人物，而是具体的、个性化的，每个人都有自己特有的说话风格。从作者的角度看，只有一个地方对古典主义让了步——保持时间和地点的统一。《聪明误》中的许多说法都变成了名言警句，如前面说的"房子是新的，但思想是旧的"（换汤不换药）。恰茨基是青年一代的代表，他曾在法穆索夫家同索菲娅一起读书，他们有过共同的法国老师。后来他出了国，为在国外完成学业而与莫斯科上流社会关系中断。上流社会越是痴迷于法国，恰茨基就越是倾向于亲俄（"就连祖国的烟雾都让我们觉得甜美舒服"）。他认为贵族不了解人民的真实处境，不了解农奴制，有影响力的人们不理解进步思想。结果莫斯科的社会舆论群起反对恰茨基，他注定因报国无门而经受磨难（从这点来看，这更像悲剧）。令恰茨基大为伤心的还有索菲娅的欺骗。最糟糕的是索菲娅一心只想着莫尔恰林，一个一门心思向上爬的势利小人，没有丝毫的个人见解。莫尔恰林卑鄙胆小，表面上喜欢索菲娅，暗地里却勾引女仆丽莎。还有一个典型——斯卡洛祖勃上校。对他来说，只存在事物的表面，他企图做一个机智的人，却落得个俗不可耐。法穆索夫想把女儿许配给上校。法穆索夫自己身居高位，认为将女儿许给他会让自己迅速暴富。他认为读书是造成思想自由和秩序混乱的原因，看不出书店和饼干店有何区别。他反对法国人，只因为法国人是"口袋与心脏的杀手"。他的一切言行唯别人的议论马首是瞻。但法穆索夫的形象并不怪诞。格里鲍耶陀夫说过，他讨厌漫画，他的作品中找不到漫画似的人物。这话不错，法穆索夫是一个可爱、生动、鲜活的人，他正面的特点是好客和单纯。索菲娅与其他人不同，她很出众，但修养太浅，无法理解理想主义者恰茨基的义愤。同时代人认为，《聪明误》是一部大作品，反映社会政治问题，就内容而言是及时的、深刻的，就语言而言是现实主义的、优美的。《聪明误》是俄罗斯文学中第一部现实主义喜剧，为果戈理开辟了道路。

格里鲍耶陀夫的《聪明误》和普希金的《鲍里斯·戈杜诺夫》问世后的 10 年间，俄罗斯戏剧创作出现了颓势。这期间，尽管普希金创作了几部小型悲剧，莱蒙托夫创作了富有浪漫主义叛逆激情并表达了 30 年代进步人士情绪的《化装舞会》，果戈理创作了轰动一时的《钦差大臣》，但除了《钦差大臣》，19 世纪 30 至 40 年代俄罗斯戏剧创作的成绩并不尽如人意，这种状况直到奥斯特罗夫斯基（1823—1886）出现才得到彻底的改变。奥斯特罗夫斯基 40 年代末开始写作，其主要活动在 19 世纪中后期。

第五节　寓言

受文体局限，寓言几乎从未成为文学中的常规体裁，但在 19 世纪前期的俄罗斯文坛，克雷洛夫的寓言却是一个重要现象，其影响也异常深广，因此不能不提。

克雷洛夫（1769—1844）是18世纪俄罗斯的启蒙者之一，他同冯维辛和拉季舍夫一道巩固了18世纪末俄罗斯文学中的现实主义倾向。克雷洛夫的文学活动始于18世纪80年代，主要是以戏剧家和讽刺杂志出版人的身份登上文坛的。1805年开始写寓言，共写了两百多篇。克雷洛夫的寓言是他此前讽刺活动的继续，但比起他18世纪的讽刺作品，他的寓言在内容上要丰富得多。克雷洛夫的寓言大多是抨击俄罗斯沙皇专制和农奴制的。

作家揭露统治阶层的腐败堕落、飞扬跋扈、贪赃枉法，抨击地主的不劳而获、愚昧无知、妄自尊大，展示人民在社会生活中的作用和他们的艰难处境，如《狼与羊》《叶与根》《农民与河》《鹅》《橡树下的猪》等。取材于1812年卫国战争的著名寓言《狼入狗舍》，假借猎人之口表达了这样的思想："与狼不可能和平相处，除非剥下它们的皮"。对待敌人就应该这样。

除社会政治题材寓言外，克雷洛夫还写过一些道德教育性质的寓言，如《乌鸦与狐狸》《两只狗》《撒谎者》《狼与鹤》等。

在这些寓言里，作者对诸如虚伪、谄媚、愚昧、忘恩负义、自吹自擂、溜须拍马等恶劣品行予以无情的嘲笑。在克雷洛夫的寓言创作中，现实主义占主导地位。克雷洛夫的寓言是对现实生活艺术的、真实的、形象的再现。他善于通过高度个性化的生动形象来揭示那个时代的典型特征。克雷洛夫的寓言深刻反映了俄罗斯民族日常生活的特点和俄罗斯民族性格的特点。不仅如此，他还广泛运用民间语汇、谚语和俗语，以及俄语中特有的表达方式，因此，克雷洛夫的语言机智、犀利、生动、灵活。他的许多形象和说法已成为谚语和俗语，如"过分热心的傻瓜比敌人更危险"（越帮越忙），"在强者那里总是弱者的错"（秀才遇到兵有理说不清）等。果戈理称克雷洛夫为"人民诗人"，认为克雷洛夫的寓言是俄罗斯人民的共同财富。

第六节　普希金

亚历山大·普希金（1799—1837）出身贵族，有黑人血统。早在童年时就认识卡拉姆津和茹科夫斯基。1811—1817年就读于皇村学校，皇村学校文学气氛浓厚，自由思想活跃。普希金经常在阿尔扎玛斯文学社中与文学界的保守派进行争论。

1819年参加蓝灯文学社。1820年因《自由颂》一诗而被流放南方。1820—1824的四年时间，普希金是在克里米亚、高加索、基什尼奥夫和敖德萨度过的。1824—1826年，普希金又在世袭庄园米哈伊洛夫斯科耶村过了两年幽禁生活。流放南方和幽禁乡村时期是普希金文学创作上的多产期。游历克里米亚和高加索使他写出了《高加索的俘虏》、《巴赫奇萨拉伊泪泉》和《茨冈人》。

在基什尼奥夫，他开始创作诗体小说《叶甫盖尼·奥涅金》。在偏远的米哈伊洛夫斯科耶，除了诗以外，他继续创作《叶甫盖尼·奥涅金》，还写出了长诗《努林伯爵》（1826）。普希金的许多朋友都与十二月党人起义有瓜葛，但他本人未受到牵连。1826年，普希金获准返回莫斯科和彼得堡。1830年，普希金在父亲的庄园波尔金诺度过一个高产的秋天，史称"波尔金诺的秋天"。他完成了《叶甫盖尼·奥涅金》，创作了《别尔金小说集》、滑稽长诗《科洛姆纳的小屋》以及四部小型悲剧。1831年，普希金与"莫斯科第一美人"娜塔丽娅·冈察洛娃结婚，并开始写作《普加乔夫历史》、长诗《青铜骑士》以及关于彼得大帝的历史著作。1836年，普希金创办《现代人》杂志，并在该刊上发表了长篇小说《上尉的女儿》。1837年1月，普希金与荷兰公使盖克伦的养子乔治·丹特士决斗，身负重伤，两天后与世长辞。

普希金是"俄罗斯诗歌的太阳"，一生创作了近800首抒情诗，12部长诗。

在普希金的抒情诗中，爱情诗和风景诗占有很重要的地位。与冈察洛娃结婚是普希金生平与创作的转折点。1830 年前写的诗中主要是哀诗性质的，吟咏对以往爱情的感伤回忆。写给凯恩的《我记得那美妙的一瞬》（1825）是一篇令人叹赏不已的爱情表白，同时也堪称诗人的诗歌纲领。不止一次被谱曲的《我爱过你》（1829）是普希金爱情诗的杰作。1830 年后普希金的抒情诗中占主导地位的是激情和对女性的赞美。《冬天的早晨》（1829）和《秋天》（1833）讴歌俄罗斯大自然的美。从"波尔金诺的秋天"开始，诗人的抒情诗具有了深刻的哲理内涵，表明诗人确实在向过去告别。

自由主题在普希金整个创作中始终占有牢固地位。早在 1818 年诗人就写了《致恰达耶夫》，呼吁人们响应处于"致命压迫下"的祖国的召唤，一起等待"神圣自由的一刻"，并"把心灵美好的激情献给祖国"。诗人深信，"在专制制度的废墟上，将写上我们的姓名"。为十二月党人朋友而作的《致西伯利亚的囚徒》（1827）是普希金的名篇之一，诗人鼓舞在西伯利亚服苦役的朋友们，希望他们保持"高傲的忍耐的榜样"，坚信他们的努力不会付之东流，"大家期待的时辰就会光降"。

普希金始终关注诗人的地位和作用问题。《先知》（1826）、《诗人》（1827）、《致诗人》（1830）和《诗人与群俗》（1828）等诗反映了普希金对这一问题的思考。《先知》是普希金抒情诗中的重要作品之一。对诗人的地位问题，普希金的回答是：诗人不光是宠儿和导师，还是先知；诗人所洞悉的未来真理应该点燃人们的心灵。《诗人》和《致诗人》两首诗表明，普希金反对当权者要把他变成百依百顺的宫廷诗人的企图。普希金认为，创作的过程应该是一种神启，诗歌应该远离过于具体的日常生活和功利目的。同时代人及后来的研究者都不大清楚普希金的"群俗"究竟是指什么。有人认为是普通百姓，因而断言普希金坚持为艺术而艺术原则；也有人认为是卑鄙而狭隘的"上流社会"，正是他们使得诗人的生活变得复杂。其实，准确些说，"愚钝的群俗"应该是指那些将诗歌令人振奋的神性化为乌有的功利主义者。而诗人——

> 我们是为了灵感，为了
> 甜蜜的音响和祈祷而生，
> 不是为了生活上的琐事，
> 不是为了贪婪和战争。

《纪念碑》（1836）同样表达了这一主题。《纪念碑》是对贺拉斯和杰尔查文同名诗作的改写，作于诗人去世前不久。诗人自信，他"昂起那颗不肯屈服的头颅"，高于亚历山大的纪念柱。他将在自己的诗中得到永生，俄罗斯所有的民族都将敬奉他，而他之所以得到人民的敬爱，那是因为：

> 在我这严酷的时代，我歌颂过自由，
> 并且为那些倒下去的人们祈求过宽恕、同情。

《纪念碑》堪称普希金的诗歌遗嘱，是诗人一生创作的总结。

普希金最重要的作品是耗时八年才终于完成的诗体小说《叶甫盖尼·奥涅金》，这是普希金一生创作的顶峰。这部诗体小说的主人公是当时俄罗斯社会的典型代表，他表面上很有文化修养，拥有农奴，沉湎于彼得堡上流社会的懒散生活。在舞会上他摆出一副失意青年的样子，仿佛不堪忍受生活的重负。来到从伯父那里继承来的庄园后，他结识了留学德国的青年诗人连斯基。两个年轻人与地主邻居拉林的女儿达吉雅娜和奥尔迦相识。奥尔迦是个举止轻浮的姑娘，生活无忧无虑。达吉雅娜富于诗意，深受 18 世纪道德和感伤主义文学的熏陶。她爱上了奥涅金，并写了一封感人至深的情书向他表白，可傲慢的花花公子拒绝了她，还与连斯基的女友奥尔迦逢场作戏。连斯基向奥涅金发出决斗的挑战，奥涅金在决斗中杀死了自己的朋友。对达吉雅娜而言，生活没有了任何意义。在母亲的劝说下，她到了莫斯科，嫁给了一位老将军，从而进入彼得堡上流社会的交际圈。在外漂泊多年的奥涅金回到彼得堡。透过华丽的衣着，奥涅金在光彩照人的贵妇人身上依稀辨认出从前那位淳朴的乡村姑娘。这一次是他爱上了她。奥涅金写了一封情书向她表白，但达吉雅娜拒绝了他。

奥涅金是俄罗斯文学中"多余人"的鼻祖。尽管才华出众，聪明过人，奥涅金还是无法看到生命的意义。他过着空虚无聊的生活，且玩世不恭（这其实也是一种消极抗议）。他所受的教育和贵族环境害了他。他找不到生活的目标，也无力摆脱自己的习惯和周围环境的影响。普希金诗体小说的主人公是孤独的，但诗人并不是一味否定他，简单地指责他的尖酸刻薄、个人主义和利己主义。相反，普希金给他发生变化的机会，让他成熟起来。这一点表现在三个阶段：首先，连斯基的死迫使奥涅金对自己的生活进行反思；其次，在浪游俄罗斯过程中奥涅金认识到自己时代的问题——据书报检查机关判断，普希金明显压缩了第18章，也就是写奥涅金漫游的那一章，后来又把这一章放在了附录中；最后，是达吉雅娜对奥涅金的拒绝。男主人公后来的命运我们无从知道。20世纪50—60年代，围绕奥涅金会成为怎样的人——"多余人"还是十二月党人这个问题还爆发了一场激烈的论战。达吉雅娜·拉林娜与奥涅金形成鲜明的对照：有人认为这是小说中的真正俄罗斯元素，就连达吉雅娜这个名字都是普通百姓的名字，在当时只有下层人才会取。她不想把自己的幸福建立在对婚姻的破坏或对丈夫的背叛上。达吉雅娜以恪守原则而在光彩夺目的俄罗斯文学女性形象画廊中占有了自己的一席之地。达吉雅娜形象在很多方面决定了普希金的世界意义。不是所有的人都对《叶甫盖尼·奥涅金》击节赞赏，跟任何一部俄罗斯文学巨著一样，对这部诗体小说不是没有过争议。

普希金专门为《叶甫盖尼·奥涅金》创造了独特的"奥涅金诗节"。所谓"奥涅金诗节"，就是普希金在欧洲十四行诗格律的基础上，结合俄语音节和重音的特点推出的一种诗体。每节由三组四行诗和一组两行诗组成，押韵和音节方面都有一定之规。诗节之间衔接流畅，节奏和谐，既构成一个相对封闭的整体，彼此之间又不失内在的联系，从而使整部小说显得极其严整。

《叶甫盖尼·奥涅金》的另一个显著特点是大量的抒情插笔，如：

> 人们啊，你们就像
> 你们原始的妈妈——夏娃，
> 凡是到手的都不喜欢，
> 只有那蛇的遥远呼唤
> 使你们想往。——去吧，去吃那禁果，
> 不然，天堂就不是天堂！

这些抒情插笔或是诗人对生活的感受和思考，或是对大自然和人的赞美，都与情节有关。抒情与叙事融为一体，优美的形式与朴素的语言相得益彰，这不仅深化和扩展了小说叙述的功能，而且鲜明地反映出诗人的个性。

悲剧《鲍里斯·戈杜诺夫》（1825）是普希金在戏剧领域的代表作。该剧取材于卡拉姆津的《俄罗斯国家史》，具有莎士比亚式的激情。这是深入研究俄国历史的结果，是对俄国古典主义戏剧传统的大胆突破。普希金摒弃了古典主义的三一律，场景不断变换，地点各不相同，情节持续多年。《鲍里斯·戈杜诺夫》的新颖之处还在于，普希金把人民作为巨大的历史动力推上了舞台，包括老迈的历史学家皮缅。犯有弑君之罪的鲍里斯尽管不乏治国的雄才大略，但终究无法赢得人民的信任，他的失败证明了这一点。

四部所谓"小悲剧"（1830）证明普希金是一位擅长对人类灵魂进行细腻分析的大师。他深刻地探讨了贪婪、嫉妒、肉欲等对人的灵魂所具有的破坏力。"四小悲剧"中的《吝啬的骑士》反映了缺乏人性的金钱至上；《莫扎特与萨里埃里》取材于萨里埃里毒死天才莫扎特的传闻；在《石客》中，普希金推出了自己的唐璜形象，他不光是女性的诱惑者，还是一名叛逆者；《疫病流行时的晚宴》是对英国诗人约翰·威尔逊《瘟疫流行时的城市》（1816）长诗片段的自由改写，提倡豁达的人生态度，乐观地面对死亡。

普希金的《别尔金小说集》（1830）是俄罗斯小说史上的划时代作品，是俄罗斯小说走向成熟的第一步。在此之前，俄罗斯小说还处于相对落后的状态。《别尔金小说集》由《暴风雪》《驿站长》《射击》《村姑小姐》《棺材匠》5个短篇小说组成。这5篇小说充分体现了普希金本人对小说的要求："行文要朴素、简洁和清晰"（语出未完成的《彼得大帝的黑教子》）。普希金允许自己在此使用朴素的口语，因为别尔金是以整个系列小说的讲述者身份出现的。《别尔金小说集》中最优秀的作品是《驿站长》，其主人公驿站长维林的形象是俄罗斯文学中"小人物"系列形象的滥觞。

《戈留辛诺村的历史》描写农奴制下农民的生活。未完成的中篇惊险小说《杜布罗夫斯基》（1833）讲的是一位青年贵族为报复父亲对他不公而成为一名"行侠仗义的强盗"的故事。

中篇小说《黑桃皇后》（1833）讲的是一个扣人心弦、引人入胜的故事。主人公青年军官格尔曼迷恋赌博，有一次无意中得知一位老伯爵夫人能够猜中三张可以赢钱的牌。为了获得这个秘密，他佯装追求她的养女，并借与后者约会之机在夜间悄悄潜入伯爵夫人的卧室，对她软硬兼施，不料把她吓死。从伯爵夫人葬礼回来的那天夜里，伯爵夫人的幽灵出现在他面前，满足了他的愿望。根据伯爵夫人的指点，格尔曼连赢两场，但他没有见好就收，结果在第三场前功尽弃，输得精光。

《黑桃皇后》和《别尔金小说集》中的《暴风雪》具有鲜明的浪漫主义特征，说明普希金在转向现实主义之后，仍未完全放弃浪漫主义。

《上尉的女儿》（1836）是普希金最后一部小说作品。这是由青年军官格里尼奥夫记录的一个家庭故事。主人公格里尼奥夫是事件的直接参与者。爱情是小说的情节主线，情节中穿插了有关 18 世纪农民起义领袖普加乔夫的历史性叙述。虽然普希金认为人民造反是"无意义的和无情的"，但作者笔下的普加乔夫形象极富人情味：他并不是沙皇政府所说的什么妖魔鬼怪，也不是什么疯狗，而是一个追求正义的人，一个果敢坚毅和思维健全的人。作为普加乔夫的敌人，历史人物叶卡捷琳娜二世也出场了。《上尉的女儿》写了三年，可以说是跟诗体小说《叶甫盖尼·奥涅金》同样成功和完整的作品。

提起普希金，人们通常会使用最高级的词汇，尤其是在俄罗斯本国："普希金是我们的一切""普希金是百川之源"。普希金的创作是俄罗斯文学迈出的一大步。他具有多方面的创作才能，在抒情诗、戏剧、小说和文学理论方面都卓有建树。普希金使艺术创作摆脱了各种教条，并面向现实，将现实生活作为艺术创作的根基。他几乎在所有的体裁领域都有非凡的创造。他确立了俄国文学中的现实主义原则，并提供了现实主义文学的典范作品。普希金的创作全面反映了当时的俄罗斯人民的生活，反映了其历史过去和对光明未来的憧憬。普希金创造了俄罗斯文学中"多余人"的鼻祖，也开了写"小人物"的先河。普希金缔造了现代俄罗斯文学语言，大大提高了俄罗斯文学的艺术表现力。他的语言至今仍是清晰、准确、生动、优美和朴素的典范。普希金以自己的创作为世界文学宝库做出了不朽的贡献。

普希金的创作是全人类的共同财富。

第七节　莱蒙托夫

米哈伊尔·莱蒙托夫（1814—1841）3 岁丧母，由外婆抚养成人。13 岁读拜伦和莎士比亚，14 岁考入莫斯科大学贵族专修班（俄罗斯当时最好的学校之一）。尼古拉一世时的秘密警察头目下肯道尔夫认为该校学员的政治情绪过于自由，便将学校改造成中学，允许体罚。1830年，莱蒙托夫考入莫斯科大学，因参加学潮而被迫转学，但未能成功，于是莱蒙托夫决定参军，在士官学校度过了"可怕的两年"。在这里，莱蒙托夫创作了长诗《恶魔》这部浪漫主义的杰作。剧本《化装舞会》（1835）用讽刺笔调清算作者所深恶痛绝的贵族。"杀死普希金的一枪唤醒了莱蒙托夫"（赫尔岑语）。在纪念普希金的《诗人之死》（1837）一诗中，莱蒙托夫对那些"扼杀自由、天才和荣耀的刽子手"给予了无情的鞭挞。莱蒙托夫因此而获罪，被发配到高加索。在更换了几处服役地点之后，莱蒙托夫得到宽恕，并住进彼得堡。1837—1841年是莱蒙托夫的成熟期和多产期，他相继发表了自己最优秀的诗作和给他带来世界声誉的长篇小说《当代英雄》。1841年发表的《祖国》清楚地表达了诗人爱国主义情感的双重性："我爱自己的祖国，但用的是一种奇特的爱"。莱蒙托夫因在诗中抨击上流社会和发泄不满情绪而受到排挤。与法国公使的儿子决斗导致莱蒙托夫重新被发配到高加索。离开俄罗斯时，他悲愤地表达了对自己国家的厌恶（《再见吧，污秽的俄罗斯》）。去往高加索的途中，莱蒙托夫创作了不少优秀作品，如《争论》《塔玛拉》《约会》《橡树叶》等。跟普希金一样，莱蒙托夫也是决斗身亡的。

莱蒙托夫是作为抒情诗人开始创作道路的。他推崇普希金和茹科夫斯基，长诗《高加索的俘虏》就是对普希金同名作品的模仿。《诗人之死》是莱蒙托夫的成名作。诗人义正词严地指出，杀害普希金的不仅仅是丹特士一个人，还有隐藏在他身后的上流社会，是那些"蜂拥在宝座前的贪婪的一群"，他们才是真正的刽子手！"这些扼杀自由、天才、光荣的屠夫"终将会受到"神的裁判"，"严厉的裁判"！这首带有强烈政治色彩的诗篇，震撼了俄国文坛，标志着莱蒙托夫创作新阶段的开始，奠定了诗人作为普希金继承者的地位。

莱蒙托夫的抒情诗继承了普希金公民诗传统，呼唤人们为自由而斗争，但与普希金相比，莱蒙托夫的抒情格调完全不同。如果说普希金的抒情诗"充满光明的希望，胜利的预感"，那么莱蒙托夫的抒情诗中则充满悲伤和苦闷、失望与绝望。

莱蒙托夫深受自由思想和法国大革命熏陶。生活在沙皇专制制度下的俄罗斯，诗人经常感到自己身陷牢笼（《囚徒》，1837），渴望着自由。早在创作初期，莱蒙托夫就渴望自由，反对政治压迫，这些主题贯穿了莱蒙托夫一生的抒情诗创作。

孤独和苦闷是莱蒙托夫诗歌的永恒主题。在诗人看来，周围的世界犹如密封的铁桶，令人窒息。这个时代不需要、也不能容忍他的崇高理想和大无畏精神，他徒有一腔热血，却无用武之地，因而陷入孤独和苦闷之中（《孤独》）。与孤独和苦闷相伴相随的还有理想的幻灭和对未来的迷惘。

孤独的形象在莱蒙托夫诗中是丰富多样的：它是"荒野北国"孤独生长的"苍松"（《在北国的荒野上》，1841），是"在荒野中低声哭泣"的"悬崖老人"（《悬崖》，1841），是"被无情的风暴所追逐"的"落叶"（《叶》，1841），是被放逐的流浪者（《云》，1840），是身陷囹圄的囚徒（《希望》，1832；《囚徒》，1837；《邻人》，1837）。随着诗人对现实社会的认识不断加深，这一主题也在不断丰富、不断深化。《又苦闷又烦忧》（1840）是莱蒙托夫写孤独和苦闷的代表作，表达了整整一代人的情绪。

莱蒙托夫的作品异常有力地反映了理想与现实的冲突。莱蒙托夫的抒情主人公是一个不安于现状、寻求动荡生活的浪漫主义形象。《帆》（1832）中独自漂泊的"帆"，可以说是诗人的自我写照：

> 不安分的帆却在祈求风暴，
> 仿佛宁静就在风暴中蕴藏！

爱情是莱蒙托夫抒情诗的一个重要题材。莱蒙托夫的爱情诗与普希金截然不同，具有浓郁的悲剧色彩。如果说，普希金抒写的是爱的欢乐，那么，莱蒙托夫表达的则是爱的痛苦。《我对你不愿再低声下气》（1832）描述了抒情主人公从恋爱到失恋的心理发展、变化过程。他表面上想自暴自弃，以放荡不羁的行为来报复女主人公，内心却极度痛苦和矛盾。该诗对抒情主人公内心感受的描写细腻而又深刻，富于戏剧性，淋漓尽致地展现了主人公爱恨交加、欲罢不能的复杂情绪。抒情主人公对爱情的态度可以折射出他对人生的态度，他的身上已经隐约可以看到《当代英雄》中毕巧林的影子。

诗人与诗歌的使命，是俄罗斯文学的一个重要主题。它最早由十二月党人诗人和普希金提出，莱蒙托夫延续了这一主题。

莱蒙托夫很早就萌发了诗人意识，他认为诗人的使命就在于同人民交流，应当用振奋人心的语言引导社会去为美好的未来斗争。他在《编辑、读者与作家》（1840）中提出了对于诗的社会内涵的看法。在另一首诗《诗人》（1838）中，莱蒙托夫认为诗人应该是一把惩恶扬善的剑。莱蒙托夫还有不少诗作是阐述诗人与"群俗"、与社会的关系的。在他的诗中，诗人与"群俗"、诗人与社会彼此间是互不理解，甚至互相敌对的，如《预言家》（1841）。诗人—先知形象在普希金的许多诗中出现过，但莱蒙托夫的诗人—预言家形象却有其时代特征。如果说普希金在诗中展现的是上帝创造先知的过程，那么，莱蒙托夫在诗中揭示的则是预言家行动的结果。在莱蒙托夫的这首诗中，正是世人的不理解、不信任导致预言家的生活充满痛苦和磨难。

《波罗金诺》（1837）以两代人的对话形式歌颂了1812年卫国战争中俄罗斯士兵的功勋。"是的，我们那时候的人们，决不像你们"，这是这首诗所要表达的中心思想。这个朴素的观点从一个老兵的口中说出，意义非同寻常，被莱蒙托夫赋予特殊的含义。诗人为不惜牺牲生命捍卫祖国的勇士们感到骄傲和自豪，更为同时代人的委靡感到羞愧和痛苦。《祖国》（1841）更是以"奇特的爱"表达了诗人对祖国难以割舍的情怀。

人与大自然、人与宇宙的关系，也是莱蒙托夫关注的一个主题。《当那苍黄的麦浪在随风起伏……》（1837）表现的是诗人内心与大自然的和谐。自然界的和谐与美消解了抒情主人公心中的烦忧，使他确信世界是美好的。《我独自一人走上广阔的大路……》（1841）表达了诗人要将个人同宇宙融为一体的理想。

长诗在莱蒙托夫的创作中占有重要地位，并与他的抒情诗有着密切联系。《童僧》和《恶魔》标志着诗人浪漫主义长诗的最高成就。

《童僧》（1839）是莱蒙托夫根据他在格鲁吉亚游历时听到的一个真实故事创作的。一个被寺院收留并成为童僧的高加索少年，长年过着与世隔绝的生活，身心受到严重摧残。他渴望自由，终于有一天他逃出寺院，去寻找自由，重新回到故乡的山区，但没有成功。他在森林里迷了路，昏倒在地，人们又把他抬回寺院。《童僧》以濒临死亡的主人公独白形式回忆了他出逃三天的经历和感受。

与普希金浪漫主义长诗中的主人公不同，童僧是一个被迫过奴隶般生活的"自然的人"，自幼心中燃烧着的"火一般的热情"呼唤着他飞向"激动与战斗的世界"，"像苍鹰般自由自在"地生活。童僧是一个行动的英雄，他像莱蒙托夫所有具有反抗精神的主人公一样，认为生活的意义就在于行动，在于斗争。童僧的行动虽然失败了，但这不能摧毁他对自由的渴望和激情，这激情本身就是毫不妥协的反抗精神的象征。可以说，莱蒙托夫在《童僧》中把主人公的叛逆精神和不屈的意志开掘到了极致，在非人的生存环境中赋予主人公极具挑战性的行为，使主人公的形象更富英雄的浪漫主义光彩。

如果说《童僧》里反映的矛盾和冲突发生在人间的话，那么，在《恶魔》中莱蒙托夫则把这种矛盾和冲突放置到整个宇宙的背景下。诗人借助于圣经中恶魔与上帝为敌的故事，塑造了一个富有传奇色彩、极其复杂而又矛盾的恶魔形象。恶魔是一个勇敢的叛逆者,他因反抗上帝而被谪放出天国;他是"认识和自由的皇帝",是智慧和意志的化身;他又是个在人间"散播着罪恶得不到欣喜的"孤独的、邪恶的精灵,是"竭尽全力憎恨一切""蔑视世上的一切"的怀疑主义者和虚无主义者。他身上同时并存着善与恶两种截然对立的品质,既令人神往,又令人惧怕。

塔玛拉的美貌使恶魔空寂的内心重新认识到"爱情、至善以及美的神圣",让他重新想起"往日的幸福的梦幻"。然而,恶魔心中的这种美好的感情却引发了另一个邪恶的欲念:为了得到塔玛拉,在塔玛拉新婚前夕,他用幻想扰乱了她未婚夫的心智,促使他死亡。随后,他又用幻想瓦解了塔玛拉对未婚夫的思念,让她心中"充满罪恶的思想",不再理会人间"纯洁的欢乐"。恶魔对塔玛拉的爱情是极为矛盾的,他爱塔玛拉,可是,他的爱又是自私的,他要用塔玛拉的爱情作为换取他与天国和解的筹码。

恶魔命运的讽刺性在于:恶魔反抗上帝,但他又希望重新回到和谐的天国;他要报复上帝和世界,但又把自己排除在道德价值之外,结果也报复了自己;他渴望善,却借助恶的手段达到目的。他是"认识和自由的皇帝",但他没有希望,没有信仰,永远陷入了怀疑的深渊,而巨大的权力、绝对的自由和全知全能也只能成为他的痛苦。他想在蔑视和憎恨人世的同时又感受与整个世界相融合的愉悦,这是不可能的,因为不论是天国,还是尘世,都有它自己的生存规则。尽管恶魔身上激情迸发,但他始终处于这种矛盾的境地,终因找不到出路、找不到自己的位置而忧郁和痛苦。

莱蒙托夫的长诗与普希金流放南方时期创作的长诗一样,是俄罗斯浪漫主义文学的最高成就。

莱蒙托夫在小说领域也贡献巨大,被称为俄罗斯社会心理小说的鼻祖。长篇小说《当代英雄》(1840)讲的是强者与社会之间的冲突。

作者最为关注的是社会对主人公心理产生的影响。主人公毕巧林是位青年贵族军官,过着空虚无聊、荒诞不经的生活,喜欢在爱情游戏中猎奇冒险,徒劳地挥霍着自己的大好年华。然而,这些并不能使他得到满足,他内心深处似乎埋藏着有所作为的渴望。这是一个冷酷自私、铁石心肠的利己主义者。莱蒙托夫选取了毕巧林生活中的不同片段,从不同角度予以再现。小说由五个联系较为松散的故事组成,每个故事讲一个片段。第一篇《贝拉》讲首都的花花公子毕巧林遇到年轻淳朴的贝拉,希望从对她的爱中汲取新的生活动力,可这爱非但没能拯救他,反而给贝拉带来了毁灭。第二篇《马克西姆·马克西姆维奇》讲毕巧林从前的指挥官和朋友马克西姆·马克西姆维奇与冷漠的主人公的会面。毕巧林要去波斯,结果毫无目的、毫无意义地死在路上。小说主人公的悲剧通过毕巧林的日记在心理层面上得到深化。日记分为三个故事,即相对独立的《塔曼》、《梅丽公爵小姐》和《宿命论者》。《塔曼》讲毕巧林出于好奇跟踪走私者险些丧命。《梅丽公爵小姐》可以看作一部独立作品,同时又是《当代英雄》中分量最重的一部分。在疗养城市五峰山疗养期间,毕巧林出于对格鲁希尼茨基的妒忌,同时也是为了间接地接近旧日情人维拉而佯装追求梅丽公爵小姐,因而遭到格鲁希尼茨基的报复。毕巧林决定以一场决斗了结此事,他杀死了格鲁希尼茨基,抛弃了梅丽公爵小姐,但维拉已悄悄离他而去。《宿命论者》是一篇心理故事,是小说的最后一篇,证明毕巧林无论如何还是能够有所作为的。

在小说中,作者用散文和诗的形式,描绘了俄罗斯南方富于异国情调的高加索山民的生活,家族仇恨与抢劫妇女,对大自然的浪漫主义描写和现实主义的肖像画,疗养地来客的讽刺性形象和深刻的心理分析互相交替。正因如此,《当代英雄》堪称俄罗斯文学中的第一部心理小说,也是最优秀的心理小说之一。有些人甚至把它看得比托尔斯泰的《战争与和平》还高。莱蒙托夫运用口头语言,极力避免使用过时的外来语和法语，人物的语言富于鲜明的个性。《当代英雄》同时也是一部社会和哲理小说，既吸收了西方文学的影响，也借鉴了本国作家的经验。小说的另外一个创新之处在于，莱蒙托夫通过主人公将五篇相对独立的故事串联成一个有机的整体。《当代英雄》堪称社会心理小说，作者试图通过毕巧林对社会的态度来揭示他的个性。毕巧林既是社会的产物，同时又与社会对立，不能彻底脱离社会。莱蒙托夫本人曾在《当代英雄》的序言中这样解释他对主人公内心的浓厚兴趣："人的灵魂，哪怕是最卑微的灵魂的历史也未必不会比整个民族的历史更引人入胜和更有裨益。"毕巧林是当时青年一代的代表，他们找不到施展抱负的机会，因而进入了"多余人"行列。马克西姆·马克西姆维奇则相反，他是"纯粹的俄罗斯典型"，有一颗"金子般的心"，体现了俄罗斯民族的优秀品质。

莱蒙托夫的创作对后来俄国文学的发展具有异常重大的意义。浪漫主义者莱蒙托夫对笔下人物所进行的现实主义塑造为 19 世纪下半期的作家们开辟了道路，没有他就没有陀思妥耶夫斯基，没有托尔斯泰。别林斯基称莱蒙托夫是"堪与伊凡大帝钟楼比高的诗人"，而同时代人果戈理说他："我们这儿还从来没有人写过如此正确的、优美的和芬芳的散文。"除了内心独白手法（目的是让毕巧林现身说法，进行自我分析和批判），莱蒙托夫还为俄罗斯文学开发了高加索题材，正是他用一支诗笔为俄罗斯征服了高加索。

第八节　果戈理

尼古拉·果戈理（1809—1852）出生于乌克兰的密尔格拉得，1820 年考入涅仁高级中学，1828 年毕业后赴彼得堡谋职。1829 年发表处女作长诗《汉斯·古谢加顿》，受到批评界的挖苦和嘲笑。果戈理一气之下从书店买回全部存书并付之一炬。

1829 年，果戈理在彼得堡找了个小公务员的职位，1831 年又成为一名历史教员。1831—1832 年，果戈理出版两卷本的《狄康卡近乡夜话》，受到普遍好评，并得到普希金的称赞。1831 年，果戈理担任彼得堡大学通史教研室副教授，一年后放弃教职。

1835 年发表《小品集》和《密尔格拉得》。《小品集》中除了文史方面的文章外，还收录了三篇"彼得堡故事"；《密尔格拉得》则是延续了《狄康卡近乡夜话》的乌克兰故事。同年完成喜剧《钦差大臣》。1836 年该剧首演，轰动了文坛。该剧赢得不少赞誉，但也受到许多攻击。在困惑和失望之余，果戈理去了国外，并断断续续在国外逗留了12 年。他先后到过德国、瑞士、法国、比利时、意大利。1842 年，长篇小说《死魂灵》第一部问世，再次轰动文坛。1842 年 12 月，果戈理出版四卷本文集，随即进入充满困惑和怀疑的精神危机时期。1845 年，果戈理焚毁了已经写好的《死魂灵》第二部中的几章。1847 年出版的《与友人书简选》展示的完全是另外一个果戈理：在这本充满道德说教的集子里，从前的讽刺作家摇身一变成了东正教、君主专制和农奴制的狂热捍卫者，因而受到别林斯基等人的抨击。1848 年春，果戈理赴耶路撒冷朝圣，回国后定居莫斯科，继续写作《死魂灵》第二部。

《死魂灵》的结尾对果戈理而言成了真正的"苦难的历程"。出于宗教狂热，果戈理认为，他应该用道德的"炼狱"补充第一部的"地狱"。去世前不久，果戈理再次焚稿，将《死魂灵》第二部付之一炬，保存下来的只有几个片段。1852 年 1 月，饱经肉体和精神双重折磨的果戈理因拒绝进食和治疗而凄惨地离开人世。

《狄康卡近乡夜话》使果戈理一举成名，《密尔格拉得》则巩固了果戈理在文坛的地位。普希金称《狄康卡近乡夜话》是一本"令人惊喜的书"。果戈理的论敌则认为，《狄康卡近乡夜话》整个千篇一律，文理不通，语言粗俗。纳博科夫的评价不无道理："他差点成为乌克兰民间故事和多彩的浪漫故事的作者。应该感谢命运（和作家对世界声誉的渴望），因为他没有采用乌克兰方言作为表达手段，否则他肯定会遭到失败。"乌克兰极端民族主义者认为果戈理是叛徒，作为作家，他竟然选择了俄语，并且蔑视自己的祖国和自己的母语。不难看出，乌克兰故事中已经显露出成熟的果戈理，即彼得堡时期的果戈理所具有的特点：理想与现实不可分割，现实与非现实之间的界限非常模糊，鬼怪在其中扮演主要角色。稍加注意便会发现，故事里没有一句话触及社会问题。果戈理完全被一些活灵活现和光怪陆离的东西吸引住了，仿佛农奴制根本不存在，作者对农民的悲惨处境无动于衷。

特别值得一提的还有浪漫主义的史诗性作品《塔拉斯·布尔巴》（1835，1842）。这是一部历史小说，讲的是16—17世纪乌克兰与波兰战争中哥萨克人的大无畏精神。虽然从形式的角度看这部小说未必经得住批评家的反复推敲，但它还是属于果戈理的优秀作品之列。

《小品集》中的彼得堡故事完全是在另一个氛围中展开的，涉及的题材也完全不同。在《肖像》中，果戈理提出一个困扰他一生的问题：恶能闯进艺术家的灵感；在表面美好的世界后面，汹涌着极度的混沌。果戈理试图解释伟大艺术作品对人产生的非理性影响。在《涅瓦大街》（1835）中两种叙述相互对比，这两种叙述就情节而言彼此联系不紧，就内容而言则是互相对立的。果戈理在此描述的是对待美和爱的两种态度。在现实中，彼得堡的主要街道涅瓦大街乃是人的虚荣心与愚蠢的集市，这是果戈理喜爱的主题。一个问题摆在主人公面前：身处理想与现实的十字路口，他是否应该做出彻底的选择，拒绝现实并与自己的幻想相守？果戈理的世界观是片面悲观的：恶主宰着世界；获得拯救的可能性蕴涵在艺术和爱中，可撒旦却在到处兜售自己虚伪的棱镜，"只是为了让一切展示不出自己的本来面目"，为了让有产者找不到真理。

《狂人日记》（1834）的主人公是一个精神失常转变为身陷情网不能自拔的妄想狂。一名小公务员爱上了局长的女儿，而她却想嫁给一个宫廷侍卫，并对他冷嘲热讽。由于地位低微，主人公无法与情敌竞争，然而他的幻想却使他获得一个意外的发现：他不是普通人，而是尊贵的西班牙国王。在苏联时期，一般将《狂人日记》看成一篇社会批判小说，一个小公务员的伤心故事，是将"世上一切美好的东西要么给了宫廷侍卫们，要么给了将军们"的社会制度给他造成了严重的精神创伤。

《鼻子》（1835）是果戈理又一篇极富艺术表现力的幻想小说。一天早晨，科瓦廖夫突然发现自己的鼻子不见了。整个故事最令人惊讶的是，鼻子竟然亲自坐着马车奔走于大街小巷，还到喀山大教堂祈祷。科瓦廖夫少校惊讶不已。鼻子穿着五等文官的制服，周围的人对这个"重要人物"毕恭毕敬。作为他自己的一个器官，他身体不可分割的一部分，鼻子却一个劲儿地要摆脱自己的主人。终于有一天早晨，鼻子又回到了科瓦廖夫少校的脸上，回到它原来所在的位置。关于这篇小说，有从性的角度予以阐释的（"性活动的独立性"问题），有从宗教的角度予以阐释的（鼻子3月25日报喜节那天走进教堂时，教堂是空的），也有从社会批判的角度予以阐释的。

中篇小说《外套》（1842）最具社会批判性。收入低微、有些麻木的小公务员阿卡基·阿卡基耶维奇的外套穿坏了，他用省吃俭用攒下的钱订做了一件新外套，同事们祝贺他置办了一身新衣。就在那天夜里，他的外套在马路上被强盗抢去，精神恍惚的他好不容易回到家，两天后发烧死去。但这时，"我们的可怜的故事"突然采用了一个幻想式的结尾："有传言说每到夜里就会有一个死者以小公务员面目出现，他在寻找被抢去的外套并把所有过路人身上的外套扒去。"阿卡基·阿卡基耶维奇显然成了自己欲望的牺牲品（买外套是他一生中唯一的一件大事）。从表面看，小说写的是一个被压迫、被凌辱的人（阿卡基的名字来源于希腊文，意思是"无辜的""温顺的"），而小说本身可以看成是对社会不公的抗议（这部小说成为"自然派"的美学宣言）。然而，在这个手指浸满墨水的小公务员的遭遇里，我们分明能感觉到一种挑战意味，一种自发的反抗行动。

尽管《鼻子》、《狂人日记》和《外套》是名副其实的中篇小说杰作，但果戈理的声誉首先还是要归功于喜剧《钦差大臣》和长篇小说《死魂灵》。

长篇小说《死魂灵》（1842）是俄罗斯文学无可争议的杰作和最伟大的作品之一。小说有个副标题——"长诗"。在果戈理看来，"长诗"就是散文体的叙事诗。起初，果戈理只是把乞乞科夫看成一个滑稽可笑的人物，他为购买死农奴而去拜访作者嘲弄的那些地主们。但在对题材做了长时间的思考之后，果戈理决定写一部关于外省的庸俗与乏味的叙事诗。

《死魂灵》的素材是普希金提供的。主人公乞乞科夫从几位地主手里购买死农奴。所谓死农奴，就是已经死了，但户口还没来得及注销的农奴。乞乞科夫想用他们做抵押贷款，用这笔根本不存在的财产，他可以积累起一份不小的产业。但在省长的晚会上，一个喜怒无常的地主说漏了嘴，将乞乞科夫的秘密勾当曝了光，结果骗子只好溜之大吉。《死魂灵》第一部到此结束。

果戈理对笔下的人物极尽讽刺挖苦之能事，从仆人到马车夫，从农民到地主，都是他嘲弄的对象。对当权者，他虽没有直接触及，但是很明显，果戈理是在用自己的人物抨击俄罗斯的社会制度。果戈理展示了俄罗斯生活可怕的"地狱"一面。这还不够，他还要推出"炼狱"，即《死魂灵》的第二部，专写灵魂高尚的正面人物，接着还要推出第三部，为读者展示人间天堂的幸福图画。

《死魂灵》第二部只是一厢情愿的尝试而已，从残存的几个片段来看，味同嚼蜡，难以令人信服。果戈理没能如愿以偿地塑造出理想的俄罗斯人，明天的俄罗斯人形象。

《钦差大臣》的构思跟往常一样，非常简单：来自彼得堡的一位普通公务员被误认为钦差大臣，外省小城的所有重要人物都竭力向他行贿，生怕他们各自分管的部门给他们捅出什么娄子。假冒的钦差大臣赫列斯塔科夫甚至向市长女儿求婚。所有的人都被蒙在鼓里，直到宪兵出场，宣布真正的钦差大臣到来。这时出现了一阵著名的"哑场"：所有在场的人都惊呆了，"像受了雷击一般"。《钦差大臣》的情节以真人真事为蓝本，其素材是普希金提供给果戈理的。果戈理说："在《钦差大臣》中，我决心将我当时所知道的俄罗斯所有坏的东西，所有的不公正集中到一起，一并予以嘲笑。"

保守派阵营指责作家企图破坏现存秩序，自由派称赞果戈理勇气可嘉，敢于揭露沙皇专制制度和官场的腐败。但这样的恭维吓坏了果戈理。他给自己的喜剧提出的目标不是政治的，而是道德的。毫无疑问，是果戈理自己给了人以自由发挥的口实。他甚至还想用一个尾声来补充这个喜剧。在《"钦差大臣"的结局》（1846）中，他宣称，应该在结尾出现的钦差大臣乃是"我们苏醒的良心，它强迫我们突然间审视起我们自己。面对这个钦差大臣什么也不需掩饰，因为他是根据最高旨意派遣来的"。观众应该相信，这里塑造的那些漫画式的无耻官僚喻示着我们的欲望，而"真正的"钦差大臣是命运的化身，人的良心的化身，正义的化身。同时代人对果戈理如此糟蹋自己的喜剧感到恼火，最终作者放弃了这一"结局"。

俄罗斯文学后来的发展证明，现实主义将始终与果戈理的名字联系在一起，一如浪漫主义总是与莱蒙托夫的名字分不开，象征主义与丘特切夫的名字分不开。的确，果戈理成了自然派作家的典范。除此之外，他还是一位幻想作家，是俄罗斯所有作家中最富幻想性的一位，同时还是一个神秘主义者。别林斯基明白，果戈理的到来使俄罗斯文学开始了一个新的阶段。果戈理本人并未奢望这一点，却举起了暴露性的现实主义大旗。

他的创作风格在"左派"（萨尔蒂科夫－谢德林）和根基派的"右派"（冈察洛夫、皮谢姆斯基、奥斯特罗夫斯基、列斯科夫、陀思妥耶夫斯基）中都有追随者。陀思妥耶夫斯基曾说"我们都脱胎于果戈理的《外套》"，这句话尤其适用于陀思妥耶夫斯基本人。

在语言方面，果戈理的影响非常之大。果戈理对俄罗斯小说的贡献跟普希金对俄罗斯诗歌的贡献庶几近之。"没有人能像果戈理那样证明，具有丰富的历史、社会和地理特征的俄语能够达到怎样的高度。"果戈理本人是乌克兰人，这使得他更有条件从乌克兰语中汲取灵感，借鉴乌克兰的词汇和表达方法，这一点在《狄康卡近乡夜话》中表现得尤为明显。描写查波罗什哥萨克人生活的中篇小说《塔拉斯·布尔巴》中也含有不少乌克兰语成分。正是仰赖果戈理，乌克兰语中的许多成分才在俄语中落地生根。

第一节 概述

19 世纪中期是俄罗斯文学走向国际舞台、执欧洲文坛牛耳的时期。流亡国外的赫尔岑进入西方文学圈，并在西方有一定影响力；小说领域出现了屠格涅夫、托尔斯泰、陀思妥耶夫斯基"三驾马车"，他们成为整个欧洲名列前茅的文豪；一大批卓越的作家，如冈察洛夫、谢尔盖·阿克萨科夫、皮谢姆斯基、萨尔蒂科夫-谢德林等，也在这一时期大显身手；除此之外，一大批平民知识分子作家登上文坛，成为一个不可忽视的现象，他们分为两支：一支是以车尔尼雪夫斯基为首的小说家队伍，如波缅洛夫斯基、尼古拉·乌斯宾斯基、格列勃·乌斯宾斯基、列维托夫、列舍特尼科夫，另一支是涅克拉索夫领衔的民主派诗人队伍，如尼基金、米哈伊洛夫、库罗奇金兄弟、米纳耶夫等。在诗歌领域，形成了以丘特切夫、费特为代表的纯艺术派和以涅克拉索夫及其流派为代表的公民诗歌的双峰对峙，普希金开辟的公民传统和唯美传统并驾齐驱，都达到了空前繁荣程度。在戏剧领域，以奥斯特罗夫斯基和苏霍沃-科贝林为代表的俄罗斯民族戏剧走向成熟。在这一时期，小说取代诗歌，占据文坛的主导地位，而此前的整个18 世纪和 19 世纪前期一直是诗的天下。莱蒙托夫的去世标志着俄罗斯文学新时代，即小说时代的开始。

第五章

> ### 19 世纪中期 俄罗斯文学

这一时期，现实主义始终主宰着俄罗斯文坛。早年的"自然派"作家成为现实主义文学的中坚力量。别林斯基、车尔尼雪夫斯基、杜勃罗留波夫和皮萨列夫的文学批评成为俄罗斯现实主义的理论支柱。

如果说普希金、莱蒙托夫和果戈理的创作在19世纪前期缩短了俄罗斯文学同世界文学先进水平的差距，那么，以屠格涅夫、陀思妥耶夫斯基和托尔斯泰的长篇小说为代表的俄罗斯文学则在19世纪中期超越了世界文学的先进水平。

第二节　小说

在普希金完成了俄罗斯文学由浪漫主义向现实主义的过渡以后，果戈理及其追随者"自然派"成为现实主义文学的代言人和19世纪中期俄罗斯小说的主要力量。流亡西方的赫尔岑虽然长期脱离国内文坛，但并没有缺席俄罗斯文学进程，他的创作也是在现实主义轨道上发展的。

集文学家、思想家和革命家于一身的亚历山大·赫尔岑（1812—1870）在19世纪中期的俄国文坛占有重要地位，其文学声誉主要是靠长篇小说《谁之罪》（1847）和篇幅巨大的回忆录《往事与随想》（1852—1868）奠定的。

在《谁之罪》中，他塑造了一个无法在40年代找到用武之地的"多余人"形象别尔托夫。女主人公柳邦卡是俄罗斯文学中最早的独立女性之一，因此，赫尔岑的这部长篇小说，作为俄罗斯批判性文学的典范之作，也可以说是俄罗斯最早的"女性小说"之一。小说对柳芭与家庭教师克鲁奇菲尔斯基田园牧歌式的幸福所作的描绘富于时代气息，尽管不无讽刺意味。不料这种幸福状态却被性情骄纵的"巴黎人"别尔托夫给破坏了。对小说标题所提出的容易引起争议的问题，赫尔岑本人的回答是：罪魁祸首是俄罗斯社会，是俄罗斯社会的空虚无聊扼杀了一切创造因素，并滋生出别尔托夫这样的"多余人"，他因无所事事而在生活中冒险猎奇，从而导致自身和他人的毁灭。

回忆录《往事与随想》是一部经久不衰的作品。这是俄罗斯与欧洲从十二月党人起义到巴黎公社前夜的社会生活记录。赫尔岑的这部自传体回忆录与其说是要为自己辩解，或是敞开心扉袒露心曲（书中不乏精彩的个人生活段落），不如说是要探讨一些普遍的问题，"典型的问题"；与其说是描述个体命运，毋宁说是描述历史事件对个体的影响。《往事与随想》内容丰富，容量极大，成分复杂：有历史人物肖像，也有对历史人物内心感受的描述，有日记和书信，也有赫尔岑本人报刊文章的摘录，读来引人入胜，饶有兴味，堪称回忆录文学的经典之作。

谢尔盖·阿克萨科夫（1791—1859）比同辈作家年长，他直到60岁以后，才拿出自己一生的代表性作品，走的是一条现实主义道路。他热情好客，在家中接待过别林斯基、屠格涅夫、托尔斯泰、谢甫琴科和果戈理。他的家是当时斯拉夫派的中心（两个儿子康斯坦丁和伊万都是这一思潮的理论家）。

阿克萨科夫对童年生活的回忆正是在果戈理的督促下写出来的，即《家庭纪事》（1856）。阿克萨科夫写的是叶卡捷琳娜大帝"美好的旧时光"时期的宗法制农村生活，是关于他父母乃至祖父母的故事，字里行间充满诗情画意，读来不由得令人心向往之。阿克萨科夫对乡村生活的描写真实温馨，语言朴素真挚，得到批评界的一致好评，他本人也因而被推为当时在世作家中最重要的一位。在1861年农奴制改革前后，俄罗斯文坛的主流带有明显的功利倾向，赫尔岑、车尔尼雪夫斯基和杜勃罗留波夫等人的创作就是突出的例证。正是在这样的背景下，阿克萨科夫的作品以客观公允的叙述风格在文坛赢得了一席之地，实属难能可贵。

在 19 世纪中期的重要作家中，伊凡·冈察洛夫（1812—1891）的成就和地位其实未必在屠格涅夫之下。他一生创作了三部长篇小说：《平凡的故事》（1847）、《奥勃洛摩夫》（1859）和《悬崖》（1869），均为上乘之作，尤其是《奥勃洛摩夫》，奠定了冈察洛夫现实主义经典作家的地位。

《奥勃洛摩夫》是冈察洛夫三部长篇小说中最优秀的一部。书名具有暗示意义。在俄语中，"奥勃洛摩夫"来源于"废墟"一词。这是理解"多余人"某些特征的一把钥匙。"多余人"自身有令人感兴趣的一面，也有其弱点。

杜勃罗留波夫在著名的《什么是奥勃洛摩夫性格》一文中，简明扼要地概括了这部小说的故事情节："它，如果您愿意，确实被拉长了。第一部，奥勃洛摩夫躺在沙发上；第二部，他去伊林斯基家并爱上奥尔迦，而她也爱上他；第三部，她发觉她错看了奥勃洛摩夫，于是两人分手；第四部，她嫁给他的朋友施托尔茨，而他娶了女房东。就这些。没有任何外部事件，没有任何障碍，没有任何不相干的情况搅进小说。懒惰和淡漠是它全部故事情节的唯一动力。"杜勃罗留波夫强调，造成奥勃洛摩夫懒惰的罪魁祸首是他所受到的教育："他的懒惰和漠然是教育和周围环境造成的。这里主要的不是奥勃洛摩夫，而是奥勃洛摩夫性格。"杜勃罗留波夫说的"环境"指的是农奴制。杜勃罗留波夫把奥勃洛摩夫视为"多余人"，是奥涅金、毕巧林、别尔托夫、罗亭的后裔。其区别在于，奥勃洛摩夫绝对不怀疑现存制度的公正性和合理性，相反，他在父母的宗法制领地感觉如鱼得水。如果说他与自己的前辈和同胞有什么共同之处的话，那便是他鄙视那些自囿于概念世界的迂夫子，鄙视那些目光短浅的人，尤其是他们的忙忙碌碌。对懒惰的奥勃洛摩夫来说，这一切乃是痛苦的根源。

"奥勃洛摩夫性格"这个概念后来成为淡漠、委靡、懒惰、缺乏生活能力和麻木不仁的代名词。批评界对《奥勃洛摩夫》反应不一，有人认为奥勃洛摩夫是正面主人公，有人则认为这是俄罗斯民族病。

批评界常将阿列克谢·皮谢姆斯基（1821—1881）的名字与屠格涅夫的名字相提并论。作为一位观察敏锐和才华横溢的现实主义作家，皮谢姆斯基的写作风格沿袭了自然派和果戈理的传统，尽管他的作品中缺少后者的大段插笔。他只写他见到的生活，不做任何的理想化，不受制于任何理论，也不因循既定的模式。他比其他作家更客观。《农民生活纪事》（1856）经常被拿来与屠格涅夫的《猎人笔记》相比较。皮谢姆斯基在此表达了对农民的一种全新看法：农民非但令人同情，而且意志坚强，在各个方面都远胜过粗暴的地主。给皮谢姆斯基带来最大声誉的是剧本《苦命》（1863）和他最主要的作品——长篇小说《一千个农奴》（1858）。《一千个农奴》讲的是青年贫民卡里诺维奇为前途牺牲理想的故事。他抛弃纯洁美丽并深爱着他的娜斯佳，娶了相貌丑陋但拥有一千个农奴的富婆。他平步青云，成为省长，并与形形色色的营私舞弊作斗争，结果却被他的打击对象赶下了台。直到富有的女地主死后，他才跟自己青年时代的所爱娜斯佳结婚。

批评家皮萨列夫称赞皮谢姆斯基出色地再现了俄罗斯现实的普遍氛围。确实，跟屠格涅夫一样，在皮谢姆斯基的作品中，我们可以获得许多有关农奴制改革前后的俄罗斯的重要资料。皮谢姆斯基较为著名的作品还有政论小说《翻腾的大海》（1863）。

在19世纪中期诸多经典作家中，萨尔蒂科夫-谢德林（1826—1889）代表了俄国文学中的另一个传统，即讽刺的、暴露的传统，这一传统大致始于冯维辛，盛于果戈理，由萨尔蒂科夫-谢德林发扬光大。谢德林的创作始终具有揭露倾向。特写集《外省散记》（1856）以幽默的笔调揭露了俄国外省的落后，《波谢洪尼耶遗风》（1883—1884）则描述了"百年奴役制度的恐怖"。

《一个城市的历史》（1869—1870）是谢德林的第一部政治讽刺小说，作者以一座城市来影射整个专制统治下的俄罗斯。作者佯称自己的作品是在编年史家的档案里找到的笔记本，自己只不过是一个出版者而已，从而巧妙地借用幼稚的编年史家之口，对格鲁波夫市的历任市长予以无情嘲弄。

《戈洛夫廖夫老爷们》（1880）是谢德林最有名的长篇小说。有评论者说这是所有俄罗斯文学作品中最沉闷的一部。这是一部社会小说，讲述的是戈洛夫廖夫一家道德上、肉体上和精神上的全面堕落。第一部的主要人物是阿丽娜·彼得罗夫娜，不中用的地主弗拉基米尔·戈洛夫廖夫的妻子。她不但控制了自己的丈夫、子女和农奴，还牢牢控制着整个庄园和自己的全部财产。她病态的贪婪毁了整个家庭，包括与子女的关系。大儿子和二儿子酗酒而死；与一个军官私奔并被抛弃的女儿生下一对双胞胎后很快死去。只有被宠坏的儿子波尔菲利经受住了她的暴虐。波尔菲利·戈洛夫廖夫，外号犹杜什卡（意思是"小犹大"），是小说第二部的主要人物。还是在"可爱的母亲"在世时，他就从她手上骗取了世袭庄园戈洛夫廖沃，占有了死去的哥哥巴维尔的财产，逼得母亲在贫困潦倒中死去。波尔菲利·戈洛夫廖夫从不掩饰自己的罪行；他把小儿子沃洛加逼上绝路，就因为儿子的婚姻不合他的心意；他不愿意保护大儿子别佳，任他死在去西伯利亚的路上（因挥霍公款被发配）；他拒不接受自己的私生子。害了整个家庭后，犹杜什卡成为一份庞大产业的所有者，这使他丧失了理智。他口若悬河，夸夸其谈，没完没了地引经据典，搬弄圣经和民间智慧来解释自己的所作所为。他跟被他搞得破产的轻佻放荡的侄女放纵无度。小说结尾非同平常，耐人寻味：他感到窒息，他听见良心的声音在谴责他犯下的所有罪行。"发狂的良心"的声音最终把他推向母亲的坟墓，他祈求母亲的宽恕，最后冻死在母亲的坟前。犹杜什卡仇恨人类，他以折磨农民和把农民搞得倾家荡产为乐，以出卖自己的亲人为乐。用作者的话说，他靠"某种干枯的，几乎是抽象的，对一切有生命的东西的仇恨"养活自己。在毁灭别人的同时，他自己也失去了存活的土壤。

这一点直到临死他才恍然大悟。

《戈洛夫廖夫老爷们》中处于沙皇殖民统治下的塔什干，其实就是整个俄罗斯的缩影。

《戈洛夫廖夫老爷们》是俄国批判现实主义的杰作之一，它在一定程度上修正了托尔斯泰和屠格涅夫对俄罗斯庄园贵族和外省生活的描写。高尔基认为，要理解19世纪下半期的俄罗斯，就要读谢德林。

年纪与谢德林相差不多的尼古拉·列斯科夫（1831—1895），是俄罗斯人公认所有俄国作家中最有俄罗斯意味且对俄罗斯民族了解最为透彻的作家。他于1863年开始文学生涯，但直到1872年发表长篇小说《大堂神甫》，才终于明确自己的创作道路。

小说描写外省神职人员的生活。小说的核心人物是萨韦利神甫和阿西拉助祭。萨韦利奉命去分裂派势力极强的旧城任职，上任后他发现，教会内部混乱不堪，按宗教法庭的指令抵制分裂派收效甚微。他将实情呈报宗教法庭，遭到申斥，宗教法庭指责他不勤于告密，姑息分裂派。为此萨韦利不断与宗教法庭发生冲突，经常受罚，但受到教民的尊敬和爱戴。不久，萨韦利因遭到诬告而被革去教职，赴省城受审，经阿西拉和尼古拉等人的奔走斡旋才得到宽恕并回到旧城。萨韦利只为真理活着，并作为一个失败的理想主义者而死去。这部作品在俄罗斯文学中的独特之处在于，它整个写的是东正教神职人员的日常生活。列斯科夫从保守和正统的观点描绘东正教神职人员生活的崇高方面，同时代人认为这是反对教权的小说。概括地说，列斯科夫后来还是对教会从内部改革抱有希望，并因而拒不承认作为职能机构的教会。

列斯科夫的系列小说《虔诚的信徒》反映了基督教在一个遭到破坏的世界里所体现的特殊仁慈。他的《着魔的流浪者》（1873）和《画中的天使》（1873）是写宗教信仰的优秀作品。

在《着魔的流浪者》中，流浪者向作者讲述了自己的坎坷经历：

有个僧人向他预言说，只有在修道院他才能得到安宁，而在最终归隐修道院之前，他将会死十二次，但每次都死里逃生，有惊无险。列斯科夫的这部作品显然受到塞万提斯的《堂吉诃德》、果戈理的《死魂灵》以及费讷隆的《忒勒马科斯历险记》的启发。

《画中的天使》写一些旧教徒在一个英国工程师的协助下，设巧计重新夺回被政府抢去的圣像画。一个亲自参加了冒险行动的旧教徒后来对一群不信教的人讲起这件事，以证明主的万能和仁慈。列斯科夫早就对旧教派问题产生了兴趣。

列斯科夫的题材不限于宗教问题。中篇小说《姆岑斯克县的麦克白夫人》（1865）具有莎士比亚式的激情。富裕的商人妻子卡捷琳娜·利沃夫娜因耐不住寂寞而与自家伙计私通，为了搬开绊脚石，她与情人合谋接连杀害了她的丈夫、公公和丈夫的小侄儿。罪行败露后他们二人被判处流放服苦役。想不到卡捷琳娜·利沃夫娜的情人抛弃她另寻新欢。在去西伯利亚的路上，她伺机把情敌推进河里，与她同归于尽。1934年，著名作曲家肖斯塔科维奇以该小说为基础创作了同名歌剧。

《左撇子》（1881），即《图拉的斜眼左撇子与钢跳蚤的故事》也很有名。作品讲述一个深怀绝技的图拉铁匠的有趣故事。他给一只英国造的会跳的钢跳蚤打上了掌钉，这只钢跳蚤只有针鼻儿大小，而左撇子打的掌钉只有放在显微镜下面才能看清。左撇子奉尼古拉二世之命赴英国展示俄罗斯绝技，令英国人惊叹不已。与此同时，左撇子也亲眼目睹了英国的许多先进之处。列斯科夫以这种方式含蓄地抨击了沙皇蔑视民族传统，只知崇洋媚外，但对国外先进技术和经验又采取"叶公好龙"的做法。

在19世纪中期，除前述一批资历较深的作家之外，一批相对年轻的作家在50—60年代末登上文坛，成为一个引人注目的现象，这便是带有民主主义倾向的"六十年代作家"，如尼古拉·乌斯宾斯基（1837—1889）、尼古拉·波缅洛夫斯基（1835—1863）、费奥多尔·列舍特尼科夫（1841—1875）、斯列普佐夫（1836—1878）、列维托夫（1835—1877）等。他们大多出身于平民或外省的低级教士阶层，受教育程度不是太高，进入文坛有幸得到涅克拉索夫、杜勃罗留波夫、车尔尼雪夫斯基、皮萨列夫和谢德林的大力提携。他们往往对生存之苦有着切身的体会，自认为是俄罗斯社会贫困阶层，特别是农民意愿的代言人。同前辈作家相比，他们的情绪更为激进，但往往是纸上谈兵。"六十年代作家"给自己提出的首要目标是教育人民。他们认为，从精确的事实出发是文学作品的必备条件，主张将真实情况告诉人民。俄罗斯农民的生活和农村的状况，包括1861年改革后农村的凋敝，是他们的主要题材。另外，逃离农村进入城市的农民及其恶劣处境也是他们关注的对象。从题材和艺术角度来说，这些平民出身的作家堪称20世纪20年代无产阶级长篇小说家的先驱。

继"六十年代作家"之后而起的民粹派作家，视车尔尼雪夫斯基和赫尔岑为精神导师，他们主张变革社会，尤其是改变乡村生活方式，并愿意为人民的福祉做出牺牲。民粹派作家的创作崛起于19世纪70年代，鼎盛于80年代，其主要代表有尼古拉·纳乌莫夫（1838—1901）、尼古拉·兹拉托甫拉茨基（1845—1911）、巴维尔·扎索京斯基（1843—1912）、亚历山大·艾尔杰尔（1855—1908）等，其中尤以跨越两代的格列勃·乌斯宾斯基（1843—1902）成就最高。

格列勃·乌斯宾斯基的创作与自然派的现实主义传统一脉相承。尽管他称自己的作品为特写，而不是长篇小说，但作者把这些特写组成一个系列，还是能构成一个有机的整体，一幅完整的现实生活图画。他的特写反映现实生活深刻而广泛，对人物性格和社会现象所做的艺术典型化生动有力，这些都是长篇小说固有的特点。

系列特写《遗失街风习》（1866）是格列勃·乌斯宾斯基的第一部大作品。作者通过鲜明生动的人物性格和日常生活场景，再现了农奴制改革前后的俄罗斯现实，社会底层的典型生活环境。特写中有手艺人、小公务员、小商贩、小市民形象。乌斯宾斯基怀着痛苦和忧虑，写劳动者的艰难处境，写那些愚昧无知、逆来顺受的人，哀其不幸，怒其不争。乌斯宾斯基对这条庸俗不堪、道德沦丧、金钱当道的"遗失街"深恶痛绝。由三个中篇小说组成的三部曲《破产》（1869—1871）写的实际上还是"那个遗失街，只不过换了新的生活环境"。

给乌斯宾斯基带来极大声誉的是系列特写《农民与农民劳动》（1880）和《土地的威力》（1882）。在这两部特写中，作者凭借巨大的现实主义力量、对农民内心的深刻洞悉、充分而令人信服的事实材料再现了改革前后俄罗斯农村的生活、尖锐的社会矛盾、农民的大规模分化以及穷人的艰难处境。

在《农民与农民劳动》中，作家热情讴歌田间劳动，认为农民的生活就是建立在耕作上的。乌斯宾斯基以同情的态度，对主人公伊万·叶尔莫拉耶维奇的内心世界做了深入的挖掘。伊万·叶尔莫拉耶维奇是个"地地道道的农民"，全身心投入田间劳动，然而，他也有其个人主义的一面，对私有财产有着强烈的欲望，对农民生活的普遍问题却漠不关心。这些缺点乌斯宾斯基并不回避，而是无情地予以如实反映。

在俄罗斯文学史上，格列勃·乌斯宾斯基的创作起了很大作用，他对劳动人民的苦难有深切的感受，能够意识到自由民粹主义立场的危害。他是所有民粹派小说家中"最有才华、最聪明、最敏锐的一位"。

第三节　诗歌

随着普希金、莱蒙托夫和柯尔卓夫的去世和果戈理及其自然派的崛起，诗歌体裁在文坛上的主导地位让位于小说。诗歌的发展经过一段时间的沉寂之后，从50年代中期起，开始了一次新的爆发。以涅克拉索夫为代表的公民诗歌和以费特、丘特切夫为代表的纯艺术派诗歌形成了诗坛互相对峙的两极。

文学史上通常将思想艺术上与涅克拉索夫较为接近并受到这位大诗人直接影响的一批诗人称为涅克拉索夫流派，其中比较重要的诗人有戈尔茨-米勒、米哈伊洛夫、库罗奇金、米纳耶夫、特列弗廖夫等。他们才华各异，但无人堪与涅克拉索夫的天才比肩。指责他们过于功利主义，不如费特、丘特切夫、阿·康·托尔斯泰等人的"纯艺术"，未免狭隘。涅克拉索夫流派的诗人展示了另一类诗歌，也就是公民诗歌的典范。这样的诗同样是需要的，同样不乏精彩之作，激励和教育过几代人。作为艺术原则体系，涅克拉索夫流派对整个俄罗斯诗歌产生了广泛而深远的影响，就连与之相去较远的丘特切夫或象征派诗人别雷、勃洛克那里也能找到它的痕迹。

米哈伊尔·米哈伊洛夫（1829—1865）自己创作的诗相对较少，他的文集中大部分是翻译。在他的《猎人》等诗中，明显能感觉得到涅克拉索夫的影响。

米哈伊洛夫并非教条主义和功利主义的歌手，他是一个卓有才华的诗人。他的某些诗作堪与费特和丘特切夫的优秀作品一争高下，如《埃拉多斯》《沉思》《有这样的时光且这样的时光不少》《为舍尼埃的诗而作》《闪耀的星星》等。

米哈伊洛夫还是一位优秀的诗歌翻译家，勃洛克说"他的译作是名副其实的诗的珍珠"。

瓦西里·库罗奇金（1831—1875），论才气可以说直逼涅克拉索夫。他不光敬仰自己的老师，还同样心仪普希金、巴拉廷斯基、奥加廖夫、莱蒙托夫、迈科夫和波隆斯基。他最欣赏涅克拉索夫的暴露性的诗。

列昂尼德·特列弗廖夫（1839—1905）的诗是另一种类型。特列弗廖夫本人不是革新者，但他借鉴涅克拉索夫诗歌的创新形式，并对其做了自己的提炼。他不像涅克拉索夫流派的某些诗人那样极力摆脱老师的影响以便显示自己的诗歌个性。特列弗廖夫诗歌的特点之一就是最大限度地接近涅克拉索夫，这种接近是一种艺术手法，并能取得一定的审美效果。诗人非但不掩饰，甚至还要公开展示这种接近。他似乎要展示对另一个诗人的阅读过程、后者所唤起的联想，有时还直接引用。还有一点值得注意，特列弗廖夫最优秀的作品《卡玛林农民之歌》《小笨蛋》《当兵》均创作于60年代，这些诗与涅克拉索夫的同期创作《严寒，通红的鼻子》《歌谣》等交相呼应。

涅克拉索夫流派最杰出、最有才华的诗人是伊万·尼基金（1824—1861）。他在反映人民的生活方面占有独特一席，其创作自成一格。

尼基金不同于涅克拉索夫流派的许多诗人，表面上他跟涅克拉索夫几乎没有什么关系。不同的城市，不同的生活环境，不同的命运。他与外界几乎是隔绝的，几乎不与人来往，唯一一首发表在《现代人》上的诗纯粹出于偶然。这反倒使尼基金与涅克拉索夫的关系问题更引人注目了。

青年尼基金师法普希金、柯尔卓夫、莱蒙托夫。值得注意的是，这三位大诗人的影响是交替出现的。先是普希金、柯尔卓夫，然后是莱蒙托夫，而且越来越强烈。直到先后经历了多位诗人的影响之后，尼基金才最终找到涅克拉索夫。

跟普希金和柯尔卓夫或莱蒙托夫的影响一样，涅克拉索夫的影响最初表现在形式上，亦即在对形式的直接模仿上，重复涅克拉索夫的主题、形象、情节和人物。

《车夫的故事》（1854）有涅克拉索夫《在路上》的影子。《船夫》（1854）也如此。《街上的会见》（1855）在情节、人物、甚至音调方面几乎精确无误地复制了涅克拉索夫的《在乡村》。尼基金跟涅克拉索夫一样，把农民大众写进了诗中。他借鉴民间诗歌创作的一系列歌谣，是他整个创作中最突出的成就，如《乞丐》（1857）、《贫苦农民之歌》（1858）、《老爷爷》（1857—1858）、《我们背着沉重的十字架，兄弟们》

（1858）等。这些歌谣抨击暴行和压迫，呼吁人们奋起反抗暴政，严厉斥责消极和顺从，在民间流传甚广。

"纯艺术"派形成于19世纪四五十年代，在诗坛上与涅克拉索夫流派并驾齐驱，分庭抗礼。这一流派的理论家是亚历山大·德鲁日宁、鲍特金和巴维尔·安年科夫。他们均是从《现代人》的同仁中分化出来的。他们改变了对别林斯基和自然派的传统看法，极力想树立一种新的美学观念，但在民主主义一统文坛的背景下又显得势单力孤，故而他们迫切需要寻找一个权威人物来支撑自己的理论。于是他们找到了普希金，并提出所谓的普希金传统，把普希金说成是"纯艺术"的代表，以抗衡果戈理传统。

纯艺术派诗人或多或少都重视现实主义传统。他们关注的不是俄罗斯面临的现实问题，而是自己的主观世界和内心体验。他们在风景诗和爱情诗方面做出了重要的贡献。"纯艺术"派的重要诗人有雅科夫·波隆斯基、列夫·麦伊（1822—1862）、尼古拉·谢尔比纳（1821—1869）、阿波罗·迈科夫、阿法纳西·费特和阿·康·托尔斯泰，其中以费特最为有名。他们认为诗人应该超越日常生活，而不是服务于某一团体的功利目的。正如阿·康·托尔斯泰写的："能够留存下来的是真正的、永恒的、绝对的东西……我要为之献出全部身心。"费特认为，诗人感兴趣的唯一对象应该是美，而不是当下现实和日常生活。如果说费特和迈科夫具有保守倾向，那么波隆斯基则对新思想抱同情态度。纯艺术派诗人之间既有共同的主张，又存在不少差别。

书卷气甚浓的阿波罗·迈科夫（1821—1897）跟费特相仿，同样具有出色的艺术才能和写作技巧。他不光从"自我"和周围世界，还从希腊、罗马、拜占庭、斯拉夫的历史中汲取灵感。此外，迈科夫还写了不少精彩的俄罗斯风景诗（《春天》《雨下》）。迈科夫也关注现实问题，他写的有关克里米亚战争和呼吁废除农奴制的诗可以为证。

阿·康·托尔斯泰（1817—1875）同费特和迈科夫相比，较少追求形式的完美，他的诗不那么富于音乐性和生动性，但在体裁方面更为丰富多彩。与功利主义者相反，他只承认神启的诗歌，并把美放在第一位。他的谣曲写经过理想化了的古代基辅罗斯和壮士歌的世界，写斯拉夫人与德国人的战役。他的戏剧作品和历史小说《谢列勃良内公爵》（1862）描绘了专制君主伊凡雷帝充满矛盾的形象以及他死后的混乱时期。笼统地说，阿·康·托尔斯泰堪称"为艺术而艺术"的信徒，但他强烈的抒情性与鲜明的形象、古典的和谐与浪漫主义的敏感、绝妙的幽默与犀利的讽刺结合在一起，又把他造就成一位与纯粹的唯美主义者相去甚远的诗人。

对诗歌用力甚勤的雅科夫·波隆斯基（1819—1898）是一位具有多方面才能的诗人。他的才华在城市罗曼司和茨冈罗曼司这一体裁中得到淋漓尽致的发挥。普希金去世后，俄罗斯歌谣体裁已经过时，在普希金和莱蒙托夫抒情诗的背景上，它显得微不足道，但它为罗曼司文化的发展提供了动力。罗曼司有几种变体：世俗罗曼司（小调）、抒情罗曼司、茨冈罗曼司，等等。波隆斯基的作品中有几篇感人肺腑的罗曼司，在不同文化层次的人们中间广为流传。这些作品的主题虽不外乎生离死别、爱情体验、恋人之死、幸福不再等，但感情极其真挚，充满戏剧性，如著名的《幽居的女人》：

> 在一条熟悉的街道深处
> 我记得那么一幢老屋，
> 有高高的、阴暗的楼梯
> 和挂上了窗帘的窗户。

诗中的城市风景相当简约。诗人选取个别细节，城市的一座房屋，一个舒适的角落。室内的装饰同样简约而又令人浮想联翩：

> 那里的灯光仿佛星斗，
> 一直亮到更深夜半，

微风轻轻地吹拂，
微微撩起那幅窗帘。

没有人知道那里
住着个幽居的女人，
一种神秘的力量
把我往她那里吸引。

诗人的肖像描写也本着同样的原则，跟描写体验、行为、景物和装饰一样。一两个细节，虽寥寥数语，但简洁明了，令人叹服。一般来说，罗曼司中很少塑造复杂的人物形象，很少描写人的心理活动。诗人在此为我们展示的更像是一个侧面的、只勾勒出某一特征的人物形象，但这一特征却极为生动传神。在《幽居的女人》中，波隆斯基的浪漫主义得到充分表现，作品充满含蓄的暗示、未尽之言和秘而不宣的冲动。姑娘呼唤主人公一起逃走，可为什么、去哪里、逃避什么人，等等，都不清楚。

她不停地同我亲吻，
默默地流下泪滴，
微风不安地吹拂着，
窗帘微微地飘起。

第四节　丘特切夫

费奥多尔·丘特切夫（1803—1873），出生于奥廖尔一个贵族家庭，自幼聪明过人，博览群书，很早就开始尝试诗歌翻译和创作，14

岁加入"俄罗斯语言爱好者协会"。1819 年考入莫斯科大学语文系，1821 年毕业后到外交部任职，不久被派往俄国驻巴伐利亚的使馆工作，在德国和意大利生活和工作长达 20 余年，其间结交了哲学家谢林和诗人海涅，1844 年回到彼得堡。

丘特切夫不属于一鸣惊人的诗人。尽管他很早就开始写诗，并时有作品发表，但并没有引起读者和批评界的关注。1836 年和 1854 年《现代人》杂志两次刊登他的作品，使他在俄国诗坛上有了一定的声誉和地位。1854 年由屠格涅夫编辑出版了丘特切夫的第一本诗集，共收录 111 首诗。屠格涅夫为此诗集发表评论，给予诗人高度赞赏，这是俄国批评界第一次把丘特切夫的诗歌作为一个独特的创作整体进行评价。进入 60 年代以后，丘特切夫只是作为"纯艺术派"诗人被偶尔提及。直到 19 世纪末 20 世纪初，丘特切夫的价值才得到真正认识。勃留索夫称丘特切夫为"暗示诗"的大师，是俄国象征主义的鼻祖。

丘特切夫一生留下来的诗作不到 400 首，从题材来讲，基本上可以分为三个大类：自然哲学诗、爱情诗和政论诗。其中自然哲学诗和爱情诗最能体现丘特切夫的创作成就。

丘特切夫是一个极具哲学禀赋的诗人，他把深刻的哲学思想融入在自然风景的描绘之中，创造了俄国诗歌史上一个独特的现象——自然哲学诗，开创了哲理抒情诗传统的先河。

丘特切夫是一个执着的泛神论者，他的泛神论思想深受德国浪漫哲学家谢林的自然哲学影响，认为人和自然界都同样禀有一种绝对精神和灵性，《大自然并不像你们想象的那样》（1836）堪称诗人的泛神论宣言：

> 大自然并不像你们想象的那样：
> 它不是塑模，没有灵魂的面孔——
> 它也有心灵，它也有自由，
> 它也有语言，它也有爱情……

　　丘特切夫的自然抒情诗几乎是在以各种不同的方式重复着这样一个主导思想：必须把人同大自然的融合作为人类生存的目的，只有这样，才能得到最高幸福。然而，这同时也意味着个体生命的终结，这是人生的悲剧性所在，是人生命中黑暗的"夜"的一面。生与死就是这样并肩而行，生命的高潮就意味着向死亡迈进一步。由此可见，丘特切夫对周围世界的透视、对自然现象的观察、对人与人和人与世界的关系的思索都浸透着深奥的哲学思辨性。正是这种哲学追求，使得他的自然哲学诗既具有深刻的内在统一，又具有独特的风格，因之明显地区别于其他任何一位诗人。

　　丘特切夫在建立于浪漫主义基础之上的诗性宇宙进化论中阐释了这样一种辩证观，即世界的存在是作为相互碰撞、相互结合的两种对立因素表现出来的，如光明与黑暗、和谐与不和谐、真实与虚幻、宇宙与混沌。因而，诗人笔下的世界是双重性的：一个是"外在的""白昼的"世界，一个是"神秘的""黑夜的"世界。"白昼"展现的是明亮的、青春的、愉快的、和谐的、充满崇高精神的世界（《山中的清晨》，1830），是一个生机盎然的自然界（《春潮》，1830）。"黑夜的"世界是与混沌、非理性和忧郁联系在一起的，它好像一个"无底的深渊"，既神秘诱人，又令人恐惧（《幻象》，1829；《就像大地被重洋环绕一样》，1830；《午夜的大风啊》，1836；《暗绿色的花园在甜蜜地安睡》，1836 等）。在《白昼与黑夜》（1839）中，诗人把白昼视为遮住黑暗的"金色帷幕"，它能医治"病痛的心灵"，是"人和神的朋友"，而当黑夜降临时，却让人感到恐怖和无助。

　　黑夜象征着混沌，这是一个无形的、无意识的世界，是既辨不出时间，也辨不出空间的黑暗自然力。在这种力量的威逼之下，人只能借助一种虚幻的景象来消解心灵的不安和恐惧，从而达到与大自然的和谐与统一，于是诗人笔下就产生了"梦"的形象（《闪光》，1825；《欢快的白昼还在喧嚣》，1829）。梦是心灵的翅膀，它超越于混沌之上，追寻安宁、和谐和永恒（《海上的梦》，1836）。

在丘特切夫二元对立的哲学意识中，处于这两极之间的人在力求认识世界和破解大自然——斯芬克司之谜的同时，也意识到自己内在的矛盾与无所适从，这一点在《啊，我先知先觉的灵魂》（1855）中得到充分表达：

> 啊，我先知先觉的灵魂，
> 啊，我诚惶诚恐的心，
> 啊，你是怎样地在仿佛
> 双重存在的门槛上跳动！

丘特切夫的抒情诗可以说是人的灵魂和人的意识对不断认识外部世界的一种狂热追求。然而，诗人也敏锐地意识到人类理性的局限性：人永远停留在可知与不可知的界限面前，不但对世界不可能有终极认识，就是人自己的精神和精神活动也有其神秘性。这种局限表现在时间上是人生苦短，生命会随时间匆匆流逝；表现在空间上是面对茫茫宇宙，个体力量的渺小微弱；同时，这也是人类语言本身的局限。对于理性的局限性和语言的局限性，诗人在《喷泉》（1836）和《沉默》（1830）两首诗中分别作了集中而深刻的思考。

《沉默》是丘特切夫作品中唯一一首完整而充分地阐述语言局限性的诗作。诗中固然表达了人与人之间难以沟通的痛苦和孤独，但这只是它的表层含义，其实诗人的立意要高远得多，他考虑和焦虑的是语言的局限性问题。在诗人看来，语言不能令人满意地完成互相沟通和交流的任务，因为"思想一经言语就会出错"。语言作为表达思想感情的工具是苍白无力的，这种局限性表现在两个方面：一是思维和语言，即"思想"和"言语"，两者之间存在距离和障碍，以至于思想一旦付诸言语就会大打折扣，甚至面目全非；二是说话者和受话者之间存在距离和障碍，"心儿该如何表达？"——说话者可能词不达意，

"别人该怎样理解？"——受话者可能错误理解，于是造成了"言者有心，听者无意"或"言者有意，听者无心"的尴尬。然而，丘特切夫的"不要说"并不意味着诗人从根本上否定语言的作用，而是要"知其不可说而说之"（《我们无法预测》，1869）。至于如何"说之"，这可以说是为后来象征主义的出现埋下的一个伏笔。

丘特切夫的爱情诗具有浓郁的自传性质，从某种程度上说，这是一部独特的个人隐私日记，反映了诗人一生悲喜交织的情感历程，因此，也可以称其为爱情自白诗。尤其是创作于50—60年代的"杰尼西耶娃组诗"，是丘特切夫爱情诗的经典之作。

"杰尼西耶娃组诗"包括《不管炎热的正午怎样》（1850）、《啊，我们爱得多么致命》（1850）、《定数》（1852）、《不要说他还像从前那样爱我》（1852）、《最后的爱情》（1854）等二十余首优秀作品。组诗的基调富于悲剧性，诗人称爱情为"致命的决斗"。在这里，爱情不再是浪漫的、超然的自发力量，而是既令人幸福又令人绝望的"最后的爱情"，带给主人公无限的痛苦和折磨。

在"杰尼西耶娃组诗"中，第一次出现了一个独立于抒情主人公"我"之外的女性形象，她取代了丘特切夫30年代爱情诗中的理想主义的"仙女"形象，具有现实性和真实感。

在"杰尼西耶娃组诗"中，丘特切夫注重的不再是抒情女主人公的外部形象特征，而是她内在的思想、情绪和感受，也可以说，女主人公不是作为单一的审美对象，而是作为拥有自己独立精神世界的主体出现的。如此关注女性和她的精神力量，这在俄罗斯诗歌史上还是第一次。这场与"惨无人道"的上流社会进行的"不均衡的斗争"以女主人公的悲剧而告终。爱情是幸福的，但如果它是以所爱之人终生的巨大痛苦，乃至生命为代价换取的，那么，这还能称之为幸福吗？在这场爱情的初始，诗人就已预感到它的悲剧性，他谴责命运的不公和世俗的流言，同时也深刻地反思自己：

啊，我们爱得多么致命，

在那狂暴热情的盲目中，

这真不如说是在把

我们心爱的人置于绝境！……

对于她你的爱情

是命运可怕的判决书，

是一桩不公正的耻辱，

把她的一生紧紧压住！

——《啊，我们爱得多么致命》

　　"不合法的爱情"必然要与强大的传统和世俗力量发生激烈的碰撞，在这场"注定的生死搏斗"中，诗人赋予爱情更多的社会内容，在表现人生感悟和生命体验方面，显示出深刻的理性分析和深沉的情感力量。

　　丘特切夫是俄国诗歌史上的一个复杂现象，也是一位独特的抒情诗巨匠。他的抒情诗不仅蕴含着深刻的哲理，而且形象丰盈，意象鲜美。片断式的结构、出人意料的词语组合以及未尽之言都激起读者的无限想象，表现出诗人艺术世界的开放性。

　　涅克拉索夫认为丘特切夫的诗歌"属于俄国诗歌中不多见的卓越现象"。屠格涅夫对他的语言极为赞赏："他创造了不朽的语言，而对于一个真正的艺术家来说，没有比这更高的褒奖了。"陀思妥耶夫斯基称他为"我们伟大的诗人"，而托尔斯泰更是语出惊人："没有丘特切夫就不能生活"。

　　在俄国文学史上并不存在丘特切夫流派，但丘特切夫的诗歌却形成了自己的艺术风格体系，后来的安年斯基、勃留索夫、勃洛克、帕斯捷尔纳克、扎鲍洛茨基等人的创作在很大程度上都受到他的影响。

第五节　涅克拉索夫

尼古拉·涅克拉索夫（1821—1878）生于乌克兰一个军官家庭，3 岁时随父亲举家迁居雅罗斯拉夫尔省。1832—1837 年就读于雅罗斯拉夫尔中学，1838 年进入彼得堡军事学校，同时在彼得堡大学旁听。1840 年，涅克拉索夫出版第一本诗集《幻想与声音》。涅克拉索夫还是《彼得堡风俗》（1845）和《彼得堡文集》（1846）两部文集的出版人。陀思妥耶夫斯基的处女作《穷人》和涅克拉索夫本人的几首诗就是在《彼得堡文集》上发表的。

这两部文集堪称"自然派"的宣言，同时也是文学家和出版家涅克拉索夫的文学纲领。1846 年，涅克拉索夫接办《现代人》杂志，主持该刊的工作达 20 年之久。长诗《货郎》（1861）将艺术创造与民间诗歌熔为一炉。1861 年后，涅克拉索夫开始着手创作《谁在俄罗斯能过好日子》，这部长诗直到他去世仍未能完成。

1863 年，涅克拉索夫发表长诗《严寒，通红的鼻子》。70 年代发表《俄罗斯妇女》。1866 年《现代人》被查封后，涅克拉索夫同谢德林共同主持《祖国纪事》。1878 年因病去世。

涅克拉索夫反对德鲁日宁、安年科夫和鲍特金等纯艺术派理论家将所谓的普希金流派与喜欢说教的"果戈理流派"对立起来的做法，批驳了他们所谓普希金主张"为艺术而艺术"的观点，认为普希金和果戈理是社会责任感和高度艺术水准兼有的楷模。他是一位公民诗人，在《诗人与公民》（1856）一诗中，他要求：

> 你可以不做一个诗人，
>
> 但你必须做一个公民。

涅克拉索夫以为民请命为己任，是 19 世纪中期俄罗斯公民诗歌的杰出代表。他的创作集中而深刻地反映了城市贫民和贫苦农民的悲惨命运。

关注时代的紧迫问题、关注那些"被侮辱与被损害者"的悲苦命运，是涅克拉索夫诗歌的创作根基。这一点有力地体现在《三套马车》（1846）、《夜里我奔驰在黑暗的大街上》（1847）、《被遗忘的乡村》（1855）、《豪门前的沉思》（1858）等诗中。

脍炙人口的《夜里我奔驰在黑暗的大街上》讲述一个因生活所迫而被迫卖淫的妇女的悲惨遭遇，读来感人肺腑，催人泪下。《在路上》（1845）一诗反映了贵族与农民之间不可逾越的鸿沟。车夫讲述自己妻子的故事：她是个农村姑娘，在地主家做佣人，又被主人打发回老家；在老家她嫁了人，并在那儿终老一生。

《被遗忘的乡村》（1855）用讽喻的手法以乡村来影射整个俄罗斯帝国。正如老地主的死不会给农民带来任何改善一样，新沙皇的继位也不会使俄罗斯发生任何变化。

《三套马车》通过描述一个乡下姑娘对爱情的追求和向往，揭示出生活在农奴制下俄国农村妇女的悲惨命运。诗的女主人公是一个情窦初开、纯真美丽的村姑，她急切地盼望着心爱的年轻军官的到来，每当村子里有三套马车经过，她总是撇开女伴"贪婪地向着大路张望"，还不时地"跟着飞驰的三套马车奔跑"，但每次她都失望而归。在诗的结尾，诗人悲愤地写道：

> 不要再向大路怅惘地张望，
> 也不要跟着马车急急追赶，
> 快点把苦恼着你的惊慌
> 永远抑制在自己的心间！
>
> 你是追赶不上那狂奔的马车的：

马儿健壮、膘肥腿又疾——

车夫醉意朦胧，年轻的骑兵少尉

旋风似的向另一个姑娘驰去……

《豪门前的沉思》是俄罗斯版的"朱门酒肉臭，路有冻死骨"。该诗以达官贵人的豪华官邸作为切入点，通过强烈的对比，展示了大门内外的两个世界、两种命运：门内富人骄奢淫逸，花天酒地，纸醉金迷；门外穷人衣衫褴褛，沿途乞讨，痛苦呻吟。在这首诗中，诗人表现出强烈的民主主义激情，他不仅揭露和谴责了统治阶级的腐败堕落，为深受压迫和奴役的劳动人民伸张正义，而且还教育他们摆脱奴性，振奋精神，靠积极的斗争来改变自己悲惨的生存状况和命运。

在俄国文学史上没有人像涅克拉索夫那样如此深沉地抒发了对人民的爱与同情，如此深刻地、全面地阐释了俄罗斯民族性格的复杂性与矛盾性。涅克拉索夫不仅是人民痛苦的歌手，而且还是人民斗志和潜在力量的鼓舞者。

涅克拉索夫也写了不少爱情诗，其中最著名的就是"帕纳耶娃组诗"。"帕纳耶娃组诗"写于不同时期，反映了诗人曲折的爱情经历，成为他感情和精神生活的见证。

涅克拉索夫的爱情诗具有独特的艺术品质，它颠覆了人们对爱情诗的惯常认识，把爱情与生活中的平凡琐事糅合在一起。他的爱情诗虽然缺乏浪漫的情调和理想化色彩，但因贴近生活而显得更加真实可信。如果说在涅克拉索夫以前，爱情诗是以某一种感受和情绪为基调，那么，在涅克拉索夫笔下，爱情诗则反映出恋爱中不同情境下的不同感受，表现了人物性格和相互关系的复杂性与矛盾性，因而具有异常丰富的内涵。

涅克拉索夫的主要成就是长诗。他的长诗与民间诗歌和民间文学有密切联系。长诗《严寒，通红的鼻子》（1863）是无可争议的杰作。

同涅克拉索夫的许多作品一样，该诗反映了俄罗斯农民尤其是俄罗斯妇女的悲惨命运。《俄罗斯妇女》（1871—1872）写两位十二月党人的妻子突破重重险阻，不远万里来到西伯利亚探望丈夫的故事，读来令人动容。《谁在俄罗斯能过好日子》堪称涅克拉索夫最著名和最优秀的作品。这部长诗耗时15年，用民间创作风格写成，它是涅克拉索夫整个创作的桂冠，集大成之作。正如标题所示，长诗的主题是幸福问题。诗人细腻地描绘了俄罗斯当时广阔的生活图画。究竟谁在俄罗斯日子过得幸福，七个农民争论不休，于是他们上路，到处打听，寻找答案。七个幸福的探寻者代表全体俄罗斯农民。如果说诗人在描绘农民形象时饱含同情，那么地主则成为他讽刺的对象，比如诗中讲到一位漫画式的公爵，他极力封锁有关1861年农奴制废除的消息，因为这对他来说无异于死。据涅克拉索夫最初的构思，结果应该是七个漫游归来的农民一个幸福的人也没找到，但作者在长诗中做了一个肯定性的转折，插入一个叫格利沙·杜勃罗斯克洛诺夫的民粹党人形象，他通过无私地为人民谋幸福而获得幸福。

涅克拉索夫的诗歌具有"革命民主主义"诗歌的风格特征，同时又从俄罗斯民间创作和农民的语言中汲取了丰富的营养。

他的语言形象而生动。涅克拉索夫的诗体倾向于俄罗斯民间的壮士歌。无论从内容还是形式上看，《谁在俄罗斯能过好日子》都是一部真正的关于劳动，关于苦难，乃至关于19世纪俄罗斯农民骚动不安的探索的民间史诗。尽管长诗并没有对俄罗斯社会制度直接予以批判，但还是遭到沙皇书报检查机关的查禁。

《谁在俄罗斯能过好日子》中的"歌谣"（如《俄罗斯》）是不可多得的抒情诗杰作：

> 你既贫穷，
>
> 你又富饶，

你既强大，

你又羸弱，

俄罗斯母亲！

　　涅克拉索夫是所谓革命民主主义者中最重要的一位诗人，对俄罗斯诗歌影响巨大而深远，其影响所及不限于民主派诗人，也不限于19世纪后半期的农民诗人。他身后有一个完整的涅克拉索夫流派。他对勃留索夫和勃洛克的都市诗歌、对叶赛宁和特瓦尔多夫斯基、对马雅可夫斯基和杰米扬－别德内依的讽刺诗都有影响。尽管涅克拉索夫在激进派中间受到非同寻常的欢迎，但他的创作在生前并未得到应有的评价。激进派注意的只是内容，而对唯美派来说没有诗意的涅克拉索夫（"我严酷的，笨拙的诗句"）是不能接受的。毋庸讳言，涅克拉索夫当年为稻粱谋写作轻喜剧和报刊文章时形成了过于简单随意的风格，这在后来不止一次对他产生了不良影响。尽管涅克拉索夫的诗中有不少不匀称和苍白的地方，但他与19世纪中期许多用诗歌来宣传社会政治思想的诗人还是不可同日而语的。有西方学者说涅克拉索夫之于俄罗斯文学，相当于海涅之于德国文学。总的来说，涅克拉索夫作为诗人是悲观的，尽管他的诗也含有说教、高昂的成分，如《被遗忘的乡村》。

　　涅克拉索夫的许多诗作都成了民歌，在民间广为传唱，如《三套马车》（1846）、《货郎》（1861）中的歌谣。

第六节　费特

　　阿法纳西·费特（1820—1892）生于奥廖尔省的一个地主家庭，幼年时在德国人办的寄宿学校学习。1838—1844年就读于莫斯科大学语文系，1845—1858 年在军队服役，从 60 年代起开始经营农庄。

1840 年费特的第一本诗集《抒情诗的万神殿》出版，诗中有着俄罗斯古典浪漫主义风格和明显的拜伦痕迹。费特的第二本诗集（1850）更加显示出诗人的卓越才华，其中的许多优秀诗篇，如《我来向你致意》《黎明时你不要叫醒她》《你美丽的花环清新而芬芳》《狄安娜》《当我的幻想回到遥远的往昔》等以其独特的魅力和音乐性征服了当时文坛许多名家，引起评论界的热烈反响和高度赞赏。50 年代后期，费特曾一度与《现代人》旗下的作家涅克拉索夫、屠格涅夫、冈察洛夫、鲍特金、德鲁日宁等接近，写了很多作品，先后有两本新诗集问世（1856、1860）。到 60 年代初，他的创作激情衰退，专事农庄经营，而进入晚年又重新执笔，著有四卷本诗集《黄昏之火》（1883—1891）。在《黄昏之火》中，诗人主要是对青年时期所经历的不幸进行追忆和思索，表现出人生的沧桑与凝重，以及深层的哲理思考。

费特的艺术是唯美的艺术，从他早期的诗歌一直到晚年创作的《黄昏之火》，都表现出诗人是一个美的执着崇拜者。费特认为，艺术的目的就是追求美、发现美、再现美，他曾说："我永远都不会理解，除了美之外，还有什么能让艺术感兴趣！"费特是大自然的歌手，他一生都在讴歌大自然，大自然是爱情的圣殿，是灵感的圣殿，是美好情感的圣殿。大自然是美的源泉，他在自然界的万物之中都能感受到美：轻风的拂动、绿草的萌芽、螟蛾的飞舞、阳光下蝴蝶的翅膀、花朵的形状与芬芳。大自然的四季多姿多彩，演绎着生命的奇迹：春天——毛茸茸的柳树，祈求阳光的初绽的铃兰，半透明的白桦树叶，出没于芬芳的丁香花丛的蜜蜂，在草原上鸣叫的仙鹤；夏天——闪烁的灼热的空气，蒙上淡淡轻烟的蓝天，微风吹拂下的金色麦浪，紫红的晚霞，草原上野花的馨香；秋天——山坡上绚丽的树林，飞向远方或在凋敝的树林中盘桓的鸟儿，收割过的庄稼地上的畜群；冬天——奔驰在雪地上的雪橇，照耀在白雪覆盖的白桦树上的阳光，玻璃窗上的冰花。在费特的诗歌中，大自然的美是"纯净的"，它去除现实生活的肮脏、庸俗和丑陋，是一个充满诗情画意的纯美的世界（《湖睡着了：黑色的森林沉默不语》，1847）。

费特善于在寻常事物中寻找美、发现美。在他的诗中，日常生活中的普通物象总是笼罩在美的光晕之中。他所写的是每一个人都熟悉的东西，他的诗歌充盈着极其传统的诗歌形象：朝霞、玫瑰、夜莺、星星，但其诗歌的魅力就在于他能使这些传统的形象变得新颖鲜活，并赋予它们不寻常的含义。德鲁日宁发现，费特具有"能在最平常的物体上看出诗意的敏锐目光"。

在《絮语，怯弱的气息》（1850）这首诗中没有出现一个动词，但却极富动感，月夜中的景物与幽会的情景形成一幅完整的画面。爱情是大自然生命的延续，是它的韵律，彼此是不可分的。"银色的月光，梦一般的／溪水潺潺。"和"在光影中变化不定的／亲切的面容"，这是运动和生命；溪水的银光、夜的光影、云烟中的玫瑰红、琥珀的光华、霞光和絮语、怯弱的呼吸、夜莺的啼啭、亲吻，这是色彩和音响，视觉形象与听觉形象交相辉映，相得益彰；诗的结尾是诗人的神来之笔——朝霞给夜戴上桂冠：

> 云烟中一片玫瑰红，
> 琥珀般明亮，
> 频频的亲吻，
> 眼泪，黎明的霞光！

费特对大自然的描写带有鲜明的印象主义特征。诗人竭力捕捉声、光、影的变化，表现感官对外界各种有形与无形的变化的直觉，传达视觉和听觉的瞬间感受。这种印象主义风格在《湖上的天鹅把头伸进苇丛》（1854）、《第一条犁沟》（1854）、《黄昏》（1855）、《在壁炉旁》（1856）等诗中有着突出的表现。

费特的爱情诗别具特色。在费特的诗中，爱情常常是和夜晚联系在一起的。夜晚是爱情的摇篮，它美丽、神秘，远离白昼的喧嚣和烦扰。夜晚不仅让所有的生命都苏醒过来："树叶悄悄舒展叶脉"，"怒放的玫瑰同星光斗艳"，同时它也孕育着爱情，让人体悟到幸福（《在小船上》，1856；《春天和夜晚笼罩着山谷》，1856 或 1857；《晴朗的夜晚多么明亮》，1862；《你多么惬意，银色的夜晚》，1865；《夜空明亮，花园洒满月光》，1877)。

> 多么幸福：又是夜，又是我们二人！
> 镜子似的河水辉映着点点繁星，
> 而那儿……你仰起头来瞧一瞧吧，
> 天空是多么深湛，又是多么明净！
>
> 啊，请叫我疯子吧！随你叫我什么；
> 这时候我的理智是多么脆弱，
> 爱情的浪潮在我心中汹涌激荡，
> 它使我不能沉默，也不会沉默！
>
> 我痛苦，我迷恋；但在热爱、苦恼的时刻，
> 啊，听我说，理解我！——我不能把热情掩遮，
> 我要告诉你，我爱你，我爱你——
> 我只爱你一个，只爱你一个！
>
> ——《多么幸福：又是夜，又是我们二人！》（1854）

费特的爱情诗同他的自然风景诗一样，注重直觉和感受，善于捕捉瞬间的心理变化，寓情于景，情景交融，从而表现爱情的各种复杂的情绪：甜蜜、喜悦、狂热、焦虑、紧张、痛苦、绝望。在费特晚

期的爱情诗中，诗人对爱情的体验更加深沉、厚重，诗的节奏和意象具有震慑人心的感染力。在《我怀着无上幸福的痛苦站在你面前》（1882）、《不要，我不要昙花一现的幸福》（1887）、《不要用责备和怜悯》（1888）等诗中，爱情的痛苦与喜悦异常激烈地交织在一起。

写给青年时代的恋人玛丽亚·拉吉奇的组诗是费特爱情诗中的杰作。这组诗风格朴实，感情真挚，像是与一位故友进行推心置腹的交谈。在诗中，始终让人感觉到有一个无形的至亲至爱的女性形象，她好像就在主人公的面前，倾听他激动的、痛苦的倾诉。这个无形的"你"活在诗人的心中，活在诗人的诗中，诗人在星星的闪烁中、百合的妩媚中、往日情书的亲切低语中看到心上人熟悉的音容笑貌。诗人视女主人公为自己的道德理想，她不仅拥有高尚的情操，是他心目中的女神，而且还能激发他的创作灵感，激励他的创作热情，是他诗中的"另一个我"（《Alter ego》）。

在费特的诗歌中，爱情最高尚的形式正是这种精神上的契合，它是一种不死的语言，是永恒爱情的保证。拉吉奇组诗是费特爱情经历与回忆的结晶，是一曲优美的爱情颂歌。

费特晚期的诗歌有着浓厚的哲学色彩。诗人沉迷于叔本华的哲学思想，大部分精力用于探求存在、本体、本质和时间等形而上的问题，他的世界观和艺术观就是建立在叔本华思想的基础之上。

费特以隐喻的形式表达诗人的哲学思考。在四卷本的诗集《黄昏之火》中，"夜"的意象具有哲学意蕴，隐含着诗人这样一个哲学联想：夜——人的存在——存在的本质。

费特把夜的时刻想象成开启宇宙秘密的时刻，通过对夜的洞察，他发现生命有"两个存在"，即"尘世的生命"和"不朽的生命"。在《你纯净的光辉诱人而徒然地闪耀》（1871）一诗中，诗人把"尘世的生命"形容为"四周一片昏暗"，但尘世的生命同时又渴望天国圣洁的光辉。

在关于夜和人的存在的形象联想中，费特融进了对死亡的思考。在《梦和死亡》（1858或1859）一诗中，梦和死亡像一对孪生子，如影随形。黑色的夜孕育了"黑黝黝的"梦，而死亡则是"灿烂的福玻斯开朗的女儿"（注：福玻斯是太阳神阿波罗的别名）。梦充满了尘世的忙碌，而死亡意味着庄严的安宁。在费特的眼里，死亡是美的特殊体现，这与叔本华认为虚空是最终的理想的存在这一观点相契合。在《微不足道者》（1880）和《致死亡》（1884）中，费特用诗的形式再一次阐释了叔本华关于死亡的思想。

费特对于时间和空间的认识同样带有叔本华哲学思想的印记。《在群星中间》（1876）思考的是物理的时间、空间与形而上的时间——永恒之间的关系。迷恋大地的主人公与群星之间的对话是费特美学观点的最好例证。在费特的概念中，天空象征着肉眼可见的永恒，是人关于永生这一理想的直观体现。浩瀚的天空让主人公感到自己是一粒沙，与永恒存在的群星相比，他只是极为短暂的瞬间。以和谐和神秘吸引人的高高在上的未知世界同尘世的渺小形成鲜明的对立。诗人好像置身于时间之外，直接注视着永恒（天空），"天空的深渊"让他感到亲切，无垠的宇宙向他敞开。

《永远不》（1879）发展了战胜时间和空间的想法。诗中的主人公是从坟墓中复活的人，他描述了棺材盖是怎样打开的，他是怎样走出来的，又是怎样沿着熟悉的路线走回自己的庄园的，人们看到他是如何惊恐莫名的。在诗中，费特描绘了一个被象征着死亡的冰雪覆盖着的、具有启示录意义的现实中的大地画面：这里没有生命的迹象，没有冬季的飞鸟，甚至雪地上都没有足印，只有死气沉沉的森林。主人公孤零零的一个人，他在时间和空间中迷失了自己；他成了最后一个看见这块土地的人，他不知道该何去何从，在哪里才能找到安慰和温暖，而死亡是解决这一问题的唯一办法。为了继续自己通向永恒之路，死而复生的人只得又重新回到坟墓之中：

何处去，去无人可拥抱的所在，——
时间在空间中迷失的地方？
回来吧，死亡，快点接受
最后的生命的命定的重负，
而你，大地已冷却的尸体，飞吧，
带着我的尸体，沿着永恒的道路！

费特在此表明了他对永恒的认识，也就是跨越现实存在的界限，进入形而上的、诗化的世界。《永远不》可能是费特诗歌中情绪最为消沉的一首。

费特的诗具有深刻的理性思辨和哲理思考，但他的自然哲学诗却不同于巴拉廷斯基和丘特切夫的自然哲学诗。因为，通常所说的诗歌的"哲学性"是通过诗中某种自然、历史或人的"形象"体现的，如巴拉廷斯基和丘特切夫的许多诗作，但费特的诗却并非如此。费特的诗充满了各种隐喻和无形的自然力量（比如"火"）。

不是忧郁地哀叹生命的流逝，
何谓生与死？而是痛惜那团
照耀于整个宇宙的熊熊之火，
正哭泣着，向茫茫黑夜驶去。

——《致阿·布尔任斯基》

费特的诗是自由精神的艺术，它脱离尘世的感情和现实，从而进入一个尽善尽美的世界。费特把自己从物质的世界解放出来，使自己有可能发现美和感受美，这种美在他的艺术中是与永恒紧密连接在一起的。

费特始终坚持自己的艺术观点，一再强调诗歌与现实之间毫无共同之处。他喜欢悖论。他宣称"有目的的艺术作品对我而言是不存在的"。他甚至说诗歌就是谎言，而不一开口就撒谎的诗人是没有前途的。没人比费特更不遗余力地宣扬"纯艺术"主张。另外，他还认为，除了自身，诗歌不应该抱有任何目的，诗歌中也不应该存在任何逻辑和内在联系。他在谈阿·康·托尔斯泰的诗时，对波隆斯基说过这样一段话："没有谁比我更看重可爱之极、有文化之极和涉猎广泛的阿·康·托尔斯泰了，尽管如此，他还是一个头脑简单的诗人，他身上没有那种疯疯癫癫和胡言乱语的东西，而没有这些东西的诗人我是不承认的。纵使他把整个宫殿里的沙发和凳子都套上威尼斯天鹅绒，并镀上金，我还是称他为第一流的装饰家，而非诗人。诗人是疯子，是含糊不清地说着神灵的胡话的百无一用的人。"在俄国诗歌史上，费特是一个承前启后的人物，他的诗歌是联系茹科夫斯基的浪漫主义和20世纪初象征主义的中间环节。费特诗歌精致的音乐性、深刻的哲理意蕴、对高雅之美的崇仰等特点直接影响到索洛维约夫、巴尔蒙特和勃洛克的诗歌创作。他的抒情诗以其优美的旋律和音乐性赢得了包括柴可夫斯基、拉赫玛尼诺夫在内的许多作曲家的喜爱。

第七节　屠格涅夫

伊凡·屠格涅夫（1818—1883）出身于贵族家庭，母亲是一个粗暴蛮横的庄园主，屠格涅夫从小目睹了农奴制的种种野蛮。心狠手辣的母亲形象在屠格涅夫具有自传色彩的短篇小说《木木》《草原上的李尔王》《普宁与巴布林》中有所反映。

1833年，屠格涅夫进入莫斯科大学，一年后转入彼得堡大学，1837年大学毕业。1838年赴德国柏林大学攻读古典语文和哲学，1841年回国，1843年发表长诗《巴拉莎》，得到别林斯基的赏识。1844

年发表第一篇散文作品——中篇小说《安德列·科洛索夫》。1847—1851年，屠格涅夫旅居法国，亲眼见证了欧洲革命并与赫尔岑结下友谊。1852年《猎人笔记》出版，轰动了俄罗斯文坛。无论从文学意义还是从社会意义上讲，作品都可以说是大获成功。这是对改革前的俄国乡村生活所作的现实主义的、富于人情味的描绘。据说，该书对亚历山大二世影响很大，促使他做出废除农奴制的决定。1852年，屠格涅夫因撰文悼念和盛赞果戈理而得罪了当局，被流放到自己的庄园18个月。50年代，屠格涅夫创作了一系列以贵族知识分子为主人公的中篇小说和长篇小说，如《多余人日记》（1850）、《雅科夫·帕辛科夫》（1855）、《罗亭》（1856）、《阿霞》（1858）、《贵族之家》（1859）等。60年代初期，屠格涅夫又发表了以平民知识分子为主人公的长篇小说《前夜》（1860）和《父与子》（1862）。从1862年起，屠格涅夫基本定居国外，主要住在巴登-巴登和巴黎，只是偶尔回俄罗斯小住。从他后来所写的两部长篇小说《烟》（1867）和《处女地》（1877）来看，屠格涅夫不是特别了解俄罗斯社会政治生活中的最新情况。在巴黎，屠格涅夫成了"俄罗斯文学大使"。他结识了梅里美、都德、乔治·桑、福楼拜、莫泊桑等法国作家，并与他们成为朋友。在他们那里，他获得的评价比在国内高得多。1880年，屠格涅夫最后一次回俄罗斯，出席普希金纪念活动。1883年客死于巴黎近郊。

反映乡村生活的系列短篇小说《猎人笔记》之所以能取得巨大成功，原因在于屠格涅夫描写农民的方式是前所未有的。如果说在达利、格里戈罗维奇和其他自然派代表人物笔下，农民只是压迫的牺牲品，那么在屠格涅夫的特写中，普通俄国农民则被赋予许多可爱的品质特征。在屠格涅夫笔下，农民是有人情味的、聪明能干的、有尊严的，相反，地主老爷倒有可能是愚昧而狠毒的。在粗鲁的农民身上，屠格涅夫发现了人。

《猎人笔记》讲述的是作者牵着狗、背着枪在田间和树林游猎时的所见所闻。与果戈理相反,屠格涅夫描绘的不光是农奴主形象,还有一系列精彩的农民形象。他的小说充满真挚的抒情因素,尽管在塑造人物性格时也能发现"风俗随笔"的一定影响。屠格涅夫在写农民时满怀热情,尽管作者并未直抒胸臆,但就是当代的读者也不难从中体会出对农奴制的猛烈抨击和作者对俄罗斯人民的热爱。他们尽管身受剥削压迫,逆来顺受,但还是没有被击垮。罗斯托普契纳伯爵夫人说《猎人笔记》是一本"煽风点火的书"。

《猎人笔记》巩固了屠格涅夫作为关心社会问题的作家的声望。在此后的 25 年里他写了 6 部长篇小说,都是清一色的社会小说。在《罗亭》(1856)中,屠格涅夫塑造了一个聪明绝顶、才华横溢的"多余人"形象,19 世纪 40 年代贵族青年的典型代表。罗亭追求娜塔丽娅,但在关键时刻却因胆怯而退缩。他是个出色的谈话伙伴,才思敏捷、口才出众,但总是纸上谈兵,从来落实不到行动。眼看着他的理想就要实现,他又立刻失去了兴趣。同奥涅金和毕巧林相比,罗亭拥有不少正面品行:他充满活力,善于用自己的理想扇动年轻的听众,包括娜塔丽娅。"多余人"问题屠格涅夫此前已经在《西格罗夫县的哈姆雷特》和《多余人日记》中触及过,但只限于反映这一典型的某些心理特征。在他的社会长篇小说中,情节在广阔的历史和社会背景上展开。

很多人认为《贵族之家》(1859)是屠格涅夫最优秀的作品,就连一向不能容忍屠格涅夫的陀思妥耶夫斯基这回也向他脱帽致敬。小说的主要人物拉夫列茨基也是一个"多余人",但他还不止是一个空谈家和幻想家,他同时也是一个有所作为的人,希望改善自己庄园的农民的处境。拉夫列茨基显然倾向于斯拉夫派,他主张俄罗斯走自己的道路,尽管他并未对俄罗斯以往的宗法制农民生活加以理想化。他是西欧派潘申(这个形象有些单薄)的对立面。跟罗亭一样,拉夫列茨基的失败是通过爱情悲剧表现的。拉夫列茨基的妻子背叛了他,留在了巴黎。听到妻子已死的误传后,他满以为可以跟女邻居丽莎·卡利吉娜结婚了，不料他的妻子突然出现。他同自己的命运妥协了，服从了道德和宗教的要求，尽管他清楚，他的生活将因此而失去意义，他将注定在孤独中度过晚年。丽莎隐居修道院削发为尼。小说取得巨大成功，这一点应归功于屠格涅夫描写"贵族之家"的消亡、俄罗斯贵族生活方式和思维方式衰落时所用的抒情的、诗意的笔调。深刻的抒情性、精彩的风景描写、鲜明的妇女形象使《贵族之家》成为屠格涅夫最优秀的作品之一。

《贵族之家》才问世一年，屠格涅夫又发表了《前夜》（1860）。小说的男主人公是保加利亚人英沙罗夫，他立志要把自己的祖国从土耳其人的统治下解放出来。小说的女主人公是俄罗斯姑娘叶莲娜·斯塔霍娃，她追随着他，以他的崇高理想为自己的崇高理想。当英沙罗夫因肺痨病死在威尼斯，叶莲娜去保加利亚做了一名护士。

在有名的《哈姆雷特与堂吉诃德》一文中，屠格涅夫比较了这两种截然不同的典型：一个冥思苦想，犹豫不决；一个积极行动，一往无前。屠格涅夫的大多数主人公都属于哈姆雷特型，英沙罗夫也是如此。值得注意的是，这个正面人物竟然不是俄国人。显然，在屠格涅夫眼里，俄国人还不够成熟，无法自己解决自己的问题。

屠格涅夫准备在《父与子》（1862）中塑造正面主人公。这部小说更为流行，更为读者所喜爱。巴扎罗夫是位典型的青年平民知识分子，思想进步，精力充沛，头脑聪明，乐于做事。他是一名大学生，只相信自然科学，否定一切传统。巴扎罗夫信仰唯物主义和无神论，反对农奴制，敌视贵族和自由主义者。他绝非"多余人"，确切地说，他更像堂吉诃德。巴扎罗夫言谈举止不拘礼节，动辄跟着了魔似的与"父辈"（自由派庄园贵族）发生冲突。换句话说，巴扎罗夫是一个虚无主义者，根据小说中的人物阿尔卡季·吉尔沙诺夫的定义，"虚无主义者就是这样的人，他在任何权威面前都不低头，对任何原则都不相信，不管这个原则受到怎样的敬奉"。小说清楚地表明，"父辈"的贵族观念已经过时，尽管作为对立面的平民知识分子的观点是对普遍接受的一切的完全否定。小说引发了激烈的争论，对它的阐释可谓见仁见智，不一而足。有人认为屠格涅夫将巴扎罗夫理想化了，且他自己就是一个"虚无主义者"；另一些人则认为，巴扎罗夫是对俄罗斯青年一代的肆意侮辱。

虽然屠格涅夫把巴扎罗夫塑造成一个果敢、成功的主人公，丝毫不逊色于那些正面女性形象，但值得注意的是，作者不允许巴扎罗夫成为胜利者，相反，他过早地夭折了。从艺术上看，这部小说应该属于屠格涅夫最优秀的作品之列。

《父与子》之后屠格涅夫又写了两部长篇小说，但这两部均未能达到前四部的水平。《烟》（1867）是一部结构糟糕的长篇小说，过多的对话把其中的爱情故事分割得支离破碎。作品的标题揭示了小说的主题：整个知识分子的俄国虚幻如烟，人生虚幻如烟。小说的情节发生在国外，在屠格涅夫住过的巴登-巴登。

《处女地》（1877）是屠格涅夫最后一部长篇小说，也是作家最后一次将政治主题与爱情故事结合在一起。小说反映了70年代的民粹派运动。从文学角度看，这部长篇小说完全是失败的。

除了社会倾向的长篇小说，屠格涅夫还写过不少与社会问题毫无关系的中篇小说，其中最为优秀的有《阿霞》（1858）、《春潮》（1872）和《初恋》（1860）。它们均是世界中篇小说中的名篇。

在俄国文学中，未必能找得出比屠格涅夫更擅长描写风景的作家。他的风景描写具有写实风格和浓郁的诗情画意，语言灵活而富于乐感。屠格涅夫是俄罗斯文学史上公认的文体家，他的语言达到了罕见的完美。在散文诗《俄罗斯语言》（1882）中，屠格涅夫动情地写道："在充满忧虑的日子里，在痛苦地思索着我祖国命运的日子里，——给我支撑和依靠的只有你呀，啊，伟大的、雄壮的、真诚的、自由的俄罗斯语言！若是没有你——眼见故乡所发生的一切，怎能不陷于绝望呢？然而不可能相信，这样的语言不是上天赐予一个伟大的民族的！"

屠格涅夫长篇小说的社会激情来源于出场人物和对话。屠格涅夫的主人公都具有典型意义：罗亭是进步人士和理想主义者，拉夫列茨基是40年代的斯拉夫派和理想主义者，叶莲娜是改革前俄罗斯一位积极活跃的妇女，巴扎罗夫是60年代富有战斗精神的唯物主义者。屠格涅夫的人物总是没完没了地对话，对当时热点问题发表看法，这些对话有时与情节的联系并不太紧密。在屠格涅夫的长篇小说里，起主要作用的是人物而不是情节。高雅的人与粗俗的人，男人与女人形成鲜明的对比。还有一点值得注意：屠格涅夫笔下的男人生性软弱、心地善良、消极被动，与积极行动、纯洁而富有同情心的女性刚好相反。

屠格涅夫是作为19世纪40—60年代俄罗斯社会生活的编年史作家进入俄罗斯文学和世界文学的。他的作品真实地反映了农奴制的惨无人道，"贵族之家"的注定灭亡和"新人"的到来。

屠格涅夫是中国读者最喜爱的俄罗斯作家之一。

第八节　陀思妥耶夫斯基

费奥多尔·陀思妥耶夫斯基（1821—1881）出生在莫斯科玛利亚贫民医院的一个医生家庭。1834—1837年就读于莫斯科的一所私立寄宿学校。1838年考入彼得堡军事工程学校，1843年毕业后进入彼得堡工程兵团工程局绘图处工作。1844年辞职，专事文学创作。翻译过巴尔扎克的小说《欧也妮·葛朗台》（1844）。1846年先后发表长篇小说《穷人》和《双重人格》。参加过彼得拉舍夫斯基小组活动，一度受到傅利叶的空想社会主义思想的影响。1849年陀思妥耶夫斯基被捕，先是被判处死刑，直到临刑前才又改判为流放西伯利亚服役四年，期满后再罚充军。1849 年发表的长篇小说《涅朵奇卡·涅兹瓦诺娃》始终未能写完。1850—1854 年在鄂木斯克狱中服役，多年的苦役使陀思妥耶夫斯基身心受到严重摧残。在流放地，他唯一可以读到的就是《福音书》。与笃信基督教的普通人接触动摇了他的社会主义和无神论思想，促使他从精神危机走向基督，并催生了作家后来的斯拉夫主义观点。1854 年服役期满后陀思妥耶夫斯基到谢米巴拉金斯克当兵，1856 年恢复军官职位。1858 年，陀思妥耶夫斯基因癫痫病退役并获准迁居特维尔，同年底回到彼得堡。《舅舅的梦》（1859）和《斯捷潘契科沃村及其居民》（1859）标志着陀思妥耶夫斯基重返文坛。但真正使陀思妥耶夫斯基声名大振的是《死屋手记》（1861—1862），就主体而言，这是一篇有关狱中生活的自传性小说。1861 年创办《时代》月刊，《时代》曾与涅克拉索夫的《现代人》进行激烈的论战。1863 年该刊被查封后，陀思妥耶夫斯基随即又创办了《时世》，中篇小说《地下室手记》（1864）就是在该刊上发表的。这部作品在作家的创作中具有重要意义，是作家创作社会哲理小说的初步尝试，也是俄罗斯文学中第一部社会哲理小说。1864 年，陀思妥耶夫斯基因资金问题不得不放弃《时世》。1865 年，陀思妥耶夫斯基着手创作给他带来世界声誉的第一部作品《罪与罚》。1866 年出版《赌徒》。1867 年出国躲债，在国外完成长篇小说《白痴》（1868）以及《群魔》（1871—1872）的大部分。1871 年返回俄罗斯。影射革命者的《群魔》问世后，陀思妥耶夫斯基开始出任"右派"杂志《公民》的编辑。1875 年发表《少年》。长篇小说《卡拉马佐夫兄弟》（1879—1880）使作家生前的声望达到顶峰。1881 年，陀思妥耶夫斯基因心力交瘁与世长辞。

《穷人》（1846）是陀思妥耶夫斯基的成名作。这部书信体长篇小说细致入微地反映了一个小公务员的日常生活和男女主人公彼此的感情。小公务员是自然派的传统题材。马卡尔·杰弗什金，一个温顺腼腆的抄写员，与孤苦伶仃的远房亲戚瓦尔瓦拉互相爱怜，相依为命。

然而迫于生计，为避免沦落为风尘女子，瓦尔瓦拉不得不离开杰弗什金，嫁给一个比她大得多的男人。

别林斯基将《穷人》看成是俄罗斯社会小说的初次尝试。陀思妥耶夫斯基显然想在这里告诉人们，住在首都的阁楼和地下室里的人们，他们的生活同样充满了丰富的感情，他们同样有着人的尊严。小说继承了果戈理的自然派传统，同时又带有明显的感伤色彩，是40年代"仁慈"小说的顶峰之作。

然而不久之后，当中篇小说《双重人格》（1846）问世时，别林斯基的兴奋荡然无存。面对这个过于现代的关于人格分裂的故事，遵循功利原则的批评家感到无所适从。小说的主人公高略德金是一名小公务员，他看上了上司的女儿，而且自认为很有希望攀上这门亲事，不料最后成为乘龙快婿的竟是他善于吹牛拍马的年轻同事。绝望之余高略德金陷入了精神分裂。在上司女儿过生日时，高略德金设计暗算情敌，最终失败。第二天，他的同貌人坐到了他对面的办公室里。那人也是九等文官，且跟他同名，由此二人产生了荒诞不稽的交锋，结果高略德金进了疯人院。虽然陀思妥耶夫斯基在这里明显是在追随果戈理和霍夫曼，但他们之间也有区别。果戈理的《鼻子》是纯粹的怪诞，而霍夫曼的幻想小说也与陀思妥耶夫斯基笔下真实的俄罗斯官场现实，与只能通过自己的同貌人实现自己理想的病态公务员相去甚远。

《白夜》（1848）讲述的是一个生活在幻想世界里的小公务员在白夜期间同年轻的娜斯金卡几次见面的伤感故事。小说写得如梦似幻，读来令人唏嘘不已。

在"成长小说"《涅朵奇卡·涅兹瓦诺娃》（1849）中，陀思妥耶夫斯基的心理分析已经初露端倪。

陀思妥耶夫斯基流放归来后发表的作品显然是他第一阶段的继续。中篇小说《斯捷潘契科沃村及其居民》（1859）中飞扬跋扈、卑鄙下流、佯装博学的福马·福米奇·奥皮斯金可谓俄罗斯的达尔丢夫，他总是没完没了地说教，无耻地蒙骗轻信的斯捷潘契科沃村的居民。不过二者也有区别：达尔丢夫最终没能逃脱应得的惩罚，而厚颜无耻的福马·奥皮斯金却始终能得到天真的罗斯塔涅夫的迁就。

长篇小说《被欺凌与被侮辱的》（1861）标志着陀思妥耶夫斯基创作的第一阶段和果戈理影响的结束。幻想破灭的作家伊万·彼得罗维奇在医院里记下了自己对这个物欲横流、金钱至上的世界的回忆。这部感伤色彩和社会批判兼有的小说描绘了大城市里穷人的生活。

以西伯利亚流放为界来明确划分陀思妥耶夫斯基的创作似乎不太合理。他第一阶段的作品已经显露出他后来的巨著的一些迹象，如《穷人》中使用的反衬手法，很好地起到了渲染作用，如年轻与年老、反映内心世界时的感伤主义色彩与描绘外部世界时的自然主义风格、敏感的内心与滑稽的外表。陀思妥耶夫斯基的作品关注人物心理，情节紧张多变，作为地球上最抽象的城市出现的彼得堡具有幻想特征。如果说早期的陀思妥耶夫斯基明显受到前人影响的话，那么第二阶段的陀思妥耶夫斯基绝对是一个独树一帜的艺术家。以现实生活为背景对人的精神折磨进行分析是他作品的一大特点。

认为《死屋手记》（1861—1862）与陀思妥耶夫斯基整个创作多少有些不合的观点同样显得不太合理。陀思妥耶夫斯基以一本自传性的描写西伯利亚服役岁月的纪实作品戏剧性地宣告了自己的复归。虽然陀思妥耶夫斯基在此并没为自己提出具体的艺术目标，且起初只是把《死屋手记》看成一份报道而已，但就风格和结构而言，作品还是很成功的。它是陀思妥耶夫斯基一生创作中比较著名的作品。该书真实细致地反映了沙皇时期劳改营的阴暗和恐怖，这在俄罗斯文学中绝对是一次创新。在劳改营，陀思妥耶夫斯基潜心研究俄罗斯人，尤其是被俄罗斯社会遗弃的人的心理活动，并得出一个令人欣慰的结论。他发现了那些没文化和受压抑的普通人身上蕴藏的精神财富，这对他是个很大的安慰。他意识到，罪是一种"不幸"，罪犯是不幸的，对他进行惩罚是不合理的。

《死屋手记》与后来的作品之间的联系是显而易见的，书中含有作家后来不止一次使用过的素材。正是在沙皇的劳改营里，陀思妥耶夫斯基开始探究注定要在他的创作中起重要作用的犯罪心理。

《地下室手记》（1864）已经出自一个成熟的大师手笔，充分显示出作者的与众不同之处。假如没有服苦役的经历，他有可能只能成为一个中流作家，一个"风俗"特写的作者而已。作品主人公以第一人称独白形式向读者讲述"地下室的事情"，也就是秘密的、政治上被禁止的、向社会调和发出挑战的"地下室的事情"。"地下人"反对许诺给人带来幸福的一切社会和政治体系，否定用西方模式构建社会的可能性。《地下室手记》是陀思妥耶夫斯基创作社会哲理小说的初步尝试，也可以说是俄罗斯文学史上社会哲理小说的奠基之作。

篇幅不大的长篇小说《赌徒》（1866）不属于陀思妥耶夫斯基大型哲理小说之列，但从自传性的角度看很重要，是刻画心理肖像的练笔之作。为了拯救反复无常和凶神恶煞般的妻子波利娜（原型可能是作家的情人苏斯洛娃），丈夫走进赌场，从此染上赌瘾，不能自拔。

《白痴》（1868）的主要想法是塑造一个正面的好人，即小说的主人公梅施金公爵。他被人称为"白痴"，一方面是因为他患有严重的精神病和癫痫病，一方面是因为他生性谦和，与世无争，宽容大度。小说的主题是娜斯塔西娅·菲利波夫娜的悲剧。她面临选择：要么出嫁，要么为金钱"出卖"自己。富商罗果仁得不到她，便想用金钱收买她。唯一对她平等相待的梅施金公爵想把她从痛苦中解救出来，却又不得不在她和阿格拉娅之间做出选择。小说反映了这两个女人之间的争斗和不幸的梅施金公爵在爱情与同情之间所受的煎熬。娜斯塔西娅·菲利波夫娜被梅施金公爵吸引，但却投入罗果仁的怀抱，最终走向毁灭。

心地纯洁的好人梅施金公爵对其所处的那个可怕环境来说是不合

时宜的。每一个人都能感觉到他的道德威信的影响，但这对他们的行为却没有丝毫作用。陀思妥耶夫斯基的本意是要把"白痴"作为小说的道德核心，作为别人应该极力效仿的楷模。梅施金形象体现了作家的宗教纲领。小说的艺术力量也许不在于作品所表达的宗教思想，而在于主人公身上所体现的乌托邦思想与作品艺术性的高度统一。也就是说，作品的内容与形式都突出体现在了小说的主人公身上。

陀思妥耶夫斯基第二部长篇巨著《罪与罚》（1866）的主要线索是谋杀。起初作家想写一个犯罪故事。一位青年大学生杀死放高利贷的老太婆并用她的钱接济母亲和妹妹，然后他放弃学业，只身去国外，一辈子积德行善。但事与愿违，杀人之后大学生精神崩溃，他投案自首，甘愿接受惩罚。

最后的构思是这样的：23岁的拉斯柯尔尼科夫为筹措学费而杀了人。经侦探波尔菲利·彼得罗维奇的多次问讯和妓女索尼娅·玛尔美拉多娃的感化，他终于认罪，并接受惩罚。在索尼娅身上，他重新发现了自己一度丧失的人性。拉斯柯尔尼科夫被发配到西伯利亚服苦役，索尼娅自愿跟随他，陪伴他。她的爱使他感觉自己就是《圣经》里死而复活的拉撒路。拉斯柯尔尼科夫开始了新的生活。《罪与罚》堪称一部艺术上无懈可击的侦探小说。陀思妥耶夫斯基的侧重点不在于"是谁杀了人"，而在于杀人的动机。拉斯柯尔尼科夫在逐渐意识到他要杀人的同时也感觉到对杀人的厌恶。在谋划过程中，拉斯柯尔尼科夫从未将"杀人"二字直接说出口，只是用含糊的"那件事"来代替，就连为杀人做辩护的理论也说得不清不楚。杀人后与侦探谈话时玩的猫捉老鼠的游戏读来扣人心弦。直到这个时候，凶手才公开发表自己的理论。拉斯柯尔尼科夫宣称，为达目的可以不择手段，为所欲为，甚至可以杀人，包括像放高利贷的老太婆这样的"虱子"，因为这将有利于共同幸福。陀思妥耶夫斯基让拉斯柯尔尼科夫利用车尔尼雪夫斯基和皮萨列夫等人的思想为自己的杀人行为辩护，受到60年代民主主义批评界的抗议。

陀思妥耶夫斯基在小说中继续与实证主义和社会主义论战。这从主人公的姓名可以看出来。在俄语中，拉斯柯尔尼科夫有"分裂"的意思，这很容易让人联想到17世纪的分裂派教会。拉斯柯尔尼科夫摒弃了人类生活的健康力量。在他生性厌恶的彼得堡，他脱离土地，脱离"根基"。作为知识分子，他脱离人民，而作为理性主义者，他又对生命的始基缺乏兴趣。最终导致杀人的拉斯柯尔尼科夫个人主义的高傲与宽恕一切并接受苦难的索尼娅的温顺形成强烈的对照。

作为一部引人入胜的长篇哲理小说和心理侦探小说，《罪与罚》同时也具有社会批判意义。随着情节的展开，作者广泛地反映了受压迫阶层的生活处境。批评家皮萨列夫认为，对社会的失望和绝望是导致拉斯柯尔尼科夫杀人的原因之一。

长篇小说《群魔》（1871—1872）取材于轰动一时的涅洽耶夫事件。1869年，谢尔盖·涅洽耶夫去国外，在俄罗斯革命侨民中间冒充他在俄罗斯创立的秘密团体"人民特别法庭"的代表。起初他得到巴枯宁和奥加辽夫的支持，但后来他们断绝了与他的关系。涅洽耶夫重新回到俄罗斯，这次他又冒充起俄罗斯政治侨民和"工人国际合作社"的全权代表（总部设在伦敦）。在莫斯科，他在大学生中间建立了秘密政治小组并企图扮演独裁者的角色，他要求周围的青年人无条件地服从他。当他的纲领《革命者手册》和他的革命方法遭致大学生伊万诺夫的反对时，他以莫须有的叛变罪名污蔑伊万诺夫，并指使小组成员杀害他，自己却畏罪潜逃国外。这桩案子就是在他缺席的情况下调查的。涅洽耶夫后来被瑞士警方逮捕并引渡给俄罗斯当局。有人认为小说是对巴枯宁无政府主义的清算。

小说的题材是政治谋杀，背景是屠格涅夫式的"父"与"子"的冲突。"父"是身体虚胖的唯美主义者和理想主义者斯捷潘·维尔霍文斯基，他是彼得的父亲，是小说主要人物尼古拉·斯塔夫罗金的老师。

"子"是无政府主义者彼得·维尔霍文斯基，他是"五人"革命小组的头目，也就是确有其人的"涅洽耶夫"。他杀死大学生沙托夫，据说是因为后者告密，但实际上是拿他来为自己的秘密勾当"祭旗"。跟老维尔霍文斯基一样，小说中的沙托夫是陀思妥耶夫斯基喜欢的一个人物，他身上与作者当年参加彼得拉舍夫斯基小组时有很多共同之处。革命小组的理论家是西加廖夫，他企图在旧制度的废墟上建立绝对公平的社会主义社会，他希望通过"不受限制的专权"达到这一目的。小说里还有一个人物，年轻的工程师，顶替凶手自杀的基里洛夫。代表"子"的核心人物尼古拉·斯塔夫罗金头脑清醒，聪明过人，他憎恨人的虚伪并因此向整个世界发出挑战。例如，他强暴了小姑娘玛特廖莎后良心发现（我们是从《在吉洪家》一章中斯塔夫罗金的自白中得知的）。这一自白（里面包含斯塔夫罗金的信条"我相信魔鬼"）1923年才发表。犯了罪后斯塔夫罗金不得安宁，娶了瘸腿的玛利亚·列比亚特金娜也无济于事，无论如何都摆脱不了精神空虚。于是斯塔夫罗金变本加厉地做坏事，最终自杀身亡。他拒绝同沙托夫的姐姐达利娅逃亡国外。斯塔夫罗金遇到的所有女人都被他害死：被他强暴的小姑娘上吊了；他出于折磨自己的动机娶的瘸腿疯女人因他而被杀了；死亡也降临到了向他表白爱情的丽莎头上；最后还有达莎，对他视同母子，也受到他的欺骗。高尔基说，《群魔》是"无数丑化70年代革命运动的企图中最富才气也是最为恶毒的一个"。

陀思妥耶夫斯基最后一部巨著是《卡拉马佐夫兄弟》（1879—1880）。这是一部哲理和心理侦探小说，许多人认为这是作家最伟大的作品。父亲老卡拉马佐夫将德米特里、伊万、阿廖沙兄弟从小丢弃不管，他们都是在亲戚家长大成人的，回到自家后时常与放荡不羁的老父亲费奥多尔·卡拉马佐夫发生冲突。兄弟三人蔑视他，憎恨他，都希望他死。有一天他确实被杀了，老大德米特里最有嫌疑，其中原因之一就是父子俩都爱上同一个姑娘格鲁申卡。形势和证据对他不利，德米特里面临流放西伯利亚服苦役的判决。兄弟们哪里知道真正的凶手其实是癫痫病患者斯麦尔佳科夫——老卡拉马佐夫的私生子和仆人。斯麦尔佳科夫将老二伊万宣扬的尼采的反道德原则"可以为所欲为"付诸实践。杀人之后，他竟然没有丝毫的负罪感，他之所以上吊自杀是因为厌倦了生活和寂寞无聊。三兄弟都觉得对老父亲之死负有责任，并甘愿为此接受惩罚。

小说中的一些重要人物形象彼此间形成强烈的对比。除了老卡拉马佐夫（生身之父）与佐西马长老（精神之父）的对比，也就是死亡与复活的对比外，以三位一体形式出现的三兄弟同样形成对比：伊万是思想家，理性主义者；德米特里放纵情欲；阿廖沙纯真、圣洁。三人都是老卡拉马佐夫所生，三人都跟斯麦尔佳科夫一样憎恨父亲，与父亲格格不入，就连怀有福音书理想的阿廖沙也不能不鄙视父亲；三人都对父亲被杀怀有同样的负罪感。三人都想父亲死，在这一点上，伊万可以说是斯麦尔佳科夫的同谋。兄弟三人各自都对应一个妇女形象：伊万——卡捷琳娜，德米特里——格鲁申卡，阿廖沙——丽莎；还都对应孩子：阿廖沙结识了一些小学生，德米特里梦见母亲怀里即将死去的"婴儿"，伊万拒绝信仰哪怕是以孩子的眼泪为代价换取的最高和谐。另外，斯麦尔佳科夫怂恿伊柳沙拿一块塞了大头针的面包喂一条看家狗，致使生病的孩子受到良心的致命折磨。对陀思妥耶夫斯基来说，生命的循环就是这样完成的（"父亲"——"儿子"——"婴儿"或"孩子"）。作家生活中重要的自传成分，如从前因父亲被杀害而产生的负罪感，还有因孩子不幸夭折而产生的负罪感（陀思妥耶夫斯基的小儿子阿廖沙三岁时死于癫痫发作，这在一定程度上刺激了陀思妥耶夫斯基写出《卡拉马佐夫兄弟》）也糅进了小说。小说中的一个人物取名阿廖沙·费奥多罗维奇不是偶然的。

虽然小说中含有不少对当时事件的反映，但小说的重心还是落在一些永恒主题上。

在《宗教大法官》一章中，陀思妥耶夫斯基阐述了对自由的看法。大法官认为，为了"面包和娱乐"，人会拒绝基督给予的自由，会自愿成为奴隶。按陀思妥耶夫斯基的想法，社会主义者也试图用"面包和娱乐"来换取人们奴隶般的顺从。在《宗教大法官》中，基督出现在西班牙，且马上被关进监狱。大法官夜间去探访他，他在独白中指责基督选择自由从而使人变得不幸。大法官想借助基督的力量建立人间天堂。基督沉默不语，他吻了一下大法官，大法官放走了他。

出版于 1873—1881 年间的《作家日记》对作为政治思想家的陀思妥耶夫斯基具有重大意义。从中可以找到有关陀思妥耶夫斯基思想和当时俄罗斯的丰富资料。日记里有对童年和少年的自传性回忆，有文学素材和文学批评材料，如取材于生活的长篇小说坯料，有关于列斯科夫、托尔斯泰等文学家的随笔，以及著名的纪念普希金讲话（1880）等。在讲话中，陀思妥耶夫斯基呼吁俄罗斯精神生活领域中的敌对各派和解，他呼吁知识分子放弃革命理想，放弃同君主专制制度的斗争。日记中还有对社会政治问题的探讨，也有一些短篇小说。

陀思妥耶夫斯基对俄罗斯文学和世界文学影响巨大而深远。他继承和发展了现实主义文学传统，同时又在人物塑造和心理分析方面进行了创造性开拓。他是现实主义巨匠，也是现代主义鼻祖。

第九节　奥斯特罗夫斯基

尽管俄罗斯戏剧凭格里鲍耶陀夫、普希金、莱蒙托夫和果戈理的剧作在 19 世纪前期达到发展的高峰，但舞台上还是充斥着二三流的剧目、肤浅的轻喜剧、老套的爱国剧、浅薄的滑稽剧和感伤剧。这些体裁的典型代表是涅斯托尔·库克尔尼克（1809—1868），保皇剧本

《上帝之手拯救了祖国》（1834）的作者。该剧讲的是 1612 年把莫斯科从波兰人手中解放出来并无往而不胜的罗曼诺夫王朝。还有一个作家，叫瓦西里·卡拉蒂金（1802—1853），以反社会倾向的剧本著称。他的《爱斯米拉达，或四种爱情》（1837）改编自雨果的《巴黎圣母院》，上演了好长一段时间，取得了不小的成功。除了一些令人肉麻的细节，当时的剧作者们还喜欢在剧中加入若干社会成分，如费奥多尔·科尼的《彼得堡住宅》（1840），彼得·卡拉蒂金的《自然派》（1847）。

但俄国戏剧的繁荣要归功于戏剧家亚历山大·奥斯特罗夫斯基（1823—1886），他的作品至今仍在俄罗斯剧目中占有牢固的一席。

奥斯特罗夫斯基的主要题材是莫斯科和外省商人的生活，尤其是他非常熟悉的俄罗斯商人阶层保守的、非欧化的生活方式。奥斯特罗夫斯基创作伊始，就已经得到观众的关注，如《家庭幸福图画》（1847—1849）、《自己人好算账》（1849，最早名为《破产》）。这一阶段奥斯特罗夫斯基比较优秀的剧本还有《穷新娘》（1852）。在这些剧本中，作者塑造了一批反面形象，无情批判资产阶级家庭中的暴虐和金钱当道，揭露资产阶级的恣意妄为、唯利是图、愚昧无知、假仁假义和尔虞我诈。这些作品的新意在于罪恶总是能够得逞，因此就连果戈理剧本的著名研究者谢普金都认为奥斯特罗夫斯基的剧本《自己人好算账》肮脏下流。

《自己人好算账》写的是莫斯科河畔一个典型的商人家庭：没有文化、刚愎自用、独断专行的父亲，庸俗而又狭隘的母亲，还有他们不聪明的女儿。一个小伙子带着父亲的钱跑来娶他的女儿。女儿和女婿丢下父亲不管，任凭后者因欠债不还而被拘留。

这个剧本里没有一个正面人物。奥斯特罗夫斯基在塑造人物时客观得近乎病态：既不过分滑稽、过分悲惨，又恪守真实。因此，他可以说是俄罗斯文学中第一个自然主义剧作家。弗拉基米尔·奥陀耶夫斯基这样说："我认为俄罗斯有三部悲剧：《纨绔子弟》《聪明误》《钦差大臣》。《破产》可以说是第四部。"

莫斯科的商人阶层感到自己受了差辱，于是告了御状。尼古拉一世承认他们有道理，结果书报检察官更加严厉，奥斯特罗夫斯基的锋芒有所收敛。在一些剧本中，他甚至对商人阶层的宗法制生活方式有所美化，例如《不是自己的雪橇就别坐》（1852）和《贫非罪》（1854）。

在奥斯特罗夫斯基创作的第二阶段，剧作家成为《莫斯科人》杂志所谓青年编辑部的成员，由此可以看出他受到斯拉夫派思想的影响。他们的短暂影响使奥斯特罗夫斯基写出了柳比姆·托尔左夫这样一个破产商人和高尚酒鬼的独创性形象。这个角色在俄罗斯剧院舞台上相当受欢迎。

在奥斯特罗夫斯基创作的第三个阶段，从剧本《他人喝酒自己醉》（1853）可以看出，奥斯特罗夫斯基调和了两个极端——第一阶段对商人的讽刺和第二阶段对商人的赞扬。在奥斯特罗夫斯基非常丰富的创作中，《大雷雨》（1859）堪称杰作。杜勃罗留波夫为该剧写了"借题发挥"的批评文章《黑暗王国的一线光明》（1860）。批评家认为，奥斯特罗夫斯基在此反映了改革前俄罗斯的最重要方面，即强者卡捷琳娜所要反抗的恣意妄为的"黑暗王国"的经济基础。通过卡巴尼哈、季科伊和其他专横霸道的人物形象，奥斯特罗夫斯基证明，这个王国已经摇摇欲坠，面对他们不理解的东西，亦即面对新生活的征兆，所有这些恣意妄为者胆战心惊，惶惶不可终日。卡捷琳娜的行为，也就是她的背叛丈夫直至投河自尽，便是对黑暗王国的抗议。她在公园散步时，在雷雨交加之中，当着全家人的面坦白了自己的罪过之后自尽。在杜勃罗留波夫眼里，卡捷琳娜是一线光明，她向所有这些专横的人发出挑战，从而预言了他们的黑暗王国的终结。

奇怪的是，杜勃罗留波夫以及后来的批评家都忽略了奥斯特罗夫斯基补充的一条副线——万尼亚和瓦尔瓦拉的"平淡故事"，它与卡捷琳娜和季洪的悲剧故事平行展开。万尼亚是季科伊店里的一个很能干的伙计，他跟季科伊的女儿交上了朋友。当他们的恋情暴露之后，他们从城里逃走，从而挣脱了专横的季科伊和卡巴尼哈的控制。可能有人会提出这样的问题：这两个对生活做出自由选择的人难道不是黑暗王国中唯一的希望？奥斯特罗夫斯基的全部创作都在探索从属于特定阶层的典型性格，但这不等于说他们丧失了自己个体的独特性。奥斯特罗夫斯基剧本中的数百个人物对自己的阶层而言都是典型的，不可替换的，他们不是抽象概念的化身（果戈理有时却会犯这样的毛病）。他们的幽默不是来源于特定的舞台情境，而是来源于他们自己。作者为剧本命名时常用谚语和俗语，剧中人物的名字也耐人寻味：季科伊（意思是"野蛮的"）、卡巴诺夫（意思是"野猪""公猪"）。人物的性格受到环境的制约，他们的行为也完全与环境相适应。奥斯特罗夫斯基将人物置于其社会地位、生活方式和思维方式特有的情境中加以表现。奥斯特罗夫斯基看重的是性格的塑造和思想的表达，而对于形式却不大关心。从形式角度讲，他的剧本显得简单粗糙，导演说明冗长，次要情节时常干扰主要情节的展开（结构安排按离心机原理），剧场效果欠缺（与生活真实对应），结局与错综复杂的情节经常不相呼应（冲突过分拘泥于社会生活）。悬念本身退居次要地位，心理动机时常缺席，但人物语言高度个性化：商人、贵族、官僚、有文化的人、普通人都说自己特有的语言。在这方面，奥斯特罗夫斯基是不可逾越的大师。他善于通过语言来揭示人物个性的、心理的和社会的本质。屠格涅夫认为，在奥斯特罗夫斯基之前，没有谁的俄语写得这么诱人和纯正。

奥斯特罗夫斯基最大的贡献在于他确立了俄罗斯民族戏剧，并让现实主义在戏剧领域取得了胜利。奥斯特罗夫斯基生前有"商人的莎士比亚"之称，尽管他的题材从来不是包罗万象的，他写的仅限于俄罗斯的生活（正因如此，他的剧本在国外才很少取得成功）。如果说冈察洛夫是俄罗斯懒惰之诗人，那么奥斯特罗夫斯基就是俄罗斯"恣意妄为之照相师"。激进批评家只看到了他抨击有钱人及其暴虐与欺骗的一面，其实，对奥斯特罗夫斯基可以有多种阐释，无论是斯拉夫派还是西欧派都能在他的剧本中找到自己需要的东西。侨民批评家特霍尔热夫斯基因此说他同时也是一位善良的根基派。

第十节　列夫·托尔斯泰

列夫·托尔斯泰（1828—1910）生于贵族家庭，少失怙恃，在祖传庄园图拉省的雅斯纳亚波良纳长大。1841年举家迁居喀山。1844年考入喀山大学，学习东方语言，次年改学法律。1847年中断学业返回雅斯纳亚波良纳。在自己的庄园里，托尔斯泰经常与农民交往，试图减轻他们的负担，但未得到农民的理解和信任。1851年托尔斯泰参军，与哥哥尼古拉同去高加索，与当地山民作战。在高加索服役期间，开始文学创作。1854年克里米亚战争爆发后，参加过塞瓦斯托波尔保卫战。1855年末塞瓦斯托波尔沦陷后来到彼得堡。具有明显自传色彩的三部曲《童年》（1852）、《少年》（1854）、《青年》（1855—1856）以及《塞瓦斯托波尔故事》（1855—1856）的问世使托尔斯泰声誉鹊起。

1856年末，托尔斯泰退伍，次年初首次出国旅行，访问了法国、瑞士、意大利和德国，并以批判的眼光写了反映西方残酷现实的短篇小说《卢塞恩》（1857）。1860—1861年间，托尔斯泰再次出国旅行，考察了西方教育制度，结果大失所望。回国后他创办了教育杂志《雅斯纳亚波良纳》（1862—1863）和农民子弟学校。他提出一个富有创见的主张：知识分子应向农民学习，而不是相反。他主张给学生充分自由，不用任何大纲，彻底取缔体罚。1863年，托尔斯泰发表中篇小说《哥萨克》，标志着作家的创作技巧臻于完善。1868—1869年发表史诗性巨著《战争与和平》。1873年开始创作《安娜·卡列尼娜》，1875—1877年小说发表后取得巨大成功。1881年，托尔斯泰举家迁居莫斯科。在《忏悔录》（1884）中，托尔斯泰对自己的过去进行了彻底清算。中篇小说《伊凡·伊里奇之死》（1884—1886）、《克莱采奏鸣曲》（1891）和长篇小说《复活》（1899）是托尔斯泰晚期最重要的作品，突出地反映了托尔斯泰思想中的矛盾。中篇小说《哈吉穆拉特》（1904）则是托尔斯泰的最后一部杰作。

托尔斯泰是以自传体三部曲《童年》、《少年》和《青年》登上文坛的。在三部曲中，他巧妙地展示了小男孩尼科林卡·伊尔杰尼耶夫的情感世界和内心世界。托尔斯泰以富于诗意和真实动人的笔调，细腻地讲述了在富裕的庄园中度过的无忧无虑的童年。

在《塞瓦斯托波尔故事》中，托尔斯泰不是从正面描写战争和塞瓦斯托波尔战役的悲壮。他向人们展示的是流血、痛苦和死亡，是"战争的本来面目"。在第一篇塞瓦斯托波尔故事中，作者展现了一幅幅由作者的思考贯穿起来的画面。第三篇讲的是两位军官兄弟的命运，他们在战斗中悲惨地死去，他们对战争与英雄的浪漫幻想也随之破灭。托尔斯泰对作为苦难之源的战争与战争的发动者作出了自己的审判。他笔下的风景（主要是太阳）与战争的残酷形成强烈的反衬。托尔斯泰揭示了人们准备承受任何痛苦和牺牲的动机。在表现军官们的荣誉感和名利思想的同时，托尔斯泰也指出，对祖国的热爱是他们的最高动机。在托尔斯泰笔下，令人感佩不已的不是时常受到作家批评和讽刺的军官，而主要是那些其貌不扬却又英勇无畏的普通士兵。托尔斯泰的塞瓦斯托波尔故事在艺术上达到了前所未有的高度，令同时代人惊叹不已。

中篇小说《一个地主的早晨》（1856）触及了农民问题。19岁的德米特里·涅赫留朵夫公爵中断学业，致力于改善农奴的处境，尽管他的这种利他主义行为尚未完全摆脱利己主义动机。然而他一次又一次地感到失望：农民不相信他。他将所有的失败都归罪于农奴制下农村的贫困、愚昧和无权状态。像富有诗意的自传体三部曲一样，托尔斯泰在《一个地主的早晨》中用现实主义手法来反映农民的生活。作家对农民衣食住行的执拗描写，对农民语言（包括方言土语）的忠实传达看得出"自然派"的影响。然而托尔斯泰不拘泥于传统，他不光反映外在环境，他更要鲜明地揭示农民与地主的心理之间横亘着怎样的鸿沟。读者甚至会觉得，要解决这一俄罗斯问题，冲突可能是唯一的出路。主人公涅赫留朵夫带有自传色彩，他的开明显然促使托尔斯泰在远离时代社会问题的地方寻找幸福世界。

《两个骠骑兵》（1856）、《阿尔伯特》（1857—1858）、《卢塞恩》（1857）是对冷酷无情的西方的批判；《三死》（1859）、《玻利努什卡》（1863）、《霍尔斯托梅尔》（1863）、《一匹马的故事》（1863）显然带有道德和教化性质。上述作品的主要思想是：文明不过是一场骗局，刚愎自用的上流社会之人与自然的、不文明的、未开化的人相比，相形见绌。这些作品很重要，是通向《忏悔录》和晚期创作的必由之路。

《哥萨克》（1863）是19世纪20—30年代"多余人"和"南方"题材的继续。主人公德米特里·奥列宁，一个养尊处优的城市人，在高加索的军事行动中找到了自己新的生活目标。他在捷列克河畔的哥萨克村庄度过了四个月的时光，在那里，他爱上了美丽高傲的哥萨克女子玛利亚娜，并与勇敢的哥萨克卢卡特卡和猎人叶罗什卡结下深厚的友谊，这使他获得了新生。奥列宁在那里没能得到幸福，哥萨克村庄不接受他，他们彼此之间的隔膜太深，但这倒使他变得更加成熟。托尔斯泰通过对周围环境的诗意描绘提炼出的文化与自然的对立命题，令人想起卢梭（他对托尔斯泰影响很大）的思想和普希金的作品《茨冈人》。普通哥萨克人的乐观主义生活与奥列宁在城市里漫无目的、矫揉造作的生活形成鲜明对比。浪漫主义内容（莱蒙托夫在其《当代英雄》中的实验的延续）与现实主义手法之间的和谐令人赞叹不已。秀丽的自然风光在小说中起着重要的作用，例如，望着积雪覆盖的高加索的雄姿，奥列宁感到自己已同大自然融为一体。四季具有象征意义：奥列宁回莫斯科是冬天，到高加索是春天，离开哥萨克村时是秋天。人物语言高度个性化，富于异国情调的环境、民歌和俗语具有不可或缺的地域特征和民间文学特征。

尽管《哥萨克》是托尔斯泰无可争议的杰作，是写1812年卫国战争的史诗性巨著《战争与和平》的先声，但同时代的批评家还是褒贬不一。同当时文学界的热点话题"新人"、"无政府主义者"和"父与子"相比，很多人觉得《哥萨克》这部作品显得过时，缺乏现实意义，而且是对普希金和莱蒙托夫过于明显的回归。

半个世纪过后，托尔斯泰重新拾起这一题材，这便是中篇小说《哈吉穆拉特》（1904）。小说从正面描写高加索山民，而俄罗斯人，尤其是当时在位的沙皇尼古拉一世，则成了反面人物。在托尔斯泰笔下，尼古拉一世是一个心狠手辣、平庸虚伪、厚颜无耻和道德败坏的暴君。

《战争与和平》最初的构思是要写一位流放归来的十二月党人的故事，这便是长篇小说《十二月党人》，由于种种原因，作品没有完成。最终完成的《战争与和平》已是与最初构思迥然不同的史诗性巨著。为了深入研究1812年的战争，理解这场战争的意义，作者不得不追溯到1805年。《战争与和平》第一卷写的就是这一年的俄罗斯生活，尤其是城市贵族和乡村贵族的日常生活。主要人物皮埃尔·别祖霍夫和安德列·鲍尔康斯基是两个富有探索精神的理想主义者，与上流社会格格不入。乡村生活图景在罗斯托夫家得到体现，作者用道德高尚的罗斯托夫一家健康的家庭原则，用他们的民族自豪感和对祖国的热爱，来反衬上流社会的崇洋媚外，即对法国的崇拜、对拿破仑的崇拜，以及勾心斗角、争名夺利。罗斯托夫兄弟尼古拉和彼得，还有迷人的少女娜塔莎（托尔斯泰理想的女性）也是小说中的主要人物。小说中的奥斯特里兹战役（1805）场面恢宏，人物更多。在这场战役中，个人生活与历史事件紧密交织在一起。鲍尔康斯基公爵身负重伤。战争的惨烈使这位拿破仑的崇拜者，英勇无畏、珍惜荣誉的鲍尔康斯基公爵清醒过来。谦虚、勇敢和热爱祖国的炮兵大尉图申与虚荣和傲慢自大的拿破仑形成鲜明对照。

第二卷写主人公们命运的发展，描绘1806—1812年的事件。在这里，托尔斯泰显示出对人物内心世界的惊人理解力。第三卷和第四卷主要写1812年卫国战争，从拿破仑入侵俄国一直写到法军大败并被赶出俄国领土，其间穿插了一些主要人物（娜塔莎和皮埃尔，玛利亚·鲍尔康斯卡娅和尼古拉·罗斯托夫）的生活。在托尔斯泰笔下，人民是作为历史的决定性因素出场的。

如果说在奥斯特里兹战役中士兵一度感到害怕，一度消极作战，并很容易惊慌失措，那么在波罗金诺战役中，他们的表现则已经像真正的英雄一样，充满强烈的爱国主义激情，随时准备慷慨赴死，为国捐躯。作者用一些士兵的生活场景（和平的幸福，生活的快乐，同时还有对被打败的敌人的宽容和同情）来结束对1812年战争的描写。在此，农民出身的士兵普拉东·卡拉塔耶夫的形象是名副其实的俄罗斯品质的化身：服从上帝的意旨，接受苦难，善于忍耐。尾声讲述主人公们接下来的命运，时间背景一直延伸到1820年。小说中出现了两个历史人物，即拿破仑和他的俄国对手库图佐夫元帅。对托尔斯泰来说，不可一世的拿破仑是个虚荣心重、沽名钓誉的统帅，只是出于个人的自负才兴兵打仗的侵略者，是个暴君和敌人。拿破仑自以为他在创造历史，结果惨败，而库图佐夫却在平静地等待战事的结束（托尔斯泰本人称这是"历史宿命论"），最终取得了胜利。库图佐夫视保卫祖国为自己的天职，并得到了人民的支持。库图佐夫是 1812 年的真正英雄，波罗金诺战役是小说的高潮。

托尔斯泰没有写出《十二月党人》，但他写出了《战争与和平》，俄罗斯最伟大的小说和全世界最伟大的小说之一，一部伟大和富于人性的巨著，整个人类的文化财富。英国作家高尔斯华绥称《战争与和平》是人类有史以来最伟大的小说。托尔斯泰毕竟没有把自己的作品看成长篇小说，更没看成长诗和历史记录。《战争与和平》之所以被称为史诗性长篇小说，是因为里面触及了一系列历史问题和小说中所作的深刻的社会心理分析。

尽管托尔斯泰正面描写了战争和死亡，但小说的基调还是积极乐观的，是肯定生活和面向未来的（这些东西在托尔斯泰较晚的作品中已经见不到）。托尔斯泰讴歌大自然和生命，并相信存在某种盲目的力量（库图佐夫大智若愚的以静制动与拿破仑的狂妄自大、不可一世形成强烈反差）。与战争和暴力相反，在这个世界上，生活毕竟是美好的。因此可以说，《战争与和平》是托尔斯泰较早期作品的直接延续。朴实自然的娜塔莎与复杂的安德列公爵形成对比，而出身下层的普拉东·卡拉塔耶夫与一些有教养的人也形成对比。作者以讽刺的笔调描写上流社会，尤其是那些外交官。小说中的妇女形象给人以耳目一新之感，玛利亚和娜塔莎均个性鲜明。托尔斯泰将小说中的核心女性形象娜塔莎当作理想的女性来写。小说中看得出福音书的影响以及卢梭、普鲁东的启发（托尔斯泰借用了后者的书名）。托尔斯泰还向司汤达学习从旁观者的角度描写战争。高尔基曾回忆说："托尔斯泰说，要是他没读过司汤达在《巴马修道院》中对滑铁卢之战的描写，他大概就不会成功地写出《战争与和平》中的战争场面。"

托尔斯泰的第二部巨著带有鲜明的他所经历的宗教危机的印记。《安娜·卡列尼娜》最初的构思是要写一个不忠的女人以自杀结束生命的爱情悲剧，但这个内容相当狭隘的构思最后又得到大大的扩展。结果小说包含了不少社会批判成分——是社会扼杀真实的情感，纵容虚伪。托尔斯泰在《安娜·卡列尼娜》中描绘的社会现实是一个庞大虚荣的集市。这也是托尔斯泰最吸引读者的一部长篇小说，常被人同福楼拜的《包法利夫人》相提并论。安娜·卡列尼娜是一个年轻、迷人，但又不幸的已婚妇女，天生高贵的她再也无法承受与比自己大许多的丈夫的虚伪婚姻。她感到已无法控制自己对渥伦斯基伯爵的感情。渥伦斯基伯爵是彼得堡黄金一代青年的典型代表，他与心肠冷漠、循规蹈矩、一心向上爬的高官卡列宁截然不同。但论真诚和高尚，两者都不能与安娜相比。作为心理分析的大师，托尔斯泰淋漓尽致地向我们展示了安娜与渥伦斯基从初见到自杀的全过程。安娜丢下丈夫和儿子（卡列宁拒不离婚），投入情人怀抱。上流社会排挤她，如今安娜唯一的依靠就剩渥伦斯基。他拒绝为她放弃在军队的前途，进而放弃自己的社交圈子，并开始逐渐疏远她。安娜认为，摆脱嫉妒、怨恨和绝望的唯一出路就是自杀，于是她在与渥伦斯基初次见面的车站卧轨。

小说有两条线索：一条是安娜与渥伦斯基，另一条是与之平行的列文夫妇。康斯坦丁·列文是安娜的男性对应者，他们是小说中个性鲜明的两个人物。如果说安娜追求幸福，眼中只有渥伦斯基，那么列文则在寻求道德的自我完善，在生和死中探索真理和意义。温柔的吉蒂给了他爱情和婚姻的幸福，他与吉蒂在自己的庄园而不是城市过着和谐的家庭生活。在这种自然的生活方式中，在积极的田间劳动中，深受农民尊敬、勤于探索的列文找到了内心的平静。在小说第八部，当渥伦斯基自杀未遂（企图自杀）后自愿开赴前线与土耳其人打仗的同时，列文一家的生活还在继续。随着叙述接近尾声，悲剧气氛也越来越浓。小说的基调是悲观的，充斥着托尔斯泰式的道德说教。不光上流社会指责安娜的行为不轨，就连托尔斯泰自己也认为安娜破坏了别人的幸福（丈夫和儿子），这是犯罪。尽管如此，托尔斯泰在此仍不失为一位伟大的艺术家，对安娜的指责并不能抹煞其余的一切。安娜的激情之爱与列文和吉蒂的纯洁之爱形成明显对照。

在高超地描写爱情悲剧的同时，托尔斯泰在小说中也提出了一些哲学问题（但跟辟出专门章节加以讨论的《战争与和平》不一样），并触及了一些历史和政治事件。从形式和技巧上看，托尔斯泰在此运用的是同样的方法，同样巧妙地再现了相应环境的语言，因此可以说，关注"更现实"问题的《安娜·卡列尼娜》丝毫不逊色于《战争与和平》。田园牧歌般的世界、和谐与美的世界在此最后一次展现在我们眼前。托尔斯泰再没有写这样的小说。

托尔斯泰第三部巨著也是最后一部大型叙事作品《复活》问世于1899 年。《复活》因含有激烈抨击官方道德的字句而被检查机关删节得面目全非（完整的版本是在伦敦出版的）。托尔斯泰在小说中艺术地提出这样一个观点：人在失足后仍可重新站起来，并在道德上获得新生。这样的事就发生在典型的托尔斯泰式的主人公涅赫留朵夫身上。他作为陪审员出席庭审时意外遇到被控杀人的妓女卡秋莎·玛丝洛娃。八年前他诱奸并抛弃了她，从而导致她沦落风尘。涅赫留朵夫良心发现，他想跟她结婚，并跟随她到西伯利亚服苦役。他抛开自己优越的生活环境，把大部分土地分给农民，奔赴西伯利亚。但卡秋莎拒绝接受这种"牺牲"，嫁给了一个政治犯。

在《复活》中，道德问题占有首屈一指的地位，大量的说教在一定程度上损害了作品的艺术价值。尽管如此，还是有许多人将《复活》视为托尔斯泰最优秀的作品之一。有些批评家认为《复活》是托尔斯泰变成道德家之后艺术上走下坡路的一个证明。小说中含有教会无法接受的渎神言论，也含有社会批判内容。这首先表现在书中所反映的司法环境：诉讼过程不公正，监狱关押缺少人性，只会增加犯罪率；另外，根据福音书的说法，人也没有权力审判别人。托尔斯泰对国家、教会和法庭的沆瀣一气予以猛烈抨击，在这一点上，他与陀思妥耶夫斯基的《死屋手记》代表的 19 世纪传统一脉相承，而在 20 世纪又启发了索尔仁尼琴。托尔斯泰对俄罗斯国家和俄罗斯教会的猛烈批判最终导致他被革出教门。

托尔斯泰的散文和戏剧创作在他遭遇思想危机之后主要集中在两个题材上：宗教探索和两性问题。前者（连同死亡题材）的代表作是《伊凡·伊里奇之死》，后者的代表作是中篇小说《克莱采奏鸣曲》（1891）和《谢尔吉神父》（1898）。在《谢尔吉神父》中托尔斯泰塑造了一个退役军官遁入空门并与自己的肉欲徒劳斗争的故事。

《克莱采奏鸣曲》是托尔斯泰的名篇，在这部中篇小说里，托尔斯泰对纵欲行为予以谴责。这篇小说长期被禁。在火车上，一个叫波兹德内舍夫的人兴致勃勃地向同行者透露了他杀死自己老婆的隐情，讲述并分析了他对妻子的感情变化：起初是肉欲，然后是争吵，最后是怨恨和猜疑使他起了杀心。虽然作品太过明显地带有说教性质，结构有些松散拖沓，但故事情节引人入胜。小说充满对现存婚姻观念的猛烈抨击。在作品的后记中，托尔斯泰归纳了幸福生活的条件：恪守贞操和禁欲主义。他认为，导致道德沦落的罪魁祸首是时髦的音乐及其不良影响（贝多芬的《克莱采奏鸣曲》）；宣扬性关系必不可少的医生们也难辞其咎。托尔斯泰的《克莱采奏鸣曲》包含两个层次：一个是建立在精彩叙述和细腻心理分析基础上的人的悲剧，一个是并非始终严谨的道德与社会批判。波兹德内舍夫可以说是托尔斯泰思想的传声筒。

托尔斯泰最完美的作品之一《伊凡·伊里奇之死》堪称世界文学杰作。莫泊桑说这个中篇小说抵得上他的洋洋十大卷文集。纳博科夫称"这篇小说是托尔斯泰最鲜明、最完美和最复杂的作品"。作品写一个仕途顺利的官员如何凄凉地告别生活，慢慢死去。面对死亡，他这才发现自己追名逐利、自命不凡的一生是无足轻重的。他的妻子和女儿跟医生一样，'对他的痛苦无动于衷。只是依靠快活健康的农民盖拉辛的热心护理和儿子小瓦夏的同情，他才克服了对死亡的恐惧。托尔斯泰对人性的虚伪和存在的无意义的抗议在此达到了极致。《伊凡·伊里奇之死》的全人类主题保证了这篇小说拥有广泛的读者。

作为戏剧家，托尔斯泰没有取得特殊的成就，但他的戏剧遗产除了写贵族的无所事事的快活讽刺喜剧《教育果实》外，还有两个比较优秀的剧本，即《黑暗的势力》和《活尸》。托尔斯泰最著名的剧本《黑暗的势力》(1886)讲工人尼基塔与主人的妻子偷情并受母亲怂恿杀死主人的故事。他为金钱而跟情妇结婚，却又跟她的女儿，也就是自己的继女姘居，并生了一个孩子（孩子同样被他杀死）。自杀未遂后，他对自己的所作所为供认不讳。这个阴暗的故事以真实事件为依据，与皮谢姆斯基的剧本《苦命》和乌斯宾斯基的系列特写《土地的威力》有相似之处。

第六章
▶
19世纪后期
俄罗斯文学

第一节　概述

19世纪后期，也就是80—90年代，被萨尔蒂科夫-谢德林称为"巨大精神痛苦时期"，一位无名诗人的诗句很好地表达了当时的普遍情绪：

莫在我们身心交瘁的时代寻找英雄，
摘下偶像们的光环吧，别再相信世人！

在俄罗斯文学史上，这也是一个危机时期、过渡时期和酝酿转型时期。沙皇亚历山大二世遇刺引发的沙俄政府反扑，造成了整个社会一时万马齐暗，这也势必影响到文坛的氛围，但并没有造成文学发展的停顿和文学进程的终止。自然主义的出现和象征主义的萌动对现实主义也产生了明显的触动，加速了现实主义的转型和革新，使其趋向复杂化。自然主义倾向主要表现在小说领域，象征主义倾向主要表现在诗歌领域。

从思想意识方面看，这一时期的作家积极思考社会和道德问题，直面社会冲突。一方面，严酷的社会现实导致悲观主义情绪，另一方面，也强化作家的道德激情和自由意志，这两个方面，构成了这一时期俄罗斯文学发展的一个独特矛盾。

从体裁来看，在这一时期，文坛上小型叙事体裁（短篇小说）勃兴，大型叙事体裁（长篇小说）衰落；戏剧和诗歌发生转型。

从创作方法来看，一些传统现实主义作家（托尔斯泰、契诃夫）的创作中出现新的因素；文坛上出现一些新人，如马明－西比利亚克、加林－米哈依洛夫斯基（1852—1906）、库普林、蒲宁，还有高尔基；现代主义悄然崛起；现实主义与现代主义出现了既互相排斥，又相互融合的趋势。

在这一时期，民粹派作家的创作发生显著变化，受当时政治氛围影响，民粹派文学走向衰落，作品的思想艺术水平明显降低。不过有一个迹象值得关注，那就是某些民粹派作家，如格列勃·乌斯宾斯基、卡罗宁－彼得罗巴甫洛夫洛夫斯基（1853—1892），开始对工人题材表现出浓厚兴趣。

在这一时期，不光是托尔斯泰和契诃夫，整个俄罗斯文学都开始探索新道路。这一点在托尔斯泰和契诃夫此时的创作中表现最为明显，在迦尔洵和柯罗连科的创作中也有不同程度的表现。此外还有一大批名不见经传的自然主义作家。

第二节　小说

俄罗斯的自然主义来源于法国，但成就远不及后者，因而往往受到文学史的忽视，即便是当年一度有些名望的作家，如博博雷金和波塔边科（1856—1929），也鲜为人知。

常有人指责彼得·博博雷金（1836—1921）盲目模仿左拉。指责他照相式的自然主义，对社会思潮、对知识分子精神生活的描绘过于肤浅。但对博博雷金观察生活的角度之新颖和准确，就连契诃夫和高尔基这样讲究的作家都不能不承认。

作为俄国自然主义的代表性作家，博博雷金继承了屠格涅夫传统并敏锐地反映了俄罗斯资本主义的进程、党派之间的斗争、一些与俄罗斯未来关系密切的新行业的出现。在长篇小说出现危机和短篇小说主宰文坛的时代，他我行我素，继续绘制鸿篇巨制。其重要的长篇小说有《体面的慈善家》（1870）、《投机商人》（1873）、《中国城》（1883）、《瓦西里·焦尔金》（1892）、《以另一种方式》（1897）、《大崩溃》（1908）等。老的民粹派批评对博博雷金作品的内容不感兴趣。新的马克思主义批评急于给他扣上"崇拜资本主义"的帽子，而苏维埃批评界则由于俄罗斯已经消灭了博博雷金笔下所反映的资本主义过程而对他兴趣全无。自然主义被贬为"反艺术"。

博博雷金的自然主义讲述的是陀思妥耶夫斯基和托尔斯泰出于各自的生活观念未予正视或予以批判的那些东西。博博雷金的长篇小说记录了 60 年代的利他主义者或民粹派，被实用主义者，被不光梦想发财、还梦想赞助文化事业、关心俄罗斯生态与未来繁荣的"货栈里的苏格拉底"所取代的过程（如瓦西里·焦尔金，可以说是高尔基《福马·高尔杰耶夫》中雅可夫·马亚金的前身）。博博雷金描绘了俄罗斯的工会运动、布尔什维克与孟什维克的斗争、莫斯科的街垒之战、家庭内部关系的政治化。博博雷金不赞成革命，但他认真记录了革命的过程。他在俄罗斯文学史上应该拥有自己不可替代的一席之地。

马明－西比利亚克（1852—1912）以"乌拉尔系列"作品为自己在这一时期的文坛赢得一席之地，《普里瓦洛夫的百万家私》（1883）和《矿巢》（1884）是其代表作。作家在乌拉尔地区生活多年，对当地风土人情相当熟悉。他的创作为俄罗斯文学开辟了一个全新的题材领域：资本主义发展时期乌拉尔的现实生活。这两部长篇小说就是取材于此。

《普里瓦洛夫的百万家私》讲述一位年轻的百万富翁坎坷而复杂的情感和婚姻经历，同时也反映了乌拉尔地区失地农民和工人群众的艰难处境和贫苦生活，暴露了金钱对人的道德观念的冲击和人格的扭曲。作品真实再现了 19 世纪俄罗斯的资本主义进程，成功塑造了一系列鲜活、深刻、富于地域特征的人物形象，语言生动，富于生活气息。由于作品的写实手法具有自然主义的特点，有些批评家和文学史家也将马明-西比利亚克纳入自然主义之列。

如果说格列勃·乌斯宾斯基视文学为服务于人民的"事实学"，那么弗谢沃洛德·迦尔洵（1855—1888）则避开了乌斯宾斯基的自然主义风格而投入象征性形象的创作。在俄罗斯文学中，迦尔洵以"心理短篇小说大师"著称。迦尔洵的主要题材是被社会邪恶势力的种种表现所震撼的人。迦尔洵反对战争，但却自愿参加了俄土战争（1877—1878），与其说是为了解放巴尔干的斯拉夫人，毋宁说是为了分担人民的危险和痛苦。他为数不多的文学作品（20 个短篇小说）中有三分之一是以战争为题材的。短篇小说《四天》（1877）就是根据战地印象写成的。小说讲述一个身负重伤的士兵一动不动地在被他杀死的一个土耳其人腐烂发臭的尸体旁躺了整整四天。该小说以第一人称写成，读来令人毛骨悚然。作品提出了一个有关生命意义的问题，是作家的成名作。

迦尔洵小说的主人公总是遭遇日常生活中的丑恶现象：卖淫（《娜杰日达·尼古拉耶夫娜》，1885；《一件意外事》，1878）、剥削他人劳动（《两画家》，1879）、厚颜无耻的欺骗（《相逢》，1879）。由此引发的危机往往以自杀或"逃亡民间"而告终。在短篇小说《两画家》中，两位在美术学院学习的年轻画家仿佛是在虚构的记录中讨论自己的创作和对周围现实的态度。他们面对的核心问题是：面对人类的苦难，从事艺术是否合乎时宜？风景画家杰多夫的回答是肯定的，利亚比宁的回答是否定的。画完疲惫不堪的锅炉铸造工的肖像，利亚比宁意识到，他永远不能再画"漂亮的东西"了，只能画自己"病入膏肓"的时代。"纯艺术"宣告破产了，利亚比宁杀死了作为艺术家的自己，并决定改行当一名乡村教师（对民粹派而言，"到民间去"是唯一正确的决定）。迦尔洵与巡回展览派画家经常接触，还打算写一本关于列宾的书，但因英年早逝，没能实现这一构想。迦尔洵本人也被称为"文学中的巡回展览派"。

在寓言小说《阿塔利亚·普林塞卜斯》（1880）和献给屠格涅夫的短篇小说《红花》（1883）中，迦尔洵以象征主义先驱者身份出现。许多人认为，《红花》是作家的杰作。棕榈树阿塔利亚大胆地挣脱玻璃温室，但与冰冷的外部世界遭遇时，等待她的却是残酷的失望，棕榈树被砍断。《红花》无论主题还是艺术风格都很能显示迦尔洵特立独行的现实主义特点。精神病院的一名患者为一个疯狂的念头着了魔，他自以为他能让世界摆脱邪恶。他觉得花园里的三枝罂粟花是人类的敌人，只有他付出非人的努力，才能控制它们，消灭世界的邪恶。但人类的恩人自身已经无能为力，他就要死了。迦尔洵写作这篇小说时正深受忧郁症的折磨，让人想起果戈理的《狂人日记》和契诃夫的《六号病室》。同时代人在该小说中看到了对革命者的牺牲精神和英雄气概的礼赞。

迦尔洵的贡献在于他用艺术上无懈可击和富于强烈戏剧性的短篇小说取代了意识形态特写和冗长累赘的分析性长篇小说。他因而成为19世纪80年代短篇小说体裁的最鲜明代表和柯罗连科、契诃夫、高尔基的直接先驱。有些人把他看成时代的牺牲品。值得注意的是，这一时期的三个最流行作家——格列勃·乌斯宾斯基、弗谢沃洛德·迦尔洵和谢苗·纳德松都结局悲惨，要么患有精神病，要么英年早逝。

米哈伊洛夫死后，弗拉基米尔·柯罗连科（1853—1921）成为民粹派阵营中的灵魂人物。这位宅心仁厚的作家深得同时代人和文坛后辈的敬重和爱戴，其中包括得到他奖掖的高尔基。早年因与革命者有过来往而被判入狱乃至流放，这些经历在作家早期创作中都留下了印迹，短篇小说《雅希卡》（1880）和《奇女子》（1880）令人印象深刻。但为柯罗连科赢得永久声誉的是短篇小说《马卡尔的梦》（1885）。生活在雅库特人中间的马卡尔是个身受压迫一贫如洗的农民，就是在阴间，他还在对雅库特"大酋长"负责并抗议严酷的判决。作品字里行间流露出作者对马卡尔的深切同情。

柯罗连科有名的短篇小说还有写城市乞丐的《在恶劣的社会里》，写罪犯、流浪汉、萨哈林和西伯利亚流放者的所谓西伯利亚小说，或写乌克兰的《杀人犯》《无家可归的费多尔》。在短篇小说《林啸》（1886）中，森林危险的喧哗象征着被压迫者内心孕育的风暴。一个农民杀死地主老爷，因后者强迫他跟被这位老爷玩弄过的女仆结婚。在柯罗连科笔下，不可救药的人（失足者）是自由与真理的探寻者，原始森林召唤着他们，自由自在、无拘无束的生活呼唤着他们。有时他们头上还缠绕着一层英雄的浪漫主义光环。柯罗连科堪称写无业游民的高尔基的先驱。他们的区别在于，柯罗连科的人物是浪漫主义的自由探索者，他的短篇小说总的来说抨击的是缺乏人性的社会，而高尔基的无业游民是资本主义剥削的牺牲品，工人具有革命浪漫主义色彩。短篇小说《哑口无言》（1895）的主人公是一位乌克兰农民，他为寻找自由和幸福而来到"新世界"，来到纽约，结果大失所望，思乡之情油然而生。

柯罗连科与迦尔洵、契诃夫并称19世纪后期俄国三大短篇小说家，不过也不能因此忽略了中篇小说《盲音乐家》（1886）。这部作品发表后作者又做过多次修改，可以说是柯罗连科的代表作之一。小说讲述一个双目失明的男孩如何战胜个人命运的不幸，最终成长为一名音乐家并在人民中间找到自己归宿的故事。

柯罗连科发扬了民粹派传统，但不拘泥于过多的风俗细节和过细的社会分析。他的创作没有丝毫的说教，却充满了对不幸者的深刻同情。有时他的短篇小说在艺术方面有所欠缺，但作家的温厚之心弥补了这方面的不足。他的小说富有诗意。虽然他非常熟悉民间百姓的生活，但绝不像尼古拉·兹拉托弗拉茨基那样过分乐观地看待农民。正是柯罗连科作品中的抒情成分对同时代人特别有吸引力。西伯利亚秀丽的自然风光、耐人寻味的幽默、对人性本善的坚信，给人留下难忘的印象。对柯罗连科的作品来说，重要的不是内容和情节，而是人的内心变化。柯罗连科是 19 世纪末俄罗斯短篇小说大师中一位真正的人道主义者。

第三节　诗歌

　　19 世纪后期的俄罗斯诗歌具有过渡和转折性质，总体成就不高，但从其显露出的迹象和发展趋势来看，这是后来的颓废派和现代派的前奏，为俄罗斯诗歌下一阶段的复兴和繁荣做了必要的铺垫。这一时期的诗坛，虽然没有涅克拉索夫、费特为代表的中期之盛，但基本延续了公民派与唯美派互相对峙的格局。

　　纳德松和雅库博维奇是公民派或者说是民粹派诗歌的代表。谢苗·纳德松（1862—1887）生前曾因诗歌创作获得俄罗斯科学院授予的普希金奖（1885）。他的诗深受莱蒙托夫和涅克拉索夫的影响，如《葬礼》（1879）、《一个老童话》（1881）、《像囚犯一样拖着镣铐》（1884）等。这些诗虽然缺少涅克拉索夫的力量和激情，但却充满对人民的挚爱和对理想的执着。

　　跟其他 80 年代的诗人一样，面对令人窒息的社会，纳德松同样感到苦恼和郁闷。在他的创作主题中，不乏对现有制度的斗争和反抗（《阴森寂静的囚牢里没有一点声响》，1882；《他不想走，在人群中消失》，1885；《在赫尔岑的墓地》，1886），但在他的诗歌语汇中，最关键的一个词——"斗争"却常常与"怀疑""忧郁""昏暗"这些词相伴相随。对纳德松来说，斗争是与痛苦分不开的，尽管这种痛苦是神圣的。

在反映社会情绪和个人精神状态等方面,纳德松发展了莱蒙托夫的许多题材和主题,秉承了后者诗中雄辩的激情和警句式的文体。不同的是,如果说莱蒙托夫是指责同龄人的碌碌无为和信仰缺失的话,那么纳德松则是在为同时代人的悲观和孱弱辩解。跟同时代的年轻人一样,诗人渴望美好的生活,但又对生活失去信心,因而不断发出痛苦的抱怨,这一点明显地表现在《不要怪罪我,我的朋友》(1883)、《我们这代年轻人不懂青春》(1884)、《回答》(1886)等诗中。

纳德松的抒情主人公体现了空有一腔理想却得不到施展的一代人的悲剧。面对信仰与邪恶,他的抒情主人公显得软弱无力,他既不能捍卫真理,又不能彻底弃绝虚伪,他不得不生活在这个异己的社会中,并痛苦地意识到自己是其中的一份子。

需要指出的是,纳德松的主人公很少被情欲和冲动控制,他善于思考、分析和自省。在他的抒情诗中,"逻辑的"原则总是战胜原始的、自发的情感。

在纳德松的创作中,爱情诗和风景诗与他的公民诗歌一样占有显著位置。这些诗以其悠扬的旋律、和谐的音韵受到鲁宾施坦、拉赫玛尼诺夫等诸多作曲家的喜爱。

纳德松的过早辞世是俄国诗歌的一大损失。尽管他没有来得及充分施展自己的才华,但不论是在生前还是死后,他都享有极高的声誉,契诃夫称他为"最优秀的现代诗人"。纳德松受欢迎的最根本原因在于,他反映了80年代的社会情绪,是那个时代最敏感的表达者。在他的诗中,始终能感觉到民粹派革命失败造成的普遍悲观、怀疑和疲惫。毫不夸张地说,纳德松对"萧条"时期许多诗人的创作都产生了深刻的影响。

彼得·雅库博维奇(1860—1911)的文学创作始于民意党人反对专制制度的极盛时期,反映了当时俄国进步青年的思想和情绪。他早期抒情诗中的主人公都是英勇无畏的、充满浪漫主义激情的革命战士,他们随时准备着为了善、真理和社会的正义而作出任何牺牲。与此同时，他们也深深意识到自己脱离人民的孤独。这些诗情绪高昂，真挚感人，富有号召力。诗人号召自己的战友不要气馁，要继续战斗（《同志们，兄弟们，朋友们！》）。

雅库博维奇的"监狱抒情诗"主题多样，情绪丰富，揭露的音调与深切感人的内容相结合。其中的一些诗表达了对亲人、母亲、姐妹、朋友的真挚感情（《雌鹰》《致姐姐》《给青年时代的朋友》）。与他的早期抒情诗相比，"监狱抒情诗"具有更强的政治性和战斗力量。在他的诗中，公开的斗争号召代替了主人公忧郁的沉思和独白，抒情主人公"我们"代替了"我"。诗人广泛使用具有革命象征意义的词：暴风雨、惊雷、汹涌的大海、海浪等。

在服苦役期间，雅库博维奇经历了精神危机，他怀疑民意党人政治纲领和革命斗争策略的正确性。在创作中，雅库博维奇表现出极力克服主观自我表现的局限性的倾向，诗歌中开始出现关于个人和人民在历史中的作用、生活的意义和目的、关于荣誉和人的尊严、关于对祖国和人民的责任的哲学思考（《今天我整夜不能入睡》《我们的中午》），而人民的苦难、反抗压迫、祖国的理想、摆脱专横和暴力成为这一时期他的最重要主题（《饥年》）。现实生活和斗争让诗人得出结论：社会进步主要和真正的力量是人民，而不是孤胆英雄，这一点从《钻工之歌》《铁匠》《劳动之歌》等诗中可见一斑。这些思想和情绪构成雅库博维奇服苦役和流放期间创作的突出特点。

雅库博维奇在20世纪初期创作的诗充满了专制制度必将灭亡的信心，如《崭新的春天》《五月之歌》等。雅库博维奇是斗争的歌手，从他的诗歌生涯伊始，就清楚地要把号召捍卫人民的幸福作为自己的文学任务。他拒绝个人的幸福："安逸的幸福是有罪的、虚伪的，当周围的一切是那么凄惨和黑暗。"他关注人民的痛苦和祖国的苦难，因此他的心中燃烧着"一个伟大的愿望"，即"要让野蛮的暴力服从于爱和神圣的自由的阳光"。

雅库博维奇的诗歌继承和发展了俄罗斯公民诗歌的传统，他的创作深受莱蒙托夫和涅克拉索夫的影响。他的抒情诗紧密结合了革命民粹派的诗学观，反映了它所有的典型特征：浪漫主义激情、高昂的斗志、强烈的宣传鼓动性。然而，雅库博维奇与其他民粹派诗人不同的是，他拥有更深刻的历史思想和概括能力，这使他的一系列作品得以描绘出真实而复杂的社会进程。

雅库博维奇的创作具有情绪的连贯性和一致性，自始至终充满了革命的战斗精神，这使他成为涅克拉索夫派诗人中最优秀的一个。

涅克拉索夫去世后，费特在沉寂了一段时间后复出，其影响在80—90年代达到极致，使得唯美派，也就是纯艺术派的势力在诗坛上占据了明显优势。阿普赫金、福法诺夫、科林夫斯基、利多夫等均是其代表性人物，"中间派"斯鲁切夫斯基也经常被归入这一派。

阿列克谢·阿普赫金（1840—1893）的抒情诗中，经常出现类似"破碎的生活""致命的情欲""燃烧的热泪""疯狂的妒嫉"这样的字句。诗人意欲通过个人的痛苦体验，展示社会和生活的残酷，宣泄内心的郁闷和绝望。

阿普赫金的悲观绝望情绪在他80年代的创作中得到集中体现。叙事诗《修道院中的一年》（1883）以日记的形式，讲述了一个上流社会的人为摆脱庸俗虚伪的世界而躲进修道院，并在修道院里生活了一年的故事。这首诗以对人物的心理挖掘见长，可以明显感觉到托尔斯泰的影响。《手术前》（1886）描写的是一个濒临死亡的妇女的悲痛心情。《摘自检察官的报告》（1888）这个标题看上去不像是诗，这是一个自杀者的临终自白书。自杀者患有躁狂病，他在自杀前夕想象着司法部门对他死因的调查，并肆意嘲讽陈陈相因的法律。

特别值得一提的是阿普赫金的《疯人》（1890）。整首诗由一个疯人的谵语构成：他是"万民推举的国王"，为民众制定律法；他自幼就精神失常，而且他的祖父和父亲都患有此病；他回忆起自己的妻子和女儿，还有田野里的矢车菊。在这首诗中，阿普赫金通过疯人混乱的意识和真实的精神状态，揭示出人对时代的恐惧感、家庭关系的离散以及导致精神错乱的必然性。从这一点来看，这首诗接近契诃夫的《六号病室》，但勃洛克却在这首诗中捕捉到了社会"流行病"的迹象。勃洛克认为，这是一种逼迫人们精神失常和自杀的病，是那个时代特有的病。

具有"贵族气质"（勃洛克语）的阿普赫金作为一个现代诗人，他既不被60年代认可，也不被70年代接受。只是到了80年代，当社会情绪发生全面转变，人们对政治问题日渐冷漠的时候，阿普赫金及其纯粹抒发个人隐秘感受的诗歌才引起读者的共鸣，成为那个时代最忠实的表达者。阿普赫金的诗，他诗中的悲观情绪和悲剧音调，给了20世纪初崛起的新一代诗人以深刻的启示。因而有理由把他纳入俄国最早的"颓废诗人"。

康斯坦丁·福法诺夫（1862—1911）属于"自学成才"的诗人，创作伊始，就显得与众不同。日常题材同高雅格调的奇特结合是福法诺夫诗歌的特点。

福法诺夫是19世纪末期少有的城市诗人，他写了许多关于彼得堡的诗，如《深夜的灯光》（1890）、《暴雨过后》（1893）、《大街上》（1906）等。从这些诗中可以明显看出陀思妥耶夫斯基对他的影响。在他的笔下，彼得堡是一个"巨大的怪物"（《怪物》，1893）、贫穷而又奢华的城市（《春天的深夜我拖着疲倦的步子回家》，1882），而那些描写穷苦人生活的诗（《别人的节日》，1883；《第一缕霞光》，1887；《奄奄一息的新娘》，1887），则反映出涅克拉索夫对他的影响。

在福法诺夫的创作中，"小市民生活"主题占据重要的地位。福法诺夫深知，都市化压抑了现代人的感情，但在他的艺术世界中，感情终究还是会战胜生活的平庸。呈现在我们眼前的是这样一幅情景：现代城市在两个恋人周围轰隆作响，令玫瑰和夜莺感到窒息。但是，相爱之人却沉醉于自己的世界，对此竟丝毫没有感觉。不仅如此，他们还能把庸俗化为充满诗情画意的个人幸福（《你是否还记得，青年时代的女友？》，1894）。

城市生活的特征——煤气灯口、昏暗的楼道、四轮马车，常常与幻想、夜莺、玫瑰交织在一起。福法诺夫城市诗的整体意义并不在于他描写了这些日常现实，而在于他在描写的过程中融进了能改变庸俗环境的新颖而丰富的想象。在《是不是万物都呈现平庸？》（1885）、《火炉旁》（1888）、《月光》（1889）等诗中，诗人毫不例外地创造了一个奇妙幻境的世界。由此可以看出，生活的平庸与粗俗对诗人并非无关痛痒，恰恰相反，这迫使他凭借诗人的直觉，创建一个色彩亮丽的全新世界。福法诺夫的创作几乎不受时间和地点的限制，他完全生活在自己独有的、朦胧的、充满不安情绪的世界里。

福法诺夫的浪漫主义诗歌继承了俄罗斯诗歌中的诸多优秀传统，但他的诗歌又具有自己的独特性，是极其矛盾和复杂的：既同情饥寒交迫的人们，又拒绝斗争，脱离现实。人物内心世界的深层揭示和大自然的抒情画面，在他笔下融会成颓废派的音符——消极、悲观、逃避。福法诺夫对现代主义诗人的创作有很大影响：象征主义诗人从不否认福法诺夫笔下世界的双重性对他们的启发；勃留索夫和谢维里亚宁都是他的崇拜者；自我未来派诗人尊他为偶像。正是他创作中的双重面貌，使他同时属于两个截然不同的诗歌时代。

康斯坦丁·斯鲁切夫斯基（1837—1904）的创作经历颇具戏剧性。他50年代中期开始发表作品，60年代因受批判而沉默了十余年，直到70年代中期才重返诗坛。80—90年代是他的创作高峰期，先后出版了四本诗集。最后一本诗集《来自角落的歌》（1902）的出版，对确立斯鲁切夫斯基在俄国文学中的重要地位起到了决定性作用。

斯鲁切夫斯基的创作体裁非常广泛，有生活哲理诗、爱情抒情诗、历史叙事诗、自然风景诗、诗体小说和诗剧，但最著名的是抒情诗。

斯鲁切夫斯基的诗歌具有浓烈的悲观主义气息，他用悲观的眼光看待世间短暂的生命，思维和感情具有分裂倾向，被视为象征主义和阿克梅主义的先驱，也正是象征主义诗人"发现"和认识了他的价值。

有趣的是，在斯鲁切夫斯基的创作中，具有强烈悲观情绪的社会题材诗与具有乐观情绪、描写大自然美景和乡村劳动喜悦的自然风景诗形成鲜明的对照。斯鲁切夫斯基在描写自然风景时，几乎总是与人民的日常生活和他们的田间劳动结合在一起，这也是其抒情诗的一大特色。关注农民的劳动、在农民的日常生活中刻画农民的形象，让人不由得把斯鲁切夫斯基与涅克拉索夫拉近。在组诗《黑土地》（1883—1884）中，斯鲁切夫斯基表现出热爱生活的乐观情绪，瓜园、农舍和村里快活的年轻人都让他感到喜悦。但乡村的生活对他来说并不是田园诗，而是艰苦繁重的劳动。

斯鲁切夫斯基的矛盾性和双重性不仅表现在创作题材上，而且还表现在创作风格上，即形象的印象化和语词体系的散文化形成对比。斯鲁切夫斯基能够把日常用语、公文用语、专业科技用语同"高雅的""抽象的"主题糅合在一起，似乎有意使诗歌语言变得艰涩、失衡。有论者认为，斯鲁切夫斯基的诗歌因过于散文化而显得有失优美和雅致。这种说法的确能反映出斯鲁切夫斯基绝大部分作品的风格，但却不是全部。

应该说，斯鲁切夫斯基的爱情诗反映了诗人性格和创作中被人忽视的一面。在斯鲁切夫斯基的笔下，爱情是与婚姻、家庭和孩子紧密相关的。诗人赞美的不是浪漫的、折磨人的情欲，而是家庭的安宁和温馨。在他的爱情抒情诗中，相爱的人之间的宁静和安谧是最关键的形象。这样的爱情观使抒情女主人公具有一种安详之美：她像轻阖双眼、微睡的"白天鹅"，像深潭上熟睡的"温柔的莲花"。斯鲁切夫斯基视爱情为最神圣和最珍贵的东西，他的爱情诗也因之显得意境清纯、语句柔和、结构顺畅。

斯鲁切夫斯基是一个十分特别的诗人，他既不属于公民诗人之列，尽管公民主题于他并非格格不入；也不属于"纯艺术"派的同路人，因为他对生活意义的思考极为矛盾。然而，他诗中的悲剧色彩、神秘情调和暗示手法保证了他在现代派诗人心目中的独特地位。

第四节　契诃夫

安东·契诃夫（1860—1904），生于俄罗斯南部塔甘罗格一个普通商人之家，受过严格而虔诚的宗法制教育。1876 年父亲的杂货铺破产以后，父亲带全家迁居莫斯科，安东一个人留下继续学业。1879 年中学毕业，考入莫斯科大学医学系，课余给杂志撰写幽默小品，赚稿费贴补家人生活之用。1884 年大学毕业，开始行医，同年出版第一本短篇小说集《墨儿波墨涅的故事》。1886 年出版第二本短篇小说集《五颜六色的故事》。80 年代末发表了第一批有分量的短篇小说，其中最重要的是《草原》。1890 年造访俄罗斯的流放地之一库页岛，收集到大量有关流放者和苦役犯的资料，并在此基础上写出了报告文学《库页岛旅行记》（1895）。这次旅行激发了契诃夫对社会问题的兴趣。《农民》（1897）、《新别墅》（1899）、《在峡谷里》（1900）真实地反映了农民的生活。第一部剧作《海鸥》1896 年在彼得堡首演失败，但在莫斯科斯坦尼斯拉夫斯基艺术剧院取得了巨大成功。这次成功为契诃夫与该剧院的合作打下了基础，接下来的《万尼亚舅舅》（1900）、《三姐妹》（1901）和《樱桃园》（1904）都在此上演。契诃夫 1904 年病逝于德国疗养地巴敦维勒，葬在莫斯科。

在俄罗斯文学史乃至世界文学史上，契诃夫以短篇小说著称。他的短篇小说异常紧凑凝练，总是开门见山，直奔主题，人物对话简短生动，往往只用三言两语就勾勒出故事的背景。契诃夫小说的人物和题材取自日常生活，几乎包罗万象，且带有幽默意味。契诃夫嘲笑人的软弱和愚蠢，如《小公务员之死》（1883）中可怜而又可悲的小公务员，或者《普里希别耶夫中士》（1885）中就连退役后仍习惯于发号施令和欺压农民的宪兵。除了幽默讽刺短篇外，契诃夫还善于引人入胜地讲述普通人的故事，讲他们的遭遇、妇女和儿童的不幸。如《苦恼》（1886）中的车夫那么渴望倾诉一下丧子之痛，可没人对他的遭遇感兴趣，最后他只能对自己的马倾吐他的郁闷。在《凡卡》（1886）中，一个因想象而快要死去的当学徒的男孩给爷爷写信，请求爷爷把他接回家去，因为他再也无法忍受师傅的折磨。这些短小的作品以契诃夫读书时的绰号安东·契洪特名义发表，有时不过两页的篇幅，作者不做任何交待，也不宣传任何思想，只做一个单纯的观察者。然而仔细揣摩，读者就会在契诃夫的短篇小说中感受到某种情绪，某种没有明确表达出来的东西，某种感伤和忧郁的氛围。契诃夫笔下经常出现的词汇是"忧愁""寂寞""肮脏""遗憾""烦恼""愚蠢""厌恶""闷热""昏暗""郁闷""压抑""庸俗"等。忧郁是契诃夫整个成熟期创作的基调。契诃夫在其最沉闷的小说之一《匿名氏的故事》（1893）中提出的"为什么我们还是这么无聊？"是他整个创作的核心问题。

契诃夫的创作从80年代中期开始形成自己的风格。中篇小说《草原》（1888）标志着契诃夫的创作进入成熟期。作品讲一个男孩去一个陌生城市的一所中学，路上穿过一片草原。在这篇小说里，重要的不是事件，而是气氛，无边无际的草原带给人的苦闷，而作品的新颖之处恰好在于营造这样的氛围。干燥闷热的草原令人感到疲惫，透不过气，单调乏味的旅行让人产生难以忍受的孤独感。成熟期的代表性作品《没有意思的故事》（1889）是契诃夫风格的典范之作。一个教授对自己和自己的生活感到失望，对自己的抱负失去了信心。他觉得生活空虚无聊，没有意义。他唯一的朋友卡嘉，她的养女，也同样感到空虚，但教授对她该怎么办的问题却只能回答："我不知道。"这一情绪我们在契诃夫后来的所有短篇小说中都能找到。契诃夫擅长巧妙地传达人们不得不接受的隔绝孤立状态，以及彼此间的难以沟通，这是契诃夫几乎所有小说的实质所在。他的人物身上散发着消极哲学气息，他们处于他们自身固有的一种否定力量和破坏力量的影响之下——正是这些软弱的人希望得到作者的同情。在他的作品中，重要的不是情节，不是故事，而是情绪。虽然契诃夫一生都是一个幽默家，但在80年代中期后的作品中，还是忧郁明显地占了上风。作家为我们展示俄罗斯的外省生活，在那里，平凡的人们做着平凡的事情：打牌、喝酒、说闲话。简言之，中产阶级日复一日的生活就是这么平淡乏味，空虚无聊。契诃夫的人物互相隔绝，不理解自己卑微存在的意义，空虚和无聊有如时代的传染病，到处弥漫。契诃夫这一时期较为重要的短篇小说有《决斗》、《黑修士》、《三年》、《阿莉阿德娜》、《我的一生》、《一个内地人的故事》（非自传）、《在峡谷里》。著名的《六号病室》中的拉京是个不懂生活、"蔑视痛苦"的医生，他经常与六号病室的患者格罗莫夫辩论，说他们的医院比起世界上最好的医院毫不逊色。直到有一天他自己也被当作疯子关进病室，经受了种种折磨和屈辱之后，他才恍然大悟，终于接受格罗莫夫的观点，承认他所在的医院确实是一座监狱。小说结尾描写拉京从病室的窗户望见城市监狱后突然病情发作，这一象征性场景具有社会内涵。著名作家列斯科夫说："到处都是'六号病室'。这乃是俄罗斯。"小说对青年一代产生了很大影响。

《农民》（1897）和《在峡谷里》（1900）是契诃夫写农民的两个最著名的中篇小说。前者描绘了俄罗斯乡村贫穷、粗野、愚昧、酗酒成风、没文化、不信教的可怕生活环境。后者用普通人的美和优点来反衬富农家庭的道德沦丧。

幸福问题是契诃夫的基本主题之一。对女性的内心生活，契诃夫的描写细腻而真挚。为什么在俄罗斯有这么多不幸的女人？在短篇小说《女人国》（1894）中，作者描绘了金钱对爱情和婚姻的影响。一个工人的女儿得到一笔遗产，成为一家工厂的老板，她本想嫁给自己的一个工人，但由于害怕成为"上流社会"的笑柄，结果不得不放弃他。在《三年》（1895）中，拉普杰夫一直觉得自己很不幸，他怀疑妻子是为了钱才嫁给他的。《挂在脖子上的安娜》（1895）可以说是《三年》的幽默版本。安娜的丈夫像对待自己的一件家具一样对待自己的妻子，可自从安娜在某大人物的舞会上大出风头之后，丈夫便成了她的奴隶和笑柄。列夫·托尔斯泰对充满滑稽和讽刺意味的《宝贝儿》（1898）评价很高。作品的主人公是一个永远不会对身边的男人提反对意见的女人，终于有一天突然发现，她根本没有自己的见解。著名的短篇小说《带狗的女人》（1899）讲一个女人和一个男人毫无希望的爱情，他们注定要过双重生活，以弥补他们在婚姻中失去的幸福。

契诃夫还是一位杰出的剧作家，他的剧作不但在俄罗斯，就是在国外，包括中国，也有着广泛的影响和声誉。它们充分表达了他对当时俄罗斯的看法。

契诃夫的剧本在俄罗斯的戏剧史上具有重要的革新意义（与西欧豪普特曼、易卜生、斯特林堡、萧伯纳的戏剧革新同步）。他在戏剧创作上取得的成功跟斯坦尼斯拉夫斯基在莫斯科艺术剧院的导演艺术和舞台调度分不开。契诃夫成熟期戏剧的特点是抒情色彩浓郁，情节淡化，以对白代替动作，富于象征意味。这些特点在《海鸥》《三姐妹》《樱桃园》等作品中有集中表现。

对契诃夫的剧作一度看法不一。有些人把契诃夫看成单纯的自然主义剧作家，亦即只是自己时代的代表，有些人则把他首先看成一个象征主义者。契诃夫本人则把自己看成 19 世纪 80 年代和 90 年代大事的记录者——他常被说成是"19 世纪末俄罗斯生活的镜子"。但给契诃夫带来世界声誉的是他看取人的行为的独特眼光。在《万尼亚舅舅》中，退休的著名教授携年轻漂亮的妻子来到已故的前妻交由内弟万尼亚舅舅管理的庄园。万尼亚舅舅羡慕教授，抱怨自己为这个傲慢的笨蛋牺牲了自己的生活。当教授因为已经厌倦了生活在这些"愚蠢的人们"中间而想卖掉庄园时，险些酿成大祸。万尼亚舅舅大为不满，冲动之下朝教授开枪，所幸两次都没打中。待紧张气氛得到缓和，万尼亚舅舅与教授和解，教授带妻子一起离开。就这样，什么都没改变，在整个缺少任何实际行动的剧本中，没有射中目标的两枪只是渲染了毫无意义的气氛而已。批评家认为，斯坦尼斯拉夫斯基创造的气氛很符合当时有文化阶层的情绪。用剧中一人物的话来说，"通向幸福的路"只有在一二百年以后才能找到。万尼亚舅舅房间里的两件道具，即挂在墙上的一幅非洲地图和对面的一只鸟笼，分别暗示着自由和禁锢，富有象征意味。

《三姐妹》（1901）中的动作和发展要多一些。该剧写俄罗斯一个外省城市的生活。三姐妹发现，她们对生活、爱情、事业的期望如同她们迁居莫斯科的希望一样渐渐破灭了。幸福以及社会与文化进步是否可能实现是这里的核心问题。三姐妹的所有梦想破灭以后，她们开始同自己的外省生活妥协，并试图能对之产生积极的影响。

契诃夫最后一个剧本《樱桃园》（1904）的剧情发生在世纪之交、有一个大樱桃园的庄园里。这个全部抵押出去的庄园眼看就要到期被拍卖，精明强干的商人罗巴辛建议砍掉樱桃园，把庄园分成几块租给别人盖别墅，坐收租金，虽然庄园主人郎涅夫斯卡娅于心不忍，但最后庄园还是被拍卖，樱桃园还是没有逃脱被新主人砍伐的命运。罗巴辛成为樱桃园的新主人。这里的樱桃园具有象征意义，象征美（樱桃园正在开花），同时也象征它所置身的整个世界。郎涅夫斯卡娅和弟弟不擅当家理财，又不想面对现实，他们代表已失去存在意义和自身经济基础的贵族阶层的没落。精明强干的企业家罗巴辛的崛起与贵族的没落形成对照。同其他人相比，契诃夫更欣赏郎涅夫斯卡娅的女儿安尼娅，她钟爱园子，但也能泰然接受这一损失。17 岁的安尼娅的形象体现了契诃夫对未来的肯定。契诃夫所塑造的理想不是社会的变化，而是人的心灵的内在变化，新的生活态度。

契诃夫对俄罗斯文学的最大贡献就是他的简练，他毅然摒弃了冈察洛夫、屠格涅夫、陀思妥耶夫斯基、托尔斯泰等人在描写人物时喜欢交代人物来龙去脉这一细致冗长的经典叙述风格。契诃夫只交待情节发生的时间和地点，以及与当下的人物和情节本身有关系的东西。他的创作技巧可以说是前无古人。他对后来的作家产生了积极的影响，十月革命前的很多作家都认同这样一个不成文的规则：在契诃夫之后写作马虎是不允许的。

第四编

20 世纪

第七章

▶

19世纪末20
世纪初俄罗
斯文学

第一节　概述

19世纪末20世纪初（1890—1917），也就是世纪之交，是俄罗斯文学史上的一个特殊时期，有"白银时代"之称（相对于普希金时期的"黄金时代"）。流派林立，方法多样，风采各异，名家辈出，是这一时期俄罗斯文坛的突出特点。

世纪之交的俄罗斯，经济发展，文化繁荣，宗教意识勃兴，文学家、艺术家和思想家以开放的胸襟，广泛吸收世界文化艺术经验，借鉴和探索新的艺术表达手段。同时，文学、音乐、绘画等艺术门类与哲学、宗教思想等知识领域互动和互鉴，彼此交叉融合，从而形成了白银时代特有的、综合的文化艺术景观。

在世纪之交的俄罗斯文坛，现实主义和现代主义差不多各占半壁江山。前者在叙事文学领域一统天下，后者在抒情文学领域独领风骚。

世纪之交的俄罗斯文坛，产生了不少新兴诗歌流派，其中最主要的是象征主义、阿克梅主义和未来主义三大现代主义流派，此外还有以叶赛宁为代表的新农民诗派。现代主义内部各派之间斗争激烈，特别是未来派对自己前辈象征派和同时代人阿克梅派的攻击，可谓无以复加。现代主义三大流派都推出了有世界影响的大诗人：勃洛克、阿赫玛托娃、曼德尔施塔姆、马雅可夫斯基等。

现代主义诸流派在相当程度上决定了世纪之交俄罗斯文学的进程，但声称反对现代主义的现实主义作家的作用也不容忽视。19世纪90年代末，在捷列绍夫家形成了"星期三晚会"，这是莫斯科一个著名的现实主义文学团体。一些颇有名气的大作家，如安德列耶夫、蒲宁、魏列萨耶夫、扎伊采夫、库普林等，都是该团体的成员。当时住在彼得堡的高尔基也经常参加"星期三晚会"的活动。高尔基把他们看作志同道合者，邀请他们参与"知识"出版社的创建工作，并定期出版作品合集。"星期三晚会"的成员普遍反感象征主义的新潮诗歌，当然，他们也受到象征派的攻击和嘲笑。

然而，现实主义与现代主义的关系不仅仅是互相排斥、互相斗争，双方也有相互渗透、互相影响的一面。现实主义与现代主义的互动是19世纪末20世纪初俄罗斯文学的又一个突出特点。关于现实主义对现代主义的影响，学术界一直没有什么异议，但承认现代主义对现实主义有影响，还是近年取得的共识。现实主义文学在形式上趋向复杂和精致，创作视野不断扩大，艺术情境和细节蕴藏象征意味（如契诃夫的作品），这不能不说是受到现代主义的影响。现实主义作家（安德列耶夫、蒲宁、库普林等）对人的潜意识的强烈兴趣也可以说是现代主义感召的结果。

第二节　小说

在世纪之交的小说领域，现实主义依然是主流，但在这一时期，现代主义异军突起，并且出现了现实主义与现代主义既斗争又互动的局面。

现实主义作家维谢季·魏列萨耶夫（1867—1945）以自传体

的《医生手记》（1901）蜚声文坛，该书批判了俄国当时的医疗状况。从1895年到1902年，魏列萨耶夫发表了三部作品：《无路可走》（1895）、《流行病》（1897）、《在转折点上》（1902），反映了当时思想界的发展变化，亦即作者这一代人由民粹派向马克思主义的转变。1905年后，他不再在马克思主义中寻找出路，而是在"新生活"中探求并在艺术和自然中讴歌生活原则，如《走向生活》（1909）、《活跃的生命》（1910）。1911年，根据魏列萨耶夫的提议，"作家出版社"在莫斯科成立。其长篇小说《死胡同》（1923）客观地描绘了国内战争，反映了将一个家庭分成红白两个对立阵营的不可调和的思想分歧。

亚历山大·库普林（1870—1938）是俄国经典现实主义的最后一位代表，有时被称为"俄罗斯的莫泊桑"。象征派诗人戏称他为"看得见的鼹鼠"，原因是他特别注重细节，并为此而沾沾自喜。他描绘的生活画面有时过于平淡。

库普林的文学生涯始于中篇小说《摩洛赫》（1896），这是俄罗斯文学中描写俄罗斯资本主义工业化最早的作品之一，被视为社会主义现实主义的萌芽。小说描写富于同情心的工程师鲍勃罗夫与厚颜无耻的工业家之间的个人冲突，同时也是社会冲突。罢工期间，工人放火烧毁工厂。库普林真实地描写工人的劳动条件，细致地描写生产过程，但同时也插入一些超现实主义和怪诞成分，以渲染工人生活的灰暗和乏味。这部作品证明库普林相信工业化之前的宗法制社会是纯洁的。让库普林一举成名的是中篇小说《决斗》（1905）。作品写的是一个外省小城市里俄国军官们的无聊生活。日俄战争期间，库普林对军队的批判态度引发了一场激烈争论。后来发表的中篇小说《亚玛街》（又译《火坑》，1912）同样掀起一片轩然大波。小说写的是妓院生活。库普林对妓女和嫖客近乎自然主义的描写招致激烈抨击。批评界指责他对色情场景津津乐道，其实，他的方法是严肃认真与轻松诙谐两种风格的结合。库普林的小说没有那么多的道德说教或冠冕堂皇的社会思想，也没有深刻的心理分析或宗教问题，但结构严整，对俄罗斯文学的贡献不可谓小。

列昂尼德·安德列耶夫（1871—1919）早年跟高尔基同属"知识"阵营，但他始终徘徊于现实主义和象征主义之间。同时代人把他视为当时宗教和哲学探索的独特表达者，俄罗斯文学中的"哈姆雷特"。他是一位具有形而上学气质的作家，作品中贯穿着悲观主义情调。安德列耶夫在文学史上以写恐惧著称。死亡、孤独、恐惧和疯狂是他的主要题材。他初期的短篇小说还是现实主义的，《深渊》和《在雾中》（1902）招致疯狂的批评：托尔斯泰伯爵夫人抗议文学中的这类色情垃圾。《深渊》写一个英俊可爱的大学生与一个姑娘散步时受到几个流浪汉的攻击，大学生被毒打，姑娘被强奸，然而大学生清醒过来后竟自己也体验到把他引向"黑暗的深渊"的"残酷的性欲"。《在雾中》写一个年轻人杀死一个把梅毒传染给他的妓女后又自杀的故事。短篇小说《瓦西里·费维尔斯基的一生》（1903）名噪一时，广为人知，说的是一个神父在命运的打击下起来反抗上帝并企图复活一名死者的故事。疯狂与死亡在一篇讲述日俄战争的恐怖短篇小说《红笑》（1904）中占据核心位置，这篇小说令人想起迦尔洵的《四天》。短篇小说《省长》（1906）的主人公知道恐怖分子正密谋杀害他，因为他下令向游行的人群开枪，他清醒地等待着无法避免的事情发生。著名的《七个被绞死的人》（1908）讲五个恐怖分子和两个杀人犯各自都在以自己的方式迎接绞刑。

安德列耶夫的戏剧创作成就也很高。在他的剧本中，一些寓言式的人物被推上舞台，他们没有名字，直接被称呼为"人""母亲""妻子""灰衣人"。《人的一生》（1907）就是这样。这是一部寓言剧，主题是浮生若梦，世事无常，一切愿望皆为泡影。安德列耶夫因《人的一生》和其他几部剧本有时被称为"俄罗斯的梅特林克"。

安德列耶夫是俄罗斯文学中的一个特殊现象，他在世时跟把他领进文坛的高尔基一样受欢迎（"俄罗斯文学的堂吉诃德"），但现在却几乎被遗忘了。这位俄罗斯的印象主义作家深受叔本华和尼采的悲观主义影响，也受到爱伦·坡的恐怖作品影响。不过列夫·托尔斯泰说："他在吓唬人，可我却不怕。"

跟象征派诗人索洛古勃一样，阿列克谢·列米佐夫（1877—1957）着迷于魔鬼、痛苦、死亡和孤独的主题。直到第二次世界大战后这位作家才被法国存在主义者发现。在现实主义长篇小说《池塘》、《闹钟》（1908）和中篇小说《干姊妹》（1910）中，我们可以见到这个世界。在《干姊妹》中，彼得堡的一个贫困街区可以说是贫穷世界的一个缩影（明显受到陀思妥耶夫斯基的影响）。

由于跟现实主义和象征主义都有联系，两个阵营都把他纳入自己的麾下。列米佐夫的意义首先在语言方面：他运用古语、教会斯拉夫语词、方言、民间土语，并借鉴民间故事的语体风格。列米佐夫想把俄语从希腊语、拉丁语和法语的影响下解放出来，使之成为纯正的俄语。但他与未来主义者不同，他不生造新词。

作为一个博览群书的饱学之士，列米佐夫扎扎实实地钻研古代俄罗斯的各种文献、伪经和行传，然后加以转述。如《俄罗斯国土沦丧记》（1918），就是借用13世纪的同名抒情叙事作品来描写人民在战争及随之而来的革命期间遭受的苦难。凭借绮丽的文体风格和故事、传奇、民间传说的仿古魅力，如《尼古拉的寓言》（1924），列米佐夫在俄罗斯文学中占据了特殊的一席。列米佐夫尊列斯科夫和陀思妥耶夫斯基为师，他是最富俄罗斯特色的俄罗斯作家之一。虽然不是所有的读者都欣赏他，但在喜欢俄罗斯语言的读者眼中，他无疑是一位"语言的魔术师"。他华丽的文体在苏联时期的作家中找到了追随者，如扎米亚京、皮里尼亚克、列昂诺夫和普里什文。1921年，列米佐夫侨居柏林，1923年起定居巴黎，全身心投入创作。

在世纪之交的俄罗斯文坛上，瓦西里·罗扎诺夫（1856—1919）集哲学家和文学家于一身，他在文学领域的代表作《隐居》《落叶——第一筐》《落叶——第二筐》三部曲，创造了一种没有固定章法、边界模糊的独特文体，"无形式的形式"，将瞬间的即时体验和感悟记录下来，从而揭示出作家的精神历程。什克洛夫斯基将罗扎诺夫这部风格独特的三部曲定义为"无情节小说"。

米哈伊尔·普里什文（1873—1954）有"俄罗斯语言百草"之称，他跟罗扎诺夫一样，是俄罗斯文学中的一位特立独行者，被帕乌斯托夫斯基誉为"俄国大自然之父"。青年时代在里加和莱比锡完成园艺学学业之后，普里什文开始徒步漫游俄罗斯北方。著名的《飞鸟不惊的地方》（1907）一书就是在此基础上完成的。该书讲述鸟儿、动物、植物和人的生活。高尔基对这本书评价很高，认为"没有一个俄国作家能如此和谐地将对大地的爱与关于大地的知识结合起来"。在普里什文笔下，大自然占有中心地位，不像在屠格涅夫笔下那样，大自然只不过是情节展开的背景。他用诗一般的笔调描绘自然，同时又用学者的眼光来看待自然，从不肤浅地将大自然神秘化。十月革命后，普里什文远离政治活动，居住在乡下。自传体长篇小说《恶老头的锁链》（1923—1954）用第三人称写成。作品讲述作者成年之后对自己个性形成过程的回顾与反思，用10个"锁链"代表由10个独立故事构成的章节，以此喻示主人公阿尔帕托夫想方设法不断挣脱锁链走向自由的过程，就是主人公思想与个性发展和成熟的过程。小说中最有名的是第一篇故事《库赖姆什卡》，讲的是作者怎样认识生活和大自然，怎样找到了通向民间的道路。普里什文的创作拥有深刻的民族底蕴，借鉴了宝贵的民间文学经验，散发着俄罗斯森林和原野的芬芳。后期作品《林中水滴》（1943）和《大地的眼睛》（1946—1950）在俄罗斯和中国均享有盛誉。

第三节　诗歌

世纪之交的诗歌领域出现了空前的繁荣，现代主义、现实主义、新农民诗歌、无产阶级诗歌、独立于各流派的诗人等等，构成了白银时代异彩纷呈的诗歌景观。

现代主义诗歌主要包括三大流派：象征主义、阿克梅主义和未来主义。

俄国象征主义诞生于 19 世纪 90 年代，繁荣于 20 世纪初。明斯基的《在良知的照耀下》（1890）和梅列日科夫斯基的《论当代俄国文学衰落的原因及其新流派》，分别为俄国象征主义奠定了伦理基础和美学基础，而勃留索夫主编的《俄国象征主义者》（1894—1895）诗丛标志着俄国象征主义的正式形成。

除了世纪末特定的社会氛围和心理氛围之外，有两个因素催生了俄国象征主义：一是法国象征主义的影响，二是俄罗斯本国的诗歌传统。也就是说，俄国象征主义既是欧洲统一文学进程的一部分，又是俄罗斯古典诗歌中过去一直不被重视的丘特切夫、费特传统的延续。稍后的弗·索洛维约夫、福法诺夫和斯鲁切夫斯基堪称俄国象征主义的先驱。

俄国象征主义造就了新老两代诗人。梅列日科夫斯基、吉皮乌斯、索洛古勃、巴尔蒙特、勃留索夫等代表老一代，勃洛克、别雷、安年斯基、维·伊万诺夫等代表新一代。新一代诗人的创作是整个俄国象征主义的高峰。

梅列日科夫斯基著述甚多，涉及的领域也相当宽广，但就诗歌创作而言，远不如他的妻子吉皮乌斯。季娜伊达·吉皮乌斯（1869—1945）是宗教神秘主义的忠实信徒，她以抒情诗见长，善于描写和抒发女性细腻的内心感受。节奏鲜明、语言流畅、结构讲究是她诗歌的突出特点。

吉皮乌斯早期作品拒绝接受日常生活，表达诗人对不可认知和不可实现的东西的追求，以及求之不得带来的苦闷（《歌》）。

她有不少诗是写给上帝的。这一点，与她的丈夫梅列日科夫斯基有相似之处。两人都对宗教问题感兴趣，都用诗的形式表达自己的宗教情怀。只是作为一个诗人，她在技巧上明显地要胜出一筹。她的乐感和节奏，甚至得到了以挑剔著称的勃留索夫的称道。

吉皮乌斯把诗歌看成"祷告"。祷告是与上帝的交流，是跟上帝倾诉自己内心的秘密。祷告是长期日夜不眠的结果，能激发个性的精神体验：

> 主啊。圣父。
>
> 我的开始。我的结束。
>
> 你是圣子。圣子是你。
>
> 我现在以圣子的名义请求
>
> 并在你面前点燃蜡烛。
>
> 主啊。圣父。
>
> 请将我希望的人拯救，庇护。

她的名诗《女裁缝》通过隐喻和暗示，迂回曲折地表达了抒情主人公独特的爱情体验。作者的联想特别丰富，诗的结构也特别严整。该诗从"女裁缝"做针线活入手，由"丝绸"生发开去，中间经过"火""血""记号""爱"等联想的跳跃和反复，最后又回到"丝绸"，恰好形成一个完整的环形结构，构思相当巧妙，充分显示了吉皮乌斯出色的诗歌才能。

费奥多尔·索洛古勃（1863—1927）的名字经常与吉皮乌斯连在一起。索洛古勃是个很有才华的诗人。他的诗善于浓墨重彩地以象征形象渲染生活的恐怖和可恶，字里行间充满了悲观厌世情绪和死亡的咏叹。他不相信人有能力改变生活，认为人是渺小的、孤立无援的。他笔下的象征形象生动地表达了他对现实的态度。他的《被俘的野兽》以被关在笼中的野兽来隐喻现代人的生存困境，跟奥地利诗人里尔克的《豹》有异曲同工之妙。

魔鬼对人的控制，是索洛古勃诗歌的常见主题。这里有明显的反道德色彩。但索洛古勃的魔鬼跟波德莱尔的魔鬼一样，不只象征主宰世界的恶，也是对苟且偷安生活方式的反抗。

敢于直面生活中最可怕的方面，是诗人索洛古勃的长处；而生活态度的偏激，则是他的弱点。例如，作为他最重要的象征形象之一的死亡，在他的笔下意味着得救，意味着从此可以摆脱丑恶的生活。对生与死的这种态度，导致他的诗歌语言充满了"死亡""尸体""棺椁""遗骸""骷髅""葬礼""黑暗"等字眼。借助这些字眼创造出来的形象，以不同的形态，贯穿着索洛古勃的全部创作。

对世纪之交的俄国文学来说，索洛古勃诗歌中对太阳形象的阐释是引人注目和与众不同的。索洛古勃笔下的太阳是一条蛇，一条"主宰宇宙，全身是火，疯狂丑恶的蛇"。索洛古勃歌颂冰冷"纯洁"的月亮，愿做月亮的讴歌者。

> 我的头顶是湛蓝的忧伤，
> 她怀着高处的恐慌，
> 用夜半神秘的眼睛
> 望着尘世朦胧的远方。

索洛古勃最出色的诗歌作品是诗集《火环》。书名有象征意义，象征人的生命的无限循环。这种循环，使诗人仿佛在别人的命运中看到自己。"因为我就是一切，我在一切之中，且只有我，没有其他，过去没有，将来也没有。"诗人在诗集的序言中写道。

跟大多数象征派诗人不同，索洛古勃的语言朴素无华，而这却是他技巧高超的表现。他善于运用词语的反复，在驾驭节奏和结构方面也达到完美的境界。

除诗歌之外，索洛古勃的小说《卑鄙的魔鬼》也很有名。不过，他的小说创作走的是批判现实主义的传统之路。

康斯坦丁·巴尔蒙特（1867—1942）的诗飘逸洒脱，富于乐感，有人说"仿佛是在波涛上荡漾的一叶扁舟"。

巴尔蒙特的第一本诗集《在北方的天空下》（1894）既残留着民粹派的明显影响，又表达了世纪末的颓废情绪。诗人在被视为象征主义宣言之一的《月光》一诗中宣称：

> 亲人的痛苦离我太远，
> 我不关心地球及其斗争。
> 我是一朵云，我是一阵风。

《燃烧的建筑》（1900）和《让我们像太阳一样》（1903）是巴尔蒙特的代表作，以高超的技巧见长，作者因而一度成为象征主义的头号诗人。这两本诗集反映了诗人的情绪和处世态度发生了急剧的转变，这一点表现在作品整个格调的改变上。早期的灰暗和沉闷荡然无存，取而代之的是亮丽和明快，抒情的私语变成嘹亮的呐喊、"匕首的语言"。

巴尔蒙特受尼采的思想影响很大，正是尼采"重估一切价值"的呼吁促使世纪之交的巴尔蒙特发生了改变。根据重估一切价值的原则，巴尔蒙特追随自己的新偶像——爱伦·坡、波德莱尔和尼采，创作"噩梦"之诗、"疯狂"之诗、"恐怖"之诗，沉湎于形形色色的"农神节"和"地狱主题"、"阴间主题"。《让我们像太阳一样》中有好几个组诗是写各种各样的魔鬼的，如《意识》《魔鬼艺术家》等。与这类主题相联系的还有巴尔蒙特诗歌中的"审丑"主题（《和谐中我最看重专横》《为了看见高处，我坠入低处》《我痛苦地爱着你们，啊可怜的丑人》等），它来源于波德莱尔和尼采，其用意在于表达一种对不和谐的世界的病态感觉。

不过在巴尔蒙特高峰期的作品中也有另一面，那就是他热爱生活，本能地向往光明，向往太阳，向往快乐的生活体验和世间万物之美的切身感受。在《让我们像太阳一样》中，诗人试图为世界勾勒出一幅宇宙学图画，其中心是太阳——世间万物生生不息的源泉。在俄国诗歌中，这个主题不完全是新的，但从来没有像在巴尔蒙特笔下那样占有如此重要的地位。

巴尔蒙特的宇宙感觉在一定程度上与丘特切夫接近：人依赖于"宇宙生命"，个体存在融会于普遍存在。但对这一主题，巴尔蒙特也没有继续挖掘下去。

巴尔蒙特以旋律诗的大师著称，他的风格，从《我用幻想捕捉渐去的影子》《阿姆斯特丹的傍晚》《芦苇》《我来到这个世界是为看见太阳》等诗中可见一斑。不过他有时过于追求旋律美，以致多少给人一种孤芳自赏、矫揉造作、缺乏分寸感的印象。

新一代象征主义代表中，堪与勃洛克并驾齐驱的当推安德列·别雷（1880—1934）。他不但是个杰出的诗人，也是一个优秀的小说家和批评家。他的创作，颇能体现象征主义的思想艺术特点。

别雷的第一本诗集《蓝天里的金子》（1904）与勃洛克的《美妇人集》同年问世。从书名不难看出这本诗集的基本风格。书中充满斑驳的光影、绚丽的色彩，充满对永恒快乐的追求、对改造世界的向往。作者以神秘的期待这一典型的象征主义方式，揭示贯穿始终的朝霞主题。在这里，神秘的幻想同怪诞相混合。这样两种不同风格因素的混合很能代表别雷创作的特点。在他笔下，高雅与低俗之间，严肃与讽刺之间，没有不可逾越的界限（《恋爱》）。

1905年革命对别雷产生了深刻影响。索洛维约夫关于永恒女性即将降临的神话没有成为现实。诗人的思想出现了危机。他开始越来越关注现实生活。民族前途和国家命运成为他的诗歌的中心问题，这一倾向集中表现在诗集《灰烬》（1909）里。

《灰烬》也许是别雷最重要的作品。它的基本主题是贫困的俄罗斯，是荒无人烟、一望无际的俄罗斯大地。然而，有别于涅克拉索夫，别雷的诗句充满迷茫和苦闷。诗集的第一部分《俄罗斯》以一首《绝望》开篇，可以说是在一定程度上为全书奠定了基调。别雷笔下的俄罗斯是阴森恐怖、黑暗丑陋的俄罗斯，是苦命人和流浪汉的俄罗斯，是乞丐和流放者的俄罗斯。诗人广泛地从民间诗歌传统中吸收养料，在传达民间诗歌的风格与节奏方面，他的才能得到淋漓尽致的发挥。不过，别雷对民间诗歌的兴趣只限于形式模仿，民间诗歌的乐观情绪与他相去甚远。《灰烬》的节奏是委靡不振的，风景是灰暗沉闷的，一切正如书名所暗示的那样，与《蓝天里的金子》大相径庭。

城市诗在《灰烬》中占有重要地位。同勃留索夫和勃洛克相比，别雷的城市诗有其独到之处。别雷写的是具体的革命事件，城市的日常生活，尤其是现代城市的虚幻。

《灰烬》以形式技巧见长。节奏的多样，语言的生动，音响的丰富，显示了别雷高超的艺术功力。

别雷还是一位小说家，著有中长篇小说多部，其中最重要的是长篇小说《彼得堡》。

伊诺肯季·安年斯基（1855—1909）的创作命运相当奇特。他生前只出版过一本诗集《低吟轻唱》（第二本诗集《柏木雕花箱》在诗人去世多年后才问世），并没有引起人们的注意。然而，安年斯基谢世之后，却又在自己的诗歌中得到复活，以自己的强大生命力为后来的诗人提供了丰富的养料。

安年斯基在俄国象征主义中是个特立独行者。他的诗没有神秘主义的光环，形象是具体的，就连一些抽象的概念，如苦闷、寂寞、理想、爱情等都是具体化了的。

人与世界的关系是安年斯基诗歌的核心所在。人是孤独的，世界既与人为敌，又与人为善。安年斯基认为，孤独之人的悲剧在于他的双重性：他既是精神的，又是肉体的；既有奴隶的顺从，又有创造的自由。

安年斯基的诗歌体验充满了苦闷，但这苦闷不是寂寞，而是烦恼，是对不可实现的东西的渴望，是灵魂对超越世俗世界的向往。安年斯基认为，美与痛苦须臾不可分离，唯有如此，艺术才称其为艺术，生命才称其为生命。《柏木雕花箱》中的一篇杰作就叫《痛苦的十四行诗》。

为了表达理想，摆脱"存在的束缚"，获得生命的圆满，安年斯基找到"幻想"这个词。安年斯基的幻想是积极的幻想。诗人看待生活的目光是清醒的，因而对逃避生活、惧怕生活的消极幻想予以辛辣的嘲讽（《第一首钢琴十四行诗》《在水上》《一月的神话》等）。

安年斯基的诗充满了音乐主题和形象，他很多诗的标题就是音乐性的，这一点从他的《低吟轻唱》的书名中可略见一斑。就连安年斯基的诗学本身也倾向于积极调动具有情绪感染力的因素，他的诗与众不同而又有不可言喻的魅力正是来源于此。

维亚切斯拉夫·伊万诺夫（1866—1949）的诗与安年斯基的诗恰好形成鲜明的对照。安年斯基的诗朴实无华，语调低缓，而伊万诺夫的诗则色彩斑驳，音响丰富；安年斯基的诗是一个人内心真诚的自白，具有很强的感染力；而伊万诺夫的诗则缺乏个性特征，从中很难看到诗人自己及其命运。从一定程度上说，这是取自历史文化与艺术的题材和形象的堆积，给人的普遍印象是，作者具有高超的诗歌技巧，但缺乏生活气息，书卷色彩浓厚，雕琢痕迹明显。

伊万诺夫在诗坛起步很晚，直到1903年出版诗集《星辰舵手》才成就诗名。此后陆续发表的《透明》（1904）、《Cor ardens》（1911—1912）、《温柔的秘密》（1912）等作品确立了他在象征主义阵营中的地位。

伊万诺夫博古通今，学养深厚。他所知道和感兴趣的一切，在他的诗中都不同程度地有所反映。例如，他喜欢在诗里使用神话，埋伏典故，有些内容就连专家也不知所云。

伊万诺夫的创作具有"粗放"的特点。他并不要求深化自己的诗歌主题，而是不断地无限扩大自己的艺术印象和爱好范围，开拓那些截然不同的文化、风格、手法和体裁。

有人说，伊万诺夫的主要诗集《Cor ardens》（燃烧的心脏）令人想起威尼斯圣马可大教堂的正面：什么都有一点，而且来源不明，但又巧妙地合成一个整体。这种风格看上去固然漂亮（确切地说是华丽），但同时也令人眼花缭乱，难以接受。

密码般的笔法和强烈的学究气，使伊万诺夫的诗歌语言显得极其晦涩和繁冗，也使他的句法显得复杂和破碎。伊万诺夫喜欢用古词，但似乎缺乏节制，有时给人以滥用无度和食古不化的感觉。他的很多诗简直就像是作于 18 世纪。尽管如此，在伊万诺夫留下的大量诗歌遗产中，还是不乏技巧高超、节奏铿锵、感情真挚的优秀之作。

马克西米利安·沃洛申（1877—1932）是个有名的旅行家，游历过世界许多地方，他的创作与此有着密切的联系。他以唯美主义的眼光看世界，什么都感兴趣，又什么都不真正喜欢，用他自己的话来说，就是"对人人亲近，对人人疏远"。他的诗歌之家好像是处于所有道路的交汇点，朝"所有的世纪和国家，所有的神话、历史和传说"敞开窗户，迎接八面来风。

沃洛申的诗歌形象线条精细，色彩鲜明，但始终带有几分冷意。诗人的诗歌视野可谓包罗万象，从古希腊到当代欧洲，从巴黎流浪文人的生活到古代的莫斯科，应有尽有。读这样的诗，人们很难判断，对诗人来说究竟什么更珍贵。

作为法国巴纳斯派和俄国老一代象征主义诗人的学生，沃洛申能熟练地驾驭诗歌技巧，但也喜欢卖弄严格和典雅的形式，有时还故意在形式上为难自己。他的作品，看得出来，出自一个大胆而自信的诗人手笔，但似乎缺乏一种更主要的东西，即真情实感。

沃洛申的诗色彩丰富，音响和谐，这是"欧洲古老的码头"赠给他的礼物。诗人深切地感受到，各种古老文化之间是相互联系的。这种感觉在组诗《吉卖里亚的黄昏》中表现得最为突出。

沃洛申的生活与创作同科克杰别尔荒凉而又美丽的景色有着不可割舍的联系。他在青年期和成熟期曾经在那里居住，被称为"科克杰别尔的主要名胜、主人和灵魂"。这是克里米亚沿岸一个名不见经传的角落，却因与一个诗人的名字联系在一起而显得非同寻常。起伏的山冈、汹涌的大海、神奇的日出日落，还有这一切后面隐藏着的以往的民族与文化，都深深吸引着诗人。沃洛申创作过很多关于异国风情和古代罗斯的诗，还以其生活和创作同巴黎关系密切赢得过"巴黎歌手"的称号，但相形之下，"凄凉的科克杰别尔"、神话般的吉麦里亚更是沃洛申的艺术发现，是他献给俄罗斯诗歌的一份独特礼物。吉麦里亚系列组诗（《吉麦里亚的黄昏》《吉麦里亚的春天》）是沃洛申抒情诗的最高成就。

1913 年，古米廖夫和戈罗杰茨基分别在《阿波罗》杂志上发表《象征主义的遗产与阿克梅主义》和《当代俄国诗歌中的若干流派》，这两篇宣言性文章的问世，标志着阿克梅主义的诞生。

"阿克梅"一词源于希腊语，意为"顶峰""繁荣"。阿克梅主义脱胎于象征主义，但反对象征主义的抽象和神秘，追求理想与现实、精神与肉体之间的平衡。

阿克梅主义也使用库兹明创造的术语"清晰主义"，意思是指观察的明晰和语言的凝练。

阿克梅主义存在的时间并不长久，每个诗人的创作道路和创作命运也各不相同，甚至相去甚远，但对后来的诗人影响很大。阿克梅派的主要诗人有古米廖夫、曼德尔施塔姆、阿赫玛托娃、库兹明和格·伊万诺夫。

尼古拉·古米廖夫（1886—1921）是作为征服者的歌手进入俄国文学史的（《征服者之路》）。他的主人公有不少是尼采式的强者，勇敢而冷酷的战士，"为所欲为"的人。著名的组诗《船长们》和《非洲之夜》是诗人歌颂现代征服者的代表作。因此，有些文学史家把古米廖夫看成殖民主义者。不错，在他的一些诗里，虽也表现出对殖民主义牺牲者的同情，但这不是主要的。在古米廖夫笔下，占据第一位的是征服者、异国风情，如乍得湖畔、优雅迷人的长颈鹿、南方之夜、狩猎场面、港口城市等。

组诗《乍得湖》第一次将非洲风情引入俄罗斯诗歌，其中的一首《长颈鹿》，采用虚实相生、迂回曲折的手法，从侧面着笔，颇能显示古米廖夫独特的诗歌技巧和非凡的艺术功力。不过这样的诗在古米廖夫早期并不多见。

《迷途的有轨电车》是古米廖夫晚期杰作之一。该诗打破了日常生活中的时空观。抒情主人公"走在一条陌生的街上"，突然一辆有轨电车风驰电掣地驶过，莫名其妙地把他带走，载着他穿越不同的时空，"迷失在时间的长河"。就在这次奇特的时空之旅中，主人公见到了从前恋人的家，不由得伤心地回忆起往事。全诗因而也蒙上一层悲剧色彩：

> 玛申卡，你在这住过，唱过，
>
> 为我，新郎，编织地毯。
>
> 如今何处有你的声音和身影？
>
> 也许，你已经不在人间？

全诗的节奏急缓有致，与电车的快慢、时空的转换和情绪的变化高度吻合。电车急速行驶时，随着主人公情绪的紧张、心跳的加快，诗的节奏也相应地变得急促起来，而当旅行结束，电车回到彼得堡时，诗的节奏又逐渐趋向平缓和凝重：

> 但我始终感到心神抑郁，
> 且呼吸艰难，痛苦难当。
> 玛申卡啊，我从来没有想到
> 会有如此深的爱情与忧伤。

古米廖夫是个发育较慢、大器晚成的诗人。从1905年发表处女作《征服者之路》开始，到1921年出版生前编定、死后问世的《火柱》，他几乎每两年就出版一本诗集。但他最成熟、最完美的作品还是《火柱》。这是一部技巧高超、风貌独特的诗集，它的突出特点是感情真挚，语言朴素，无半点矫情和做作。古米廖夫的名作《第六感觉》、《记忆》以及上面提到的《迷途的有轨电车》等均出自这个集子。

曼德尔施塔姆（1891—1938）是阿克梅主义阵营中卓尔不群的一位，他的诗既是阿克梅主义原则的体现，又是对阿克梅主义的超越。

曼德尔施塔姆承认象征主义诗人在创造音乐诗方面的贡献，但在诗歌的内容和形象的逻辑内含方面对之予以抨击。坚持阿克梅主义原则的同时，他又指出：对阿克梅主义来说，"逻各斯是同样美妙的形式，好比音乐之于象征主义者"。他不是狭隘的"诗人车间"的追随者。他为勃洛克、安年斯基、勃留索夫这样杰出的诗人能超越象征主义局限而感到高兴。他并不认为自己有责任恪守阿克梅主义信条，尽管从形式上讲，他并未与之决裂。

从曼德尔施塔姆的第一本诗集《石头》（1913）中不难发现他跟象征主义的相似之处：强烈的抒情色彩、惶恐的心理状态、疲倦的生活感受，近乎索洛古勃，只是不像他那么消沉：

> 我已死一般地厌倦生活，
> 我不会从中获得什么，

> 但我爱我这贫瘠的土地，
>
> 因为别的土地我没有见过。

曼德尔施塔姆忧郁的音调，表达的不止是上述情绪，还有对生命的丰富感受（《上天赋予我躯体……》），对自然现象的欣赏，这已经接近阿克梅派。

曼德尔施塔姆的诗中，一些取材于文学、艺术、历史、神话的情节和形象随处可见，如"冷酷的妻子碰上喝醉的苏格拉底"、"一个酷似魏尔伦的老头"、"奥涅金的古老的痛苦"、狄更斯小说中的董贝父子、拉辛的戏剧、荷马史诗中的特洛伊之战等等，不一而足。这种情况在《Tristia》（1922）中表现得更为突出。

对文学遐想的沉湎，对古希腊的迷恋，以及复杂的比喻，增加了理解曼德尔施塔姆诗歌的难度。然而，这种难度与其说是读者的接受问题，不如说是诗人所使用的语言问题。曼德尔施塔姆似乎不善于使用现代语言，他好像是生活在遥远的古代，而与当代的东西格格不入。他不时地发出生不逢辰的慨叹（《我没听过奥西安的故事》《我看不到著名的〈费德拉〉了》）。这一点，对理解他的诗是至关重要的。

米哈伊尔·库兹明（1872—1936）在世纪初享有很高的知名度，勃洛克说他是"一个高雅和优美的诗人"。

库兹明的诗具有明显的室内抒情诗倾向。诗集《网》是他的成名作。开卷诗《我的祖先》富于挑战意味，诗人除了告诉读者他的祖先系出贵族以外，还刻意强调他们的平庸与滑稽，甚至愚蠢。他们是"30年代的花花公子"，也是"将年轻种族的全部天真融入纨绔子弟的身姿"的模仿者；是"神色严肃的将军"，总是在喝罗木酒时重复那些"千篇一律的故事"；是"迷人但又蹩脚的演员"；是"系着发带、动情地跳着马卡尔华兹"的淑女；是"聪明而又节俭的女财主"，喜欢"炫耀自己的积蓄"；是"表演学校华而不实的女子"，"把丈夫的钱财挥霍净尽"。他的另一首诗《何处能找到恰当的词汇，来描绘》同样富于挑战意味：

> 何处能找到恰当的词汇，来描绘
>
> 散步，烤面包，冰镇法国葡萄酒……

当然，库兹明肯定不会把"烤面包"的诗当做真正的诗，他需要的其实是"烤面包"和"法国葡萄酒"的潜台词，是它们的挑战意味。他是想用"琐屑、优美和轻松的气息"来对抗反映重大题材和世界问题的艺术。

库兹明的自由体诗创作是其在诗歌体裁方面取得的突破性成就，这已经为人们所公认。著名的《亚历山大诗行》是库兹明自由体诗的代表作，具有音乐般的魅力。变化多姿的画面与主人公的咏唱相互呼应，相得益彰，表现出高度的灵活性。不拘一格的诗歌节奏起伏跌宕，急缓有致，生动自然，没有丝毫生硬之感，仿佛诗句是脱口而出，形成一股"即兴化"的语流。

库兹明是个直率和真诚的诗人，他的诗中有种"令人心悸的隐私"（安年斯基语），而且找不到可以转嫁这种隐私的抒情主人公。这是他自己，仅仅是他自己。不过，虽然他很直率，但他同时又是一个难以捉摸的人，隐藏在瞬息万变、五颜六色的诗句的世界后面。对进入他诗歌视野的一切，他抱着坦率和动情的态度，但他本人似乎是停留在阴影中。如果说他的诗中也有真诚的痛苦，那么，它也很容易落入古老的感伤窠臼，太多长吁短叹，使人不由得怀疑起他的严肃。不过总的说来，库兹明还是善于将真诚和温暖的心灵波动与高超的形式技巧紧密地结合起来，达到水乳交融的境地，从而使情感的表达不会受到丝毫损害。

库兹明的诗巧妙地结合了简单和复杂两个极端。即便是在晚期创作中，在库兹明已成为"文化诗人"的时候，仍然如此。库兹明的魅力在于，隐晦不排斥直白，正如讽刺不排斥纯朴。

库兹明对待诗歌技巧的态度很有意思：他不强调技巧，但也不掩饰技巧；他变换技巧，且变换得如此随意、坦率和迅速，以致读者似乎没法感觉到。库兹明很少在同一篇作品中仅限于使用同一手法。他可以制造出丰富多彩的音响组合，也可以完全放弃音响效果。库兹明对诗歌形式的驾轻就熟是惊人的，似乎再严格和规范的形式，只要到了他的手里，都会让他感到如鱼得水，游刃有余，尽情表达"生命的爱的震颤"。

格奥尔吉·伊万诺夫（1894—1958）17岁就发表了第一本诗集《基弗吕岛朝圣》（书名取自法国画家华托的一幅名画），受到勃留索夫和古米廖夫的赏识。他曾加入谢维里亚宁领导的自我未来派，但很快改弦更张，投到了阿克梅派的麾下。第二本诗集《正房》（1914）表现了一个初涉"神宴"的青年诚惶诚恐的感受。第三本诗集《荣誉的纪念碑》（1915）收入了一些肤浅而狂热的战争诗。总的来说，这三本诗集题材单一，视野狭窄，常给人以无病呻吟之感，很多方面都欠成熟。他自己显然也意识到了。

格·伊万诺夫在第四本诗集《帚石楠》（1916）的扉页上故意标明"第二本诗集"的字样，其用意就是《正房》和《荣誉的纪念碑》可以忽略不计。《帚石楠》虽然仍有脱离生活的倾向，但在技巧上确实臻于成熟和完美。1921年，格·伊万诺夫流亡西方，继续从事诗歌创作，并赢得了"俄罗斯侨民诗歌头号诗人"的美誉。在巴黎出版的《玫瑰》（1931）被评论家捷拉比扬诺夫评价为30年代俄罗斯诗歌的扛鼎之作。

在格·伊万诺夫的诗歌中，爱情诗占有很大的比重，尤其是他晚年的爱情诗（1943—1958），清新隽永，脍炙人口，在相当程度上代表了其创作成就。例如，他的八行小诗《跟我谈谈琐屑吧》的确不同凡响：

跟我谈谈琐屑吧，

跟我谈谈永恒。

让春天诞生的花朵

像婴孩一样躺在你的臂腕中。

你是如此快乐又如此忧伤。

仿佛音乐，你什么都能原谅。

你是如此快乐，仿佛春天，

仿佛春天，你抑制不住惆怅。

格·伊万诺夫说过："诗人的任务就是要以牺牲稍纵即逝的一切……其中包括牺牲个人……为代价创造出一小块永恒。"除诗歌外，格·伊万诺夫值得一提的作品还有小说《第三罗马》、回忆录《彼得堡的冬天》和《中国剪影：文学肖像》。

未来主义几乎与阿克梅主义同时登上诗坛。《鉴赏家的陷阱》（1910）的问世，标志着俄国未来主义的诞生。

未来主义自称是唯一的艺术创造者，将自己出现之前的非未来主义的一切，统统予以否定。他们在宣言《给社会趣味一记耳光》中写道："只有我们才是时代的本来面目。过去的一切太过狭隘。科学院和普希金比象形文字还晦涩。必须把普希金、陀思妥耶夫斯基、托尔斯泰等人统统从当代之船上丢下去。"对传统的经典作家，他们采取的是断然拒绝的姿态，而对高尔基、蒲宁、勃洛克等当代经典作家，他们同样抱着不屑一顾的态度。

未来主义内部派系林立，但主要有两支：自我未来主义和立体未来主义。前者以谢维里亚宁为领袖，后者以赫列勃尼科夫、克鲁乔内赫、布尔柳克、马雅可夫斯基和卡缅斯基为代表。

立体未来主义者企图在纯斯拉夫基础上创造艺术，他们自称"布杰特里亚宁"（俄语"未来人"的意思）。但这一生造的称谓并不能否认俄国未来主义同西方未来主义的联系和渊源。

未来主义者指责象征主义诗歌是"优美而空洞的音响的串联"，他们生造出一些与生活、逻辑和意义没有任何联系的"自生词"、派生词，随意扩大诗歌语汇。阿列克谢·克鲁乔内赫（1886—1968）的《高度》一诗，就莫名其妙而言，可以说是达到了登峰造极的"高度"。该诗用清一色毫无意义的元音或者说是只有"知情者"才明白的特殊语言构成，作者名之曰"宇宙语言"。他的《五行诗》更是惊世骇俗，通篇是生造的词语，没有明确意义的音响组合：

狄勒—布尔—希尔

乌别休勒

斯库姆

维—索—布

勒—尔—埃兹

克鲁乔内赫无疑是一位老资格的未来主义诗人，但他的创作主张和诗歌实践相当极端，甚至耸人听闻，因此，有的论者说他是"所有沽名钓誉者中最喜欢沽名钓誉的一个"。他反对诗人关注复杂的精神问题，他的全部诗歌创作只局限于"语词本身"。"我们在语言技术方面还是孩子，却在作品中企图解决宇宙问题并羞于学习艺术本身"，他不止一次表述过这样的想法。

克鲁乔内赫认为，语词本身就是一个独立的主权"王国"。他不遗余力地鼓吹"超智语言"，称他的超智语言包含的不是辅助意义，换句话说，超智语言不是手段，而是目的本身。正因如此，《五行诗》写成以后，他才自诩说："这五行诗里包含的俄罗斯民族性的东西比普希金的全部诗作还多。"

大卫·布尔柳克（1882—1967）自称是俄国未来主义之父。他是未来主义运动的直接组织者之一。在对以往的现实主义宣判死刑的声浪中，布尔柳克的声音特别洪亮。他认为，一切对现实生活的反映都是可怜的复制品。他主张脱离现实，反映处于不和谐、不对称、被解构中的世界，因此，他否定美是艺术的对象，认为艺术的任务是反映丑。

如果说马雅可夫斯基是用新的美取代旧的美，摒弃"玫瑰与梦想"的陈词滥调，那么布尔柳克则是以丑来对抗旧的美：

> 灵魂是酒馆，而天空是破鞋
> 诗歌是用烂了的姑娘
> 而美是肆无忌惮的败类。

有评论者认为："大卫·布尔柳克是绝好的犬儒主义的代言人，尸体的气味（'天空是尸体，不是别的，星星是陶醉于云雾的蛆'），汗的气味（'散发着春天的胳肢窝的气息'），还有鼻孔的吱吱声，是他的诗歌特有的语言。"《每个人都年轻，年轻，年轻》是布尔柳克当时最有名的诗之一，其中充满挑战的单调和野性的欢乐：

> 我们将吃石头吃草
> 吃快乐吃痛苦吃毒药
> 我们将挖掘虚无
> 挖掘深度和高度
> 挖掘鸟兽虫鱼各种怪物
> 风、浪、盐和土！

这个例子特别能表现布尔柳克追求惊世骇俗的诗歌风格。这些诗句看上去仿佛是在实践未来主义宣言中提出的主张，从中几乎感觉不到作者个性的存在——他是以团体的名义出现的。

布尔柳克本人始终恪守未来主义宣言中制定的创作规范，决不肯越雷池一步。

在寻找语汇的形式与结构过程中，未来主义者站到了斯拉夫派的立场上，其部分表现便是主张净化俄罗斯语言，剔除外来语。这种国粹主义最清楚地表现在赫列勃尼科夫和卡缅斯基的作品中。

赫列勃尼科夫（1885—1922）是未来派的主要发起人之一，也是该阵营最重要的诗人。他有自己的理论，并将之付诸创作实践，在革新诗歌语言和形式方面进行了大胆而又不倦的探索和尝试，因此有"实验诗人"之称；同时，他的创作风格又极为独特，甚至于古怪，非一般读者所能理解和接受，因此又有"诗人的诗人"之称。

赫列勃尼科夫的诗歌实验体现了未来主义的主张，但又不局限于此，即使在未来派诗人中，赫列勃尼科夫也是独树一帜的。如果说马雅可夫斯基着眼于城市，以放浪不羁的形式描绘一幅幅市井生活画，揭露和批判城市生活丑恶和肮脏的一面，卡缅斯基热衷于再现古代农民战争领袖的风采的话，那么，赫列勃尼科夫则是一头扎进古代斯拉夫神话和民间传说的海洋，从那里寻找题材和素材，包括语言。一方面，他大胆发掘和使用古斯拉夫语词和古俄语词；另一方面，他又根据俄语本身的构词特点和规律，运用词根，自己创造出大量的同根词，以古词和新词来扩大俄语诗歌语汇。可以说，赫列勃尼科夫复活了古代斯拉夫语言，也对现代俄语潜在的表现力作了大胆而又淋漓尽致的发挥。著名的实验性作品《笑的咒语》一诗通篇由一个"笑"字衍生而来，里面的动词也好，副词和名词也罢，既有古代语言词形，也有现代俄语词形，还有作者生造的新词。

赫列勃尼科夫的美学思想里有个重要的概念："时间跳跃"。他认为：现时只不过是时间的无穷链条上的一个环节，它既可以跳回过去，也可以跳向未来。赫列勃尼科夫对历史作出认真的研究，但他的方法是数学演算式的，而不是历史的。根据他的方法，他发现历史的发展有其数学规律，他甚至为此写了一篇自称是"学术论文"的《老师与学生》，提出相似的历史事件每隔一定时间便会重复一次。这一成果显然是他的"时间跳跃"理论的基石。

"时间跳跃"原则是诗人的创作实验根基，也制约着他改革诗歌语言的方法。诗人让"笑"及其派生词披上不同时间（即过去、现在和未来）色彩的外衣，同时出现在同一首诗里，相互混杂，其目的是让其语言携带上三种时间意义，从而体现出诗人所追求的"时间跳跃"的效果来。

赫列勃尼科夫认为，艺术魅力的源泉不在于明白晓畅，而在于对读者心理产生的影响及唤起的联想。通过音响效果来激发读者的联想，从而使诗歌得到一种独特而又神奇的艺术感染力，是赫列勃尼科夫的实验所追求的目标之一。

另外，赫列勃尼科夫还试图将声音和色彩赋予文字，以期诗歌的表现力扩大到兼有音乐和绘画的功能（《波白奥比嘴唇唱道》）。

赫列勃尼科夫说过："诗可以是读得懂的，也可以是读不懂的，但必须是精致优美的。"

自我未来主义先于立体未来主义登上诗坛，但影响和成就要小得多，除了谢维里亚宁，几乎没推出什么太有价值的诗人。

谢维里亚宁（1887—1941）虽然自称是一个"自我未来主义者"，但实际上他跟未来主义的联系有限。在他的笔下，我们看不到对现存一切的任何否定。与未来主义纲领所要求的彻底革新相比，谢维里亚宁的创作不是没有距离。就题材和情调而言，他的作品与传统诗歌有明显的继承性，有时甚至显得陈腐。正因如此，他才得到一些象征主义和阿克梅主义诗人的赏识，而受到立体未来主义的大肆攻击。

未来主义要求诗人创造新词，谢维里亚宁也不例外。不过，与赫列勃尼科夫和马雅可夫斯基不同的是，谢维里亚宁创造的新词比较容易理解，创造新词的途径也比较简单，一是引进外来语，并将外来语俄语化，二是在现代俄语词汇的基础上创造新词。比如，根据名词"愿望"，创造出俄语中本不存在的相应动词"愿望"，根据名词"青春"，创造出俄语中本不存在的相应动词"青春"，二者可以搭配使用。另外，将俄语中已有，但不能搭配使用的同根动词和名词搭配使用，同样会产生新词的效果：

> 我体验了所有的体验，
> 我认识了所有的认识，
> 我愿望了自己的愿望，
> 我青春了自己的青春。

有的论者认为这纯粹是"文字游戏，哗众取宠"。其实不尽然。这样的诗句在当时似乎违背一般的阅读习惯，显得文理不通，但对今天的读者来说，类似的写法并不难接受（试比较一首受到普遍肯定的中文流行歌曲《牵手》的歌词："因为爱着你的爱，因为梦着你的梦，所以悲伤着你的悲伤，幸福着你的幸福。因为路过你的路，因为苦过你的苦，所以快乐着你的快乐，追逐着你的追逐……"）。

谢维里亚宁的第一本比较有分量的诗集应该算《雷声鼎沸之杯》。应该承认，这是一部引人注目、无拘无束、充满才气的作品，集中表现了诗人的所有优点：对世界的真诚接受、对生活的准确描绘、敏感的抒情体验、独特的诗歌技巧。

谢维里亚宁的成功与其说是在读者，不如说是在听众。他的诗主要是为上台朗诵而写的，因而在形式上有其特殊性。诗人称自己的诗是"波艾扎"。"波艾扎"是诗人生造的一个词，它不是一种体裁，而是一种特殊的诗歌朗诵形式，介于读与唱之间，类似中国的吟唱。谢维里亚宁诗歌的这一特点决定了他的某些创作方法。比如，他常用修辞性的感叹作为开头，然后再进入主题，开始具体描写（"多美啊，如今的白昼！"）。

谢维里亚宁把诗歌文本看成语词的堆积："要让每一个词，都成为出人意外的礼物。"单从这一点来看，也可以把他纳入俄国未来主义实验诗人之列。用词的反逻辑性和偶然性，出人意料的音响组合，是他诗歌的重要特点。谢维里亚宁喜欢使用外来语，他对新词的追求与克鲁乔内赫等人对怪诞语言的追求在目标上是一致的，都是为了摧毁当时陈腐的诗歌语言规范。

忧郁感伤和轻松明快是谢维里亚宁诗歌情绪的两大基调。他的忧郁和感伤是淡淡的，他的轻松和明快又不乏单纯，因此，勃洛克称他是个"稚气的诗人"。

谢维里亚宁在题材方面接近阿克梅派。尽管他的诗歌视野有其局限性，有些地方给人以哗众取宠、矫揉造作之感，但总的说来，他的作品还是不乏创新成分和可取之处。

20世纪初出现在诗坛的新农民诗歌，是世纪之交俄罗斯诗歌的重要现象和有机组成部分，其代表人物有克留耶夫、克雷奇科夫、希里亚耶维茨、叶赛宁等。克雷奇科夫最早的两本诗集《歌》（1911）和《隐蔽的花园》（1913）与克留耶夫同一时期的几本诗集《兄弟之歌》（1912）、《松涛》（1912）、《森林往事》（1913）的问世，标志着新农民诗歌的诞生。新农民诗歌不是一个自觉的文学流派，既没有共同的创作理论，也没有统一的美学纲领，每个人的美学思想和创作道路都各不相同。复杂的宗教观、思想倾向和道德探索使得新农民诗人的创作具有鲜明的个性特征，表现出他们对人、对理想、对现实世界非同寻常的理解和艺术把握。

在新农民诗人登上诗坛之前，俄罗斯诗歌中早已形成农民诗歌传统。农民诗歌题材最早见于涅克拉索夫的诗，另外还有柯尔卓夫、尼基金、苏里科夫等。新农民诗人继承了19世纪农民诗人的创作题材和风格。如果说19世纪的农民诗人主要是表现农民的风俗劳作、喜怒哀乐，那么，新农民诗人更多的则是沉醉于宗法制俄罗斯的乡村生活和自然风光，诗化田间劳作和劳动者淳朴的日常生活。这一特征在他们的早期创作中表现得尤为明显。因而，这些诗人被当时的文学批评界称为"新俄罗斯乡村文学的使者和新俄罗斯乡村文学诗化意识的表现者"。

乡村的俄罗斯是新农民诗人的创作源泉。他们深得民间文学的滋养，其诗歌糅合了民间艺术的美和智慧，具有民间诗歌的风格，散发着古朴而又清新的气息。在表现自然界与人的心灵的关系上，新农民诗人创造了细腻柔美的诗歌形式。在 20 世纪初的俄国诗坛上，当现代主义诗人高喊要与传统文化彻底决裂时，新农民诗人却把自己的创作深深扎根于古典文学传统与民族文学传统之中，这使得他们的诗歌别具一格，引人注目。

在新农民诗人的观念中，农村文化与现代文明是不相容的。"农夫的天堂"承载着整个乡村文明，是民族的精神宇宙，是古罗斯的象征，是宗法制农村最完美的体现，是诗人的全部理想。新农民诗人独特的创作个性让他们付出了惨重的代价，他们受到严厉的批判，被说成是"富农作家"、宗法制思想的代表。在 1924—1938 年间，希里亚耶维茨、叶赛宁、克留耶夫、克雷奇科夫、加宁、奥列申等多位新农民诗人先后被处决或自杀，作品被打入冷宫。

尼古拉·克留耶夫（1884—1937）的两本诗集《松涛》（1912）和《兄弟之歌》（1912）基本上能反映出其早期的创作特征。《松涛》的题材是古罗斯，温顺的俄罗斯百姓。在克留耶夫的诗中，俄罗斯的农村是"木屋的天堂"，阵阵"松涛"就是教堂的阵阵钟声。《兄弟之歌》在宗教圣歌的主题和形象基础上，将民间诗歌传统与宗教文化融为一体。

然而，克留耶夫首先是作为大自然的歌手进入俄国诗歌史的。他的自然抒情诗自成体系，别具一格。由于克留耶夫生长在北方，因而诗中描写的大多是俄罗斯北方的自然景色，枞树、松鼠、青苔、貂皮等是他诗中的典型意象。他擅长使用对比和隐喻来表现大自然的神奇和美丽。诗中的喻体都取自农民日常生活中的实物和传统文化的形象，如把峡谷比喻成"刷白的炉子"，把云朵比喻成"小麦面包"，把小树林比喻成"印花窗帘"等等。

另外，克留耶夫对待大自然犹如对待圣物一般的态度使他的比喻含有浓郁的宗教色彩，比如说大自然是"神殿"，森林是东正教的日课经，松林是"钟楼"，小鸟是"圣诗吟唱者"，诸如此类。把大自然作为"神殿"来崇拜是他后来创作的重要主题。在其他诗人的笔下，大自然常常是作为喻体出现的（如把理想比作"太阳"），而在克留耶夫的诗中，大自然是本体，这充分说明在克留耶夫的宇宙观中大自然占据首要位置。

《森林往事》（1913）收录了许多精彩的风景抒情诗。在这本诗集里，克留耶夫出色地借鉴了民间创作中的形象和手法，以及丰富多彩的民间语言。不过，这些以民间诗学为依托的诗歌作品中，也不乏刻意模仿的痕迹。由于诗人使用"民间"神话和方言词语过多，有时难免给人以艰涩难懂之感。

克留耶夫在真诚地赞美大自然和农村生活的同时，也预感到了"农夫的天堂"的消亡。在组诗《木屋之歌》（1914—1916）中，木屋象征着合理的、和谐的、饱暖的世界。克留耶夫笔下的农村生活宁静而温馨：五颜六色的酒器、农妇们带流苏的头巾、节日里新漆的爬犁。然而，这种生活却逐渐被现代文明所摧毁（《他把宁静称为荒僻之地》，1914—1915）。

在克留耶夫看来，农村文化和城市文明的对立已经到了无以复加的地步。诗人用夸张的手法来表现二者的不可调和："公鹿的鸣叫比格林卡更动听，鲟鱼的精腺比魏尔伦更柔情。"克留耶夫和其他新农民诗人最先意识到，由于无节制的开发和利用大自然造成了生态危机，生活环境在逐步恶化："罗斯将失去往日的欢笑，变成没有鸟鸣和鱼戏的荒岛！"无坚不摧的"钢铁王国"践踏着自然的、传统的农村生活秩序，本来生机勃勃的大自然变得满目疮痍（《伟大母亲之歌》，1930—1931）。

十月革命爆发后，克留耶夫热烈地欢迎十月革命（于1918年加入布尔什维克党）。他对革命的理解具有宗教色彩，认为革命将实现千百年来农民的夙愿，幻想着十月革命能铺就一条直接通往理想之城基捷日的康庄大道，诗集《铜鲸》（1918）和《歌词》（1919）就体现了他的这种想法。但革命并没有实现克留耶夫的乌托邦，没有成就诗人心目中的"农夫的天堂"，由此而产生的矛盾铸成了他的悲剧。

谢尔盖·克雷奇科夫（1889—1937）是一个泛神论者，他早期的几本诗集，如《歌》（1911）、《隐蔽的花园》（1913）、《杜勃拉芙娜》（1918），展现的是一个农民的罗斯、和谐的王国、童话的世界。

克雷奇科夫的诗是一个多神教的圣殿，里面居住着民间神话中的各路神仙，形成一个介于现实和梦境之间的奇妙世界。他的诗歌在继承柯尔卓夫、苏里科夫优秀传统的同时，还受到勃洛克、戈罗杰茨基等人的影响，并吸纳了索洛古勃的神秘主义因素。他的诗恢复了民间诗歌的体裁，发展了俄罗斯民间传说和神话故事情节，并赋予它们浪漫—象征寓意，清新古朴，耐人寻味。

在克雷奇科夫的艺术世界中，作为主体的人并不是自然的主宰，而是其中的一员。抒情主人公"我"与大自然的接触不是简单的面对面，而是投入大自然的怀抱，一如投入熟悉的母亲的怀抱。与大自然的息息相通给诗人带来快乐，促使他情不自禁地为万物歌唱，为众生祈祷（《怎能不歌唱不祈祷》，1914，1929）。

克雷奇科夫的诗不仅饱含着诗人对故土的眷恋、对天地万物的柔情，而且还蕴涵着深刻的哲理。

从整个创作过程来看，克雷奇科夫在十月革命后的创作主题和基调与革命前基本一致。《家常歌曲》（1923）和《神奇的客人》（1923）两本诗集所展现的依然是克雷奇科夫式的艺术世界，但此时诗人更多的是基于人与自然的关系，思考善与恶、生与死等永恒主题。克雷奇科夫对生与死持超然态度，认为生与死不过是相互联系的自然变化。他的生死观与其他新农民诗人，尤其是克留耶夫不同。克留耶夫抱着基督徒的信念，相信人能战胜死亡，相信复活，而克雷奇科夫对死亡是温柔的顺从，泰然的接受（《我一生都在梦想天堂》，1914，1927）。

克雷奇科夫认为，人的肉体虽然死去，但人的灵魂却是永生的。肉体腐烂后回归大地，经过大自然的重新孕育，又以新的生命形式出现。生——死——再生，这就是生命的轮回。

在上述两本诗集中，诗人还不时流露出一种难以言说的忧郁和悲剧性的预感，这一点在他晚期创作中得到进一步的体现。

在《护身符》（1927）和《在仙鹤家做客》（1930）两本诗集中，诗人早期作品中愉快的田园音调因内心遭受的折磨和痛苦、个人与社会的冲突而荡然无存。当无产阶级诗人在尽情赞美"钢铁时代"、讴歌技术力量和"机器"文明时，克雷奇科夫及其他新农民诗人却在执着地捍卫自己的精神家园，捍卫人与自然和谐相处的理想，而这一理想的最高体现就是"农夫的俄罗斯"。在克雷奇科夫看来，野蛮地开发自然是对大自然的强暴，都市化和工业文明本身就具有反生态的实质，它在发展的同时也是对自然界的野蛮进攻和肆意践踏。农村都市化的结果导致农民疏离土地，疏离大自然，这是误入歧途（《我们背离了自然之路》，1925，1929）。

诗人为"背离自然之路"的俄罗斯悲哀，古老的罗斯以及宗法制的农民生活方式，如同传说中的城市基捷日，一去不复返了。在貌似和谐与繁荣的背后，克雷奇科夫揭示了农民生活中的不和谐、人与自然的不和谐以及整个人类社会即将面临的资源和精神的严重匮乏。

克雷奇科夫不愿随时俯仰，这是他的可贵之处。

第四节　高尔基

马克西姆·高尔基（1868—1936），原名阿列克谢·马克西莫维奇·彼什科夫，生于伏尔加河畔的下诺夫哥罗德，11岁成为孤儿，被

迫自谋生路。他当过鞋匠、炊事员、码头工人、泥瓦匠,靠自学获得
知识。从 1888 年开始浪游俄罗斯,其间认识了大量生活在社会底层的
人。1889 年重新漫游俄罗斯,先后到过顿河流域、乌克兰、克里米亚
和高加索。1892 年发表第一个短篇小说《马卡尔·楚德拉》,1894 年
发表《切尔卡什》。1898 年,高尔基出版两卷本的短篇小说和特写集,
引起国内外的广泛关注。1899 年,发表第一部长篇小说《福马·戈尔
杰耶夫》,次年发表中篇小说《三人》,结识契诃夫和托尔斯泰。1901
年,在当局残酷镇压了彼得堡学生游行之后,高尔基写了散文诗《海
燕》。高尔基的海燕是革命的信使。次年发表的剧本《在底层》(1902)
轰动了文坛,取得了空前的成功。1902 年,高尔基开始出版《知识》
杂志,团结了一批工人和农民出身的作家。长篇小说《母亲》(1906—
1907)使高尔基声名远播。这部小说被认为是俄罗斯文学史上社会主
义现实主义的第一部典范作品。1914 年出版《首部无产阶级作家作
品集》。第一次世界大战期间,发表自传三部曲的前两部——《童年》
(1913—1914)、《在人间》(1915—1916)。第三部《我的大学》出版于
1923 年。

高尔基拥护 1917 年十月革命,但不久又开始在报纸上发表系列文
章抨击新政权在思想文化领域的种种做法,尤其是对知识分子采取的
高压手段。这些文章直到戈尔巴乔夫改革时期才在苏联本土结集出版,
名为《不合时宜的思想》。1919 年,高尔基出版《回忆托尔斯泰》。
1925 年创作《阿尔达莫诺夫家族的事业》。1925—1936 年间创作《克
里姆·萨姆金的一生》,但未能最终完成。

高尔基一生的创作,可以分为三个阶段。第一个阶段(1892—
1898),以成名作《马卡尔·楚德拉》(1892)揭开序幕。作品通过老
马卡尔·楚德拉的口吻,讲述了茨冈人罗伊科·佐巴尔的故事。他杀
死了自己的恋人,因为他不想因为她的诱惑而丧失自由,自由对他而
言重于生命。这是对自由的礼赞,是强者对自由的无政府主义式的追

求。高尔基从个人主义立场出发，赞美狂放不羁、富于野性的男人。他笔下的男女主人公都是意志坚强的人，他们热爱生活，仿佛为人间盗火的普罗米修斯，有时又仿佛尼采笔下的强者，很适合19世纪末具有反道德和叛逆精神的有文化阶层读者的口味。

作为一种社会现象，流浪汉在当时也是很现实的：数十万农民因资本主义兴起而流离失所，四处寻找工作。忍饥挨饿和心存不满的无产者游民自由自在、无拘无束的生活方式，本身就是对现存体制的一种挑战。但高尔基笔下的这类人物的吸引力并不在于他们的灵魂本身（托尔斯泰说早在高尔基之前他就知道流浪汉也有灵魂），而在于这些贱民与现状的不妥协，他们内心的躁动不安。高尔基作为流浪汉作家，与陀思妥耶夫斯基作为"被欺凌与被侮辱的"人们的保护者有相通之处。

显然，在俄罗斯作家中，除了托尔斯泰，没有谁比陀思妥耶夫斯基更关注暴力和死亡问题了。但两位作家对这类现象的态度大相径庭。对陀思妥耶夫斯基来说，恶是形而上学问题，对托尔斯泰来说，恶是宗教问题，而对高尔基来说，恶乃是社会关系的结果，而非其他。除了无家可归者，早期高尔基也写过医生、鞋匠、铁路工人、纤夫等形象，短篇小说《二十六个和一个》（1899）就是这方面的一个代表作。小说写26个不幸的男人，为了微不足道的一点工钱，在潮湿发霉的药房地下室里，每天要工作16小时，他们唯一的欢乐是一位清纯美丽的姑娘，她每天都到他们这儿来，讨几只小圆面包。他们坚信女孩纯洁无瑕，当一个自以为是的士兵诱骗了她，他们觉得整个世界都好像颠倒了过来。这篇现实主义的短篇小说表现出对真善美的高度信仰，许多人认为这是俄罗斯文学的瑰宝之一。高尔基不光要做一名"来自民间的作家"，他还要扮演某种教育者的角色。

高尔基创作的第二个阶段（1899—1912）的作品具有强烈的社会倾向。在长篇小说《福马·戈尔杰耶夫》、中篇小说《三人》、长篇小说《母亲》（1906—1907）、中篇小说《奥库罗夫镇》（1909）和《马特维·科热米亚金的一生》（1910）等作品中，高尔基反映了冷酷而贫乏的外省生活，只有个别乐于探索生活意义的人才能给它带来一丝生气，他们能够超越偏僻的外省生活，并为受压迫群众指明道路。这些作品中，最优秀的也许要数《福马·戈尔杰耶夫》。福马是没有良心的富商戈尔杰耶夫的儿子，他拒绝用不诚实的方法赚钱，离家出走，去寻找"自己的真理"。这一真理的含义是：富人建造的不是生活，而是"污水坑"。他把这个真理告诉富人，富人说他是疯子。出院后，福马开始酗酒。虽然小说的结构有些粗糙，作者对题材的把握还欠纯熟，无论形式还是语言都有明显的缺陷，但还是成功地描绘出了一幅极其沉闷的外省生活图景。

　　《母亲》是高尔基创作第二阶段最重要和最具有代表性的作品。主人公巴维尔的母亲彼拉盖雅·弗拉索娃在儿子被逮捕并流放西伯利亚之后继续儿子的革命事业。作者在这部长篇小说中提出的问题是：普通人是否有能力与历史时代发生个人层面上的联系？这种联系是如何发生的？高尔基把母亲形象置于作品的中心，并以她和儿子巴维尔的关系作为叙述的主线。这样一来，便可以把具体历史时期的革命理想与母亲的永恒理想加以对比。何为母亲的永恒理想？这便是对儿子无条件的爱和支持。正因出于这样的爱，儿子巴维尔所带来的思想在她看来才不是抽象的真理，而是最贴近生活、最让她感到亲切的生活真相。母亲的思想正是在这样的熏染中一步步成熟起来，从茫然无知到豁然开朗，从自我封闭到积极融入社会，最终成为一个女革命者。高尔基之所以将母亲与儿子的关系作为叙述的中心视角，这与作家试图在与历史、与当代事件的联系中展示个性成长的创作构思密不可分。列宁称这部长篇小说是"有益的""及时的"，尽管艺术上不无苍白之处。这部长篇小说对尼古拉·奥斯特洛夫斯基产生了明显的影响。

高尔基创作的第三阶段是自传体创作阶段，他摒弃浪漫主义和理想化，以现实主义作家身份出现。他不受任何教条约束地对自己的生活作了客观总结。他的《童年》是一个孩子及其家庭与时代的写照。书中人物众多，事件丰富，场景广泛，堪称俄罗斯市民生活的一面镜子。高尔基描绘的世界丑陋不堪，但不乏亮点，尤其是外祖母形象（她讲故事，保护外孙，给他精神上的温暖，并培养他对人的信念），是高尔基创作的顶峰。中篇小说《在人间》写的是1880—1883年，《我的大学》写1885—1888年，这时的高尔基在政治上已经成熟。奇怪的是，高尔基在自传中不写自己，他就像一个置物架，上面放满了他在生活中遇到的各色人物的画像，每一幅都生动逼真，令人信服。高尔基有关托尔斯泰、契诃夫、柯罗连科、列昂尼德·安德列耶夫、勃洛克、叶赛宁、列宁的回忆录也是这样。此外，高尔基还有两部作品值得关注，有些专家甚至更重视这两部作品，这就是《阿尔达莫诺夫家族的事业》和《克里姆·萨姆金的一生》。在这两部小说里，高尔基通过阿尔达莫诺夫家族1861—1917年的社会传记，和走向覆灭的极端个人主义者萨姆金亲历的俄罗斯波澜壮阔的40年生活"记录"，艺术地再现了俄国资本主义的没落。

高尔基还是一位杰出的剧作家，一生创作了16部戏剧，其中最为有名的是《小市民》和《在底层》。在《小市民》中，作者饶有兴味地铺陈了旧式商人的日常生活场景，将戏剧冲突设定在老一辈和新一代的矛盾斗争上。一个刚刚登上历史舞台的新群体——具有健康民主思想的工人以及具有劳动意识的知识分子，对自己的能力和实力充满信心，认为可以按照他们的设计蓝图规划自己的生活。《在底层》是高尔基全部戏剧创作中最具代表性的杰作。该剧最初名为《夜店》，后改为《在生活的底层》，直到最后作者才定名为《在底层》。顾名思义，剧本讲的是那些沦落到生活底层的人们的生活。高尔基在这个剧本中，把沙皇俄国社会遗弃的人们推上舞台，从而打破了俄罗斯舞台惯于表现较为"体面"阶层的传统。破烂不堪的夜店的住客都是生活中的失意者，他们并不寻求同情，也不指望仁慈，但要求社会公正，要求得到人的权利。每个人都希望有朝一日离开夜店，开始美好的新生活。具有仁爱精神的流浪汉卢卡要他们抱定这样的理想，这与玩世不恭的沙金形成对立。剧本还有一个引人注目之处，这便是缺少动作，对话很多，有的研究者称之为强加给妓女、流浪汉和其他一些堕落者的不可思议的哲学空谈。《在底层》既是一部社会哲理剧，也是一部社会心理剧。

第五节 蒲宁

伊万·蒲宁（1870—1953）生于奥廖尔一个没落的贵族世家，早年当过记者和图书馆馆员。蒲宁是以诗人身份登上文坛的。1887年发表第一首诗，1891年出版第一本诗集。1899年结识高尔基，进入"知识"圈子。1901年因诗集《落叶》获俄罗斯科学院普希金奖，1909年当选俄罗斯科学院院士。因对十月革命持否定态度，1920年流亡法国，并继续创作，成为俄罗斯侨民文学第一次浪潮的优秀代表。1933年获诺贝尔文学奖，成为俄罗斯首位获得该奖的作家。1953年在贫困潦倒中病逝于巴黎。

一般读者对蒲宁的小说较为熟悉，但其实，蒲宁同时也是一位重要的诗人。

蒲宁的诗歌是植根于民族传统的典范。对故土的眷恋、对大自然的热爱、对祖国历史的关注激发了蒲宁的灵感。在世纪之交无产阶级文学萌芽和象征主义流派崛起之际，蒲宁依然坚守古典传统。普希金、丘特切夫、费特、迈科夫、阿·康·托尔斯泰和波隆斯基的诗歌对蒲宁有着深刻的影响。

蒲宁早期诗歌具有深刻的民族性。祖国俄罗斯的形象在他的诗中是潜移默化地、不知不觉地形成的。俄罗斯中部的大自然，故乡奥廖尔的迷人风光，在他的笔下，浓缩成祖国俄罗斯的形象。在 80—90 年代的诗中，蒲宁痛心而又坚强地谈论贫穷、饥饿而又可爱的故乡（《在远离故乡的地方》《祖国》《致祖国》等）。

> 他们在肆意嘲笑你，
> 他们，啊故乡，他们
> 在责备你的朴素单纯，
> 责备你屋舍的简陋……
>
> 冷漠无耻的儿子就这样
> 为自己的母亲而自卑——
> 为疲惫、胆怯和悲伤的母亲，
> 在他的城市朋友中间。
>
> 他带着怜悯的微笑
> 打量着远道而来的女人，
> 她为了见到儿子，为他
> 省下了最后一文铜钱。

如果说蒲宁的早期作品令人想起尼基金和柯尔卓夫，那么 19—20 世纪之交的诗作则转向了费特、波隆斯基、迈科夫、阿·康·托尔斯泰的传统。这些诗人的影响其实在早期就有所表现（《沉思的月亮，深沉的夜半》《傍晚的天空何以如此悲伤》《迷人而甜美的梦重新……》等），只不过此时更加突出和明显。在诗中延续白银时代俄国诗歌传统的同时，蒲宁似乎也在同新潮争论，基本还是遵循旧的形象体系和节奏格律。因此,他不得不"旧瓶装新酒",以旧的形式来表达新的内容。这一过程转换得很快。诗人充分挖掘传统诗体的潜力。他最常使用的是五步或六步抑扬格。

对社会生活的漠不关心特别鲜明地表现在蒲宁创作于1903—1906年,也就是1905年俄罗斯第一次革命前后的诗里。在民主派作家致力于迫切的社会现实题材、回应现实生活需要之时,蒲宁还在为贵族之家的没落而感伤,还在中东、西亚、埃及、印度和锡兰之间往来穿梭。他这一时期的诗中几乎找不到城市、城市生活、社会斗争的印迹。

如果说世纪交接点上的蒲宁诗歌最有代表性的是风景诗,那么在1906—1911年间蒲宁则逐渐转向哲理诗,延续丘特切夫的题材。诗人的个性开始扩大,胸襟变得开阔。

对蒲宁来说,生活就是在回忆中旅行穿梭。不光在个人的回忆中旅行,还要在家族、阶级和人类的记忆中穿梭。肤浅的无神论(《石头村妇》《致神秘主义者》)被泛神论取代。相应地,这期间他的诗歌中民间文学因素明显加强。

蒲宁作于1912—1917年间的风景诗哲理意蕴越来越浓。诗人的目光试图超越有形的界限,跨越死亡"盲目"划定的范围。死亡的铁蹄对任何人都是无情的("士兵也好,领袖也罢,死亡骑着黑骏马偷走了他的名字……";"成排的陵墓——都是帝王,帝王……茧中是何物?泥土的皮肤包裹着的骨头,纤细的手臂合成的十字,干枯狭窄的骨盆……")。贵族阶层注定消亡的命运加重了蒲宁的悲观主义感觉。忧郁、死亡和神秘因素在他流亡西方后的作品中表现得异常强烈。

蒲宁的泛神论表面上无所不包,实际上只限于"个人的"和阶级的框架内。贵族的没落迫使蒲宁不断地沉湎于过去而不能自拔。他要到古代去寻求慰藉,去体会那种"死者对我们来说并没有死"(《幽灵》)的感觉。在蒲宁看来,还有一种绝对的力量能够对抗死亡,那就是美。

美"能推动世界向前"，能催生出爱欲，从而激发人超越孤独和死亡的冲动。应该说，正是在爱情诗中才能鲜明地看出蒲宁与其他"纯"贵族诗人的区别。

蒲宁的爱情诗数量不多，但从中可以看出晚期的许多探索。《歌》中敢作敢为、性格鲜明的妇女形象（"我是瓜地里的少女……"）与短篇小说《在路上》和《伊格纳特》中的人物形象交相呼应，而著名的《肖像》（1903）一诗又与作于1916年的短篇小说《轻盈的呼吸》如出一辙。

归根结底，爱情还是无法让人摆脱孤独，一旦尘世的一切可能性丧失殆尽，爱就会将主人公推入绝望的境地。这种悲观主义情绪贯穿在差不多是蒲宁最有名的《孤独》一诗中。该诗平静的结尾表达的是对幸福的渴望和幸福的无望：

> 奈何！我要点燃壁炉，我要喝……
> 要是买一条狗来该有多好。

蒲宁1912—1917年间的诗歌激情很不稳定。中篇小说《乡村》发表后，诗歌在蒲宁的创作中虽然也经历过一次高潮，但总的来说开始退居次要地位。流亡国外后，蒲宁的诗歌创作没有停止。他依然描绘俄罗斯的大自然之美，思考生与死的本质、爱情的奥秘。但1918—1953年间的诗歌始终饱含着挥之不去的痛苦、对故国的思念，以及去国造成的无法弥补的损失。

> 兽有皮，鸟有巢。
> 心儿在怎样跳动啊，苦涩而响亮，
> 当我划着十字，背着破旧的行囊，
> 走进租来的、别人的住房！

前面说过，蒲宁世纪之交的作品已经形成自己的许多特点。在这一时期，蒲宁的创作中诗歌和小说并驾齐驱，相互渗透。在蒲宁创作的不同阶段，二者的关系各不相同。早期创作中占主导地位的是诗歌，似乎诗歌在引导小说，为小说开路。蒲宁试图拉近诗歌与小说的距离。蒲宁的小说具有独特的抒情性，有鲜明的节奏感。在蒲宁成熟期的创作中，小说逐渐取代诗歌的主导地位。但即便是这时，蒲宁仍像在诗歌中一样，试图在小说中将语言的表现力发挥到极致。

蒲宁的第一批小说作品问世于90年代初。其中不少篇目就体裁而言应该说是类似散文诗的抒情小品，里面风景描写与主人公和作者关于生命及其意义、关于人的思考交织在一起。

就社会—哲学视野来说，蒲宁的小说明显比他的诗歌开阔。他写凋敝的乡村，写新的资本主义生产关系对农村生活的侵蚀及造成的灾难性后果，写笼罩着饥饿和死亡、经历着肉体和精神双重堕落的乡村。蒲宁喜欢写老人，对老年有着强烈的兴趣。纵观作家的一生，生与死的永恒主题确实始终困扰着蒲宁。

俄罗斯乡村的贫穷和衰败是90年代蒲宁小说的基本主题。农民的生活日益贫困，"小土地所有者"纷纷破产。走向贫困的农民在领地贵族的资本主义文明压迫下处境悲惨。作家对乡村生活的矛盾性感同身受。蒲宁不接受农村资本主义化的方式和结果，他的理想是过去守旧而富足的宗法制生活。"贵族之家"的没落，贵族在道德和精神上的退化，令蒲宁感慨唏嘘。他缅怀过去宗法制生活的和谐，惋惜创造了自己文化的整整一个阶层的消亡。《安东诺夫卡的苹果》（1900）就是为过去唱的一首挽歌（"这些日子才过去不久，可给人的感觉仿佛却是过去了几乎整整一百年……一贫如洗的小土地所有者的王国来临了。但这赤贫的小土地所有者的生活同样美好！"）。《祭文》（1900）也是如此。

同早期相比，20世纪初蒲宁小说的题材有所扩展，风格也发生了实质性的改变。蒲宁摒弃了早期小说的抒情风格。中篇小说《乡村》

（1910）标志着蒲宁创作新阶段的开始。《乡村》和《旱峪》是蒲宁十
月革命前创作的最重要的作品。

蒲宁不接受1905年革命，但革命给俄罗斯生活带来的历史性变
化在他的作品中还是得到了反映。这一时期蒲宁的许多作品，尤其是
《乡村》，都是对俄罗斯的现状与未来，对人民的命运，对在民族历史
中形成的俄罗斯民族性格所作的悲剧性思考。

《乡村》的艺术创新之处在于，作者在小说中塑造了一系列由俄罗
斯历史进程衍生出来的社会典型。小说的基本情节是农奴的后代克拉
索夫兄弟的生活故事，中间穿插了许多杜尔诺夫卡村人的生活故事。
季洪·克拉索夫一生在农村度过，发了财，成了主人，可金钱没有给
他带来幸福。他幻想进城，改变生活。但财产把他禁锢在了杜尔诺夫
卡。蒲宁展示了类似季洪这样的"新人"是如何试图改变生活的，但
他们却没有前途。季洪的弟弟库兹马希望摆脱农村的新型关系，他进
了城，去寻找生活的真理。但他同样挣脱不了杜尔诺夫卡的牵累。对
库兹马也好，对季洪也罢，他们的"歌已经唱完"。

《旱峪》（1911）反映了庄园贵族世界的注定灭亡。这是一部世袭
贵族赫鲁晓夫家族的家庭纪事，艺术地概括了俄罗斯贵族逐渐消亡的
悲剧性过程。旱峪人的爱与恨都打上了腐朽没落、必然毁灭的标记。
老赫鲁晓夫的死（被自己的私生子杀害），彼得·彼得罗维奇的悲惨结
局，似乎是命中注定的，无法抗拒。高尔基称《旱峪》是俄罗斯最可
怕的书之一，同时又说作者是"当代最优秀的文体家"。

《旱峪》跟《乡村》一样，写俄罗斯乡村，只是角度不同。前者关
注的焦点是乡村旧贵族的命运，后者关注的是乡村新主人的境遇。这
两部中篇小说的主题在蒲宁稍后的许多小说中都有所表现。

蒲宁笔下的乡村，既没有契诃夫式的感伤，也没有高尔基式的乐
观。批评界不接受蒲宁对农村的无情描绘，认为作家过于夸大其词，
甚至认为作家过于"反动"，竟然不喜欢自己的国家。不过就连论敌也

不得不承认蒲宁小说的艺术品质。

第一次世界大战期间,蒲宁出版了两个短篇小说集:《生活之杯盏》(1915)和《旧金山来的先生》(1915)。蒲宁在战争期间发表的作品充满了强烈的人类生活的灾难感和永恒幸福的渺茫感。生活的矛盾通过人物性格的鲜明对比,通过生与死这一永恒主题的揭示,得到反映。

短篇小说《旧金山来的先生》以蒲宁特有的凝练表达了对世界性灾难的悲剧性预感。小说表面上与世界大战没有关系,但毫无疑问揭示了存在的本质。一个来自旧金山的百万富翁先生携妻女乘"亚特兰蒂斯"号游轮周游世界,结果猝死途中,尸体被装棺运回美国。这艘游轮可以说是现代文明世界的一个缩影。作者以细腻的笔触将生活在贫富两极的人们作了鲜明的对照。在游轮的底层,工人们为生计挥汗如雨,忙个不停;而在游轮的上层,富人们为享乐花天酒地,荒淫无度。游轮的名字具有象征意义,暗示现代文明世界的覆没是不可避免的。

对蒲宁来说,爱情是生活的唯一意义,但同时也是无法实现的愿望和生活普遍悲剧的表现。将爱情视作生命的最高价值,这种认识成为蒲宁流亡国外期间的作品的主要激情。

对蒲宁的主人公们来说,爱情是"最后的、能够包容一切的东西",是一种渴望——"渴望将可见和不可见的世界纳入自己心中然后再重新还给某个人"。在蒲宁笔下,永恒的幸福是不可能的,它始终与灾难的感觉和死亡的阴影相伴相随(《爱的语法》《阿强的梦》《兄弟》等)。在蒲宁主人公的爱情中,有着某种不可认知的、与生俱来的和无法实现的东西,一如幸福本身是无法实现的(《在秋天》等)。

流亡西方,是蒲宁一生创作的分水岭。离开故土,漂泊异乡,使蒲宁体验到前所未有的苦闷和孤独。先前的永恒主题如今与个人命运的主题相互纠缠,充满了难以排遣的苦闷情绪。

蒲宁关于存在的意义、关于爱与死、关于过去与未来的思考随着时间的推移，越来越明显地与记忆中的俄罗斯联系在一起。蒲宁的创作题材一如既往，依旧是十月革命前的莫斯科、已经不复存在的庄园、外省的城镇，但从中表现出来的作家的精神状态则与先前大不相同了。他流亡国外期间的所有作品都给人以不同程度的悲剧感和宿命感。

流亡期间，蒲宁最重要的作品是短篇小说集《米嘉的爱情》（1925）、《中暑》（1927）、《鸟儿的影子》（1931），还有长篇小说《阿尔谢尼耶夫的一生》（1927—1933）和爱情小说集《幽暗的林间小径》（1943）。

在《阿尔谢尼耶夫的一生》中，蒲宁对自己的一生和十月革命前的俄罗斯生活作了思考和概括。这部长篇小说是主人公的抒情自白，讲述了一个艺术家的成长历程，从"岁月的发端"，自我意识的初次萌动，经过初恋和创作的欢乐，到对一去不复返的爱情和幸福的悲剧性体验。这是俄罗斯文学史上最后一部贵族作家的自传体作品。一方面它与 19 世纪俄罗斯文学传统有着自觉的联系，另一方面它又与阿克萨科夫和托尔斯泰的自传性作品存在深刻的区别。抒情与叙事的有机结合、时空的不断交替、注重表现人物的内心感受，是《阿尔谢尼耶夫的一生》的突出特色。

蒲宁流亡时期的创作流露出浓厚的怀乡情绪，他沉浸在对往日的追忆中不能自拔。与死亡和毁灭一道，爱情成为他小说的基本主题之一。这些小说往往格调比较感伤，结局大多悲惨，如《米嘉的爱情》就是讲一位性发育期的青年人如何在精神之爱与肉体之爱之间苦苦挣扎、最后一死了之的故事。

短篇小说集《爱的语法》（1929）中的作品全都以爱情为题材。在这里，作家写的不是伟大永恒的爱，而是稍纵即逝、昙花一现的会面。蒲宁的主人公们被极其强烈的色欲或性欲所控制，不能自拔，有时他的人物会一连数年仍陶醉于偶然发生的一次关系，或沉浸于对多年以前一次稍纵即逝的约会的痛苦回忆中。他的小说充满伤感气息，充满对幸福太过短暂的不甘，对生活的悲剧性的抗争。这种生活感觉是通过从容不迫的抒情并能紧张地传达出感性世界的笔调表现出来的。蒲宁是可见的细节、形式、线条、色彩乃至气味、声响和知觉的大师，是尘世的、肉体的、具体的事物（针对人与自然而言）的诗人（同列夫·托尔斯泰相比），是风景描写的大师，是体裁艺术家。他的情节是静态的，它们好像没有发展，人物缺少动作，他们只是观看、倾听、幻想、思考。对人物的刻画更接近照片。蒲宁的作品是冷峻的，里面缺乏暖意。对他来说宇宙是伟大的，而人及其理想微不足道。

短篇小说集《幽暗的林间小径》（1943）是一本"爱情之书"。已步入老年的蒲宁以令人惊讶的激情写形形色色的爱情，也写形形色色的肉欲。该书因而也有"关于爱欲的百科全书"之称，是蒲宁为自己的系列爱情小说画上的一个完美句号。

蒲宁是一位出色的文体家，是屠格涅夫和契诃夫传统在现代俄罗斯文学中的杰出代表。

第六节　勃洛克

亚历山大·勃洛克（1880—1921）一直是公认的俄国象征主义最杰出的代表，享誉世界的抒情诗大师。马雅可夫斯基说他是"一整个诗歌时代"，阿赫玛托娃称他为"20世纪的里程碑"。

勃洛克生于彼得堡一个贵族知识分子家庭，外祖父是彼得堡大学校长、著名植物学家别凯托夫，父亲是法学教授，母亲和两个姨妈是作家和翻译家。勃洛克毕业于彼得堡大学语文系。1903年与著名化学家门捷列夫的女儿结婚（她是诗人笔下"美妇人"的原型）。

勃洛克从小受到良好教育，很早便开始写诗。1904年发表第一本诗集《美妇人集》，一举成名。随后又相继发表诗集《意外的喜悦》（1907）、《雪中大地》（1908）、《夜晚时刻》（1911）等。十月革命期间，发表长诗《十二个》（1918）。

勃洛克生前曾大体上根据创作时间的先后将自己的抒情诗选编成三卷。第一卷：1898—1904，主要收入《黎明前》《美妇人集》《岔路口》三个组诗；第二卷：1904—1908，主要收入《大地的气泡》《城市》《白雪假面》《自由的思想》等组诗；第三卷：1907—1916，主要收入《可怕的世界》《报应》《竖琴与小提琴》《卡门》等组诗。根据作者的想法，三卷抒情诗既代表诗人创作道路的三个特定阶段（前期、中期、后期或叫青年期、过渡期、成熟期），也代表诗人内心发展的三个特定阶段。三卷抒情诗互相联系，构成一个完整的"三部曲"，或叫"诗体小说"，反映了作者"同一循环链上的思想和感情"。

勃洛克早期的世界观深受哲学家索洛维约夫的影响，其突出特点是神秘主义。诗人隐约感觉到，世界末日即将到来，历史进程就要结束。他用梦呓般神秘含糊的语言表达这种启示录式的预感。

《美妇人集》是勃洛克早期的代表作。在诗人笔下，"美妇人"是世界灵魂——永恒女性的化身，她有着形形色色的身份和称谓："永远年轻的女性""圣女""朝霞姑娘""宇宙主宰""神秘女郎"等等。

在《美妇人集》中，诗人通过个人体验，表达了对宇宙存在的感受，这种感受似乎能为人开辟一条从黑暗走向光明的通道（《我相信圣约的太阳》）：

> 我相信圣约的太阳，
> 我看见朝霞在远方荡漾。
> 我期待春天的大地
> 映射出灿烂的宇宙之光。

爱的主题是《美妇人集》的核心主题。爱是个性的最高体现，是对死亡的胜利，是神秘的"永恒生命"。爱的意义在于承认另一实在具有"绝对的、无条件的、无穷的意义"。

在《美妇人集》中，勃洛克自始至终都在系统地将自己的"尘世"情感拔高到"崇高的"神秘理想层次。诗人始终期待着同"永恒女性"的相逢（《我走进昏暗的教堂》）：

> 我走进昏暗的教堂，
> 举行简朴的仪式。
> 在摇曳的红色烛光里
> 等待美丽的圣女。

从整体上看，组诗《美妇人集》具有内在的完整性，其核心主题——诗人与女郎的"神秘恋爱"是严谨而有序地渐次展开的。组诗的每个单独环节都反映了恋爱的曲折过程，它们由抒情主人公——预言家、歌手和"美妇人"的侍者形象联系成一个整体。

勃洛克过渡阶段的创作中出现了两种对立倾向的斗争。一方面，这一阶段正是勃洛克受象征主义影响最深的时期，诗人从审美立场看待现实生活，把无政府主义的个人主义当作自己的处世态度，否认个性与社会的联系，认为后者会妨碍个性的自由和独立。另一方面，勃洛克这一时期的诗中又表现出另外一种思想艺术倾向，即对生活真实的追求，对爱国主义题材的挖掘，对"可怕的世界"的辛辣讽刺和抨击。

受陀思妥耶夫斯基影响，勃洛克喜欢让"崇高"和"低俗"发生碰撞，在最低级的城市日常生活背景上创造神秘和美的幻想图画。勃洛克惯用幻想与现实相互交错的手法，他将自己的新手法定义为陀思妥耶夫斯基式的"幻想现实主义"。勃洛克的彼得堡是"充满战栗的轰鸣的城市"，在这里，"餐厅像教堂一样明亮，教堂像餐厅一样开放"。它丑陋不堪，枯燥乏味，但在这后面，依稀可见另一个城市的轮廓。

这个城市具有浪漫色彩，能够创造奇迹，由白雪姑娘——"另一时间的夜的女儿"主宰。

勃洛克过渡时期的世界观和诗歌体系发生了明显变化。诗人开始"清醒"了，神秘主义的理想主义原则动摇了。诗人离开"天空"走向"大地"，寻求人间最低俗的生活，寻求自然生活的原初形式。

《陌生女郎》是勃洛克中期的一篇力作，体现了诗人接近现实、接近尘世的愿望。诗的主人公是一位神秘的女郎，她不止一次出现在下等酒馆，出现在"生着兔眼的醉鬼中间"。她似乎是这个世界的俘虏，坠落尘世的星辰。她"一身香气，云缠雾绕"，有弹性的丝衣散发着"古老的传说"，服丧的羽毛仿佛是已经逝去的理想的标志。透过她的面纱，诗人看到了"迷人的远方"。她深邃的蓝眼睛好似花朵，"在遥远的彼岸开放"。对失落理想的缅怀与对世俗世界的讽刺就这样融为一体。诗人的理想好像一道耀眼的亮光，通过"紫色的魔鬼世界"的棱镜折射出来。

组诗《火与暗的诅咒》，特别是《自由的思想》（1907）是勃洛克创作道路的重要转折点。作者公开表达了自己对世界、对现实的态度。

由四首"白诗"（即自由体诗）构成的组诗《自由的思想》是勃洛克创作的高峰之一，在勃洛克的整个创作中具有承前启后的作用，诗人用这个组诗作为第二卷抒情诗的压卷之作绝非偶然。组诗抒情与叙事相结合，形象鲜明生动，语言明白晓畅，技巧圆熟精湛，已经显示出勃洛克成熟期作为一个无与伦比的诗歌大师所拥有的严谨雄浑的诗风，具有强大的艺术感染力。

> 心啊！
> 你做我的向导吧。面对微笑去追踪死亡！
> 你自己也会疲倦，会无法忍受
> 我所过的如此愉快的生活的，

别人也会无法承受

同我心中一样的爱与恨的。

我愿，

我愿永远注视着别人的眼睛，

痛饮美酒，狂吻女人，

让愤怒的愿望充实夜晚，

当白昼的炎热搅扰歌唱和憧憬，

我愿在这世界上听那呼啸的风！

　　勃洛克诗歌的所有主题几乎都与俄罗斯有关，这在勃洛克后期创作中表现得尤为突出。勃洛克笔下的俄罗斯形象给人耳目一新之感。勃洛克的俄罗斯不同于 19 世纪诗人笔下的俄罗斯，她甚至不是母亲，而是妻子、新娘或恋人。"啊，我的罗斯，我的妻子"，"啊，我可怜的妻子"，"新娘，俄罗斯"——勃洛克这样称呼俄罗斯。在诗人眼里，她忽而是"苗条的公主"，忽而是拥有"夺人心魄"之美的少女，忽而是被巫师施了魔法的神话中的美人儿。这个抒情的和诗化的美人儿俄罗斯、恋人俄罗斯、妻子俄罗斯形象具有明显的俄罗斯女性特征（《罗斯》《俄罗斯》《在库里科沃原野》）。

　　组诗《在库里科沃原野》取材于俄罗斯民族历史，具有鲜明的地域特征：黄土的断层，忧伤的草垛，辽阔的草原，践踏着茅草的牝马，天鹅的啼叫，漆黑和不祥的顿河，能够燃烧的白石，击打士兵马镫的母亲，老鹰的吼叫，寂静的大火，战士肩上滚烫的、落满征尘的铠甲，等等。在这个组诗中，我们可以具体而清晰地感觉到个人对历史进程的参与，过去与现在不可分割的联系。比如德米特里·顿斯科伊帐下的古罗斯战士——既是抒情主人公，也是感到自己是库里科沃大战参加者的诗人自己。诗人化身为俄罗斯士兵，对可歌可泣的历史，他不是回忆，不是描述，而是通过抒情体验，通过对爱国主义行动的切身感受予以再现。

著名组诗《卡门》是勃洛克后期爱情诗的顶峰之作。它的主题是"高昂的大雷雨"、"暴风雨的轰鸣"、"汹涌澎湃的春天"、看不见轨道的彗星的自由飞行。奔放不羁的情欲是组诗热情讴歌的对象。在人周围激荡的"生活的风暴"，闯进他个人的情欲世界，并将情欲拔高到一个相当的高度。因此，组诗中出现了"远方的道路"，象征人的崇高事业、生活志向、道德义务：

> 经过生活的风暴与惶恐，
> 经过一次次背叛的剧痛，
> 让这思念变得像道路一样，
> 像远方的道路一样严肃、
> 朴实、明朗吧，卡门！

尽管如此，勃洛克爱情诗的基调依然是悲剧性的，因为在"可怕的世界"里，就连爱情也要服从这个世界的客观规律，变成"痛苦"和"屈辱"，变成嚣张的"黑血"。这是凄惨的爱，"像艾蒿一样苦涩"的爱，富于欺骗性的爱，给人带来痛苦的爱。诗人讲到"凄惨的情欲的沉重压迫"，讲到"可怕的"和"折磨人的"拥抱，讲到"低级的情欲"和"不可言喻的寂寞"等等（《黑血》《地狱之歌》《屈辱》《在岛上》《面对法庭》）。由于爱情主题与"可怕的世界"主题密切相关，因此，勃洛克对爱情主题的处理应该说不乏历史真实和生活真实。

勃洛克主要是个抒情诗人，长诗写得不多，严格说来只有三部：《夜莺园》《报应》《十二个》。

《夜莺园》（1915）是勃洛克最优秀的作品之一。长诗表达了这样一个主题思想：人的使命是劳动和斗争，人永远不应该背叛生活，无论它有多么艰苦和严酷；为追求与世隔绝的夜莺园内的幸福而逃避生活，只能是一种虚幻的解脱，到头来，反而会遭到生活的无情报复，陷入孤独、空虚与绝望。诗人告诉我们，一个人只要拥有坚强的意志，忠实于自己的义务，不背离生活与劳动的"碎石小路"，任何甜美的"夜莺的歌声"都无法压倒世俗海洋的呼唤。

《夜莺园》是一部抒情长诗，里面占主要地位的是抒情主人公，以及对其内心体验的描写。诗人的艺术技巧在追踪和把握人物复杂的心理活动、微妙的情绪变化等方面得到淋漓尽致的发挥。

《报应》最初的构思是由勃洛克父亲去世引发的，但很快诗人又改变了原来的构思，将"父亲"的个人命运主题扩展为整个家族几代人的命运主题。长诗共分四章，加上序诗和尾声。第一章写"父亲"，第二章写"儿子"的童年和青年，第三章写"父亲"之死，第四章写"俄日战争"和1905年革命。长诗的写作开始于1910年，时断时续，前后历时十一载，仍没有写完，只完成了序诗、第一章、第二章的引子和第三章的大部分，但仅从已经完成的部分，已不难窥见其磅礴的气势。

在《报应》中，勃洛克明显继承了普希金的现实主义传统。对历史时代的高度概括，对日常生活场景和细节的准确描绘，机智优美的抒情性和哲理性插笔，历史材料在情节结构中的自由穿插，对人物形象的分析和阐释，四步抑扬格的古典诗歌形式，简言之——《报应》的整个艺术结构，都是普希金传统的具体表现。

长诗《十二个》（1918）以十月革命为题材，是勃洛克天才的最后一次迸发。这是一部辉煌的杰作，一部里程碑式的作品。

在《十二个》中，勃洛克以饱满的激情和高超的技巧再现了崭新的、自由的、革命的俄罗斯。诗人把革命看成一场自发性的"世界大火"，它将以燎原之势，将整个旧世界燃成灰烬。

诗人对旧世界的恨，对新世界的爱，对俄罗斯未来的信心，在长诗中表达得一览无余，淋漓尽致。在革命期间的彼得格勒街道后面，诗人看到了一个正在崛起的新俄罗斯。在十二个巡逻的赤卫队员身后，是走向新生活的全体人民，"他们迈着雄赳赳的脚步"，义无反顾地"走向远方"。

长诗的标题具有象征意义，十二个赤卫队员很容易让人联想到基督的十二个使徒。另外，长诗在结构上分成十二章，这与标题和主人公的"十二个"似乎又存在着某种呼应。

长诗结尾处出现的基督形象可以理解为对革命的道义上的认可，也是崇高的道德理想的象征。他举着红旗，引导着十二个赤卫队员前进，尽管他们看不见他，也不知道他。当然，这是个有争议的形象，至今学术界对他仍存在不同看法，就连勃洛克本人当初也曾颇费踌躇，因为这个形象会很自然地引起宗教联想，似乎与长诗高昂的革命基调不十分协调。然而，就诗人所掌握的历史和艺术形象库存而言，他实在找不到比基督更合适的形象来表达新世界的诞生和精神的改造思想，故而思索再三，最后还是决定保持原样。总之，从作者本人的解释可以看出，《十二个》的基督与其说是一个抽象的幻影，不如说是对社会历史巨变的一种诗意体验。

《十二个》所达到的艺术高度是惊人的。长诗结构紧凑，场面宏大，情节紧张，气势雄浑，有如交响乐；语言清新，诗句凝练，绘声绘色，富于动感，通俗的民间谣曲与高雅的抒情旋律有机结合，相得益彰。

第七节　阿赫玛托娃

安娜·阿赫玛托娃（1889—1966）的诗歌有机地结合了俄国诗歌的古典传统与现代经验，是20世纪俄罗斯文学的一个重要现象。

　　阿赫玛托娃生于敖德萨一个海军工程师家庭，在彼得堡附近的皇村度过少年时代。1907年中学毕业后，进入基辅女子高等学校攻读法律，后又转往彼得堡学习语文学。11岁开始写诗，1907年开始发表作品。1910年与古米廖夫结婚，参与组建阿克梅派诗歌团体。1912年发表第一本诗集《黄昏》，这是她的成名作。随后陆续发表《念珠》（1912）、《白色的鸟群》（1917）、《车前草》（1921）、《海滨》（1921）、《Anno Domini》（1921）。1922年以后，诗人沉寂长达18年，直到1940年才以《六部诗集诗选》重返诗坛。第二次世界大战期间，诗人疏散到塔什干，在那儿创作了《战争的风》。战争结束后，阿赫玛托娃与左琴科一起受到批判。苏共二十大后，她在俄罗斯文学中的地位重新得到确立。

　　阿赫玛托娃早期的诗歌有时被称为室内抒情诗，意思是题材狭窄，远离社会生活，缺乏时代精神，读者面狭窄。但就创作技巧而言，必须承认，阿赫玛托娃早期诗歌的室内性结构是一个出色的艺术发现。

　　爱情是阿赫玛托娃早期创作的基本主题。她诗歌的标题和开篇无不清楚地述说着抒情主人公的情感："你好像用麦秆吸着我的灵魂"，"不由自主地请求宽恕"，"你是沉重的爱的记忆"，"一切都被夺走了：活力和爱情"等等。阿赫玛托娃早期作品中对爱的解释是悲观和颓丧的，绝望之中时常流露出以死求得解脱的想法：

　　　　　　胸房绝望得冰凉，

　　　　　　可脚步并不慌忙；

　　　　　　我把左手的手套

　　　　　　戴在了右手上。

　　　　　　台阶似乎很长。

　　　　　　可我知道：不过三级！

枫叶间秋的低语

恳求道："跟我死在一起。

"听我说，我落入命运

乖戾多变的残酷骗局。"

我回答："亲爱的，亲爱的！

我亦如此。我要跟你同去……"

这是最后一次相见的歌，

我瞥一眼昏暗的房舍。

但见那昏黄的烛光

在卧室里冷漠地闪烁。

——（《绝别吟》，1911）

在阿赫玛托娃早期诗歌中，"故事性"（或称"戏剧性"）起到至关重要的作用，诗中的情节断片和情节因素将诗歌情绪戏剧化、具体化，使之通过手势、语调和对话就能让人直接感觉到。

另外，阿赫玛托娃诗歌高度个人化的、准自传性的格调所起的作用也不容忽视。虽然阿赫玛托娃也同其他诗人一样，将自己的经验提炼成具有超个人意义的形象体系，但她故意将这一形象体系建构在自传的框架内，以便拉近读者与其诗歌之间的距离。她诗中的时代都是"真实的"，事件不但标明时间，而且要具体到何日何时：

我疯了，啊古怪的男孩，

在星期三，在三点钟！

一只嗡嗡叫的黄蜂

把我的无名指深深刺痛。

我无意中碰到它，

似乎，它已经死去，

可是它的毒刺啊

比那梭子还要锋利。

我会为你哭吗，古怪的男孩？

你可会对我露出笑脸？

看吧！我的无名指上

戴了一枚璀璨的指环。

——（《我疯了，啊古怪的男孩》，1911）

　　阿赫玛托娃不是在跟读者说话，而是在跟一个看不见的当事人说话。由于作者未对事件发生的环境加以说明，我们只得根据含糊的暗示进行推测，从而不由自主地成为激动人心的、关在"室内"的不明事件的见证人。她的诗有时就像事件的即时记录，瞬息万变的矛盾体验的瞬间反映（《慌乱》，1913）。

炎热的阳光使天气憋闷，

而他的目光——恰似阳光。

我只是抖了一下：这个人

肯定能使我变得温顺。

他弯下腰——要说点什么……

脸孔一下子涨得通红。

但愿爱情能化作一块墓碑

覆盖我的生命。

　　阿赫玛托娃的诗无论篇幅多么有限，总是写得波澜起伏，引人入胜。例如上面这首诗的思路是跳跃的，几乎每一行都出人意料。作者没有"按部就班"地展开诗歌主题，而是根据诗歌主题的内在逻辑，以生动的即兴话语的形式，真切地再现情感体验的瞬息万变。

阿赫玛托娃创造了独具一格的心理抒情诗，这在20世纪初的诗歌背景上尤其显得卓尔不群。象征主义诗人向来忽视心理描写，只有安年斯基是个例外。阿赫玛托娃在读了《柏木雕花箱》后惊叹不已，这并非偶然。安年斯基精细的心理描写对阿赫玛托娃启发颇多，包括后者特有的语调和句法。不过，安年斯基痉挛的印象主义风格和马拉美式的复杂隐喻毕竟与追求简约、追求非隐喻风格的阿赫玛托娃相去甚远。曼德尔施塔姆指出，阿赫玛托娃的诗来源于19世纪俄罗斯丰富的心理小说。当然，曼德尔施塔姆指的并非直接传统。但没有对俄国现实主义经典作家的出色挖掘，可能就没有阿赫玛托娃抒情诗中的心理"发现"。

在阿赫玛托娃的世界中，构成这个世界的物体、风景、手势、姿态等，都经过了明显的放大处理，意在"拉近与读者的距离"。阿赫玛托娃通常不将这些细节"情绪化"，它们是通过锐利的目光，而非激动的情感描绘出来的。但在具体的语境中，它们仿佛是嵌入了诗的心理情节，并出人意料地获得了鲜明的情绪色彩。

从《白色的群鸟》开始，特别是在《车前草》、《耶稣纪元》和后来的作品中，阿赫玛托娃的诗风有所改变，格调趋于庄重：

> 二十一日。夜。星期一。
> 首都的轮廓在黑暗中。
> 有个无所事事的人写道：
> 世界上存在着爱情。
>
> 由于懒惰或者寂寞
> 大家信了，且这样生活：
> 等待约会，害怕分离，

还不停地哼唱情歌。

但秘密为另一些人揭开，
他们身上安息着宁静……
这件事我是偶然碰到，
从此好像一直在生病。

—— (《二十一日。夜。星期一。》)

节奏张弛有致，长短相间：

我知道，你是我的奖赏，
为那些痛苦和辛劳的岁月，
为我从来不曾委身于
尘世的欢乐，
为我不曾对恋人
说过："我爱你"。
为我宽恕了所有人的一切，
你将是我的天使。

—— (《我知道，你是我的奖赏》，1916)

早期口语化、散文化的语言让位于高雅的语言系统，就连阿赫玛托娃从女性特有的内心体验中提炼出来的挖苦性格言"受宠的女人尽可提出万千要求，被遗弃的女人还有什么要求可提"也变成了高度概括的警句。

除抒情诗外，阿赫玛托娃一生中还创作了两首重要的叙事诗——《安魂曲》和《没有主人公的叙事诗》。

《安魂曲》（1935—1940）取材于诗人的个人遭遇。在这部长诗里，阿赫玛托娃既是母亲，也是诗人，她以第一人称形式讲述的个人遭遇同时也是全体人民的悲剧。从抒情主人公痛苦的个人经历和体验中，可以觉察到一种把她与"近卫兵的妻子们"、与十二月党人同时代人、与所有"被判处有罪的""无辜的"受难者联系在一起的内在的、永恒的东西。诗人把个人的生存苦难上升到全人类的高度，使之成为全人类共同的苦难，而他人的苦难也就是自己的苦难。《安魂曲》的结构可谓独具匠心。这既是一篇叙事诗，又是一个抒情组诗，抒情与叙事有机地结合在一起，交相呼应。

《没有主人公的叙事诗》（1940—1965）是阿赫玛托娃创作中的关键性作品，是她"全部创作的最重要题材与形象的独特融合"。这是阿赫玛托娃最复杂、最难懂的作品，再现了十月革命前到第二次世界大战这一空前动荡、急剧变化的时代。诗中的情节始于1913年，这是维系了三百年的罗曼诺夫王朝的最后一个和平年。人们在假面舞会上尽情狂欢，但浮华的外表下面却隐藏着对世界末日即将来临的惶恐。

有人称《没有主人公的叙事诗》是一部良心之诗。作品寓意深刻，读罢令人对阿赫玛托娃及其时代浮想联翩，感慨不已。阿赫玛托娃一改以往长于抒情的诗风，放弃早期的私人化写作，以叙事诗人身份出现，放手抒写时代，抒写历史。

阿赫玛托娃是一位划时代的诗人，对同时代和后世的诗人影响很大。

第八节　马雅可夫斯基

弗拉基米尔·马雅可夫斯基（1893—1930）在格鲁吉亚度过童年，1906年父亲死后，全家迁居莫斯科，1908年加入俄国社会民主工党，因参加政治宣传鼓动而被学校开除。马雅可夫斯基曾三次被捕，在狱中度过 11 个月的时间。1912 年马雅可夫斯基结识画家大卫·布尔柳克，并通过他接近未来主义者。马雅可夫斯基是未来主义宣言《给社会趣味一记耳光》（1912）的发起人之一。1915 年马雅可夫斯基发表长诗《穿裤子的云》和《脊柱横笛》，1917 年十月革命后，他的创作中讽刺和革命激情上升到第一位，个人主题退居次席，不过在《关于这个》（1923）中，讲述诗人与现实生活冲突的个人主题还是这部长诗的基本主题。1930 年自杀（近来已有他杀的传言）。

《夜》（1912）和《晨》（1912）是马雅可夫斯基早期比较著名的诗作。《夜》可以说是一篇色彩素描，也可以说是一篇城市写生，而夜幕下灯火通明、车水马龙的街道，如"腿脚敏捷的花猫"一般在街面上游动的人群，就是画面所反映的景象。在此，街心花园、广场、楼房、窗户、大门以及其他城市表征只不过是作者在诗歌的画布上进行色彩游戏的切入点，斑驳的色彩制造出一种变化莫测、光怪陆离、充满诱惑的都市生活幻景。

《晨》和《夜》互为补充。五彩斑斓的夜色逐渐消失，清晨在曙光中呈现："街心花园的妓女充满敌意的花束"，"打情骂俏的咯咯笑声"，"妓院的坟墓"，等等，这一系列性质相同的细节，使人感到厌恶、压抑，"毛骨悚然"。面对它们，诗人只想把视线移开。但与此同时，它们对诗人又具有一种说不清楚的吸引力。他要在丑陋中寻找美，因此，他要为画面添加一些优美的装饰，以淡化总的印象。说"伤心的雨令眼睛歪斜"，已属神来之笔。将路灯比作"戴着天然气王冠的沙皇"，就更加美妙。一边是"星星""花束""玫瑰"，一边是"喧哗""恐怖""妓女""妓院的坟墓"，这一切奇怪地交织在一起，被东方装进"一只燃烧的花瓶"。

马雅可夫斯基并非始终忠实于自己的宣言。然而，没有未来主义的嫁接，他未必会如此坚定而自觉地在创作中贯彻自己热衷的原

则——将诗歌的表现力推向极致。未来主义者趣味低俗、无拘无束的
写作风格，放纵不羁、反对沙龙的生活方式，其实是对未来艺术的一
种大胆探索。

马雅可夫斯基早期的某些诗作就像是直接在马路上写的。这样的
诗除了上述两首以外，还有《街头即景》《从街道到街道》《致招牌》
《剧院》《谈谈彼得堡》《我》等。它们都清晰地反映了城市的丑陋。在
这些诗里，街心花园和广场、妓女和光秃秃的路灯、小贩摊和疲惫的
有轨电车、下水管和招牌、火车和汽笛的嚎叫相互交织，此起彼伏。
从传统诗歌美学的角度来看，将这些东西纳入诗歌简直不可思议。然
而，恰是城市风景为诗人善于化腐朽为神奇的出色才能提供了用武之
地。透过作者对城市生活外部特征的描绘，我们能感觉到诗人的呼吸，
诗人惶恐不安而又尚不清晰的思想。"带刺的风"，"累赘的礼服"，"天
空的媚眼"，"疯狂的行人的脚步"，"屋顶的仇恨"，"橱窗里折断的手
臂"——这些形象和印象构成一个内外统一的意象。诗人的视线是有
所选择的。来到广场，他看到"酸果从小贩摊的伤口流出"，风"为烟
囱提取烟雾腾腾的毛片"，天空"用它那张无眼怪蛇的脸，注视着白色
的天然气"。随着诗的展开，我们发现，面目丑恶的彼得堡似乎还具有
生理机能。潮水般的人流，诗人观察家的出现，以及诗人要再现"城
市地狱"的愿望，使偌大的城市动了起来。马雅可夫斯基的隐喻为僵
硬的事物注入了活力。

城市风景诗是马雅可夫斯基抒情诗中最有代表性的一个体裁。然
而，不管诗人为客观世界注入多少活力，诗歌主体与客体之间始终存
在距离。马雅可夫斯基试图消除这种距离，在事物与矛盾的世界中确
立自己的法则。光怪陆离的城市好像是坐落在他的心中。一方面，宽
阔的视野使他能够居高临下，对尘世空间一览无余；另一方面，城市
的痛苦又能通过街道的血管流入诗人的内心，化为改造生活的动力和
源泉。马雅可夫斯基的城市风景首先以细节描写引人入胜，这些细节

很好地表现了现代社会的疯狂与荒唐："疯狂的行人的脚步纠缠着生硬的言语的脚跟"，"一堆堆发疯的思想从舒斯托夫工厂房顶后面溜出来"，"发疯的教堂携带着光秃的圆顶上残留的雨滴奔跑"。这些具有实质意义的细节同时也是诗人精神状态的写照。因此，城市风景也可以说是诗人内心状态的象征。

论对现实生活的悲剧性感受，马雅可夫斯基不比任何一位同时代的诗人逊色，甚至包括勃洛克。诗人在极力为人的悲剧呐喊。他早期的全部抒情诗，以及悲剧《弗拉基米尔·马雅可夫斯基》、长诗《穿裤子的云》《脊柱横笛》《战争与世界》《人》，可以看成是一声长长的求救的呐喊，向世界、向未来发出的呐喊。

马雅可夫斯基的语体风格，或激昂慷慨，或轻柔缠绵，或典雅清晰，或粗俗含混。诗人的口气永远是要求，而非请求。在创作大型作品时，他毅然弃绝了星星、月夜、浪漫的云朵、露珠、花园这类传统诗歌表征，动摇其在古典诗歌中的地位，扯下其神秘诱人的外衣，将之纳入散文语境。在他的笔下，星星是长脚的（"在褥子上，轻松地支撑着初升的太阳的双足"），天空近乎怪兽（"用它那张无眼怪蛇的脸，注视着白色的天然气"），云彩是缠在城市脖子上的绞索，花园"在六月里放荡地伸开四肢躺在地上"。诗人对读者讲的下面这段话就有这种出人意料的特点：

> 请听一听！
> 要知道，既然要点燃星星，
> 就是说，有人需要？
> 就是说，有人希望星星存在？
> 就是说，有人管这些唾沫叫珍珠？

诗人害怕感伤，所以他使用了"唾沫"这个字眼，但同时他又不想掩饰自己的感伤，装出一副不近人情的模样，他要丢掉自己铁石心肠的假面具（"花花公子的上衣"），这一点决定了《请听一听！》的对比性结构。在这首诗里，愿望与需要、星空与大地、请求与要求、珍珠与唾沫交织在一起。从抽象的到具体的，从惶恐的情感，帮助"什么人"、拯救"什么人"的愿望到具体而形象的"不见星光的痛苦"，隐约可见的转换令人感到一股难以言喻的气息。

"不见星光的痛苦"这一象征形象是理解马雅可夫斯基早期作品——从抒情诗到诗体悲剧《弗拉基米尔·马雅可夫斯基》，乃至长诗《穿裤子的云》、《脊柱横笛》、《战争与世界》和《人》——的一把钥匙。尽管这些作品内容殊异，但在精神上是一脉相承的，对自由的狂热追求是一以贯之的。作为一个热情奔放、异常敏感、以极端姿态出现的诗人，马雅可夫斯基扮演了一个严肃的预言家的角色。与脱离人群、教导人们只倾听"上帝的声音"的前辈不同，马雅可夫斯基经常面向人群，面向病人和死者，面向"像医院似的让人睡坏的男人，像格言似的被人用滥的女人"，试图通过艺术手段解决绝对问题，在本体论高度未必有答案的问题。

就气质而言，马雅可夫斯基是一位抒情诗人，但他从创作伊始就在致力于扩大抒情诗的界限，将形形色色的生活现象纳入抒情范畴。

与勃洛克、古米廖夫、阿赫玛托娃乃至赫列勃尼科夫不同，在马雅可夫斯基十月革命前的创作中，占据中心位置的不是抒情诗，而是长诗。长诗，再加上诗体悲剧《弗拉基米尔·马雅可夫斯基》，占到了他全部作品的半数以上。无疑，他的创作成就也主要体现在长诗上。

《穿裤子的云》（1915）的标题富于挑战意味。长诗由一个抒情片断发展起来，而这个片断又来源于诗人的一次真实的爱情体验。在第二版的前言中，马雅可夫斯基对长诗的主旨概括为针对资产阶级的四个口号："打倒你们的爱情，打倒你们的艺术，打倒你们的制度，打倒你们的宗教。"

与此前的抒情诗不同，作为一种普遍的东西，长诗里的爱情是具体的，通过它，可以折射出长诗的道德、心理乃至社会内涵。从小提琴的温柔缠绵到定音鼓的震耳欲聋——诗人的情感跌宕起伏。在马雅可夫斯基笔下，爱情的影响力可谓无所不包。从宏观着眼，似乎能令无言的宇宙开口说话，从微观来看，可让"第十三个使徒"为解救他人于水火而毅然牺牲自己。

《穿裤子的云》是根据渐次展开的原则建构起来的。被玛丽雅拒绝后，诗人有被社会遗弃的感觉。身份不明的诗人于是成为被遗弃者的预言家，亦即"第十三个使徒"，从爱情经历走向历史概括，从个体的"我"走向群体的"我们"，从对艺术使命的思考走向对根本性变革的信仰。然而，从个体走向群体的道路并不好走。起初他是觉得自己与愚蠢的上流社会格格不入，如今，当他与跟他一样的下层城市居民融合在一起时，他相信，他已获得立足之地，已成为大众的诗人。他宣传新学说，鼓励人们树立起对他的信心。

《穿裤子的云》虽然在结构上具有抒情作品特征，如缺乏严格清晰的故事情节、诗思自由流动、唯一的叙述形式是抒情独白等等，但就诗人构思的气魄、对现象的社会内涵的透析、对人与人的关系的洞察，以及看待世界的眼光和性质而言，它更倾向于叙事诗。

《人》的构思跟《战争与世界》不乏交叉之处，但在很多地方有别于前几部长诗。《人》是一部抒情哲理长诗。它创作于马雅可夫斯基与高尔基交往密切时期，似乎是对后者创作于第一次俄国革命前夕的同名长诗的呼应。马雅可夫斯基之所以要重复使用这个标题，目的无疑是要强调对高尔基赞美人的思想的继承。但诗人是完全从另外的角度来诠释这一思想的，他的长诗相当独特，反映了一定历史阶段特有的思想和情绪。

马雅可夫斯基十月革命后的创作以讴歌革命、肯定苏维埃现实为主。但抒情诗大多流于宣传鼓动层次，远不及叙事作品。

诗剧《宗教滑稽剧》(1918) 和叙事诗《一亿五千万》(1920) 旨在阐述十月革命的世界历史意义，同时探索艺术反映革命现实的新原则。

《宗教滑稽剧》对圣经神话中的洪水故事进行大胆改造。马雅可夫斯基在副标题中保证要"英勇地、史诗般地和讽刺性地反映我们的时代"。剧中的主要人物分成剥削者和劳动者两大阵营，前者由"七对干净的人"(世界各地的上层人物) 代表，后者由"七对不干净的人"(不同工种的工人) 代表。双方展开了激烈的斗争，结果劳动者取得了胜利。工人将贵族老爷从诺亚方舟上丢弃，直接向天堂驶去。他们在天上感到寂寞，于是决定返回地球，建造人间天堂。

长诗《一亿五千万》讲年轻的社会主义共和国与世界资本主义势力的斗争。长诗借鉴俄罗斯民间文学壮士歌的写法，用一个夸张性的农民形象伊凡代表一亿五千万俄罗斯人，与全世界资本主义势力的代表美国总统威尔逊进行较量。结果威尔逊总统惨败，并被太阳烧成灰烬。

除上述作品外，马雅可夫斯基还创作了大型宣传性长诗《弗拉基米尔·伊里奇·列宁》(1924) 和《好!》(1927)。如果说，《宗教滑稽剧》和《一亿五千万》的情节是虚拟的，那么《弗拉基米尔·伊里奇·列宁》和《好!》则取材于现实生活。

在《弗拉基米尔·伊里奇·列宁》中，马雅可夫斯基重新拾起存在的意义这一主要问题。不管如何看待长诗的主人公，都应该承认，作品本身在艺术上还是完美的、感人的。长诗中的列宁不是一个真实的人物，诗人赋予他永恒理想的光环，这是以往的造神论因素和新兴的人道主义因素的继续。长诗中的诗人"我"是极为独立的，具有叛逆倾向。主人公幻想中的叛逆与《穿裤子的云》的结尾 (主人公持刀反对冷漠的上帝) 相似。在马雅可夫斯基笔下，列宁不但是一位具有远见卓识的伟人，还是一个"有人情味儿的人"。他渴望改造世界，将人们从战争的魔爪、从"屠杀、死亡和伤痛"中解救出来。诗人试图塑造一个理想的个性形象，一个与基督享有同样威望的新信仰的化身。

为十月革命十周年而作的长诗《好!》描绘社会主义革命和社会主义建设。抒情主人公"我"的形象贯穿始终,具有强烈的抒情性。

马雅可夫斯基还根据罗斯塔通讯社宣传部的指令写过很多应景性的宣传品。马雅可夫斯基的讽刺作品、呼吁书和演讲思想并不深刻复杂,也缺乏艺术性。20年代末创作的两部讽刺喜剧《臭虫》(1928)和《澡堂》(1929),矛头指向苏联社会的停滞、日益严重的市侩气和官僚主义。《臭虫》写新经济政策时期一个典型的小市民在冷冻50年后(1979)又被解冻,现身于一个社会主义国家,结果被当作滑稽可笑的历史标本送动物园展出。在《澡堂》中,一台时间机器把我们送进共产主义的未来——2030年。由于官方报刊认为该剧有破坏力,因而被禁演30年。

马雅可夫斯基对苏联文学影响巨大。整整一代诗人视之为领袖并模仿他,他的学生有"列夫派"的尼古拉·阿谢耶夫、谢尔盖·特列季亚科夫等。马雅可夫斯基将文学看成改造现实的手段,这一观点后来成了苏联文学的美学信条。他还认为艺术作品是社会现象,其意义应该以其社会贡献来衡量。马雅可夫斯基是继勃洛克之后的又一位大诗人,在社会上具有同样的影响力,但直到1935年斯大林宣布他是"苏维埃时代最优秀最有才华的诗人",他的作品才重新得到出版和研究。苏联解体后,学术界一度有人企图动摇马雅可夫斯基的地位,结果无功而返。

第九节　叶赛宁

谢尔盖·叶赛宁(1895—1925),出生于俄罗斯中部梁赞省康斯坦丁诺沃村的一个农民家庭,只在家读过四年小学和三年师范学校。

1912 年去莫斯科，当过办事员、印刷厂的校对员，参加过苏里科夫文学音乐小组的活动。1914 年初次发表诗作。1915 年，叶赛宁来到彼得堡拜访勃洛克。他的诗歌习作得到勃洛克的赏识，勃洛克说他的诗"清新，干净，激越"，并把他的作品推荐给刊物发表。叶赛宁一生对此心存感激。

1915 年，叶赛宁同诗人戈罗杰茨基和作家列米佐夫组建"克拉萨"文学团体。该团体以复兴民族历史、讴歌乡村世界为己任。叶赛宁在此结识了农民诗人克留耶夫。

1916 年，叶赛宁出版诗集《扫墓日》，农民的俄罗斯是该书的核心形象。一方面书中表现了对个人内心世界的宗教关怀，另一方面书中也充满了民歌的无忧无虑因素。该书的问世使叶赛宁被公认为一名独具一格的诗人。

1915 年末，叶赛宁结识高尔基。高尔基将这位同样来自民间的艺术家视为自己文学命运的传承者。叶赛宁把克留耶夫、勃洛克、别雷尊为自己的文学导师。他曾在《自述》（1925）一文中说："当代诗人中我最喜欢勃洛克、别雷和克留耶夫。别雷在形式方面给了我很多，而勃洛克和克留耶夫教会了我抒情。"

十月革命后，叶赛宁立场矛盾，一方面他讴歌和支持革命，认为革命是人民期望社会变革的叛逆精神的体现，另一方面又对旧的乡村的俄罗斯一去不复返感到惋惜。1918 年到 1921 年，叶赛宁积极参加意象派文学团体（马里英戈夫、舍尔申涅维奇、伊夫涅夫）的工作。1921 年结识美国舞蹈家邓肯，并陪同她一道赴欧美巡回演出。1923 年回国后陷入深刻的精神危机。诗人不断惹是生非。奇怪的是，内心的焦虑和压抑却造就了他创作上前所未有的高潮。1924—1925 年是叶赛宁最成熟、最多产的高峰期，他的艺术技巧达到了炉火纯青的境地。

叶赛宁是作为一名乡村诗人登上文坛的。叶赛宁早期诗歌有两个主要特点：一是他充满童话色彩和民间特色的诗歌形象异常鲜活生动；

二是他夹杂着俄罗斯特有的忧郁的情感特别强烈深沉。

叶赛宁早期诗歌深受民间诗歌和宗教诗歌的影响。作为农民诗人，他确信农民注定要在未来社会中起到极其重要的作用。他对大自然和普通乡村生活的描写令人赞叹不已。他将克留耶夫引为同道。在克留耶夫思想影响下，叶赛宁开始认为自己是农民的预言家。他富于内省的抒情诗充满宗教用语，然而他的形象却带有多神教和泛神论性质。在叶赛宁笔下，上帝是俄罗斯民间文学中的上帝：留大胡子的老头儿，能呼风唤雨，住在跟他的家乡梁赞一样的田园牧歌般的天堂，时不时地一身农民装束，骑着马巡视整个大地（《扫墓日》，1916;《乡村日课经》，1918）。

叶赛宁从小亲眼目睹了乡村的贫穷和劳作的艰辛，对农村尖锐的社会矛盾有所认识，《我的被遗弃的家乡》等诗可资为证。但这样的诗在他早期创作中毕竟罕见。春种秋收，这是自古以来最基本的农活，但这些情景在他笔下见不到。诗人留恋宗法制农民生活方式，将农村的日常生活理想化。在他笔下，就连"树皮鞋、破布衫、大胡子、裹脚布"都能成为"纯净的诗的黄金"。他喜欢写割草，写放马，但写得最多的还是乡村的节日和游玩，自由自在的乡村场景。在他的早期作品中，他并没有直接表达对生活的悲剧性理解和人道主义理想。

叶赛宁的早期作品充满声音、气味、色彩。在他的诗里，听得见少女银铃般的笑声、白桦林"白色的喧响"、柳树的呼唤、马鞍的叮当、松鸡的呜咽、铃铛的作响、渔夫"困倦的歌声"、芦苇的喧哗、手风琴的弹奏。救主节弥漫着苹果和蜂蜜的芬芳，云杉散发着乳香。周围是蓬松碧绿的田野、鲜红的朝霞、湛蓝的天空、缭绕着稠李树般的炊烟。他的女主人公穿着"白色的下摆镶着红褶的萨拉凡"，系着蓝色的或是绣花的围巾，而男主人公穿着白色的长袍，扎着红色宽腰带。霞光万道，树林浓荫如盖，水中映出月亮的黄色缰绳。赤橙黄绿青蓝紫在叶赛宁的诗中交相辉映。

简陋的农舍，故乡的土地，仿佛童话的世界：

> 霞光在熊熊燃烧，烟雾缭绕，
> 紫色的窗帘掩住雕花的小窗。

> 蜘蛛在金色的棚顶上织网，
> 老鼠在关了门的贮藏室里咯吱作响。

欣赏乡村生活特点和自然风光的同时，叶赛宁不是单纯地告诉读者他的快乐，而是要用他对生活的充实和美好感受来感染读者。明朗欢快似乎是其诗歌的基调。

然而，这是表面。在叶赛宁早期诗歌中，总是有种忧郁感伤的东西。在快乐和喜悦的后面，隐隐约约能流露出对人生短暂、幸福稍纵即逝的慨叹。

即便是最欢快的诗中也似乎隐藏着痛苦。而这又加剧了他对生活之美、对人的幸福和永恒价值的理解。叶赛宁时常写生离死别的情景，如"人们抬着你从窗前走过，去安葬你"，"呼啸的风唱着祭奠的歌"，"我们一起把我的青春埋葬"。类似的诗句很多。但在所有这些诗中，就是死亡本身也不是作为真实的死亡和毁灭出现的（例如在《丹纽莎那么美丽……》《芦苇开始在河湾上方喧哗》等诗中），而是作为未实现的愿望的隐喻，对失之交臂或可望而不可即的幸福的隐喻出现的。关于人的幸福的理想、幸福的可望而不可即造成的痛苦、对人的同情，是叶赛宁诗歌贯穿始终的根本特征，这一特征出现于早期，发展于后期。

叶赛宁诗歌还有一个决定性的特征——与民间生活融为一体。这里说的不是诗人的出身和生活状况，也不是对乡村生活环境和农民命运的深切了解，尽管与农民生活的血肉联系使叶赛宁获得了许多书本上得不到的有益知识。

故乡的土地给了他更多——给了他人民看待生活的眼光，给了他民间智慧，人民经过数百年总结出来的有关善与恶、真与假、幸福与不幸的观念。他用不着寻找通向人民之魂的道路，因为他自己就是他们的代言人。人民的灵魂从他小时候起，就同故乡农民的日常生活，同民间的歌谣、传说、故事一起注入他的血液，成为他创作的源泉。

虽然十月革命前叶赛宁只发表了一部诗集《扫墓日》，但已经跻身俄罗斯当时最重要诗人之列。

叶赛宁拥护十月革命，将革命看作民众叛逆精神的体现，通向令人向往的民间理想的必由之路。革命改造的规模，人民争取解放的斗争，吸引了诗人的注意力。其抒情诗的格调开始变得高昂，充满了解放的感觉和光明的期待。《啊，我相信，我相信，幸福存在！》《心中力量迸发的兰铃花》等诗很能代表这一时期叶赛宁的创作特点。

1918 年，叶赛宁创作《伊诺尼亚》一诗，这首诗反映了诗人宗教感的危机，以及革命时期的处世态度特有的反宗教情绪。诗人希望摆脱以往的宗教传统，但却达到了渎神的程度，肆意贬损和贬低一些神圣形象。他诅咒东正教理想，宣称伊诺尼亚是一个居住着"生者之神"的国度。这种反上帝激情与诗人早期作品中的那种多神教激情不同，是一种魔鬼的、反上帝的激情。

可以认为这首诗的整个渎神思想有其内在的肯定生活的目的。在最后一章中，诗人讴歌他的将人性与神性结合在一起，但又有别于神人的、基督教"没有十字架也没有苦难"的信仰："我不想接受拯救 / 通过苦难和十字架"。可能，叶赛宁在此受到在白银时代诗人圈中传播甚广的尼采思想的影响。同时，此诗也受到鞭笞教的影响。总的来说，此诗是反宗教，更具体地说是反教会的。

类似的思想情绪在《降临》（1917）、《变容节》（1917）、《约旦河的鸽子》（1918）、《天上的鼓手》（1918）等"小型长诗"中也有所表达。

但十月革命后苏维埃国家的工业化和电气化动摇了叶赛宁想象中

的民间乌托邦——"庄稼汉的天堂"理想。他觉得，城市在大举入侵乡村，这将导致乡村生活基础的消亡、乡村的毁灭。

> 城市啊，城市，你在残酷的搏斗中
> 把我们当尸体和废物一样来抽打。

《四旬祭》（1920）也给人以这样的感觉。这首长诗从城乡冲突的角度，尖锐地提出俄罗斯乡村的前途问题。诗中那匹被火车无情地甩在后面的小马，可以说就是正在衰亡的俄罗斯农村形象。《四十天祷告》清楚地表明，叶赛宁以为革命能够拯救俄罗斯乡村的幻想破灭了。他心爱的"田野的俄罗斯""麦秸的俄罗斯""木头的俄罗斯"抵挡不住来势汹汹的工业化和电气化。作为俄罗斯乡村的歌手和代言人，他痛苦地写道："我是乡村的最后一个诗人。"

在叶赛宁 1924—1925 年间的作品中，人道主义激情和仁爱思想得到充分表达并获得了新的更深刻的基础。如果说 1919—1922 年间的诗中这一激情还不时地转变成哀伤、失落感和终结感，转变为一种个人的困惑和普遍的困惑，那么在诗人最后两年的诗中就完全不一样了。周围已经不再是"一群疯狗"，而是一个年轻的、正在成长中的、获得了新生的欢乐而又幸福的世界。诗人的心为能与之相逢而兴奋。"新的光明"照亮了诗人的命运，赋予诗人宝贵的尊严。对周围生活的敌对看法被截然相反的自白取代："就连大地我也觉得一天比一天亲切"，"为这一切我要感谢生活"，"正因如此我才觉得人宝贵"。

> 我在想：
> 多美啊——
> 这大地，
> 还有大地上的人。

叶赛宁这时的爱情诗格调也异常纯净和温柔。《夜晚紧敛起黑黑的

眉毛》《湛蓝的火焰腾起》《树叶飘落，树叶飘落》《波斯抒情》以及
其他许多在俄罗斯抒情诗中占有光荣一席的优秀作品都是这两年写的。
叶赛宁把爱情理解为新生，人身上最美好的一切的觉醒。诗人以极其
细腻的笔触，来描绘复杂微妙的情感。如：

> 即使你已被别人拥有，
>
> 但还是给我留下了，给我留下了
>
> 你透明的雾霭般的发丝
>
> 和你眼中那缕秋天的倦怠。

—— (《即使你已被别人拥有》)

不可多得的感觉，独一无二的体验，名副其实的诗意，洋溢在字
里行间。

但与此同时，这两年的作品中也回旋着同样强烈的苦闷和忧伤的
音符。这种苦闷和忧伤挥之不去，就连在最欢快的诗句中也能感觉到。
这种感觉与诗人对以往的生活、对诗人的义务的思考不无关系。

> 做一个诗人——这就意味着：
>
> 既然生活的真理无法违抗，
>
> 就应划开自己柔嫩的肌肤，用
>
> 感情的血液抚慰他人的心房。

诗人将自己的整个身心都奉献给了别人。

就气质和成就而言，叶赛宁主要是一位抒情诗人。他冠以"长诗"
字样的作品写了不少，但都具有强烈的抒情性，叙事的特点并不鲜明。
《黑影人》(1924) 堪称叶赛宁长诗中的杰作。

《黑影人》是叶赛宁一生的总结。长诗以抒情自白的形式展现了诗
人百感交集的内心世界，极富感染力。诗中的形象产生于幻觉。抒情

主人公"我"患病躺在床上,一个"黑影人"坐到他的旁边,使他通宵不能入睡:

> 我的朋友啊,我的朋友,
> 我非常、非常地痛苦。
> 我自己也不知道
> 这痛苦究竟来自何处。

"黑影人"拿着一本可恶的书给他读一个骗子和放荡鬼的生平,说这个人还是一个诗人。"黑影人"列举这个骗子兼诗人的种种劣迹。抒情主人公明白了,这指的其实就是他叶赛宁本人。抒情主人公"我"怒不可遏,举起手杖向"黑影人"砸去,结果打碎的只是玻璃镜子:

> 月亮死了,
> 窗外现出幽蓝的晨曦。
> 你啊,黑夜啊,黑夜!
> 你为何把一切扭曲?
> 身旁谁也没有。
> 我独自一人……
> 还有打碎的镜子……

由此可见,"黑影人"的"揭露",实际上是诗人的自诉。

黑影人的形象令人联想到普希金的小型悲剧《莫扎特与萨里埃里》,黑影人为莫扎特预定安魂曲。叶赛宁的《黑影人》同样充满悲剧色彩,也可以说是作者的诗歌安魂曲。

《安娜·斯涅金娜》(1925)是叶赛宁规模最大的一部长诗,也是最能体现叙事诗体裁特点的一部作品。长诗从诗人"我"回梁赞的农村老家休假的经历写起,展现了历经第一次世界大战、二月革命、十月革命、国内战争的俄罗斯农村发生的历史巨变。这部长诗在俄罗斯至今仍被认为是叶赛宁在思想和艺术上最成熟的作品，但这一评价似乎不够准确。

高尔基说，叶赛宁是上帝送给俄罗斯的一架专门作诗的管风琴。细心的读者自然会被叶赛宁艺术体系的许多特点所吸引，比如说独特的层次感、隐喻的复杂性。诗人把朝霞写成"红色的牛犊"，把天空写成"母牛"，说麦穗有身体，秋天的金黄既是万物凋零的特征、人的生命的秋天的征兆，也是对女人的感情走向完结的写照。这也是一种颜色象征，比如说"湛蓝"由指称颜色变成精神状态的象征，表达诗人对一些事件、现象、概念的态度。但最重要的是叶赛宁善于与读者进行推心置腹的沟通，唤醒读者内心最美好的情感。诗人的读者面之广令人惊讶，他在不同年龄层次、不同文化背景的读者中都有知音。

第八章

▶

20 世纪 20—
30 年代俄罗
斯文学

第一节 概述

20—30 年代同样是俄罗斯文学史上一个特殊
而又复杂的时期。

20 年代中期,十月革命前开始创作生涯的老
作家中间发生了政治分化。有些人迅速接受了新
政权并与之合作(绥拉菲莫维支、马雅可夫斯基、
勃留索夫等),有些人则公开敌视布尔什维克并最
终离开俄罗斯(蒲宁、梅列日科夫斯基、霍达谢
维奇等)。阿赫玛托娃、茨维塔耶娃、帕斯捷尔纳
克、曼德尔施塔姆虽留在了国内,但逐渐被边缘
化。他们的诗受到与时代脱节和宣扬抽象人道主
义的责难。新农民诗人克留耶夫、克雷奇科夫、
奥列申的命运跟曼德尔施塔姆一样,都是在 30 年
代死于集中营。

20 年代俄罗斯文学进程的特点是各种创作类
型和体裁异常活跃。在这期间创作的大量作品中,
有不少极具艺术价值、生命力较强的作品,如布
尔加科夫、高尔基、左琴科、普拉东诺夫、肖洛
霍夫的小说,叶赛宁、克留耶夫、曼德尔施塔姆、
马雅可夫斯基、茨维塔耶娃的诗歌,布尔加科夫、
马雅可夫斯基、艾尔德曼的戏剧。

20 年代的俄罗斯文学极富革新精神,各种标
新立异且又相互竞争的文学团体和流派雨后春笋
般涌现。为了探索新形式、新道路,作家动用了
各种各样的艺术手法和风格,这些艺术手法和风

格有时甚至会同时出现在同一个作家的同一部作品中。多种多样的表达手段、锐意求新的作品结构、丰富多变的故事情节、天马行空的艺术想象，这一切让 20 年代成为"伟大实验"的时代，艺术成就卓著的时代。面对极其严峻的社会道德状况，仅限于传统的、一般的描写手段是不够的。为了达到更加真实可信的效果，巴别尔、皮里尼亚克等一些作家突破了现实主义与自然主义之间的界线。布尔加科夫、马雅可夫斯基、普拉东诺夫等作家则代表了现实主义文学的另一极，在他们的作品中，怪诞和幻想占有非常重要和突出的地位。

20 年代的俄罗斯诗歌虽有一些流于宣传口号，但一些延续了白银时代优秀传统的诗人，如阿赫玛托娃、茨维塔耶娃、帕斯捷尔纳克、曼德尔施塔姆、沃洛申等人的创作在诗坛上仍保持了很高的水平。

在 20 年代的文坛上，抒情浪漫主义因素引人注目：马雷什金的《达伊尔的堕落》、拉甫列尼约夫的中短篇小说、巴乌斯托夫斯基"异国情调"的作品、吉洪诺夫和阿谢耶夫等人的诗集都表现出强烈的抒情浪漫主义色彩。格林的创作在这期间进入高峰并非偶然。

20 年代，俄罗斯文学中诞生了反乌托邦小说，如扎米亚京的《我们》、恰扬诺夫的《我兄弟阿列克谢农民乌托邦国旅行记》、普拉东诺夫的部分作品等。俄罗斯反乌托邦小说的出现要早于西方。

30 年代，俄罗斯文学同样成绩斐然：在国外，出现了蒲宁的《阿尔谢尼耶夫的一生》、库普林的《士官生》、施梅廖夫的《禧年》、扎伊采夫的《帕西的房子》等；在国内，虽然意识形态教条和书报检查限制渐趋严格，作家的想象力受到约束，但还是产生了《静静的顿河》《大师和玛格丽特》《彼得一世》等经典巨著，尽管有的作品几十年后才与广大读者见面。

抒情体裁衰微，叙事体裁勃兴，是 30 年代俄罗斯文学的一个基本特点，其主要表现是作家热衷于大型制作。高尔基、阿·尼·托尔斯泰、肖洛霍夫的史诗性长篇小说就是这期间创作的。

第二节　文学团体

20年代，各种文学团体和文学流派如雨后春笋，层出不穷，其中规模最大、影响最广的是"普罗文化"（无产阶级文化协会）、"谢拉皮翁兄弟"、"列夫"（左翼艺术阵线）、"构成派"、"岗位派"、"山隘派"、"拉普"（俄罗斯无产阶级作家联合会）等，另外还有属于荒诞派的"奥贝里乌"。这些团体和流派大多文学意义不大，只有"谢拉皮翁兄弟"和"奥贝里乌"值得一提。

"谢拉皮翁兄弟"由几位青年作家于1921年冬在彼得格勒发起，他们自称"谢拉皮翁兄弟"。这不是严格意义上的文学团体，但确实是一些痴迷文学的"兄弟"，信仰艺术自由，得到高尔基的扶持。他们在小说方面师法扎米亚京，在诗歌方面仿效古米廖夫。该团体的名称来源于德国浪漫主义作家霍夫曼的幻想小说集《谢拉皮翁兄弟》。1922年，该团体的理论家列夫·伦茨发表宣言《为什么我们取名为谢拉皮翁兄弟？》，认定艺术作品应该是自治的，文学本身就是自己的现实。伦茨不主张参与社会生活，文学绝不是要追求改变世界；文学作品可以反映时代，也可以不反映时代，它并不会因此而失去什么。"作品应该是有机的、现实的，有自己特殊的生命；作品不能是复制自然的复制品，而应该与自然平起平坐"。有关艺术的观点应该建立在纯艺术，而非意识形态标准之上。伦茨断言，"谢拉皮翁兄弟"的成员不是整齐划一的："我们每个人都有自己的思想，自己的信念，每个人都在给自己的小屋涂上自己的色彩。生活中也是这样。中短篇小说和剧本也是如此。"对"谢拉皮翁兄弟"来说，写作是一门手艺，作家应该学习和掌握文学技术。因此，伦茨呼吁俄罗斯作家向善于编织引人入胜的情节的西方惊险小说学习。文学中的真诚具有同等重要的意义。此外，"谢拉皮翁兄弟"还认为，宽容和友谊同等重要（"我们无所谓——

《十二个》的作者诗人勃洛克、《旧金山来的先生》的作者作家蒲宁跟谁在一起，我们不是同志，而是兄弟！"）。

"谢拉皮翁兄弟"的主要成员有弗谢沃洛德·伊万诺夫（1895—1963）、米哈伊尔·左琴科、尼古拉·尼基金（1895—1963）、米哈伊尔·斯洛尼姆斯基（1897—1972）、维尼阿明·卡维林（1902—1989）、列夫·伦茨（1901—1924）、康斯坦丁·费定和弗拉基米尔·波兹涅尔。诗人尼古拉·吉洪诺夫和伊丽莎白·波隆斯卡娅、形式主义学派的批评家维克多·施克洛夫斯基也加入过该团体。

托洛茨基曾称他们为"同路人"，并主张对他们采取宽容态度，但正统的左派批评家们认为他们的纲领是"为艺术而艺术"原则的翻版，这显然有失公允。从1927年起，"谢拉皮翁兄弟"的活动变得不定期，30年代，该团体的成员纷纷改弦更张。

不少苏联作家都深受"谢拉皮翁兄弟"的影响，其成员如尤里·奥列莎、列昂尼德·列昂诺夫、米哈伊尔·布尔加科夫、瓦连京·卡塔耶夫，在20—30年代的俄罗斯文坛上占有举足轻重的地位。

弗谢沃洛德·伊万诺夫是谢拉皮翁兄弟中较为杰出的一位，与费定和左琴科齐名，有时被称为"西伯利亚的高尔基"。他用草原居民和西伯利亚农民绚丽多彩的语言描绘富于地域特征的生动画卷。他的早期作品，如《游击队员们》（1921）和《铁甲列车14—69》（1923），大多描写国内战争期间红色游击队的战斗生活。伊万诺夫用浪漫主义的眼光看待革命。他的主人公都是草莽英雄，疾恶如仇，无所顾忌，他们复仇的本能往往在激烈的搏斗中暴露无遗。故事的背景富有异国情调。伊万诺夫的笔法是自然主义的，他热衷于描写血腥、肉欲、饥饿和无聊。因而作家后来被有些人诟病，说他讴歌肉体而非理智，说在他笔下，支配革命的不是思想，而是本能。迫于压力，20年代末伊万诺夫对自己的作品做了修改，去除其中的自然主义场面，加入心理分析。但毕竟伊万诺夫是信仰革命生机论的作家，"亚洲风暴"的记录者，因此他不可能完全屈从于教条主义批评。

《铁甲列车》写红色游击队在符拉迪沃斯托克近郊抗击高尔察克的白军。铁甲列车是反革命的象征。一名中国游击队员横卧在铁轨上，以生命的代价才使它停了下来。人的生命一钱不值："人不过是一堆粪土而已。"不难理解，伊万诺夫的这种悲观主义思想在当时很难得到认同。

"奥贝里乌"文学戏剧团体由青年作家丹尼尔·哈尔姆斯（1905—1942）、亚历山大·维金斯基（1904—1941）和尼古拉·扎鲍洛茨基（1903—1958）在1926年发起成立。按他们的解释，"奥贝里乌"就是现实艺术团体，但更多地则被解读为现实的和普适的实验者团体。康斯坦丁·瓦吉诺夫也一度是该团体成员，与他们联系密切的还有尼古拉·奥列伊尼科夫和叶甫盖尼·施瓦尔茨。他们还得到画家卡季米尔·马列维奇和巴维尔·费洛诺夫的积极支持。"奥贝里乌"团体的作家几乎没有正式发表过作品，因此他们不得不逃避到戏剧领域。他们企图成立自己的剧院，但未能如愿。1928年1月，扎鲍洛茨基参与起草的"奥贝里乌"宣言发表。"奥贝里乌"作家的宗旨是在政治革命的同时进行艺术革命。"奥贝里乌"成员受未来主义的影响很大，但对他们影响最大的还是赫列勃尼科夫和霍达谢维奇，只是不接受克鲁乔内赫和赫列勃尼科夫的"超智"诗。"奥贝里乌"成员主张抽象艺术，尽管他们没有直说。他们抛弃艺术中的逻辑，用"自然思维"（如孩子们使用的联想思维）取而代之。他们还拒绝从传统意义上理解时间，主张用"未经武装"的眼睛看取十分现实的"具体事物"，任凭它们彼此间相互碰撞。他们不想赋予事物以意义或让混沌恢复秩序，他们不追求动作的连贯性，不要求人物的真实性。人与现实相隔绝，人的生命没有意义。有时他们的作品含有对现状的批判，流露出悲剧感和绝望情绪。官方极力阻挠"奥贝里乌"成员作品的发表，对他们的公开亮相发动激烈的批判。1930年，"奥贝里乌"受到致命打击，他们被指控反对无产阶级专政。就这样，十月革命后苏联现代主义"最后的头盖骨"（马尔夏克语）被打碎了。哈尔姆斯和维金斯基转向儿童文学，因为只有在儿童文学领域，他们倡导的"自然思维"多少还有生存的余地。1928—1941年间，维金斯基为儿童写了30多本书。1937年，奥列伊尼科夫、哈尔姆斯和维金斯基被捕，后死在集中营。

到了30年代初，林林总总的文学团体均被强行解散或自行解散。苏共中央以"现有文艺组织范围越来越窄，已经严重妨碍文艺创作的规模"为由颁布的一纸《关于改造文艺组织的决议》（1932），结束了文艺领域"众声喧哗"的局面。

第三节　小说

1934年，苏联作家第一次代表大会召开，会上成立了苏联作家协会，选举高尔基为主席。大会通过了苏联文学应该遵循的原则，即社会主义现实主义创作方法。

社会主义现实主义的定义是："社会主义现实主义是苏联文学和文学批评的基本方法，它要求艺术家真实地、历史而具体地在现实的革命发展中反映现实。与此同时，艺术反映的真实性和历史具体性应该与对劳动者进行社会主义改造和教育的思想任务相结合。"社会主义现实主义意味着文学作品应该在形式上是现实主义的，亦即描写苏联现实，在内容上是社会主义的。具体来说，社会主义现实主义要求：作家应是人类灵魂的工程师，文学应该支持共产主义事业；作家不应该反映他心目中的现实，应该反映能代表社会主义的现实，而不是社会阴暗面；应该根据历史唯物主义观点来描写和诠释过去、现在和将来；文学作品要塑造"正面主人公"，即新生活的建设者、先进人物、共产主义的理想形象应该处于叙述的中心；文学作品应该让普通百姓能够接受；故事发生的地点应限于苏联，要突出苏联的优越性。总而言之，就是内容重于形式，形式完全处于次要地位。实践证明，这样的要求对俄罗斯（苏联）文学产生了很多负面影响，结果有些艺术上乏善可陈的作品竟被捧得比俄罗斯文学乃至世界文学杰作还高。由此可见，这一理论后来被不断地修正和突破也是在情理之中的。

有意思的是，被视为社会主义现实主义性质的作品不限于1934年后。苏联文学的早期作品也被纳入社会主义现实主义之列，其中较著名的有费奥多尔·革拉特科夫的《水泥》（1925）、德米特里·富尔曼诺夫的《恰巴耶夫》（1923）、绥拉菲莫维支的《铁流》（1924）、亚历山大·法捷耶夫的《毁灭》（1927）和肖洛霍夫的《静静的顿河》（1928—1940）。

费奥多尔·革拉特科夫（1883—1958）的长篇小说《水泥》被认为是社会主义现实主义最早的经典作品之一。作品的主人公是一对普通工人夫妇格列勃和达莎。整个国内战争期间，格列勃都在随红军打仗，如今回到新罗西斯克。城市千疮百孔，人们食不果腹，灰心丧气。格列勃的妻子达莎变得判若两人。他不在家这段期间，党把她改造成了一名"新"女性。达莎渴望自由，包括性自由，她不愿做格列勃的奴隶。格列勃虽然不免吃醋，但最后还是被迫同"新道德"妥协。格列勃面临的另一件大事是水泥厂起义，他不能不注意到饥饿疲惫的工人们的情绪。另外，建筑材料也不够用，反革命分子蠢蠢欲动，官僚主义在中间起反作用。但格列勃克服了一切障碍，最终取得了胜利。工厂的开工标志着新时代的开始。格列勃和达莎这对粗野的无产者形象未必真实可信，达莎的个性不够鲜明。革拉特科夫老生常谈的现实主义时不时地犯自然主义毛病，他试图用现代主义成分来调剂自己的描写。对话中夹杂着方言、粗话和黑话。

革拉特科夫不止一次修改小说，力图使之符合社会主义现实主义要求。虽然从文学的角度看《水泥》并不是一部成功的作品，但在当时大受欢迎。其中的原因不难理解。首先，作品毕竟塑造出了"新人"，即工人形象。其次，小说中的两性关系对读者很有吸引力，这是当时一个具有普遍意义的道德问题。最后，小说充满乐观主义精神，工人最终取得了胜利。然而，这一切又同格列勃和达莎个人生活的悲剧性结局形成强烈对照：由于全身心扑在工作上，一心想成为共产党员，他们的婚姻解体了。个人生活与服务社会之间的冲突在小说中占有核心地位。因此，《水泥》也可说是一部夫妻生活的悲剧。

30 年代，尼古拉·奥斯特洛夫斯基（1904—1936）的自传体小说《钢铁是怎样炼成的》（1934）相当受欢迎。奥斯特洛夫斯基是铁路工人的儿子，内战期间在前线负伤致全身瘫痪，双目失明。《钢铁是怎样炼成的》是作者根据亲身经历，在病床上口授而成的，长期被奉为苏联文学经典之作。小说讲述出身工人家庭的青年保尔如何在革命大潮影响下成长为一个真正的布尔什维克和共青团员，并克服残疾成长为一名作家的故事。

《钢铁是怎样炼成的》结构上有缺陷，语言和风格也不够平衡和统一，自然主义与浪漫主义因素互相混杂，但这部社会主义现实主义典型作品还是值得我们认真对待。小说在 30 年代风靡一时，对包括中国在内的几代读者产生了深远影响，曾有无数的青年人把主人公保尔·柯察金视为偶像。

富尔曼诺夫的长篇小说《夏伯阳》（又译《恰巴耶夫》）是所谓事实文学的典型。富尔曼诺夫客观地讲述了自己担任传奇英雄夏伯阳师的政委时的感受。政委费奥多尔·克雷契科夫试图让这个英勇无畏但又无拘无束的英雄遵守纪律。夏伯阳是起义的俄国人民的代表，他很少关心思想问题。富尔曼诺夫认为，这是一个典型的俄罗斯人。作者力图客观公允地讲他的故事，避免诱导读者。他大量使用报纸上的报道、电讯、战报，通过共产党人的眼睛来看待一切，赞美自己的主人公们，把他们看成新人的原型。虽然富尔曼诺夫本人对自己小说的艺术性不太满意，《夏伯阳》还是被宣称为典范作品之一。小说还被改编成同名电影。

亚历山大·绥拉菲莫维支（1863—1949）是长篇小说《草原上的城市》（1912）的作者，该作品以马克思主义观点描写资本主义俄国早期的铁路建设。绥拉菲莫维支最著名的作品是长篇小说《铁流》（1924），讲布尔什维克从高加索撤退北方。小说的真正主人公并不是在他笔下看上去有如半神半人的郭如鹤，而是从白军阵营叛逃过来的贱民。小说的基本主题是这些原始无政府主义民众政治上走向觉醒和成熟的过程。"铁流"终于化为一股无边无际的革命大众的洪流。绥拉菲莫维支并不追求人物的个性化，他塑造的是符合时代精神的大众。史诗般的叙述风格给人以民间英雄史诗的感觉，从而使这部作品成为一部杰作，而其作者也成为苏联文学经典作家。

亚历山大·法捷耶夫只写了两部完整的长篇小说：《毁灭》（1927）和《青年近卫军》（1940）。两部作品在苏联时期都是学生的必读书。法捷耶夫在苏联文学中的地位应归功于《毁灭》。该书讲述西伯利亚的一支游击队被白军包围，最后只有19个人突出重围的故事。与绥拉菲莫维支不同，法捷耶夫描写的不是无名大众；也有别于皮里尼亚克，他塑造的是有血有肉的、有自己的命运和鲜明个性的人。对法捷耶夫来说，人比政治问题或展现轰轰烈烈的战斗场面更为重要。他关注的不光是人物的心理活动，还有每个人的生理反应。《毁灭》的主人公是游击队长，犹太人莱奋生。他意志坚定，沉着冷静，因而赢得大家的尊敬。莱奋生是党的化身，是党在革命和国内战争中所起的主导作用的体现。法捷耶夫笔下的游击队员英勇无畏，富于人情味。作者宣称：把感伤留给知识分子吧。跟《铁流》中的郭如鹤一样，莱奋生将游击队员从无政府主义者训练成了纪律严明的战士。法捷耶夫的心理现实主义显然延续了列夫·托尔斯泰的传统，说明他没有局限于许多其他无产阶级长篇小说家的公式化毛病。

在十月革命前登上文坛的阿·尼·托尔斯泰（1883—1945）具有敏锐的嗅觉，善于紧跟时代潮流，回应时代要求。《尼基塔的童年》（1922）是阿·托尔斯泰最优秀的作品之一，里面含有他对自己儿子的观察，堪与列夫·托尔斯泰的《童年》以及阿克萨科夫的自传媲美。作品讲述十月革命前一个男孩在俄罗斯庄园中的生活故事，讲无忧无虑和一去不复返的童年幸福，笔调优美抒情。小说饱含着对俄罗斯的真切思念。阿·托尔斯泰创作的鼎盛期是在 30 年代。他是一位高产作家，著作等身，但给他带来国际声誉的还是长篇历史小说《苦难的历程》和《彼得一世》。

三部曲《苦难的历程》（1920—1941）描绘一个富裕的知识分子家庭的三个生活阶段：1917 年前、十月革命时期和国内战争时期，也就是从 1914 年到 1921 年。故事围绕布拉文姐妹达莎和卡佳以及她们的恋人——工程师杰列金和军官罗欣展开。在旧体制下，他们过着无忧无虑的生活。十月革命的爆发打破了她们的宁静。小说第一部《两姐妹》描写 1917 年十月革命前充实但又有些狭隘的上流社会和流浪文人的生活图景。主人公们对国家大事漠不关心，个人幸福（爱情）对她们来说高于一切。第二部《1918 年》讲她们的世界的崩溃。第三部《阴郁的早晨》讲革命形势给个人与社会带来的影响和变革。杰列金和罗欣如今开始参与国家生活。军官罗欣与白军决裂，对他来说，拥护革命如今已经是一个爱国主义问题。小说是苏联文学中全景式反映革命前后俄国社会的初次尝试。小说中有不少艺术上苍白的地方：作者不善于对俄国命运做哲学思考；妇女形象随着情节的发展变得越来越缺乏可信度。阿·托尔斯泰不止一次修改过自己的小说，以尽量使它符合时代的意识形态要求。从写于国外的第一部来看，小说中的人物根本不存在接受布尔什维主义的可能性。

阿·托尔斯泰的主要作品——未完成的长篇小说《彼得一世》

（1929—1945）似乎更成功一些。在这部长篇小说中，彼得是作为历史工具出现的，他的改革不是出于暴君的独断专行，而是俄国历史发展的产物。作者赞赏彼得视野开阔，赞赏他的雄才大略，他对俄国的爱，以及他超人的精力。作者在充分研究历史文献的基础上出色地再现了17世纪末的历史氛围和语言。他复活了久远的历史，他笔下的人物不是特定思想的化身，而是真正活生生的人。这是作者无可争议的贡献。小说的不足之处是叙事缺乏统一，结构松散，个别场景之间的联系牵强附会。高尔基称这部小说为俄罗斯文学中"第一部真正的历史小说"。很多人认为《彼得一世》是借古讽今。

在20—30年代的俄罗斯文坛上，革命浪漫主义作家（皮里尼亚克、扎米亚京、巴别尔、列昂诺夫等）、讽刺作家（左琴科、伊里夫与彼得罗夫、布尔加科夫、奥列莎）均占有重要地位。另外侨民作家（什梅廖夫、扎伊采夫等）的创作也不容忽视。

鲍里斯·皮里尼亚克（1894—1938）是第一个将革命作为自己主要创作题材的苏维埃作家。1921年，他发表苏联文学第一部反映十月革命及其对国内生活影响的散文作品《荒年》。这部长篇小说获得巨大成功，使作者一跃跻身20年代俄罗斯文坛重要作家行列。作品由一系列记录1919年事件的片段连缀而成，虽然没有情节，但并不给人以凌乱破碎之感，文体风格保证了作品的严整性。抒情和叙事兼有的语言中夹杂着古语、方言和日常用语。皮里尼亚克明显受到别雷节奏小说的影响。历史文献、报刊和法律文件的摘录加剧了叙述的复杂程度。皮里尼亚克通过一些彼此没有联系的段落，讲述失去根基的城市人、贵族奥尔登宁一家、农民无政府主义者村社的故事，运用自然主义手法描绘那些残酷的、无意义的乃至色情的场面，中间穿插着对俄罗斯命运的哲学思考。

皮里尼亚克认为俄国革命是彼得堡文化的终结和彼得大帝前的17世纪罗斯的复苏。《机器与狼》（1925）反映自然（初民，野狼）与文化（"机器之人"）的冲突。在革命进程中，人民的野性能量迸发出来。有德国和鞑靼血统的皮里尼亚克用俄国的崛起反衬欧洲的没落（《第三首都》，1924）。《不灭的月亮的故事》（1926）讲的是集团军司令加甫利洛夫奉党的命令违心接受手术的故事：党认为他是"有用的"工作者（而非人），要求他担任更重要的工作。结果加甫利洛夫在外科医生的手术刀下死去。小说明显是在影射国防委员米哈伊尔·伏龙芝之死。"领袖""一号"在此不难看出是指斯大林。该作品一经问世即引起舆论界的轩然大波。皮里尼亚克此后极力回避重大热点题材，转而专注于人物心理和历史情节。尽管如此，他在柏林出版的中篇小说《红木》（1929）还是又一次成为众矢之的。小说的情节发生在伏尔加河畔一座小城，主人公是一些怪人，党内异己，幻想破灭的革命家，正是他们面临着继续俄国历史进程的任务。作者提出一个问题：陷入亚洲式停滞的俄罗斯能否那么简单就发生改变。批评界义愤填膺，迫使皮里尼亚克在政治态度方面对小说做了修改，并把它变成一部长篇小说——《伏尔加河流入里海》（1930），讲述建设大坝的五年计划，斗志昂扬的共产党员如何粉碎反革命分子的阴谋。但皮里尼亚克在劫难逃，他被开除出所有的创作组织，就连公开忏悔也未能拯救他。1938年，皮里尼亚克被作为反革命间谍枪决，1957年获平反。

叶甫盖尼·扎米亚京（1884—1937）早在1912年就以中篇小说《星空故事》引起了读者的注意。他的怪诞小说《洞穴》和《马麦》（1920）出色地再现了十月革命初期的紧张气氛。在《洞穴》主人公看来，苏维埃政权等于是回到史前的穴居时期。

扎米亚京的主要作品是反乌托邦小说《我们》（1927）。作品用日记体写成，主人公是大一统国家的公民Д-503。Д-503是位效忠国家的工程师，他的工作是参与建造一艘巨大的宇宙飞船"微积分号"。乘坐这艘飞船，人可以到达其他星球，向那里的居民灌输大一统国家的哲学。说一不二的大恩主统治着这个大一统国家，一道人为的"绿墙"

将 Д-503 的世界与外界（自然保护区）隔断。大恩主精密地调节着子民的生活、工作、思想、闲暇乃至性关系。在这个大一统国家里，房子是透明的玻璃做成的，窃听器和电子眼秘密监控着那里发生的一切，不听话者会被处死。顾名思义，在《我们》中，只有集体行动，没有个人行为，就连爱情也要跟艺术一样，以订货的方式进行。与以往不同，由于饥饿和爱情不复存在，也就不可能有什么担心和不安。因此，这里的人可以说是"绝对幸福"的。然而，结识代号为 I-330 的一个女人后，Д-503 内心真正的幸福感被唤醒了。他投向了反对派。反对派策划在大选那天发动起义。因计划被出卖，起义失败。Д-503 脑部被做了手术，幻想被摘除。

扎米亚京的创作具有超现实主义特征，富于讽刺和怪诞色彩。他称自己的风格是新现实主义。扎米亚京认为，艺术不是要再现现实，而是要使现实变形，也就是成为"非客观的"。他倾向于清晰的叙事结构和数学般的隐喻。扎米亚京同皮里尼亚克一起，在相当程度上决定了青年一代苏联作家的风格。

扎米亚京的《我们》启发了英国作家赫胥黎和奥威尔，该书与《美丽新世界》和《1984》并称为反乌托邦三部曲。

以撒·巴别尔（1894—1940）是一位卓越的浪漫主义短篇小说大师，生于敖德萨的一个犹太人家庭，开始创作时曾得到高尔基的指点。巴别尔的生平充满惊险，这造就了他现实主义的生活态度和坚韧不拔的精神，但也激发了他对酷刑的病态兴趣。早在童年时他就经历过乌克兰的大迫害，这在他的《我的鸽子窝的故事》（1925）中有所反映。1920 年，他随布琼尼的部队征战波兰并以此为题材写了系列短篇小说《骑兵军》（1923—1924）。敏感而软弱的、有教养的知识分子与野蛮粗暴的骑兵之间的冲突是《骑兵军》的基本主题。巴别尔的主人公杀人越货，奸淫妇女，满口脏话。《骑兵军》还有一个主题，即主人公们的理想与残酷现实之间的矛盾。除了悲剧性以外，作品还含有诗意成分，

浪漫主义的风格与自然主义的描写、田园牧歌般的背景与在此背景上
发生的暴行形成强烈对比。

这种对比是巴别尔整个风格的基础。在《敖德萨故事》（1923—
1925）中，作者描绘了挣扎在具有异国情调的敖德萨——"俄罗斯的
马赛"底层的犹太人的生活。这个独特世界的国王别尼亚·克里克的
形象近乎怪诞。巴别尔是所谓"青年流派"的领袖，同样来自敖德萨
的巴格利茨基、伊里夫和彼得罗夫、瓦连京·卡塔耶夫也属于该流派。
鲜明的地域色彩、骗子小说成分以及幽默诙谐的浪漫情调是该流派的
主要特征。作品中夹杂的大量乌克兰语和意第绪语强化了故事的异国
情调。

巴别尔对风格用功甚深，有的作品他修改过 20 多次。他喜爱的体
裁是短篇小说和速写。他一般只写一个片段，且结局往往出人意料，
明显是受到莫泊桑的影响。简洁的叙述与丰富的夸张相得益彰。他善
于对事件加以渲染。他说过，一个名词前面加两个形容词，非天才不
能为也。浪漫主义的表现主义手法一度把他推到了苏联文学的头把交
椅上。在苏联他享有的声誉甚至高于布尔加科夫。布琼尼指责他丑化
和诽谤红军，说他笔下的红军不是英雄，而是没有人性的白军。托洛
茨基和高尔基为他辩护。第一次苏联作家大会（1934）以后，他开始
保持沉默。1940 年被处决。

康斯坦丁·费定（1892—1977）恢复了俄罗斯心理小说传统。在
长篇小说《城与年》中，费定将俄国知识分子的典型安德列与坚定的
德国共产党员、画家古尔特进行对比。他们在第一次世界大战期间的
德国相识，又在国内战争期间的俄国重逢。安德列是个富有怀疑精神
的人，是个幻想家、"多余人"，始终企图在现存环境中找到自己的位
置，但又不能对抗当下的恐怖。他放走了这位支持白军的德国军官，
因为后者曾经救过他的命。他为"背叛革命事业"而受到惩罚：古尔
特接到党的命令，要他杀死自己的老朋友安德列。小说就是从这一场

景开始的。因此，小说的重心不在紧张曲折的叙述，而在心理分析。很多读者认为小说结构过于庞杂，次要人物太多，而"城"与"年"不断交替，不断回到过去，确实容易使人难以把握，尽管这正是小说的特色和魅力所在。

在对待道德问题（首先是可不可以杀人）的态度方面，费定与俄国经典作家一脉相承。《兄弟》（1927—1928）表现的是艺术家的立场与革命的要求问题。长篇小说《劫持欧罗巴》（1933—1935）反映了30年代典型的苏联思维，作者用西方的经济危机反衬苏联的繁荣。

列昂尼德·列昂诺夫（1899—1994）是心理小说的鲜明代表，苏联评论界对他的评价甚高，说他属于最伟大的苏联作家之列。列昂诺夫以短篇小说《一个小人物的终结》（1923）登上文坛。该小说描述了旧知识分子及其文化的贬值过程。小说令人想起扎米亚京的《洞穴》和陀思妥耶夫斯基的《双重人格》这类作品。

列昂诺夫明显继承了陀思妥耶夫斯基的传统，善于反映处于怀疑和痛苦中的人的行为的无意识动机、隐蔽动机。他对形式实验的兴趣证明他与"谢拉皮翁兄弟"团体有密切的联系。他长期处于无产阶级批评家的猛烈攻击之下，原因是他描写的是革命的"边缘"，而不是"革命本身"。

和费定的《城与年》一样，列昂诺夫的长篇小说《獾》（1924）可以说是传统长篇小说复兴的一个征兆。农民起来反对城市人、自然反对文化、传统反对革命是它的主题。城市是共产主义进步的象征，因而受到否定。谢苗和巴沙两兄弟在国内战争中成为对立面，谢苗是像獾一样在森林中躲避布尔什维克进攻的农民领袖，巴沙则是被派来镇压起义的讨伐营的指挥官。小说中插入了一个关于发疯的哈里发想给所有的星星和植物都编上号码的故事。换言之，这是一个关于超级权贵的寓言。总的来说，写成这部结构相当复杂同时又不落俗套的现实主义长篇小说，对一个25岁的作家来说无疑是个了不起的成就。

列昂诺夫很看重自己的第二部长篇小说《小偷》（1927）。在这部长篇小说中他描绘了20年代中期的莫斯科一幅引人入胜的生活图景。小说的主人公——小偷米佳·维克申很像德米特里·卡拉马佐夫和拉斯科尔尼科夫，他从前当过红军政委，如今万念俱灰，因为在新经济政策时期没有丝毫浪漫可言，他的理想再也无法实现。他堕入小偷的世界并成为土匪头目。作家费尔索夫是小说中的一个关键人物，他正在撰写关于米佳的小说，这使我们可以在两个层次上理解书中的一切：作者和费尔索夫，两个人都在探寻米佳"无政府主义"的隐蔽动机。米佳为无谓地杀人而深感内疚：国内战争时期他曾残忍地杀死一名白军军官，就为后者偷走了他心爱的马。从新经济政策的平淡背景来看，这种杀人行为显得更加荒唐。陀思妥耶夫斯基的影响明显反映在莫斯科刑事犯世界里的一些病态人物身上，如罪犯、酒鬼和妓女。列昂诺夫广泛使用生动的小偷黑话。小说是一个文学实验，站在作者和读者之间的费尔索夫形象使作品的结构趋向复杂。列昂诺夫之所以把这个人物纳入作品，有可能是想通过他来表达作者的某些冒险性思考（苏联批评界习惯于狭隘地寻找作者的生平与其作品人物之间的直接联系）。此外，也不排除作者有意强调"小偷"作为人的复杂性。1959年，列昂诺夫发表了《小偷》的修改本，对批评界说他"过于病态""过于颓废"的抨击做了让步。对米佳的"改邪归正"，批评界的意见是"缺乏说服力"。在小说结尾，"小偷"保证做一名合格的苏联公民，并打算到北方当伐木工人，接受苏联生活准则。在1959年的版本里，费尔索夫对米佳的同情已经修改成他对这个反面人物的明显反感。

长篇小说《索溪》（1930）反映的是苏联的工业化和"集体精神"。长篇小说《斯库塔列夫斯基》（1932）写的是当时的迫切问题——对旧知识分子的改造。

史诗性长篇小说《俄罗斯森林》（1953）将情节建构在两个专家维赫罗夫教授和格拉奇安斯基教授之间的学术与道德冲突上。维赫罗夫是一个诚实的爱国主义者，热爱自己的祖国，主张保护俄罗斯的大自然，而他的对手则是一个卑鄙的小人。小说中的"森林"是整个俄罗斯的象征。作品具有"解冻"文学的最初特征。

杰出的讽刺作家米哈伊尔·左琴科（1894—1958）早年是"谢拉皮翁兄弟"的成员，很早便以短小精悍（通常只有两三页）的讽刺小品赢得了读者的喜爱。他的作品讲述的都是苏联公民在日常生活中遭遇的尴尬场面。他承袭了列斯科夫和扎米亚京的传统，叙述采用第一人称，用老百姓的语言为老百姓代言。

左琴科以讽刺、幽默和怪诞的故事来反映苏联普通公民的弱点，展示新经济政策时期出现的资本主义分子（"耐普曼"）的不文明、欠教养以及他们企图在许多方面掌握主导权的野心。但他的讽刺矛头不是指向苏维埃制度，而是指向它的腐化堕落，如官僚主义、贪赃枉法、营私舞弊、谎话流行、小偷小摸等等。在左琴科笔下，庸俗的小市民对革命视而不见，他们留恋过去的时光，留恋资产阶级的安逸生活。教条主义批评家认为左琴科夸大了社会的缺点和人性的弱点，这些缺点和弱点并不具有普遍性，或者说根本就是无中生有。他的所谓感伤小说《可怕的夜》（1924）和《夜莺在歌唱什么》（1925）揭示了生活的平淡无聊与共产主义乌托邦未来之间的反差，作品不无悲剧气息和悲观情调。

《夜莺在歌唱什么》是一部心理爱情悲剧，讲一桩最终因岳母拒绝归还新人五斗橱而没能举行的婚事。

在《内科自我诊断》（1943）和《日出之前》（1943）中，作者试图揭示自己所患忧郁症的原因。作品遭到抨击。左琴科被称为"可恶的"弗洛伊德主义信徒。《猴子历险记》（1946）写一只猴子从动物园溜掉并在经历一番风波以后重新回到动物园的故事，它宁愿被关在笼子里，也不愿生活在苏联社会。左琴科因此而受到批判并被开除出作家协会。

伊里亚·伊里夫（1897—1937）和叶甫盖尼·彼得罗夫（1903—
1942）的《十二把椅子》（1928）可能是 20 年代最受欢迎的长篇小说。
这部小说已成为苏联文学经典。两位诙谐作家的构思堪称绝妙。一个
躺在灵床上的老太婆告诉女婿沃罗比亚尼诺夫，十月革命期间有一次
布尔什维克来抄家，趁他们还没进门的时候，她迅速把祖传的珠宝等
贵重物品藏进客厅十二把沙发椅中的一把的坐垫里。但在席卷全国的
革命风暴中，这些椅子流落到了全国各地。沃罗比亚尼诺夫出门四处
寻找椅子。他遇见一个滑头和骗子奥斯塔普·本德尔，此人自称是
"伟大的谋士"，善于左右逢源，化险为夷，遇难呈祥。在追寻椅子的
过程中，两人时不时地遭遇到新经济政策不太令人满意的地方。他们
走遍俄罗斯各地。狡猾的骗子和不可救药的坏蛋奥斯塔普·本德尔是
深受俄罗斯读者喜爱的文学主人公之一，堪与果戈理的乞乞科夫相比，
至今令人难忘。奥斯塔普·本德尔的冒险和奇遇在他们找到了朝思暮
想的第十二把椅子时戛然而止——沃罗比亚尼诺夫杀死了他。沃罗比
亚尼诺夫并没有如愿得到珠宝，因为珠宝早就已落入政府手中并用于
建设俱乐部。

《金牛犊》是《十二把椅子》的续集，也是一部骗子小说。在这部
小说里，伊里夫和彼得罗夫让超级骗子奥斯塔普·本德尔死而复生。
得知苏联某地有一个百万富翁，本德尔心生歹意。他跟两个冒充施密
特中尉之子的骗子一起，制定了一个周密的计划，终于将百万富翁的
钱财骗到了手。他将现金兑换成金银首饰和贵重物品，准备逃往他向
往已久的理想世界里约热内卢，不料出国未成，反在苏罗边境被罗马
尼亚边防军洗劫一空，还差点丢掉性命。

尤里·奥列莎（1899—1960）凭着一部极富特色的《嫉妒》（1927）
一举成名，蜚声国内外。作品的主题是新旧两个世界的冲突。这个主
题并不新鲜，革命浪漫主义作家费定、列昂诺夫和其他作家笔下都触
及过。《嫉妒》的魅力在于对周围现实的新鲜看法与相应的表达手段，

如多变的风格、别出心裁的形象、内涵丰富的细节、不同视角的并存。此外，小说还是从道德角度探讨共产主义意识形态的初次尝试。小说中的三个人物安德列、沃洛佳和瓦莉娅是共产主义新世界的代表。安德列·巴比切夫是新人的典型，在当时的苏联被称为"俄罗斯的美国人"。他是共产党员，一家食品公司的经理，精力旺盛，非常自信，但头脑简单。他的养子沃洛佳·马卡罗夫是一名大学生、共青团员和颇有名气的足球运动员。瓦莉娅是一个典型的现代姑娘，健康，能干，温柔。他们的对立面伊万和尼古拉代表旧世界。伊万·巴比切夫是安德列的兄弟和瓦莉娅的父亲，是"地球上最后一个幻想家"，革命剥夺了他的根基。尼古拉·卡瓦列罗夫是一个浪漫主义者。

小说的结构非同一般：一部分用第一人称形式，另一部分则用第三人称形式写成，文字简洁，内容充实，细节精雕细刻，是一部篇幅不大但艺术精致的作品。

伊万·什梅廖夫（1873—1950）早在十月革命前就享有一定知名度。他深谙城市人的生活及其言语特点，同时他也是一个讲故事的能手。广为人知的中篇小说《从餐馆出来的人》（1911）讲的是出身卑微的酒馆伙计斯科罗霍多夫的故事。作品沿袭了陀思妥耶夫斯基关注被欺凌与被侮辱之人的传统。《不竭之杯》（1919）讲一个农奴出身的圣像画家爱上自己女主人的故事。他死后，他画的圣像画释放出一种神奇的力量。什梅廖夫以《死者的太阳》（1923）一书引起西方读者的注意，该书讲他十月革命期间在克里米亚的经历。值得注意的是，这位一度加入"知识"派的作家竟然对社会题材不感兴趣。短篇小说《一个老太婆的故事》（1927）讲一个年轻的女背口袋贩子在革命期间的经历。

什梅廖夫出身于莫斯科一个恪守东正教传统的旧教士家庭，他在《禧年》（1933）和《祈祷》（1935）中再现的正是这样的生活环境，尽管是用理想化的形式。很多人将这位"根基派"作家视为俄罗斯侨民作家中最富俄罗斯特性的一位。什梅廖夫受列斯科夫影响很大，叙述技巧高超，这一点在长篇小说《来自莫斯科的奶娘》（1936）中得到充分体现。

鲍里斯·扎伊采夫（1881—1972）与什梅廖夫齐名。他以抒情短篇小说《途中》（1901）崭露头角，随即又发表了大量作品。但在1922年流亡国外之前的所有作品中，他自己认为最富表现力的还是中篇小说《蓝色的星星》（1918）。扎伊采夫的作品取材于宗教情节的颇多，具有强烈的宗教关怀，如《神子阿列克西》（1925）和讲述朝拜圣地的《意大利》（1923）、《阿丰》（1928）、《巴兰》（1936）。长篇小说《金色的花边》（1923—1925）将抹大拉的马利亚的典故与革命年代贵族的命运糅在一起。印象主义长篇小说《帕西的房子》（1935）写俄罗斯侨民的生活。小说中没有讲述者，没有主要人物，叙述场景不断变换。扎伊采夫翻译过但丁的《神曲》，有人甚至认为，这是扎伊采夫全部文学活动的最高成就。

除革命浪漫主义作家、讽刺作家和社会主义现实主义作家外，还有两位作家值得关注。他们不属于十月革命后任何一个重要流派，这便是亚历山大·格林和安德列·普拉东诺夫。

亚历山大·格林（1880—1932）早在十月革命前就获得了"俄国的爱伦·坡"称号。他的创作明显受到罗伯特·史蒂文森和约瑟夫·康拉德的影响。他喜爱的作家还有柯南道尔、杰克·伦敦、爱伦·坡和汉默生。他写过远离政治的科幻惊险小说。在苏联，这样的作品很受欢迎，原因有些出人意外：格林的"孤独的流浪汉"竟被称为革命的"浪子"。作者虚构的"格林岛"的风情对读者很有吸引力。格林的作品充满浪漫主义情调。他的情节几乎从来不是发生在俄罗斯，主人公的名字都是英国味十足，这对俄罗斯读者来说就像翻译作品。批评家认为格林的浪漫主义过于肤浅，他的格调又过于田园牧歌，有人甚至认为他是生活在另一个星球。最让批评界惊讶的是，他对诸如共产主义、国内战争、工业化这样一些重大事件竟然视而不见。他用给成年人编故事的方式代替对这一切的描述。

格林最著名的作品是《红帆》（1923），这是一个浪漫的爱情故事。在一个虚构的渔村里，水手朗格伦在妻子死后独自抚养女儿阿索丽。他靠制作木头玩具维持生计。有一天，他做了一只小小的红帆船，阿索丽带着它进城出售，路上遇到一个四处周游采集民歌和传说的人。他对她预言说，总有一天会有一个勇敢英俊的王子把她带走，脱离这个丑恶和不公平的世界。高贵的王子果然出现了，这便是格雷船长，一条大船的主人。"红帆"象征人们正在实现的理想和对幸福未来的信念。

工人出身的安德列·普拉东诺夫（1899—1951）也是一位独树一帜的作家，在俄罗斯文学史上占有特殊的一席。在短篇小说《疑虑重重的马卡尔》（1929）中，普拉东诺夫反映了普通农民的理想。马卡尔在幻想中发现一座高山顶上有一个"科学人"。他根本不关心马卡尔的苦恼，只顾考虑"天下大事"。当马卡尔历经艰险登上山顶，却发现那只不过是一尊没有生命的偶像。

中篇小说《叶皮凡尼水闸》（1927）的故事发生在彼得时代。作者追随陀思妥耶夫斯基，重新提出关于进步的问题：进步是否必不可少？如果随之而来的还有痛苦，那么该怎样实现进步？通过暴力吗？抽象的成就与个人的幸福究竟什么更重要？普拉东诺夫的两部最重要作品——长篇小说《切文古尔镇》（1929）和中篇小说《基坑》（1930）直到80年代中期才发表。《切文古尔镇》是一部关于革命的长篇哲理小说，用高尔基的话来说，"这显然是我们的审查机关不能接受的"。幼稚的切普尔内忙于实现共产主义，他认为共产主义就是博爱，就是消灭一切"资本家和半资本家"，就是一项枯燥乏味但又不可或缺的工作。切文古尔镇的所有幻想家都死了，唯一幸存下来追求幸福的德瓦诺夫结果也自杀了。比较积极的只剩下科比庸金。此人有如堂吉诃德，他的姓在俄语中与"箭头"一词谐音，令人想起游侠骑士的箭；他忠诚的坐骑名叫"无产阶级力量"，而他的情人不是杜尔西娜娅，而是罗莎·卢森堡；他成了革命的堂吉诃德。这部长篇小说似乎也可以看作是一部元乌托邦小说，在此，乌托邦意识本身成为了研究对象。

中篇小说《基坑》可以视为《切文古尔镇》的姊妹篇。故事发生在农业集体化时期。作品表现出作家难得的真诚。他的语言突破了惯常的语法，自成一格，不落窠臼。他可能是想以此来打破对世界的本质的理性看法。他是有意这样做的。这种具有陌生化效果的语言是普拉东诺夫世界观的重要组成部分。普拉东诺夫的世界观与哲学家尼古拉·费奥多罗夫（1828—1903）有联系。费奥多罗夫认为，生活的唯一目的是全人类的幸福；只有消灭饥饿、疾病、衰老乃至死亡，才能实现这一目标。只有目标实现了，邪恶才会铲除，人与人之间的敌意才会失去存在的土壤。普拉东诺夫的主人公始终在寻找幸福，他们始终是在路上，在运动中，在自然环境里。

第四节　诗歌

20世纪的俄罗斯诗歌在十月革命前已经达到高峰。十月革命后，诗歌的地位下降，作用也大不如前。革命前一代的许多诗人或选择沉默，如索洛古勃、库兹明，或选择流亡，如维亚切斯拉夫·伊万诺夫、茨维塔耶娃、霍达谢维奇。安德列·别雷虽然从国外归来，但这一时期也只是写些散文。勃洛克、古米廖夫、勃留索夫、赫列勃尼科夫、叶赛宁相继去世。十月革命后的俄罗斯诗坛上，有两个闪光的名字：帕斯捷尔纳克和阿赫玛托娃。这是现代俄罗斯文学的两位巨匠。从旧营垒中出来的只有未来派的马雅可夫斯基、帕斯捷尔纳克和阿谢耶夫在革命后仍发挥了显著的作用。20 年代，未来派为"列夫"奠定了基础，但"列夫"这一文学运动很快于 1929 年宣告终结。其代表人物中值得一提的有吉尔沙诺夫、阿谢耶夫和特列季亚科夫。

尼古拉·阿谢耶夫（1889—1963）是马雅可夫斯基较有才能的学生，1922 年加入"列夫"，与马雅可夫斯基一起工作，写有长诗《布琼尼》（1923）和很受欢迎的《布琼尼进行曲》。长诗《二十六个》（1925）模仿马雅可夫斯基的宣传鼓动诗。后来专注于哲理抒情诗的创作，大胆实验，但被批评流于形式主义。

谢苗·吉尔沙诺夫（1906—1972）的抒情诗在 30 年代末同样被认为是形式主义的。他既创作马雅可夫斯基风格的政治诗，也写爱情诗。《灰姑娘》（1935）是对安徒生著名童话的创造性改编，但又带有社会色彩。

谢尔盖·特列季亚科夫（1892—1937）与阿谢耶夫、布尔柳克、丘扎克一起在符拉迪沃斯托克的《创作》杂志合作过。他与"列夫"和普罗文化剧院有联系，倡导"事实的文学"。他认识布莱希特，翻译过他的三个剧本。对特列季亚科夫来说，作家就是"语言的共产主义工作者"。

所有这些文学新人的水平明显低于他们的前辈，意识形态的局限对他们无疑也有影响。推出了几个有意思的人物的文学流派是构成主义（1924—1930）。作为未来主义的延续，该流派于 1924 年粉墨登场，其理论家是科尔涅利·泽林斯基。构成主义主张创造结构讲究的功能性文学作品，形式、结构和词语的选择完全由主题决定。他们把"定位语义学"看成自己的理想，也就是说，形象、韵律、比喻要服从基本主题。他们叹赏现代技术，偏爱公文语体、文献摘录，看重事实和数字。与未来派相反，构成主义不否定过去的艺术。

构成主义较为坚定的代表是伊里亚·谢尔文斯基（1899—1968），对新的形式和功能进行大胆实验的诗人。他最著名的作品是《乌利亚拉耶夫匪帮》（1924），一部关于草原游击队的史诗，具有浓厚的地域色彩。诗体小说《毛皮交易》（1927）讲的是一个处于无产阶级专政条件下的浪漫知识分子的悲剧，他因自杀而受到攻击。激进荒诞的剧本《宝宝》（1931）同样用诗体写成，讲一只受到共产主义影响的猩猩克服自己的动物本能变成人的故事。

这一时期诗坛比较重要的人物之一是爱德华·巴格利茨基（1895—1934）。巴格利茨基出身犹太家庭，青年时期满怀理想主义激情参加红军，在前线打过仗，写过宣传鼓动诗。1926年，巴格利茨基成为山隘派的成员，后来又加入构成派。他的第一本诗集《西南》（1928）收入关于国内战争的一些浪漫主义诗。《乌伦施毕吉尔》（1921—1922）是一篇抒情独白，在诗中诗人自豪地将自己比作热爱生活的"佛拉芒革命家"。1930年加入"拉普"，并在该协会的第二本诗集中发表了献给五年计划的组诗《胜利者》（1932）。他模仿英国浪漫主义诗人罗伯特·彭斯、司各特、爱伦·坡、柯勒律治、吉卜林，还译过他们的作品。他最喜欢的体裁是谣曲，即抒情叙事歌谣。作为一个浪漫主义诗人，他的谣曲再现了过去的形象。巴格利茨基最为重要的作品是《关于阿帕纳斯的沉思》（1926），用乌克兰叙事诗传统写成，讲的是国内战争期间加入马赫诺匪帮的一个普通农民的悲惨遭遇。除了构成派"定位语义学"的影响外，作品中还明显看得出民间文学传统的影响。

这一时期值得一提的诗人还有：弗拉基米尔·卢戈夫斯科伊（1901—1957），在1926—1930年间属于构成派，后来又加入"拉普"，解冻期间重又焕发创作激情，但直到去世后才得到承认；"共青团诗人"米哈伊尔·斯维特洛夫（1903—1964），他的《格林纳达和卡霍夫卡》在当时广为人知；巴维尔·安托科利斯基（1896—1978）坚持西方取向，1934年，他写了《弗朗索瓦·维庸》一诗，长诗《儿子》（1943）为纪念死去的儿子而作，虽然形式是过时的，但感人至深；弗谢沃洛德·罗日杰斯特文斯基（1895—1977）曾是阿克梅派诗人车间成员。

尼古拉·扎鲍洛茨基（1903—1958）是"奥贝里乌"中斯大林专政的唯一幸存者。1929年，发表超现实主义诗集《栏目》，遭到"拉普"的残酷批判。第二本诗集（1926—1932）当时未能出版，而长诗《农业的胜利》（1933）被禁止销售。此后，扎鲍洛茨基的诗风有所转变。《第二本书》（1937）与早期作品怪异的超现实世界已很少共同之处，一度怪诞的城市题材让位给大自然。1938年扎鲍洛茨基被捕，被关押5年，1944年被流放阿尔泰边区和卡拉干达，1946年返回莫斯科。直到60年代扎鲍洛茨基在俄罗斯诗坛的重要地位才被认可。

《栏目》由两部分组成:《城市栏目》和《综合栏目》。《城市栏目》截取的是一幅幅城市日常生活画面，它常常定格于拥挤混乱的集市和商铺，以及乞丐遍地的喧闹街头。面对物欲横流、充满小市民习气的世界，诗人表现出一种批判精神。梦的主题在扎鲍洛茨基的创作中具有特殊意义，如《足球》（1926）、《疾病》（1928）、《梦的形状》（1928）等，它是诗人抵御现存世界的一种艺术表现方式。

> 梦中他看见许多兽脸，
> 橡树般的愚钝厚实。
> 一匹马微微张开双眼，
> 露出一颗方形牙齿。
> 它一边嚼着空玻璃瓶，
> 一边低头阅读圣经……
>
> ——《在梦中他看见许多兽脸》

扎鲍洛茨基用梦境的荒诞来影射现实生活的荒诞。在他看来，城市的权力对于人是一种毁灭性的力量，掌控城市的不是人，而是这些割裂了人与自然的联系的"玻璃"和"石头"，只有回归自然才是拯救人的唯一出路。《综合栏目》在思想上是《城市栏目》的逻辑延续：
"在我们的住所里，我们生活得聪明且不美丽。"

除《栏目》之外，扎鲍洛茨基还写哲理诗。他的创作视野并不仅
限于城市生活，大自然是他 20—30 年代创作中一个非常重要的主题。
诗人对待大自然的态度反映了他的自然哲学观：大自然是有灵性的，
具有人的特征。不过扎鲍洛茨基笔下的大自然也有双重性：一方面，
自然界中的一切生命都具有理智和美，具有在"狭窄的宫廷王国"里
找不到的合理性和有序性，大地母亲蕴含着力量和爱情，她繁衍生命，
无私地接受所有丧失生命的万物；另一方面，他也看到自然界中的不
和谐——弱肉强食的永恒规律：

> 甲虫啃青草，鸟儿啄甲虫，
> 艾鼬吸食鸟儿的脑髓，
> 夜幕下的野兽从草丛中
> 探出的嘴脸恐怖狰狞。
> 大自然是个永恒的绞肉机，
> 将死亡和生存
> 化为青烟一缕。但思想却无法
> 将这两个奥秘连接在一起。

——《罗杰伊尼科夫在花园》（1934）

扎鲍洛茨基认为，人类社会和自然界一样具有弱肉强食的残酷本
性。这样一来，大自然主题在他的诗中具有了社会道德内涵。诗人意
识中的理想世界应该摆脱永恒的痛苦和强权的淫威，人类的理智应该
有助于世界的完善，成为物质由简单到复杂进行持续发展的推动力量：

> 世界应该是另一种样子。
> 世界应该完整，

　　应该更雄伟，更洁净，更公平，

　　应该更理智，更幸福，

　　比起它的过去和现在。

——《世界应该是另一种样子……》

　　扎鲍洛茨基的这种观点在叙事诗《农业的胜利》（1933）中得到进一步深化：如果人类能够克服自身自私自利的本性，摆脱贪欲，彼此团结，那么，他们就可以拥有一种集体的智慧，并用这种智慧去改造世界，从事农业生产。这也是人类摆脱混乱，从弱肉强食中解放出来的自救之路。

　　弗拉季斯拉夫·霍达谢维奇（1886—1939）于1905年开始发表作品。第一本诗集《青春》（1908）证明霍达谢维奇受象征主义影响很深，第二本诗集《幸福的小屋》（1914）显露出逐渐摆脱象征主义题材和诗学的迹象。这两本诗集虽然受到阿克梅派领袖古米廖夫的注意，但霍达谢维奇后来对这两个集子并不满意，未将它们收入《诗选》（1927）。

　　霍达谢维奇的成熟期是20年代初，诗人开始探索新的诗歌方向，作品中出现了现实生活题材。《种子破土》（又译《走种子的道路》，1920）是霍达谢维奇较为重要的一本诗集，暴露出诗人面对十月革命后新现实的复杂心理。一方面，诗人以悲观厌世的态度，对过去、现在和将来漠不关心，不抱希望；另一方面，又表现出对俄罗斯复兴的期待。

　　霍达谢维奇的爱情诗《寻找我吧》构思奇特，极富想象力，是一首耐人寻味、不可多得的佳作。主人公"我"融入春天的阳光，透过窗户进入女主人公的屋子，以一种独特的方式与她继续着从前的情感交流。此情此景，感人肺腑。至于男女主人公现在所处的状态，这里似乎可以做出两种理解：这可能是"生离"，也可能是"死别"。

霍达谢维奇1922年移居国外，很快诗思枯竭，《诗选》（1927）是他在巴黎出版的唯一一部诗集。

尽管霍达谢维奇在精神和气质上均属于颓废派，但他却从一开始就宣称自己是最新诗歌文化不屈不挠的敌人，古典主义诗歌形式坚定不移的捍卫者，且至死不渝。这使得他在20世纪的俄罗斯诗坛显得有些特别。在巴尔蒙特、勃留索夫、勃洛克和别雷这些象征主义大师凯歌行进的时代，在大胆而多样的形式探索已成为潮流的时代，霍达谢维奇却反其道而行之，这不能不说是向当时的文学时尚发出的一种独特而大胆的挑战。

霍达谢维奇的创作既不属于象征主义范畴，也不属于阿克梅主义范畴。有不少文学史家将霍达谢维奇与曼德尔施塔姆并称为"新古典主义者"，但他们看问题的角度却恰好是背道而驰的。曼德尔施塔姆崇尚古典主义，但反对抱残守缺、食古不化，希望能将古典主义的严谨与现代主义的创新结合起来；而霍达谢维奇则主张严格遵循古典主义规范，不能逾越，在词汇、语义、节奏和韵律诸方面都要求必须恪守传统。

第五节　茨维塔耶娃

茨维塔耶娃与阿赫玛托娃差不多同时出道。她游离于所有流派之外，却并不拒绝任何流派的诗歌经验。她在诗歌艺术上苦心孤诣，集传统与现代于一身，达到了一个罕见的高度，被布罗茨基誉为"20世纪最伟大的诗人"。

玛丽娜·茨维塔耶娃（1892—1941）生于莫斯科。6岁习诗，18岁发表第一本诗集《傍晚的纪念册》（1910），紧接着又出版了两本

诗集《魔灯》(1912)和《选自两本书》(1913)。茨维塔耶娃1922
年移居布拉格，三年后转赴巴黎。在国外期间，发表过诗集《手艺》
(1923)、《去国以后》(1928)。1939年回国，1941年自杀身亡。

茨维塔耶娃十月革命前的两本书实际上延续了室内抒情诗的主题，
但同时也表明作者在驾驭诗歌语言和技巧方面走向成熟。茨维塔耶娃
对自己也有充分的自信：

> 我的诗，成熟得这么早，
> 我甚至不知道我成了诗人……

> 我的诗，就像名贵的美酒，
> 总有一天也会交上好运。

茨维塔耶娃这一时期的诗以感情奔放、内涵丰富见长，如《你走
起路来样子像我》《给祖母》《哪儿来的这般柔情》。这样的诗作为数甚
多。这对一个刚登上诗坛不久的年轻诗人来说是难能可贵的。

茨维塔耶娃诗歌的魅力不在可见的形象，而在变化多姿的节奏。
忽而激昂高亢，忽而娓娓道来，忽而如歌如诉，忽而诙谐俏皮，这些
特点充分表现出茨维塔耶娃诗歌语言的机智灵活和丰富的表现力。

能这样成功地发挥俄罗斯古典诗歌的节奏潜力的，在茨维塔耶娃
同时代的诗人当中不是很多。她的诗，音响婀娜多姿，流畅悦耳，音
调灵活多变，同时又总是能契合内心体验的节奏。因此，她的诗始终
是诗人思想感情的晴雨表：

> 我以全部的无眠爱着你，
> 我以全部的无眠把你聆听——
> 当整个的克里姆林宫
> 所有的敲钟人一齐苏醒。

> 但我的河流——与你的河流，
> 但我的手臂——与你的手臂
> 不会汇合啊，我的欢乐，
> 除非夕辉能追得上晨曦。

茨维塔耶娃经常把自己的诗歌编成组诗，并赋予组诗以相对的完整性和独立性，如《关于莫斯科的诗》《失眠》《斯坚卡·拉辛》《给索涅奇卡的诗》《致勃洛克的诗》《致阿赫玛托娃》等。《致勃洛克的诗》是茨维塔耶娃暗恋勃洛克的自白，尽管茨维塔耶娃只是远远地见过他，从未同他说过哪怕一句话：

> 你的名字——是掌中的鸟儿，
> 你的名字——是舌尖的冰，
> 是双唇的一个动作，
> 你的名字——三个字组成。
> 是被凌空抓住的小球，
> 是衔在口中的银铃。

对茨维塔耶娃来说，勃洛克是诗歌的化身。虽然茨维塔耶娃称勃洛克为"你"，但从她慷慨地加在勃洛克身上的那些修饰语（"温柔的幻影""无懈可击的骑士""雪白的天鹅""无欲无求的人""虔诚的信徒""宁静的光"，诸如此类）可以看出，勃洛克对茨维塔耶娃而言，不是现实生活中的那个具体的诗人，怀有一颗复杂而又躁动不安的灵魂，而是茨维塔耶娃浪漫的想象创造出来的一个抽象的幽灵。

在茨维塔耶娃的创作中，长诗占有特殊地位。就实质而言，茨维塔耶娃的长诗始终就像滚烫热烈的、时断时续的独白，节奏时而舒缓，时而急促。比如《山之诗》（1924）。"山"这个词本身能够生发出大量同义或近义的概念和形象：

那座山是一声霹雳。

我们多余跟大力神们较劲！

那座山的最后一间房子

你记得吗——在城郊的尽头？

那座山是一个宇宙！

上帝为世界付费太高！

苦难从山上开始。

那座山凌驾于城市之上。

　　《山之诗》之后茨维塔耶娃又发表了《终结之诗》（1924）。这是由许多部分组成的一部关于分别的对话，字里行间充满痛苦和绝望。《楼梯之诗》（1926）的结构要复杂得多。诗人通过房内的楼梯，象征性地折射出了住在贫民窟里的城市贫民的悲惨处境，这与有钱人挥金如土、纸醉金迷的奢侈生活形成强烈的对照。

　　茨维塔耶娃最重要同时也有可能最复杂的长诗是《克雷索洛夫》（1925），作者给它加了个副标题："抒情讽刺诗"。作品取材于西欧中世纪的一个传说。1284年，一个流浪乐师从鼠患的威胁中拯救了德国城市哈默尔恩。他用长笛的声音把它们引诱到威悉河里淹死。可市政厅的财主们知恩不报，一分钱也没给他。乐师决定报复，他趁家长们专心听教堂的布道讲话时，用长笛的声音把城里所有年幼的孩子骗到科珀尔贝里山上。突然，孩子们脚下裂开一道深渊，将他们全部吞没。不过这只是事件的外在背景，诗人要尖锐讽刺的是形形色色的精神空虚现象。

　　茨维塔耶娃在20世纪俄罗斯诗歌史上占有特殊地位，是当之无愧的大诗人。她不从属于任何流派，自成一格。她的诗除了上面说的节奏灵活、音调多变以外，还有语言凝练、形象生动等特点。在她的诗里，口语和书面语，古俄语和圣经用语并行不悖，相得益彰。她的诗饱含浪漫主义色彩，富于俄罗斯民族气息。

第六节　布尔加科夫

米哈伊尔·布尔加科夫（1891—1940）生于基辅一个神学院教授家庭。1909—1916年在基辅大学攻读医学，毕业后当过一段时间医生。1919年开始文学创作，1920—1921年寓居符拉迪高加索，1921年移居莫斯科。行医的经历他以幽默的笔调写在了讽刺性的《年轻医生手记》（1925—1926）中。国内战争期间，他写了《未来的前景》（1919）一文，认为"伟大的社会革命"应为俄罗斯的衰落负责。该文直到戈尔巴乔夫改革时期才被发现和发表。他第一部长篇小说《白卫军》发表于1924年，导致发表该作品的杂志《俄罗斯》被查封。布尔加科夫生前发表的唯一一部作品集《魔鬼颂》（1925）收入五个短篇讽刺小说。根据莫斯科艺术剧院的提议，布尔加科夫将《白卫军》改编成话剧《图尔宾一家的日子》。该剧几经波折终于被成功地搬上舞台（因为斯大林喜欢）。虽然剧本被审查机关肆意歪曲，它还是取得了轰动效应。这是十月革命后第一个没把白卫军写成嗜血成性的禽兽的剧本。然而，票房的成功也伴随着批评界的攻击。布尔加科夫第一部讽刺剧本《卓依卡的住宅》（1926），虽然在1926和1927年上演，却没有发表。早在1923年，布尔加科夫就在日记中写过这样的话："文学如今是桩困难的事情。我，以及我的观点，很难发表和存活。"描写国内战争的剧本《逃亡》（1926—1928）在首演前夕突然遭到封杀。布尔加科夫遭到批评界的尖锐批评，被迫搁笔，失去了收入。1929年和1930年，他向高尔基乃至斯大林求助，请求允许他出国或在剧院工作。斯大林允准后，布尔加科夫当了一名助理导演。主要作品《大师和玛格丽特》创作于 1928—1940 年间，这期间他的名字被从文学史教科书上删除，作品得不到发表。作于 1936 年的《剧院情史》（未完成）出版于 1965 年，《大师和玛格丽特》直到 1966—1967 年才在苏联问世，且被检查机关删改得面目全非，未经删改的版本 1969 年在德国出版。1925 年写的中篇小说《狗心》和《不祥的蛋》长期被打入冷宫，直到 1987 年才开禁。布尔加科夫在俄罗斯被全面恢复荣誉也就是从这时开始的。

长篇小说《白卫军》及其改编剧本《图尔宾一家的日子》从不同于以往官方的角度，揭示了十月革命和国内战争的悲剧。有人指责他同情白军，同情新政权的敌人。在《剧院情史》中，布尔加科夫以尖锐的讽刺形式清算莫斯科戏剧界，首先是唯我独尊的大导演斯坦尼斯拉夫斯基。在戏剧界，斯坦尼斯拉夫斯基独霸一方，并对斯大林俯首听命。

布尔加科夫在 20 年代最重要的作品无疑是中篇小说《狗心》和《不祥的蛋》。在《狗心》中，著名外科医生普列奥勃拉仁斯基教授能通过手术使人返老还童。有一次，他把一个刚刚死去的无产者、放荡不羁的巴拉莱卡琴匠的垂体和睾丸移植到一条叫沙里克的野狗身上，结果惹出一系列的乱子来。四条腿的狗变成了直立行走的人，而且他的相貌和脾气秉性明显带有巴拉莱卡琴师的影子。他满口污言秽语，读恩格斯与考茨基的通信，不服教授的管教。最后教授又不得不把这个作恶多端的"狗人"恢复原形。作为科学家，教授或可说是失败者，但作为人，他从这次失败的实验中得出一个结论：应该把人类从无产阶级高喊的具有侵略性的马列口号的畸形和破坏性影响中拯救出来。

中篇小说《不祥的蛋》探讨的是同样的问题，虽然论深刻性它不及《狗心》。动物学教授佩尔西科夫在显微镜下意外发现一种神奇的"生命之光"，能加速动物的生育和繁殖。在助手的协助下，教授制作了一个可以使光线得到强化的暗房，结果拿来做实验的青蛙都变成了庞然大物。居心叵测的记者把此事给曝了光。恰好这时鸡瘟病流行，苏维埃共和国的鸡全都死光了。党内的官僚罗克成功说服克里姆林宫相信这次实验的巨大意义，并获准在一个合作农庄做鸡实验。由于邮寄出了差错，他收到的不是鸡蛋，而是蛇蛋和鳄鱼蛋。结果孵出的不是鸡，而是蛇。几天后，接连有三个省遭到不可思议的巨大怪物群的袭击，那些怪物迅速占领了大片领土，很快逼近首都。国家危在旦夕，必须迅速采取果断措施。然而所有的办法都无功而返。就在这时，一场突如其来的灾难帮了大忙：八月里突降一场霜冻，将怪物全部冻死，这才终止了一场可怕的灾难。高尔基认为该小说很成功，但对其结尾不以为然，认为作者错过了一次绝好的机会，没有描写怪物进攻首都。

《狗心》和《不祥的蛋》已经完全具备科幻作品和讽刺作品的要素，但除此之外，这两部小说还有着深刻的哲学内涵和政治内涵。在《狗心》中，普列奥勃拉仁斯基教授（他的名字在俄语中意为"改造者"）是资产阶级知识分子的典型，一场风险很大的优生学实验的主持者，这很容易让人联想到列宁领导的社会全面改造试验。二者都很冒险，一旦失控，结果都是毁灭性的。在这一意义上，《狗心》可以说是对俄国革命的拒绝和否定。《不祥的蛋》内涵更广，动物学家佩尔西科夫教授筹划的一次实验，到了愚昧无知和急功近利的人手上便有可能演变成一场全人类的灾难。当时布尔加科夫就触及了这样的题材，足可说明他是一位具有社会责任感和远见卓识的作家。另一方面，这个中篇小说在很大程度上明显受到英国作家乔治·威尔斯的长篇小说《星际战争》的影响。

布尔加科夫最复杂多面的长篇小说无疑是《大师和玛格丽特》。小说的主要情节是魔鬼沃兰德及其随从大闹莫斯科的故事。神秘的沃兰德及其同伙把现存秩序翻了个底朝天，他们先是大闹艺术界和美学界，杀人放火，无恶不作，即便是莫斯科警局也对他们无可奈何。在一家精神病院里，我们见到了大师。他写了一部关于本丢·彼拉多的长篇小说，屡次投稿不中，反倒招来不少文章的批判和恐吓，说他是什么"好斗的旧教徒"，"企图给耶稣基督树碑立传"，"彼拉多情结"等等。大师结识了玛格丽特。一个企图侵占他的住宅的人秘告他保存有一些非法资料。大师被捕，他把自己的小说付之一炬，决心从此不再写作。在病院里，大师获得宁静。与大师遭到围剿愤而焚稿的故事平行展开的还有约书亚的故事。这是小说叙事的关键之处。本丢·彼拉多为自己身不由己地判了约书亚死刑而追悔莫及。听说约书亚的门徒们准备杀死犹大，他决定阻止这一行动，因为他想神不知鬼不觉地亲自了结此事。在莫斯科，沃兰德的胡作非为已经无以复加，莫斯科有的单位（"那里的人白天黑夜都在上班"）已在传讯目击者和当事人。最后一组武装特工被派至沃兰德及其手下所在的地点，然而却怎么也抓不住他机敏的手下科罗维约夫和大猫别格莫特。他们在商场和莫斯科文学家所住的房子里放火。在小说结尾，约书亚的学生利未·马太以老师的名义请求沃兰德把宁静赏赐给大师和玛格丽特。沃兰德的手下阿扎泽罗把大师和玛格丽特带出地下室，二人跟随沃兰德及其手下一起骑马离开地面，在天空中向自由飞去。玛格丽特请求解除对彼拉多的永久判决。根据这一判决，彼拉多周而复始地在梦中与约书亚散步和交谈，并且每到月圆时分他就会受到失眠的折磨。沃兰德给大师和恋人提供一处永久住所，在那里，正如玛格丽特所说，大师"将享受他在生活中没有得到的东西——安宁"。最后，莫斯科当局仍旧是大惑不解，官方对发生的事件做出的最终解释是：城市近来遭到一伙精通催眠术的匪徒的恐怖袭击。现在莫斯科的生活可以恢复正常了。

然而，是什么急于恢复正常呢？是官方意识形态。布尔加科夫直言不讳地批判排斥任何非理性成分的无神论。他批评和讽刺的第二个对象是莫斯科市民。在小说中，他们利欲熏心俗不可耐，荒淫无度。全书唯一的两个正常人大师和玛格丽特之间的和谐关系与他们的行为形成鲜明的对照。小说的中心主题是作家与社会之间的关系。如果说在《莫里哀的生平》中布尔加科夫揭示的是作家与权贵的冲突，那么在《大师和玛格丽特》里，处于核心的则是被控教唆反抗世俗政权的约书亚与本丢·彼拉多之间的冲突（在大师写的关于彼拉多的小说中，似乎约书亚与大师、彼拉多与迫害大师的批评家形成某种对应关系）。罗马总督代表罗马帝国。作为罗马总督，彼拉多拒不接受约书亚的言论和思想并判处他死刑；但作为个人，他却愿意接受他的言论和思想。如此看来，彼拉多的形象具有悲剧特征。由于约书亚的情节与莫斯科的情节相互交织，不难理解，有关彼拉多的叙述带有明显的社会批判意味。布尔加科夫将批判矛头指向警察国家。由于这个原因，同时也不止是这个原因，他同样也回避福音书叙事。布尔加科夫笔下的犹大不是束手就擒，而是被本丢·彼拉多的秘密人员杀死的，这似乎表达了作者对苏俄警察国家的态度。在关于莫斯科的叙事中，密探无处不在，作者对其具体代表的描写虽不无讽刺色彩，但他们的出现还是会让所有人不寒而栗。就连作家本人非常熟悉的文学界也受到布尔加科夫的无情嘲弄。官方的文学家感兴趣的只是物质待遇，他们对自己的职业漠不关心，属于高高在上的特权阶层，普通人无法接近，尽管他们的作品名义上是为无产阶级创作的（作家组织"莫文联"的俄语缩写 Массолит 也可理解为大众文学，"上面"花钱订货）。大师则相反，他是游离于体系之外的作家的代表，不愿意参与平庸的官方作家们的空谈。住进精神病院——他为自己的离经叛道付出的代价——彻底毁了他，只有超自然力量的介入才能够拯救他。

《大师和玛格丽特》带有鲜明的怪诞和幻想成分，这不光是对被魔王搞得人人自危的20—30年代苏联社会的讽刺，对缺乏人性、官僚主义作风盛行、到处弥漫着恐惧和猜疑气息的社会的鞭挞，同时也是对终将战胜集权主义国家强权的个人主义的礼赞。

有西方研究者称这部小说是现代版的特里斯坦和伊卓尔达故事。

爱情能战胜一切艰难险阻。玛格丽特以自己的冒险行动（同意在撒旦的舞会上扮演女王）挽救了作为人的大师和作为作家的大师。文学创作和女性在此扮演的角色也是该小说的重要主题。沃兰德让大师明白了他作为作家是失败的。大师屈从于批评界的压力而放弃创作，同彼拉多屈从于圣殿的压力而判约书亚死刑没什么两样。沃兰德拯救了两人。至于说只有借助魔鬼势力才能取得胜利，逃脱苏联地狱，这一点发人深思。因此，许多评论家也把这部小说看作一篇政治寓言。

第七节　帕斯捷尔纳克

　　诺贝尔奖金获得者帕斯捷尔纳克在诗歌和小说创作两个领域都取得了极高的成就。

　　鲍里斯·帕斯捷尔纳克（1890—1960）生于莫斯科，1909年考入莫斯科大学语文系，1912年去德国马尔堡大学学习哲学，1913年开始发表作品。帕斯捷尔纳克早年参加过未来主义的一个分支——"离心机"派，但从他第一本诗集《云中的双子星座》（1913）的书名不难看出，他倒是更接近象征派的诗歌传统。在这本书里，帕斯捷尔纳克的诗歌天赋和创作特色初露端倪，出现了将看似不相容的现象组合到一起的隐喻，比如《车站》一诗：

> 车站，这烧不烂的保险柜，
> 存放着我的相逢和离别，
> 这久经考验的朋友和向导
> 对功绩只开创而不总结。

　　帕斯捷尔纳克最有名也是最费解的诗集是《生活是我的姐妹》

（1922），其主要题材是大自然、爱情、艺术。评论界认为这是个人抒情与永恒主题在苏维埃俄罗斯诗歌中复活的重要标志。

《生活是我的姐妹》具有罕见的表现力和音乐性。同样是写爱情的甘苦与回忆，恋人的相逢与别离，帕斯捷尔纳克就别出心裁：

> 这里轻拭着谜样的神秘指痕，
> ——晚了，睡足觉，天亮再看便懂。
> 对于我，一如任何人，都无权
> 在唤醒之前抚摸自己的恋人。
>
> 我怎样抚摸过你啊！甚至触动了
> 我铜色的唇，像悲剧触动全大厅。
> 接吻简直像夏天。它姗姗来迟，
> 只是后来才爆发雷雨倾盆。
>
> 像鸟儿吸水，我吮到失去知觉。
> 星星久久地从咽喉流进食管，
> 夜莺们战栗着闭上眼睛，
> 一滴一滴把夜的天穹吸干。

《生活是我的姐妹》这一书名反映了诗人的生活信条和诗歌信条：尽情地享受生活。这是一种尘世的、热爱生活的诗歌，是从感性角度对大自然做出的解读。帕斯捷尔纳克的诗给人的印象是，他好像是眼界初开，对什么都充满惊奇，观察入微。他的诗歌善于捕捉稍纵即逝的直觉，隐喻奇特，联想丰富。

在长诗《1905年》（1926）和《施米特中尉》（1927）中，他把注意力投向俄罗斯革命的历史：1905年"流血星期日"引发的起义，1905年塞瓦斯托波尔水兵起义。但作品写的不是真实的客观事件本身，而是事件在人们头脑中的反映。

《第二次诞生》（1932）是帕斯捷尔纳克的阶段性作品，从这本诗集开始，他极富乐感的诗句趋向透明和朴素。诗人挖掘普希金的传统，认为"现在是最没有理由脱离普希金美学的时候"。关于艺术之使命的思考占据了显著位置。

帕斯捷尔纳克的散文需要读者步步为营地去挖掘。跟帕斯捷尔纳克的诗一样，在他的散文中，重要的不是事件，而是感受。

帕斯捷尔纳克喜欢使用巧合的手法。在他的世界里，巧合起着主导作用。帕斯捷尔纳克的两本传记包含对当时一些重要人物的回忆以及对艺术的思考。作者不关心政治问题。这些作品未必是名副其实的自传，因为它们讲述的不是事件。《柳威尔斯的童年》描述13岁的女孩热奈如何在一年内身心发育成一个成熟女性的过程。但作品的重心仍放在女主人公对外部世界以及世界上发生的事情的理解上。

长篇小说《日瓦戈医生》在意大利出版时轰动了西方。根据小说改编的好莱坞同名电影也取得了巨大成功。这是一部遵循古典文学传统的作品，人物众多，情节展开的时间和空间跨度大（从1903年直到1929年，从莫斯科直到乌拉尔）。小说讲述的是尤里·日瓦戈的生活道路。为了躲避革命风暴，日瓦戈与家人一道逃到乌拉尔，并在那里与从前认识的拉腊邂逅，两人坠入情网。由于战乱，日瓦戈不久又与家人和拉腊分开，只身返回莫斯科，最后在穷困潦倒和孤独寂寞中凄凉地死去。小说中没有贯穿始终的情节，只有一些零散的片段，个别的场景。有评论者据此而责难《日瓦戈医生》不是长篇小说，因为太零散，印象主义色彩太浓。也有人为作者辩护说，帕斯捷尔纳克写的不但是长篇小说，而且是一部博大精深的作品，它与通行的长篇小说观念相左，它首先不是一个叙事文本，而是一个抒情文本。也就是说，《日瓦戈医生》的主要题材不是20世纪俄罗斯的历史，也不是生离死别的爱情故事，而是向世界敞开内心的诗人。《日瓦戈医生》的主旨并非描写现实，而是要揭示主人公的内心体验，揭示个体是如何感受外部印象并使这些印象契合自己的观点和思维方式的。小说结尾一章由日瓦戈的25首诗组成。这不是附录，而是小说的组成部分，是理解小说的钥匙。《日瓦戈医生》充满隐喻和象征，日瓦戈的生活道路本身也充满福音书的象征形象。他的生是他自愿选择的一条受难之路，他的死意味着复活。《日瓦戈医生》是帕斯捷尔纳克抒情诗的延续，揭示了主人公的精神生活。日瓦戈是十月革命前文化精英的典型代表，即使在革命后仍试图保持自己的独立。因此，这部长篇小说也可以说是历经磨难的俄罗斯知识分子的一部抒情记录或抒情独白。《日瓦戈医生》不是一本悲观的书。在这里，大自然、爱情和美高于其他的一切。作为小说主导动机的光明具有特殊意义（如《冬天的夜》一诗中燃烧的蜡烛）。《日瓦戈医生》不是一部政治小说，而是一部哲理小说。日瓦戈并不反对苏维埃国家，相反，他准备忍辱负重，走完自己的人生历程。他捍卫作为个体的人的理想。

帕斯捷尔纳克很欣赏自己的《日瓦戈医生》："这是我的爱子，我最主要最重要的作品……我唯一永远不会放弃永远不会为之羞愧的作品……我为这部长篇小说负全责。"他甚至因此而把他从前写的诗称作不值一提的"雕虫小技"。

第八节　肖洛霍夫

米哈伊尔·肖洛霍夫（1905—1984），诺贝尔文学奖获得者，才华横溢的苏联经典作家。生于顿河军屯州的维约申斯克村，1911年开始读书，1917年因十月革命和国内战争爆发而中断学业。1918年参加红军。1923—1924年在莫斯科打零工。1926年返回故乡。同年发表短篇小说集《顿河故事》和《浅蓝色的原野》。1932年加入苏联共产党，1934年成为苏联作协主席团成员。1928—1940年出版四卷本史诗性巨著《静静的顿河》并获斯大林奖金。（然而20年代开始谣传《静静的顿河》的真正作者不是肖洛霍夫而是白军哥萨克军官费奥多尔·克留科夫，但在斯堪的纳维亚进行的电脑分析推翻了这种说法，近来手稿发现更证实了《静静的顿河》的作者是肖洛霍夫确凿无疑。）《静静的顿河》全部完稿之前，肖洛霍夫一度中断这部巨著的写作，转向农业集体化题材，并发表了长篇小说《新垦地》第一部（1932）。

第二次世界大战期间，肖洛霍夫任《真理报》战地记者，《学会恨》（1942）、《一个人的遭遇》（1957）以及未完成的长篇小说《他们为祖国而战》（1959）等作品就是以战争为题材的。1959年完成《新垦地》第二部，1960年获列宁奖金。1965年获诺贝尔文学奖。

肖洛霍夫原本打算给《静静的顿河》取名为《顿河风云》。最初的构思是要写参加反革命白军的哥萨克。小说从1917年科尔尼洛夫叛乱写起，后来构思明显扩展，情节的开始提前到1912年。洋洋四大卷的小说，反映了第一次世界大战前后直至十月革命与国内战争时期顿河哥萨克人的历史。虽然到18世纪末哥萨克人已彻底丧失独立和影响，但哥萨克强烈要求自由和自治，摆脱中央政权，这始终是俄罗斯这个群落的特点。在自己的史诗中，肖洛霍夫将哥萨克人的家庭生活记录融入了战争的历史。小说第一部写主人公葛利高里·麦列霍夫爱上有夫之妇阿克西尼亚，但屈从父命与富农的女儿娜塔丽亚结婚。结婚后的葛利高里依然爱着阿克西尼亚，他毅然抛弃妻子与阿克西尼亚私奔。第一次世界大战爆发后，葛利高里应征入伍，并在前线负伤。伤愈后又回到娜塔丽亚身边，原因是阿克西尼亚对他不忠。小说第二部写十月革命在顿河流域是如何发生的。哥萨克人的反应在小说中占有中心地位。起初葛利高里·麦列霍夫本能地站在红军一边，然而内心的矛盾折磨着他，他很快发现布尔什维克所带来的一切与人民的利益相矛

盾。作者对哥萨克自治的要求给予了很大关注。第三部写麦列霍夫投
入导致顿河哥萨克分裂的国内战争并站在了红军一边，但红军的野蛮
行径引起他的怀疑，良心迫使他与他们分道扬镳。他支持哥萨克自治，
又投向白军。在第四部里，他重新对自己选择的道路产生了怀疑。阿
克西尼亚归来，而娜塔丽亚不想为他生孩子，结果她因堕胎而死去。
与此同时，邓尼金和弗兰格尔的白军在克里米亚陷入重围。一百多万
俄罗斯人被迫离开故乡，可葛利高里·麦列霍夫却决定留下，并抱着
为革命赎罪的心理投奔正在进攻波兰的布琼尼。因历史不清白，麦列
霍夫被红军清除出队伍，但就连自己的村子也不接受他。由于看不到
出路，葛利高里加入了与布尔什维克作战的福明匪帮。最后他决定与
阿克西尼亚一起逃到库班并在那儿开始新生活，可阿克西尼亚却被流
弹击中身亡。万念俱灰，身心疲惫的葛利高里剩下的唯一安慰就是他
的小儿子米舒特卡。史诗到此结束。

　　《静静的顿河》与列夫·托尔斯泰的《战争与和平》有很多相似
之处，两位作家都巧妙地把家庭的历史与战争的历史糅合起来。维克
多·施克洛夫斯基把肖洛霍夫的小说比喻成一个个的同心圆。第一圈
是葛利高里与阿克西尼亚的爱情冲突，第二圈是麦列霍夫一家的家庭
生活纪事，第三圈讲述哥萨克村庄的命运，第四圈也是最后一圈，反
映整个哥萨克人的历史。两部小说都构思严密，场面恢弘，结构复杂，
对人物的心理刻画细致入微，时间和空间跨度大。此外，肖洛霍夫写
得最成功的是哥萨克人，而非哥萨克人写得明显逊色。与托尔斯泰相
反，他不对历史问题做哲学思考，虽然在苏联《静静的顿河》被归为
苏联文学经典，这部长篇小说还是很难叫做社会主义现实主义作品。
除了做过较多修改的第四部外，肖洛霍夫较为全面和客观地描绘了哥
萨克人所处的极其复杂的心理情境和社会情境。他并不回避对他表达
"富农思想"和党性不足的指责。肖洛霍夫没有把哥萨克人写成一群出
于纯粹的保守主义而投向白军的反动派，而是写成一群恪守传统、性

情高傲和不受约束的人，随时准备为自由而英勇献身。对那些反对红军的哥萨克人他同样也流露出理解和同情，这使肖洛霍夫的史诗富有高度的人性。史诗的历史意义在于肖洛霍夫通过一个人物反映了成千上万苏联人对这个混沌世界里的社会公正所做的不倦的、俄罗斯式的探索。苏联批评家认为，小说的重心是反面人物的命运，这与社会主义现实主义的要求背道而驰：麦列霍夫注定要毁灭，因为他没有坚决地站到革命一边，而革命是历史必然。所以说麦列霍夫是反对历史本身。卢卡契把主人公的失败归结为"犹豫不决的中农心理"，而一些西方评论家把肖洛霍夫的史诗看作对苏维埃政权的抗议。

小说中的出场人物写得都很丰满，他们的言谈举止高度个性化，语言虽然有时显得粗鲁，但丰富而生动，富于乡土特色。大量的俗语、谚语和哥萨克民谣营造出浓郁的南俄罗斯地域特色。在谈及肖洛霍夫特有的热情、豁达、敏锐、幽默以及故土情怀时，侨民评论家特霍尔热夫斯基将作家的风格称为"多神教的现实主义"。这部巨著在全世界都拥有大量读者。

肖洛霍夫的第二部长篇小说《新垦地》要逊色得多。小说第一部发表于1932年，其题材——农业集体化在当时是迫切的，而与农业集体化相联系的人类的悲剧应该说是更为迫切的，更具危险性。跟《静静的顿河》客观而自然的风格不同，肖洛霍夫展示了农村里残酷的阶级斗争，小说因而可以说是为集体化在实践上做的一个注解。第一部描写党的全权代表谢苗·达维多夫在顿河村围绕党推行的改造而进行的激烈斗争。虽然从文学角度看，这部作品明显逊色于《静静的顿河》，但具有历史文献意义。1960年问世的第二部写白军军官波洛夫采夫勾结境外势力串通富农和反动中农实施暗杀和秘密抵抗，企图阻挠农业集体化的故事。他们的计划败露，但达维多夫却为此付出了生命。

《新垦地》的意义在于准确地反映了富农被消灭的过程以及对人物性格生动而富于幽默感的刻画。小说的政治倾向可以理解，理论上正确的集体化在实践上对个体的哥萨克经济是不可接受的。起初这部小说未能通过审查，作者显然对反面人物过于手软，如小说中的妇女性情凶悍，语言粗俗，都反对集体农庄。

《静静的顿河》、《新垦地》和《他们为祖国而战》可以看成是别具一格的三部曲，写的是历史上的不同阶段以及群体和个体面临的选择。他们共同的主人公是俄罗斯、地球、大自然，因为没有这些，俄罗斯人，顿河的哥萨克无论如何是无法生活的。

短篇小说《一个人的遭遇》（1957）延续了卫国战争题材，但这篇小说还有另外一个使命，它结束了肖洛霍夫的三部曲。作品从人道主义立场出发，反映人与社会、人与历史的冲突，试图捍卫人的尊严和权利。作者采用故事套故事的结构手法，讲述了主人公安德列·索科洛夫在战争期间和战争结束后的不幸遭遇。叙述的第一人称强化了作品的真实感。小说通过个人的遭遇表现了全体人民多灾多难的命运。

第一节　概述

40—60 年代的俄罗斯文学经历了战时、战后和"解冻"三个阶段。

反法西斯的卫国战争激发了俄罗斯作家的爱国激情，也使得俄罗斯文学回归统一。30 年代中期开始被迫沉寂的阿赫玛托娃、帕斯捷尔纳克、左琴科、普拉东诺夫以及其他许多作家重新发出声音，涌现出一大批新人新作，其中许多作品都是根据作家在战争中的亲身经历写成的。俄语中有这样一句谚语："当大炮开口说话，缪斯便沉默不语。"在战时和战后总共十多年的时间里，除了维克多·涅克拉索夫的中篇小说《在斯大林格勒的战壕里》和特瓦尔多夫斯基的《瓦西里·焦尔金》，没产生更多可以传世的优秀作品。直到解冻时期（1953—1965），才迎来 40—60 年代俄罗斯文学的高潮。

1953 年斯大林去世，苏联历史开始了一个新的阶段。自上而下都表现出摆脱斯大林主义的强烈要求。1954 年的第二次作代会和 1956 年的第二十次党代会将新政策提上议事日程。广大作家一致抨击官僚主义对文学进程的干预，要求扩大题材领域。在苏共二十大上，赫鲁晓夫带头批判个人崇拜。大批作家被平反后复出。文学界的气氛开始趋向自由和宽松，理论和实践上开始尝试突破此前"无冲突论"的束缚，对"真诚"的呼声日益高涨。

正是在这一背景下，伊里亚·爱伦堡（1891—1967）的《解冻》（1954）应运而生，轰动一时，并揭开了一场文学思潮的序幕。这部作品的意义和轰动效应只能从当时特定的苏联现实来理解。作品重要的不是情节，而是作家本人的激情，对春天即将到来的预感和兴奋。此处的春天具有明显的寓意：坚冰将被打破，被冰冻的人心将要融化，人们将获得新的生活动力。爱伦堡的主人公们渴望突破禁锢。小说的艺术水平并不高，但在相当程度上反映了时代的呼声，因而小说的标题成了整整一个历史断代——"解冻"时期的标志。

不过，"解冻"文学思潮的开启不能归功于爱伦堡一人。瓦连京·奥维奇金（1904—1968）发表了特写集《区里的日常生活》（1957），同样引起了轰动，其中有几篇特写的最初发表时间甚至早于《解冻》。该书在50年代最早揭露生活中的阴暗面，积极干预生活，被誉为苏联文学新时期的"第一只春燕"。作品产生了巨大影响，很快文坛上形成了一个由弗拉基米尔·田德里亚科夫、加夫里尔·特罗耶波尔斯基（1905—1995）、谢尔盖·扎雷金（1913—2000）为代表的"奥维奇金流派"。

第二节　小说

"解冻"文学的表现主要在小说领域。继爱伦堡的《解冻》之后，弗拉基米尔·杜金采夫（1918—1998）的长篇小说《不光是靠面包》（1956）堪称"控诉文学"的代表作。这部长篇小说在艺术上并不成功，但它的内容却不啻为一颗炸弹。小说的矛头直指苏联社会的"优秀代表"。那些受人尊敬的党员和体面的公民，统统被写成了反面人物。正面主人公洛帕特金是个孤独的发明家。他有个发明，但官僚们对此不感兴趣。可等到发明引起军方的兴趣时，洛帕特金却落得个泄露国家机密的罪名，被发配集中营。他虽因大赦获释，可当官的却太平无事。好在洛帕特金并没有屈服，他公开宣称："我们还没算账呢。我要跟你们斗下去……"文学气候的变化给作家提供了公开谈论历史问题的可能性。从前的某些禁区被打破了，作家开始用文学形式反思斯大林时期。

"解冻"时期的代表性作家弗拉基米尔·田德里亚科夫（1923—1984）的作品同样对斯大林时期的历史做了清算。社会批判和道德问题是他创作的中心。他从心理层面对道德问题进行细致深刻的探索。田德里亚科夫为斯大林主义文学所忽视的人物正名，注重在冲突中塑造人物。《死结》（1956）大胆触及社会矛盾，反对官僚主义；《与涅菲尔提提的约会》（1964）反映了婚姻的解体、艺术界的内讧和官僚主义的顽固。具有象征含义的短篇小说《短路》（1962）写新年到来之际，城里突然断电，需要紧急采取行动，但谁也不肯冒险承担责任。厂长出面干涉，不幸却死了一个人。这是谁的过错呢？'短篇小说《三点、七点、爱司》（1960）提出了同样的问题。小说的核心问题是自卫的合法程度，但受到正统评论家的激烈批评。

田德里亚科夫的主人公不止一次向宗教寻求出路（《非常事件》，1961；《使徒出差》，1969）。作家主张宽容和诚实的论争，他支持这样的观点：现在的青年人接受的是模式化教育，这无法培养他们的独立意识和批判思维。他断言，物质的充足还不是最高福祉，良知才是衡量一切的最高尺度（《审判》，1961）。田德里亚科夫是传统派，十足老派的作家。他过去经常过分地现身说法。不过他拒绝社会主义现实主义式的大团圆结尾，喜欢多方位地讨论提出的问题。

女作家维拉·潘诺娃（1905—1973）在四五十年代颇有影响。长篇小说《四季》（1953）发表后立即成为批评界最关注的苏联文学作品之一。一年间发生在两个家庭中的故事真实地展示了50年代初的苏联生活场景。潘诺娃只是公开描写生活中的腐败现象，不做评判。此外，小说还含蓄地批驳了"环境决定论"观点。一个标准党务工作者的儿子竟成为罪犯。在这里，家庭冲突与社会冲突相伴相随。潘诺娃的短篇小说《谢廖沙》（1955）读来也很吸引人。

诗人和小说家弗拉基米尔·索洛乌欣（1924—1997）在"解冻"时期的俄罗斯读者中享有盛誉。他以《弗拉基米尔乡村公路》（1957）一书引起文坛注意。《一滴露珠》（1960）和《第三次狩猎》（1967）也在当时引起过反响。索洛乌欣的小说主要讲述在故乡的童年生活和对农民命运的思考，表现出作家对故乡的挚爱和对乡村未来的忧虑。在被称为"抒情报道"的《俄罗斯博物馆书简》（1966）、《黑色木板》（1969）和《采集宝石时节》（1980）等作品中，索洛乌欣批评苏联各级政府不重视精神文化遗产（圣像画、教堂、名胜古迹），从而加速了遗产的破坏和毁灭。

中短篇小说流行是"解冻"时期文坛的典型特征。斯大林时期的长篇小说已经变成一种意识形态说教，威信扫地。短篇小说由于往往选取生活中的某个片段或场景，结构相对简单，容量较小，不易暴露作者的社会观点。这是短篇小说的优势。作家纷纷放弃道德说教，认为这不符合时代精神，还容易遭到批评界的攻击。

尤里·卡扎科夫（1927—1982）是50—60年代最优秀的短篇小说家之一。他既不反映现实问题，也不批判社会，他为读者展示的是饱含深情的俄罗斯北方风景和俄罗斯北方人形象（《北方日记》，1973），朴实的猎人和渔民。他创作了一系列关于动物的短篇小说：《泰迪》、《大角》、《猎犬》（均1957），使他蜚声文坛。

卡扎科夫关注人的精神活动，通过人与自然的关系来塑造人。大自然经常给人以幸福感，尽管时间不长。塑造游离于社会的人、幻想破灭的人、孤独的人，是卡扎科夫的典型特点。男女之间紧张的性关系（《不漂亮的女人》，1965），以及关于幸福的隐秘问题，是卡扎科夫小说常见的主题。卡扎科夫的文字富于乐感，优美抒情，简约生动，饱含着对不幸者的温情和同情。他温馨而又有些忧郁的散文笔调证明，由屠格涅夫、契诃夫和蒲宁开辟的，巴乌斯托夫斯基和普里什文发扬光大的传统仍在延续。

瓦西里·舒克申（1929—1974）是一位颇有才华的短篇小说家，集作家、演员和导演等身份于一身，取得了多方面成就，在俄罗斯享有盛誉。他编导的《有这样一个小伙子》（1964）获威尼斯电影节金狮奖。他的电影《红莓》讲一个出狱的囚犯试图过诚实生活的悲惨遭遇。舒克申还写过两部历史小说：反映国内战争的《柳波文一家》（1965）和反映17世纪拉辛起义的《我来给你们自由》（1968）。他作为作家的声望主要还是归功于他的一百多个短篇小说，其中最有名的是《太阳、老人、少女》（1963）、《怪人》（1967）、《慈母心》（1969）、《委屈》（1971）等。这些小说探讨的是人类的普遍问题和永恒主题。在这些作品里，社会因素退居次要地位，中心人物都是农民以及进了城但却对城市文明格格不入的农村人。在舒克申笔下，农民始终在寻找自由。不是政治上的自由，而是保持自我、逃避到半虚构的幻想、童话和诗歌世界的可能性。他的主人公都有些古怪，他们总在寻找某种看不见摸不着的东西，一旦找不到，便会产生上当受骗的感觉，大失所望，陷入孤独和苦闷之中。舒克申的主人公没有物质上的要求：即便他什么都不缺，内心还是会感到空虚和不安。因此，伏特加是舒克申作品始终不可或缺的要素。它能减轻主人公的痛苦，让他找到人的感觉，得到自由和解脱。女人、妻子是自由的最大障碍。舒克申的主人公始终被生与死的意义这样一些俄罗斯式的命题所困扰，常常思考上帝问题。舒克申文笔简约，对话生动，喜用色彩鲜明的口语。

这一时期，战争小说领域也有新气象，产生了"战壕真实"和"中尉小说"。所谓的"战壕真实"和"中尉小说"，二者的区别主要在于从哪个角度描写战争及其灾难性后果。尤里·邦达列夫、维克多·涅克拉索夫、格利高里·巴克兰诺夫是战争小说的杰出代表。

中篇小说《营部请求火力支援》（1957）是尤里·邦达列夫（1924— ）的成名作，他也因而成为"战壕真实"的突出代表之一。个别士兵的遭遇是邦达列夫的主要题材。在邦达列夫笔下，战争是疯狂的、惨绝人寰的，而士兵是战争的牺牲品。作家将故事的时空限定在战壕里，将注意力集中在士兵的感受上。

中篇小说《最后的炮轰》（1959）、长篇小说《静》（1962）及其续篇《两人》（1964）、长篇小说《热的雪》（1969）、长篇小说《岸》（1975）等作品描写战争的惨烈、死亡的恐怖，讲述从前线归来的人们的命运，抨击斯大林的个人崇拜。长篇小说《选择》（1980）将过去与未来对接起来，讲述两个战友的不同遭遇。

格利高里·巴克兰诺夫（1923—2009）同样很少掩饰战争的可恶与恐怖。中篇小说《一寸土》（1959）讲一个苏联士兵受到双重火力的夹击：前有敌人的炮火，后有督战队（军事法庭）惩处贪生怕死者的子弹。巴克兰诺夫往往选取战场上的极端情况，对注定失败的战斗绝不加以美化。他善于真实可信地反映战争的严酷和乏味。有人指责他的写作在暴露所谓的"战壕真实"时"过于自然主义"。

维克多·涅克拉索夫（1911—1987）的中篇小说《在斯大林格勒的战壕里》（1946）同样以冷峻的笔法写成。这是作者的成名作。乍看上去，作者描绘的前线日常生活相当琐碎，书中人物的视野仅限于眼前发生的事情。涅克拉索夫感兴趣的不是轰轰烈烈的战争场面，不是大本营的运筹帷幄，而是小人物的遭遇及其对战争的反应。虽然正统的评论家指责涅克拉索夫缺乏思想性，小说还是获得了斯大林奖金。

第三节　诗歌

在 40—60 年代的俄罗斯诗坛，亚历山大·特瓦尔多夫斯基
（1910—1971）占据着极其重要的地位。特瓦尔多夫斯基 30 年代初开
始发表作品，30 年代中期发表的长诗《春草国》（1934—1936）是他
的成名作。长诗讲的是一个农民走向集体农庄的艰难历程。《春草国》
的问世表明作者已经成为一位才华出众、风貌独特的成熟诗人。对这
部长诗，批评界看法不一，有人称作者是"富农诗人"，有人说作者是
在讴歌集体化。

第二次世界大战期间创作的长诗《瓦西里·焦尔金》（1941—
1945）是俄罗斯文学的不朽杰作，是卫国战争题材诗歌中最长和最
成功的作品，有"前线生活的百科全书"之称。这是一部有着浓厚抒
情色彩的叙事诗，反映了四年战争生活的各个阶段和各个方面，同
时对前线战士的性格进行了深刻的心理分析。长诗共 30 章，有一个
副标题："关于战士的书"。书中的人物主要是普通士兵，他们在战
前是各行各业的劳动者，如木匠、拖拉机手、牧人等。长诗的主人公
瓦西里·焦尔金就是这些普通士兵中的一员。他是一名有着丰富经验
的老兵，参加过苏芬战争，卫国战争打响后，他曾三次被围，每次都
平安脱险。他不顾寒冬，泅渡大河送情报，与敌人拼刺刀，用步枪打
飞机，接替牺牲的排长带领全连冲锋，在战斗中光荣负伤。他出生入
死，最后又参加了进攻柏林的战役。他谈吐幽默风趣，善于寓庄于
谐，做战士们的思想工作。瓦西里·焦尔金在俄罗斯是个家喻户晓的
文学人物。

特瓦尔多夫斯基 40 年代的创作中，个性因素有所加强，这一点从
另一部优秀长诗《路旁人家》（1942—1946）中可以看出。诗人自己交
代说这部长诗的"主题是战争，只不过同《瓦西里·焦尔金》相比换

了个角度，换成了同样饱受战争之苦的战士的家园、家庭、妻子和儿女的角度"。《路旁人家》可以说是《瓦西里·焦尔金》的姊妹篇，二者构成一部带有浓郁抒情色彩的战争年代史诗。

《山外青山天外天》（1950—1960）是一部抒情哲理长诗，作者通过抒情独白（旅行日记）的形式，反映了战后苏联人民的艰苦生活。

《焦尔金游地府》（1963）的主人公还是瓦西里·焦尔金，背景仍为战争期间，只不过这是一部讽刺长诗。作者将在现实社会中看不惯的诸多现象，如形式主义、机构臃肿、编制庞大、办事推诿拖拉、只领导不生产等集中起来放到地府中去，让在新年夜死去并进了阴曹地府的焦尔金一一遇上，以此来嘲弄和抨击现实生活中的种种弊端。

特瓦尔多夫斯基也是一位抒情诗人，但他的抒情诗似乎多少欠缺点个性，明显不如他的长诗成就高。

"解冻"时期是俄罗斯诗歌的一个复苏期，也是一个繁荣期。随着一大批才华卓著的诗人纷纷登上诗坛，人们对诗歌的兴趣也与日俱增。莫斯科和列宁格勒等地的体育场、博物馆、剧院和音乐厅经常举办诗歌晚会，而且总是座无虚席。诗集一经上市旋即就会一抢而空。大型文学期刊和各种文集辟给诗歌的版面明显增加。创办了一年一度的"诗歌节"，并出版了同名诗歌丛刊。诗坛上出现了"大声疾呼"和"悄声细语"两个主要流派。

"大声疾呼"派的代表是叶甫图申科、沃兹涅先斯基、罗日杰斯特文斯基和女诗人阿赫玛杜林娜。

叶甫盖尼·叶甫图申科（1933—2017）可以说是他那一代年轻人的代言人。他的成名作是自传体长诗《季玛站》（1953）。抒情诗《六十年代的人》表达了一代人的心声，《鹅毛大雪纷纷扬扬》（1964）通过探寻抒情主人公与俄罗斯历史的联系挖掘爱国主义主题，与普希金、勃洛克和叶赛宁传统一脉相承。叶甫图申科是位感伤的抒情诗人，他的作品有自传因素，也有应景成分。他时常强调诗人的使命感和责任感，这从他的一本诗集的标题可以看出：《诗人在俄罗斯不只是诗人》（1973）：

> 诗人在俄罗斯不只是诗人。
> 只有那些人才注定生而为诗人，
> 他们的体内洋溢着高傲的公民精神，
> 他们不要舒适，不要安宁。
>
> 诗人在俄罗斯乃是自己时代的形象，
> 也是未来幽灵幻象般的原型。
> 诗人对他之前发生过的一切
> 加以总结时，并不会战战兢兢。

在他充满自白的诗中，他忽而把自己写成一个普通人、小人物，忽而又以一个叛逆者自居，如写一个著名荷兰人的《蒂尔·乌林施皮格尔的自白》（1965）。他描绘广阔的俄罗斯历史画卷的长诗《兄弟水电站》（1965）有哗众取宠之嫌。长诗暴露了诗人文化修养上的欠缺，作品流于空洞，缺乏说服力。叶甫图申科擅长朗诵。他到过世界很多地方，如巴黎、伦敦、纽约、北京和上海。每到一处，必登台表演。他充满激情的朗诵为他的诗名增色不少。国外把他看成斯大林时代后俄罗斯半官方的诗歌信使。有时还称他为"破冰船"，在东西方之间架设桥梁的人。他的敢于直言的诗作《娘子谷》（1961）和《斯大林的继承人们》（1962）招致批评界的猛烈抨击。《娘子谷》提醒人们不要忘记德国人在基辅近郊的娘子谷犯下的屠杀数万犹太人的罪行，呼吁社会舆论予以关注，抨击俄罗斯的反犹主义。《斯大林的继承人们》体现了赫鲁晓夫的政策。诗人请求新一代领导人将斯大林墓地警卫扩大两倍，以免斯大林从棺材里走出来。

叶甫图申科算不上个高雅的诗人，他的诗取材于当下的事件，通俗易懂。他自视为创新者，但实际上他并没有自己的风格。他挑战式的语调很适合朗诵。他试图在韵脚和格律上推陈出新，同时也运用古典诗格。他追求音响效果，有时显得不够自然。他的语言中夹杂着街头俚语、黑话以及外来语。

安德列·沃兹涅先斯基（1933—2010）与叶甫图申科齐名。在他的诗中，科学技术成分占有不容忽视的地位。诗集《镶嵌画》（1960）和《抛物线》（1960）以形式的新颖大胆而轰动诗坛，使他声誉鹊起。组诗《长诗〈三角梨〉的四十首抒情离题诗》（1962）写诗人在美国的旅行观感。长诗《奥扎》（1964）在语言上独辟蹊径，内容和形式比较艰深。长诗有两个主题：一个是爱情，一个是人类所面临的核爆炸的危险和变成机器的可能性。沃兹涅先斯基是一位都市诗人，他的诗思有不少来源于科技信息，但他也同样关注人的问题，尤其是受到核灾难和精神堕落双重威胁的人。对沃兹涅先斯基来说，诗与科学之间不存在鸿沟：科学家也好，诗人也罢，都力求创新。创作的主题在他的诗中占有重要地位。长诗《大师》（1959）将世界分成"艺术家"（创造者）和"野蛮人"（破坏者）。诗人要求绝对自由。在《哭两部未诞生的长诗》（1965）中，作品尚未完成，就被诗人埋葬，原因是他对自己不满，对失去操守的同时代人不满。有人批评沃兹涅先斯基的诗过于抽象，过于晦涩和冰冷，过于看重形式。沃兹涅先斯基在某些方面与马雅可夫斯基相近，都想惊世骇俗。他无疑受到20年代构成派的影响。在《抛物线》中，他视高更为新派艺术家的典范。

与叶甫图申科一样，沃兹涅先斯基反对教条主义和固步自封，堪称诗歌领域的先锋派，同时，他们的作品又都具有浓郁的时代气息。

解冻时期登上诗坛的年轻诗人当中值得一提的还有罗伯特·罗日杰斯特文斯基（1932—1994）和贝拉·阿赫玛杜林娜（1937—2010）。

前者凭悼念二战死难者的长诗《安魂曲》（1961）一举成名。他的作品慷慨激昂，富于政论色彩，很像晚期的马雅可夫斯基。他写过大量关于国外旅行见闻的讽刺性作品。阿赫玛杜林娜的抒情诗远离政治，她的创作取材于日常生活，形式上无懈可击，类似于阿赫玛托娃的室内抒情诗。对爱情的渴望是她作品的基本主题。这位女诗人认为，艺术存在的目的不是要给人们带来快乐，而是为了向人们展示痛苦。她的观点在当时的苏联自然不会引起特别的关注。

大声疾呼派的诗人还有丽玛·卡扎科娃和容娜·莫里茨。

悄声细语派的诗人与大声疾呼派同时登上诗坛，但成名晚了差不多10年，其代表人物是索科洛夫、日古林和鲁勃佐夫。

弗拉基米尔·索科洛夫（1928—1997）的第一本诗集《途中的早晨》发表于1953年，但没有引起注意。直到10年后他才得到普遍承认。索科洛夫的创作与普希金、莱蒙托夫、涅克拉索夫、费特等19世纪俄罗斯诗人有着密切的联系。他最优秀的风景诗与他们的传统一脉相承。他们对语言的珍视态度，细腻的抒情技巧是他效法的崇高典范：

> 但为了两三个词的狂喜和判断
> 内心苦恼不安，内心苦恼不安。

正所谓"语不惊人死不休"。索科洛夫的诗歌证明，对真正有才华的诗人来说，向前辈借鉴经验非但不会淹没他的独创性，反而会使他受益匪浅。索科洛夫受费特影响很深，很少直接对迫切的社会问题做出回应。现实生活只是潜在地存在于他的诗中。诗人关注的是一些永恒主题——爱情，忠诚，自然。他避免大声疾呼和正面介入。丰富的内心世界、细腻的感受、含蓄而内敛的抒情、严格的自省是索科洛夫诗歌的突出特点。

阿纳托利·日古林（1930—2000）在50年代末登上诗坛。他写过大量社会性很强的诗作，因此批评界也有人认为把他归入悄声细语派代表之列不尽合理。将其归入悄声细语派的最主要理由是他对风景的偏爱。但他的风景诗不同于索科洛夫的风景诗，他师法的不是"柔软"的费特，而是"坚硬"的蒲宁。他的风景诗犹如文字的图画，他尤其对晚秋时节情有独钟。

日古林 70—80 年代的作品《透明的日子》（1970）、《入秋前的光》（1972）、《索洛维茨的海鸥》（1979）、《红莓——黑莓》（1979）、《生活，意外的喜悦》（1980）和《怀着永恒的希望》（1983）抒情因素明显加强，视野明显扩大。通过唤醒记忆中的细节，来揭示今天与久远历史的内涵。对祖国、对俄罗斯、对俄罗斯大自然的热爱，是日古林诗歌世界的最重要特征：

> 我在这个世界做的是否足够，
> 为了问心无愧地凝望
> 这寒冷的茫茫远方，
> 这十月的遍野金黄？

悄声细语派最杰出的代表尼古拉·鲁勃佐夫（1936—1971）生前不为广大读者所知，死后声名远播。他一生坎坷，居无定所，备尝生活的艰辛和孤独的折磨。他把整个身心献给了诗歌创作。

鲁勃佐夫生前出版过四本诗集：《抒情诗》（1965）、《田野的星星》（1967）、《心灵呵护着》（1969）、《松涛》（1970）。故乡的大自然、祖国和人民的历史命运是鲁勃佐夫诗歌的基本主题。正如诗人在非正式出版的第一本诗集《波涛与悬崖》（1962）的自序中所说："我特别喜欢故乡与漂泊、生命与死亡、爱情与胆识等主题。我想，只有通过个性化的、私人性的抒写，诗才会是有力和持久的，同时也需要情绪、感受、思考的宏阔和鲜活。"

诗人很善于在日常生活背景上揭示人们的命运遭际和内心世界，

理解人们的动机和行为，直面人的良知和大千世界。

《我的静谧的故乡》（1964）是鲁勃佐夫的代表作之一。漂泊在外多年的游子回到故乡：

> 我的静谧的故乡！
> 杨柳，河流，夜莺……
> 我在那里度过童年，
> 那里埋葬着我的母亲。

鲁勃佐夫的诗歌语言朴实无华，也不使用隐喻等复杂手段。他的另一首名诗《田野的星星》也有这样的特点。

鲁勃佐夫的目光时常投向过去，确切地说，是投向俄罗斯的古风。这样的东西诗人在城市里难得一见，但在农村和大自然的怀抱里几乎随时都能找到（《关于莫斯科的克里姆林宫》，1968）。在鲁勃佐夫笔下，古风不光保存在人工建造的历史名胜中，还保存在诗人的世界观里。在"幸福而宁静的广阔天地"，有他寻找的"往日的罗斯"的形象和声音。《入睡的故乡的山冈》（1963）就是这样一首优秀的抒情诗。"故乡的山冈"是鲁勃佐夫的抒情主人公喜爱的地方，在这里，他可以在历史时空中穿行，纵览历史发展和时代变迁。诗的结尾强调，"像轻盈的影子一般"消失在"烟雾弥漫的田野"的骑手形象并非真实的。不难体会此时此刻抒情主人公的复杂心情。他为古代生活的失落而痛惜。这已不是叶赛宁"正在消亡的"俄罗斯，而是"已经消亡的"俄罗斯。

鲁勃佐夫是俄罗斯诗歌中丘特切夫、费特、叶赛宁传统的继承人。论创作成就，论受读者的欢迎和热爱程度，同时代的俄罗斯诗人当中恐怕无出其右者。鲁勃佐夫的抒情诗是 20 世纪俄罗斯诗歌中的一个完整而有机的现象。真诚质朴和道德纯洁，是他的长久魅力所在。诚如诗人自己在《至死不渝》一诗中所说：

愿灵魂
保持纯正
直至终结
直至死神来临。

面对这
黄色的
穷乡僻壤，
我的白桦林，
面对饱经风霜与忧患的
田埂，
在令人愁苦的
秋雨连绵的日子，
面对这
严肃的村苏维埃，
面对这
桥头的牲口群，
面对这整个的
古老世界
我发誓：
我心地纯正！

但愿它
保持纯洁
直到终结，
直到死亡来临！

鲁勃佐夫 35 岁那年，正当人生与创作的鼎盛期，被一个与之同居并准备结婚的女人砍死，实在让人痛惜不已。令人震惊的是，诗人对自己的死似乎早有预感：

> 我将死去，在主显节的严寒里。
>
> 我将死去，当白桦树劈啪作响。

不幸被诗人言中：鲁勃佐夫死的那天，正是俄国旧历的主显节。

第四节　索尔仁尼琴

亚历山大·索尔仁尼琴（1918—2008）生于基斯洛沃茨克。父亲是农民出身，参加过第一次世界大战，去世时儿子还不到半岁。索尔仁尼琴的母亲出生于库班一个富裕人家，受过良好的教育。

索尔仁尼琴毕业于罗斯托夫大学数理系，同时通过函授就读于莫斯科文史哲学院。1941 年开始在前线当兵，1945 年以大尉军衔被逮捕，被关押在劳改营，1953 年"终身定居"中亚，并开始写作，1956 年被恢复名誉和释放，在梁赞当中学教师。

早在战争前索尔仁尼琴就想当作家。在罗斯托夫读大学时，他开始收集历史资料，这些资料后来都用在了长篇巨著《红轮》里。但索尔仁尼琴的创作生涯还是始于长篇小说《第一圈》（1955—1968，1990）和中篇小说《伊凡·杰尼索维奇的一天》（1959，1962）。

《第一圈》写的是一个秘密研究所里的故事。这其实是一座监狱，跟地狱没什么两样，只不过是在第一层。但丁《神曲》中的地狱有九层，最好的一层是第一层，也就是第一圈，小说的名称由此而来。小说的情节虽然只有四天，但仍写出了诸多人物一生的遭遇。他们是

"离经叛道"的政治犯，历史漩涡的牺牲品，命中注定都要死在监狱中。这里有数学家、物理学家、化学家、无线电工程师、电讯工程师、设计师、艺术家、翻译家、装订技师，甚至还有一个给误抓进来的地质学家。他们的基本工作是制造防窃听装置。艰苦的劳动严重摧残着这些无辜者的身心。不过他们总能找到时间开个玩笑，轻松一下。他们天生幽默风趣。有时他们还会讨论哲学问题，比如有索尔仁尼琴本人影子的主人公涅尔仁。

《伊凡·杰尼索维奇的一天》讲的是集中营里的一天。早上五点起床，伊凡·杰尼索维奇因身体不适起迟了些，差点被罚关禁闭。早饭后，在零下四十度的室外砌砖墙，一直干到晚上六点才收工。一日三餐相当简陋，仅是有限的一点面包片、稀粥和难见油星儿的菜汤而已。

小说中描写的一天对伊凡·杰尼索维奇来说是再平常不过的了。他是为了保全性命而被迫招供犯了叛国罪，被判十年监禁。如今已服刑八年，期满在即。伊凡·杰尼索维奇认为这是很顺利的一天，因为除了成功地逃避了禁闭以外，他还以自己机智灵活的方式换取了两片饼干、一块香肠的回报，还比别人多喝了一碗稀汤。早晨感觉到的身体的不适也消失了，他可以安稳地睡个好觉了。小说的结尾写道："这样的日子在他的刑期里从头到底共有三千六百五十三个。由于闰年——多出了三天。"小说有明显的自传成分。Щ-854是作者过去在集中营的号码，也是小说主人公伊凡·杰尼索维奇·舒霍夫的号码。

小说的风格特点是非常细腻，事无巨细，不厌其详。在淋漓尽致的细节描写中，流露出这样一个思想：好人受难。这是一个特别的集中营，里面关押的大都是政治犯，而政治犯都是好人，都是以莫须有罪名遭逮捕判刑的，他们跟刑事犯不同。

《伊凡·杰尼索维奇的一天》之后，索尔仁尼琴又在1963年接连发表了短篇小说《玛特辽娜的院子》《克列切托夫卡车站的一件事》《为了事业的利益》。

短篇小说《玛特辽娜的院子》（1963）是一个多层次、技巧高超的短篇小说。小说不但描述了玛特辽娜荒唐的死，也描述了她艰难的生。在作者眼里，生与死都是悲剧。玛特辽娜是一个疾病缠身的可怜妇女，生了六个孩子都死了，过着缺衣少食的艰苦生活，但她并没有被不幸击倒，脸上总是挂着灿烂的微笑。直到争取到退休金，她的生活才有所改善。但好景不长，有一次，玛特辽娜帮丈夫的哥哥法捷伊运木头时，被火车轧死。

索尔仁尼琴60年代前期小说中的人物，如玛特辽娜和伊凡·杰尼索维奇，都不是内省型的人，他们似乎活在一些由外部灌输给他们而不是他们自己总结出来的观念中。根据这一观念，在不适合生存的环境中生存下来是第一位的，但不能以失去个人的尊严为代价。失去尊严意味着毁灭。也就是说，失去了别人的尊重，失去了自己对自己的尊重，即使肉体活下来了，也跟死没什么两样。

与伊凡·杰尼索维奇形象一道，似乎一种在劳改营提炼出来的新伦理也进入了文学（《古拉格群岛》就有不少篇幅是探讨这种伦理的）。伊凡·杰尼索维奇既不想丧失人的尊严，又不愿意接受集中营生活的所有打击，否则活不下去。在这一意义上作家是反对30年代苏联人所接受的文学教育，非要个人高傲地对悲剧环境进行浪漫主义抵抗的。伊凡·杰尼索维奇纯农民式的精明使他活了下来并保持了自己人的尊严。他不给自己提那些永恒的问题，也不希图对自己的战争经历和劳改营生活进行概括。他显然还不具备《古拉格群岛》中的主人公所具有的历史哲学概括能力。

玛特辽娜不属于英雄人物或特殊人物范畴，她是在最平淡不过的日常生活环境中实现自我，体会50年代苏联乡村处女地的"美不胜收"的。辛苦了一辈子，她还得为退休金奔忙，步行很远，去苦苦央求那些当官的。而且不是以自己的名义，而是以战争一开始就失去音信的丈夫的名义。她家周围到处都产泥炭，但不卖给集体农庄社员，逼得她只好去偷。塑造这个人物时，作者把她放在50年代农村最平常的环境中，表现她的无权状态和对那些芝麻官的高傲鄙视。即使是在极为不利的条件下，玛特辽娜仍能保持自己作为人的品质，这是她的可贵之处。

中篇小说《癌病房》（1967，1990）同样含有自传成分。主人公科斯托格洛托夫参加过卫国战争，战后念大学时因与同学谈论政治而被扣上"反苏宣传"罪名后被捕，判刑七年，期满后改为永久流放。但这部小说的主要内容不是写集中营和监狱，而是写"癌症面前人人平等"。流放犯在癌病房里由于得到女医生维拉的爱情而奇迹般地康复，而高级干部卢萨诺夫的地位和特权却对癌症和死亡无能为力。小说中写了十多个医生和护士，十多个病人和家属，都是各不相同的人物，作者通过主人公科斯托格洛托夫与其他人的交谈和争论，来表达他自己的人生观和道德观：永恒的感情、希腊哲学家的智慧和基督教教义。

《古拉格群岛》的全称是《古拉格群岛，1918—1956，艺术探索的一次实验》。古拉格在俄语中是"国家劳改营管理局"的缩写，群岛的意思是劳改营不是集中在一处，而是星罗棋布地分散在全国各地。这不是一部严格意义上的小说，而是材料加议论，是作者根据227个人的故事、回忆和书信写成的，就文学的形式和内容来说都是一次"实验"。至于"1918—1956"，是作者有意强调古拉格群岛从十月革命开始就已存在了。

作品分七个部分，第一部分标题为"监狱工业"，写逮捕、审问、判刑以及立法等，即"制造"犯人的程序；第二部分题为"永恒的劳动"，内容是犯人的押送、转移以及途中各地的监狱、收容所；第三部分"死亡劳改营"，正式写劳改营内的生活和各色人等；第四部分"灵魂和铁丝网"，写劳改营内犯人的精神状态，也写到集中营外面的恐怖心理和叛变行为；第五部分题为"苦役"，说这是斯大林1943年下令恢复的沙皇时期的一种体罚，1948年起设立特别劳改营；第六部分

"流放"，即服刑期满后犯人不得回原籍；第七部分"斯大林没有了"，这部分最短，先写中篇小说《伊凡·杰尼索维奇的一天》发表后引起的各种反响，然后强调"统治者在变换，古拉格仍留着"，并详细描写了1962年诺沃切尔卡斯克大规模工人游行遭到镇压的事件。

《古拉格群岛》长达2 000页，暴露苏联劳改体系规模之大，人数之多，制度之严，有些材料骇人听闻，而其中心思想还是冤狱，即无罪受罚和轻罪重罚。

索尔仁尼琴不是第一个也远非唯一一个写劳改营的作家。在他之前有瓦尔拉姆·沙拉莫夫，与沙拉莫夫同时还有安德列·西尼亚夫斯基（《合唱队里的一个声音》）。索尔仁尼琴70年代到西方时，曾惊讶地发现：从20年代开始，那里就出了近30本关于古拉格的书，竟然没有引起任何人的注意和警醒。

1970年，也就是被作协开除一年后，索尔仁尼琴因作品所具有的复活了俄罗斯文学优秀传统的道义力量而获得诺贝尔文学奖。1974年被捕并被剥夺苏联国籍，驱逐到西方。1991年回国，笔耕不辍。陆续发表了《自我》、《在边缘》（均1995）、《娜斯金卡》、《杏子酱》（1995）等短篇小说。

第一节　概述

从 70 年代初期开始，俄罗斯文学沿着三个主
要方向发展：一部分作家在官方认可或不干预的主
流写作；一部分作家转入"地下"，以手抄本或自
行印刷的形式，通过秘密渠道，传播自己的作品；
还有一部分是侨居国外的作家，如约瑟夫·布罗
茨基、维克多·涅克拉索夫、谢尔盖·多甫拉托
夫、瓦西里·阿克肖诺夫、弗拉基米尔·沃伊诺
维奇等，他们构成了境外俄罗斯文学版图。

这一时期出现了一种新的艺术创作方法——
后现代主义。俄罗斯的后现代主义与西方后现代
主义几乎是同时产生的，并逐渐渗透到艺术、哲
学乃至其他知识领域。

70—80 年代是 20 世纪俄罗斯文学发展的最后
一个阶段。从社会政治的角度，这个阶段一般以
1985 年为界，被分成两个时期：60 年代末到 80 年
代中期的停滞期和 80 年代中期到 1991 年苏联解体
的改革期。所谓"停滞"，其实只限于社会政治方
面，在文学领域则不然。这时期的文坛上涌现出不
少有才华的作家、诗人、剧作家，他们创作出了不
少传世之作。论创作个性的丰富，论题材的广阔，
论创作手法的多样化，这一时期的俄罗斯文学或许
可以与 20 世纪初或 20 年代的俄罗斯文学相比。

70—80 年代俄罗斯文学的内容和形式得到彻
底更新。其中包括当代文学中触及的技术崇拜与人

文精神的冲突。苏联文学往往偏重描写处于工程技术和生产活动过程中的人，如列昂诺夫的《索溪》（1930）、尼古拉耶娃的《途中的战斗》（1957）等。当代作家延续了这个题材，维尔·利帕托夫（1927—1979）的《这一切都是说的他》（1974）、奥列格·库瓦耶夫（1934—1975）的《领土》（1975）等。评论界一度将这路作品称为当代文学的主流。但现在不同了：文坛上出现了特里丰诺夫、田德里亚科夫、拉斯普京等人的作品。他们的作品与生产小说截然不同，具有人道主义倾向，承认人内心世界的丰富、人的理想与行为的高尚而非社会生活为普遍人类价值。

70—80年代俄罗斯文学中出现了明显的人道主义转向。道德哲学探索进入文学作品的核心，直观因素让位于分析因素。文学恢复了研究激情。所有这一切促使读者重新认识传统文学体裁、风格和手法观念。出现了与传统小说观念迥然不同的"异样"小说（舒克申、特里丰诺夫等）。"回归文学""地下文学"参与到当代俄罗斯文学进程中来，丰富和修正了人们对俄罗斯文学的整体认识。

在60年代兴起的城市小说，尤其是堪称20世纪俄罗斯文学最高成就之一的乡村小说，在这一时期达到了顶峰。

第二节　小说

随着俄罗斯侨民文学第二次浪潮的形成（第一次浪潮形成于十月革命之后），70—80年代的小说，大体上可以分为境外和境内两个部分，其中境内部分又包括了"公开的（正常出版的）""地下的（手抄本的）"两种形态。

在境外和地下作家群中，比较突出有弗拉基米尔·马克西莫夫（1932—1995）、安德列·比托夫（1937—2018）、维涅季克特·叶罗菲耶夫（1938—1990）、格奥尔吉·弗拉基莫夫（1931—2003）、弗拉基米尔·沃伊诺维奇（1932—2018）等。

马克西莫夫是一位卓越的小说家。他的四部长篇巨著《创世七日》（1971）、《隔离》（1973）、《来自虚无的告别》（1974）和《不速之客的方舟》（1979）无法在苏联发表。

《隔离》写一场突发的危机引出的人生百态。在敖德萨乘火车去往莫斯科的旅客，因敖德萨爆发霍乱而被隔离在检疫所。旅客们惊恐不安，他们借酒浇愁，不知结果会怎样。在酒精的作用下，他们开始推心置腹，将自己内心最隐秘的东西和盘托出。在这具有启示录意味的情境中，每个人都在展示自己的真实面目。大量的戏剧性遭遇、回忆、幻想、自白、幻觉连缀成一部背景广阔的俄罗斯人民生活史诗。他们自认为这是一条没有尽头的受难之路。起初，人们互相倾诉只是因为百无聊赖，借以打发难挨的时间而已，不料后来随着交谈的深入，崇高的精神和自觉的生命意识在人们心中苏醒了，对过去自己犯下的罪孽，人们纷纷表示要悔过自新，脱胎换骨。

马克西莫夫的宗教世界观在《创世七日》中表达得更充分。这是一部高水平的作品，具有强烈的精神震撼力。小说塑造了一个当代俄罗斯人形象，表达了他的期待和幻想，他的希望与失望。作品的标题很容易让人联想到圣经。作者意在探寻新俄罗斯人的起源及其在苏联经验基础上的发展。小说的核心人物是彼得·瓦西里耶维奇·拉什科夫。他是一名共产党员，忠诚的共产主义者。在80岁以前，他坚信自己和"他们"是正确的，坚信自己和"他们"的道路是合理的。简言之，他对"神圣的事业"深信不疑。这部家庭纪事反映了与主人公有关联的数十人的遭遇。总结自己的一生和苏维埃政权50年的历史时，拉什科夫发现，自己一生都在徒劳地追逐一个"微不足道的、看不见摸不着的幽灵"。在这个国家里，人们被强迫吞吃粪便，但又不许他们吐。渐渐地，拉什科夫开始用宗教眼光看待事物，这对这位"革命骑士"来说并非轻而易举。小说以这样一句话结尾："第七天到了——希望和复活的一天。"

安德列·比托夫（1937—2018）专门描写遭遇精神或道德危机的人的情感。他对社会问题不感兴趣。《普希金之家》（1964—1971）是当代俄罗斯文学最复杂的长篇小说之一。小说写一位文学研究者的升迁与爱情。如书名所示，俄罗斯文学博物馆，即"普希金之家"，也是小说描写的对象。小说充满若隐若现的互文意义，不断插入的作者——讲故事人的注解，使作品看起来犹如一座庞大的迷宫。有可能，这本书同时也是一部"元小说"，探究的是比托夫小说本身的来源。

维涅季克特·叶罗菲耶夫（1938—1990）的"长诗"《莫斯科—佩图什基》（1969）是20世纪俄罗斯文学的杰作之一，在国内外享有盛誉。小说的主人公维涅契卡登上开往郊区佩图什基的火车。他要去佩图什基和自己的恋人，自己的"女皇"见面。上车时他已经醉了，而且醉得越来越厉害。他只能逐渐接近，却没能真正到达目的地——他没有得到这样的幸福。他的整个存在都受酒的支配。他与其他乘客一起，不停地喝，凡是含酒精的，能够得到的，葡萄酒也好，伏特加也罢，来者不拒。"白色魔水"能令他茅塞顿开，恍然大悟，从而领略俄罗斯忧愁的深度。

与马克西莫夫的小说《隔离》不同，我们在此看到的不是启示录的现实，而是真实的现实，虽然是通过乘客维涅契卡醉酒后的意识反映出来的。伏特加酒的制作方法，其他乘客与列车员的谈话（列车员对逃票者每公里罚伏特加酒一克并当场喝掉），对布尔什维克革命的讽拟，对英国和法国的怪诞造访（通过把愿望当现实的"我"的病态想象），还有最后出谜语的斯芬克斯的出现——维涅契卡酒喝得越多，叙述就显得越真实，越富于幽默色彩。但通过维涅契卡的酒中旅行，通过对醉成一片的国家的描写，透过他的滑稽和讽刺，却分明可以看到一种令人伤感的巨大的真实和严肃。用无所不在的"白色魔水"来检验，所有的生活问题都得到了解答。对作者来说，这是一条绝望之路，逃亡、抗议和批判之路。在这部关于苏联酒患的史诗背后，隐藏着一套完整的哲学——苏联的"多余人"哲学。叶罗菲耶夫的酗酒小说吸引读者的不光是其深刻的哲理和存在主题，还有其特有的异国情调和文学形式，以及创作方法上的实验。凡熟悉俄罗斯文学史的人都知道"长诗"是什么意思。在酒气熏天的车厢里，乘客们不光喝酒，还试图找到这一全民性流行病的原因。他们在醉酒的深渊里越陷越深，可他们的讨论却越来越清醒："俄罗斯所有有价值的人，所有它需要的人，无一例外地都喝酒，就像猪一样。而多余的、没用的人才不喝。……喝得厉害！俄罗斯所有诚实的人都喝。他们为什么要喝？——因为绝望才喝！因为诚实才喝！因为无力减轻百姓的痛苦才喝！"叶罗菲耶夫效法果戈理，称自己的小说为"长诗"，这样定义自己作品的体裁。对果戈理来说，奔向远方的三套马车是俄罗斯的象征，而对叶罗菲耶夫来说，在醉成一片的国家里运行的酒气熏天的火车是苏联的象征。主人公的悲剧在于，他认识到了他所生活的社会的实质——虚假。"长诗"的小人物是位不信教的怀疑主义者。在这个人人都必须相信的社会里，怀疑生活现实就等于怀疑苏联体制的合法性，因而也就会受到法律制裁。主人公最后当然没有见到自己的恋人。从佩图什基回来的路上，他无意中到了他从来没有去过的红场和克里姆林宫墙下，与杀死他的凶手遭遇。

叶罗菲耶夫的剧本《瓦普吉斯之夜》(1985)的情节在疯人院展开，充满酒后的胡言乱语，类似《莫斯科—佩图什基》，含有反西方和反犹言论。在80年代末，《莫斯科—佩图什基》无疑是最受欢迎的作品之一，与伊里夫和彼得罗夫的《十二把椅子》、布尔加科夫的《大师和玛格丽特》并驾齐驱。其作者也成为苏维埃时代的最后一个文学神话。1995年，俄罗斯出版的叶罗菲耶夫一卷本文集《让我安静一会儿吧》几乎是他的全部作品。

格奥尔吉·弗拉基莫夫（1931—2003）跟索尔仁尼琴一样，以写集中营著称。中篇小说《忠心耿耿的鲁斯兰——一只警犬的故事》（1975）使他蜚声国内外。作家用朴实但又极富诗意的语言描绘了俄罗斯集中营里一只警犬的遭遇：因为大赦，"它的"集中营被撤消了，这条忠心耿耿的警犬再也没有用处了。获得自由的囚犯排着长队准备离开集中营，可警犬仍把他们当作囚犯来守卫，结果双方发生冲突，警犬被打死。直到临死，鲁斯兰才终于意识到它的工作热忱其实是误入歧途。弗拉基莫夫对集中营文学的杰出贡献在于他描写事件的出发点和视角。小说中的事件是通过鲁斯兰的眼睛和内心体会写出来的，这只警犬把自己看成是集中营系统中的一个重要部分。这个中篇小说寓意深刻，发人深思。

讽刺作家弗拉基米尔·沃伊诺维奇（1932—2018）的成名作是短篇小说《我想做一个诚实的人》（1963），代表作是在巴黎出版的《大兵伊万·琼金的生平与非同寻常的历险》（1975）。主人公琼金形象散发着民间文学气息。小说写单纯朴实的农民士兵琼金如何在失去理性的世界里（二次大战初期的苏联）始终得以保持清醒头脑的故事。笨蛋琼金成功地与苏联政权的庞大机器周旋，他用自己的眼睛看一切，因而能在一个荒诞的世界中保持正常。这里不光情节引人入胜，人物及其言行的描写和刻画也十分高超。在反映民众对周围发生的事情的态度时，作者始终保持中立的立场，不公开表示自己的好恶，整个叙述轻松自然，诙谐幽默。作品中的人物直接来源于生活，具有斯大林时期的苏联社会固有的特征。琼金不是滑头，而是俄罗斯民间童话中的傻瓜伊万努什卡，表达了俄罗斯民间的一个信仰：单纯和真诚终会战胜狡诈和邪恶。这部小说的第二部名为《皇位觊觎者》（1975），写琼金被误当成皇位觊觎者的故事。

70—80年代的城市小说和乡村小说，尤其是乡村小说，是20世纪俄罗斯文学的主要成就之一。

　　城市题材在俄罗斯文学具有悠久传统并与陀思妥耶夫斯基、契诃夫、高尔基、布尔加科夫等许多著名作家的名字联系在一起。然而，或许直到 20 世纪 70—80 年代，这一题材的作品才获得"城市小说"的称谓。值得一提的是，在 70—80 年代俄罗斯文学中，类似"乡村小说""城市小说""战争小说"的定义并非科学术语，只是相对而言。这些概念在批评界使用，有利于对文学进程进行一般的分类。

　　尤里·特里丰诺夫（1925—1981）被称为城市小说的"哥伦布"，以写城市生活和知识分子著称。长篇小说《大学生》（1950）是特里丰诺夫的成名作。作品虽然并不回避生活中的消极现象，但内容拖沓，缺乏真实感，可以说是战后"无冲突"文学的绝好样板。特里丰诺夫后来"悔其少作"。60 年代后期起，特里丰诺夫连续发表一系列描写莫斯科生活的中篇小说，如《换房》（1969）、《初步总结》（1970）、《拖了很久的分手》（1971）、《另一种生活》（1975）、《滨河街公寓》（1976），以及长篇小说《老人》（1978）、《时间和地点》（1980）等，在文坛产生了持续的影响。

　　特里丰诺夫的创作独具一格。他的主要贡献是社会心理小说，也就是"莫斯科"系列中篇小说。

　　特里丰诺夫深受契诃夫影响，善于通过准确细腻的日常生活描写来揭示人物的内心感受。《换房》写工程师德米特耶夫为讨好妻子，说服身患癌症的母亲，把她住的一套房子和他们自己住的一套房子并在一起，换一套更大的房子。妻子本来坚决不肯与婆婆同住，可一听说婆婆得了不治之症，便很痛快地答应了丈夫的要求，因为这样她就可以在婆婆死后，顺理成章地得到她的房间。

　　《滨河街公寓》写一个科学家的日常生活、他的发迹史，从中不难看出特里丰诺夫深刻的心理洞察力。小说中的人物都写得非常饱满，有血有肉。特里丰诺夫善于塑造性格多面的形象，格列鲍夫就是这样。某研究所的负责人格列鲍夫出身贫寒，从小羡慕和妒忌住在豪华的"滨河街公寓"里的人。40 年代读大学时，他伪装勤奋好学，骗得了学术造诣高深的甘丘克教授的好感，同时还追求教授的女儿。他性格懦弱，但善于钻营。当甘丘克教授遭人陷害时，他为了向上爬竟不惜出卖恩师。他终于如愿以偿，搬进滨河街公寓，可甘丘克教授却被害得家破人亡。这是一部内容厚实、引人入胜的作品，再现了俄罗斯历史上的一个特定时期。莫斯科河畔的一座著名公寓，苏联精英荟萃的地方，成了悲剧的舞台，时代的缩影。《滨河街公寓》发表后，在国内外引起轰动。

在长篇小说《老人》（1978）中，现实生活与历史回顾两条线索平行展开。老人列图诺夫早年参加过十月革命和国内战争。内战期间，红军将领米古林因"叛变"被审讯时，他是书记员。50年后，老人根据多年来收集到的材料，证明这是一起冤案，于是写文章呼吁为米古林平反。老人的儿孙们不理解，他们只关心眼前利益，令老人大失所望。

特里丰诺夫是"城市小说"的代表，在触及当代问题的作家中，他是个核心人物，有诚实和公允之名。他的写作风格平稳而含蓄，常常在叙述中穿插回忆，变换背景。他的作品很受读者欢迎。

弗拉基米尔·马卡宁（1937—2017）的第一本长篇小说《直线》带有自传成分，发表于1965年。但他很快又改学电影编导，直到70年代中期才重返文坛，成为"新浪潮"小说家中引人注目、独具特色的一位。

马卡宁属于20世纪末俄罗斯"头脑清醒"的一代小说家，对生活和文学已不像他们的前辈那样充满希望和幻想。这一代人是在半个世纪的"发达社会主义"优越性的神话破灭后成长起来的，已经不再将自己的命运同"光明未来"联系在一起。

相反，在马卡宁的小说中，在小说的结构和基本情节中，倒有很多真实生活的见证，与勃列日涅夫停滞时期的宣传和"社会主义现实主义"的标准相去甚远。

马卡宁小说的故事和人物反映了苏联社会的蜕化，俄罗斯传统的全面崩溃。只有在他们少不更事的记忆中，还残存着祖父和祖母的旧俄罗斯，有着复杂却又和谐生活的俄罗斯，人与人各不相同但都精神饱满意志坚强的俄罗斯。但那个俄罗斯对他们来说年代太久远了。这一点在中篇小说《红色的与蓝色的》中得到充分体现。

俄罗斯古老生活的解体与丑陋的"棚户区"和"事故频发的村镇"的出现不无关系。人们在这样的环境中生活会变得日渐圆滑和世故。他们的生存斗争并不会保护他们的个性，只会激发他们的灵活性，对不断变化的环境的适应能力。马卡宁的很多人物都生在"棚户区"，长在"棚户区"，但他们都极力摆脱那里的环境，甚至不惜为此牺牲个人的尊严。

马卡宁始终关注当代人的多面性。在他看来，虚伪、无原则、善于投机钻营、为了生存不择手段是当代人的最突出的一面。"人的头脑要灵活"，这是《逃跑的公民》《跟班》《消遣》等作品中的主人公们的共识。与此同时，他的主人公们在抗拒真正的真理时，自己却经常成为这种生活方式的牺牲品，在自己制造的意义和价值中迷失（《反领袖》《一男一女》《铺着呢子台布中间摆着长颈玻璃瓶的桌子》）。不满足、受欺凌和侮辱——这是他的主人公的常态。失去真实面孔会遭到报应。

中篇小说《先知》（1982）的主人公雅库什金是个例外，他没有丧失自己的真实面目。中篇小说《拉兹》（1990）是马卡宁对80—90年代之交俄罗斯（苏联）生活中灾难性进程的回应。这是一部乌托邦小说，或是反乌托邦小说。作者对处于社会和精神休克状态下的俄罗斯命运提出了自己的一种说法。

谢尔盖·多甫拉托夫（1941—1990）、鲁斯兰·吉列耶夫（1941—　　）、弗拉基米尔·克鲁平（1941—　　）、柳德米拉·彼得鲁舍夫斯卡雅（1938—　　）、维亚切斯拉夫·皮耶楚赫（1946—　　）等也属于城市小说作家群，他们的作品体现了城市小说的丰富性和多样性。他们主要关注城市人的生活状态，试图通过人物和环境的双重性来反映当代世界的复杂性和当代人的矛盾性，提醒人们注意现象的另一面。

在城市小说的框架内还出现了一个女性作家群，成为文坛一个引人注目的现象。这么多才华卓著的女性作家同时涌现，这在俄罗斯文学史上可以说是绝无仅有的。1990年出版的女性作家专集《不记仇者》收入了达吉雅娜·托尔斯塔娅、柳德米拉·瓦涅耶娃、瓦连京娜·纳尔比科娃、维多利亚·托卡列娃、尼娜·萨杜尔等人的作品。随着时间的推移，女性作家的队伍不断壮大，女性小说也逐渐突破城市题材的范畴。

传统上俄罗斯曾长期是一个农业国家。农村题材从未淡出过俄罗斯作家的视野，但农村题材成为核心题材可以追溯到50年代，奥维奇金的《区里的日常生活》带动了一批乡村作家。特罗耶波尔斯基用讽刺幽默的笔调描写农村，挖苦和嘲弄农村的欺诈行为、愚昧落后和官僚习气，同时也表现农民的善良（《园艺师手记》，1953）。

费奥多尔·阿勃拉莫夫（1920—1983）的特写《不着边际》（1963）大胆地揭露了一个集体农庄的混乱不堪，乌烟瘴气。他建议允许农民参与集体劳动收入的分配。此外，他认为将农村人口隔离是个耻辱。由于没有身份证，农民无奈只能被束缚在自己的集体农庄。该作品引起争论。阿勃拉莫夫的代表作是反映俄罗斯北方农民生活的四部曲：《兄弟姐妹》（1958）、《两冬三夏》（1968）、《道路与交叉路口》（1974）和《家》（1978），总的名字是《兄弟姐妹》。四部长篇小说的核心人物是阅历丰富的米哈伊尔·普里亚斯林。他14岁时，父亲在前线牺牲，整个家庭负担从此落在他的肩上。战争结束后，农村情况仍不见好转，人们除了贫困一无所有，政府无情压榨农民。

鲍里斯·莫扎耶夫（1923—1996）长篇小说《费奥多尔·库兹金生活片段》（又名《活人》，1973）中的俄罗斯农民是官僚主义错误的牺牲品，不愿屈从于集体农庄领导层的横行霸道、飞扬跋扈。他受尽折磨，被迫离开农庄，到别处去寻找幸福。长篇小说《农夫和农妇》（1976，1987）第一部写20年代对农民的剥削，第二部含蓄地批判了集体化在消灭富农问题上的错误。莫扎耶夫的作品与肖洛霍夫的《新垦地》不同，他是从集体化的牺牲者而不是实施者和胜利者的角度来写集体化进程。

弗拉基米尔·利秋京（1940—　）的创作追求与俄罗斯乡村传统有着密切的联系，他的所有作品几乎都取材于他的故乡——白海沿岸农村。他很注意收集民间口头文学素材。他善于反映人的内心世界。《明亮的正房》（1973）写农业集体化期间农村的艰苦生活。《寡妇纽拉》（1978）讲一个历经磨难的农村妇女孤立无援地与生活搏斗的故事。利秋京也写历史小说，长篇小说四部曲《分裂教派》取材于17世纪俄罗斯东正教的分裂。

乡村散文领域有三个大家：别洛夫、阿斯塔菲耶夫和拉斯普京，他们均在国内外享有盛誉。

瓦西里·别洛夫（1932—2012）是道德作家，他的作品关注的首先是乡村生活的道德层面。中篇小说《凡人琐事》（1966）反映俄罗斯农民虽处境艰难，仍不失尊严地接受自己的命运。在这里，作者不以刻画冲突和编造情节取胜，而是着力描绘笼罩农村的气氛。农民伊万·阿弗里卡内奇和他的妻子卡捷琳娜生了9个孩子，无力抚养，他被迫去城里打工。卡捷琳娜死后，伊万返回家中，也想寻短见，但经过一番思想斗争最后还是决定接受生活的挑战。

《木匠的故事》（1968）讲一个青年人离开农村老家，因为当地官员把村里搞得乌烟瘴气，让人活不下去。几年后他又返回家乡，同样是为了寻找城里所没有的安宁和纯朴。《两个老人的故事》再现了整个农村的历史。别洛夫对俄罗斯特有条件下形成的民族性格给予了很大关注。生活的不间断性、传统和农业劳动的意义是作家的主要题材。别洛夫跟普里什文一样，都出生在北方的沃洛格达省，那里较少受到中央政策的干预。由于过于偏远，无法吸引地主来定居，北方不曾有过农奴制。那里住的都是旧教徒，他们为逃避沙皇政府迫害而迁居至此。也是由于地理位置的原因，在苏联时期，那里的集体化比其他地方实行得都晚。那里的民间口头文学比较发达，因而很自然就成了乡村文学的摇篮。在《和谐——民间美学特写》（1979—1981）一书中，别洛夫以亲切和有些忧郁的笔调描绘了与大自然融为一体的农民生活的完整图画。长篇小说《前夜》（1972—1987）写集体化之前的俄罗斯农村，作者称之为"20年代纪事"。直到1991年，这部纪事写集体化造成俄罗斯农村毁灭的最后几章（《伟大转折的一年》）才发表。

维克多·阿斯塔菲耶夫（1924—2002）写的是一些普通人的严酷生活，人与人之间时常受到考验的关系。他的小说有自传成分。《破产》（1960）描写作者30年代末在孤儿院的经历。长篇小说《鱼王》（1976）由12个独立的故事构成，它们由讲故事人、故事发生的地点和核心主题——人与自然的关系串联成一个整体。在阿斯塔菲耶夫笔下，不时会出现大自然对人的报复。大自然绝非富于异国情调的背景，而是一种强大的力量，它会厚待人，赐予人智慧，也会反抗人。人应该关心生存问题。阿斯塔菲耶夫不能容忍人们对大自然缺乏理性的破坏。但值得庆幸的是，他很善于把握分寸，以免陷入道德说教。小说集《最后的敬意》（1957—1978）的15个故事再现了童年生活的片段。苏联改革年代发表的长篇小说《忧郁的侦探》（1986）描绘了一幅苏联社会道德沦丧的阴暗图画。苏联解体后，阿斯塔菲耶夫笔耕不辍，发表了不少较有影响的作品，其中最重要的是长篇小说《被诅咒的和被杀害的》。

第三节　诗歌

70—80年代，诗歌的读者群有日渐萎缩之势，但诗人们的创作探索并没有中断，成果也不容忽视。

紧跟形势的政论性诗歌退居次要地位。诗歌重新开始按阿赫玛托娃的方式探求深度和美。

抒情诗成为诗歌的主导体裁。长诗明显交出了自己的阵地。可能这跟诗集性质的改变有关。以往的诗集一般收入的诗作比较芜杂和凌乱，缺乏整体感，而这一时期的诗集往往能体现出作者的整体考虑，作品经过了精心筛选和编排。布罗茨基、阿赫玛杜林娜、沃兹涅先斯基以及其他诗人的很多诗集就是这样。

70 年代初的俄罗斯诗坛，传统诗歌是主流，代表人物有阿尔谢尼·塔尔科夫斯基和列昂尼德·马尔蒂诺夫、大卫·萨莫伊洛夫和鲍里斯·斯卢茨基、康斯坦丁·万申金和鲍里斯·契契巴宾、弗拉基米尔·索科洛夫和亚历山大·梅日罗夫。60 年代成名的一批诗人依然活跃，如阿赫玛杜林娜、沃兹涅先斯基、叶甫图申科、罗日杰斯特文斯基、奥库扎瓦。

在 70—80 年代的俄罗斯诗坛，自由体诗一度很流行，布罗茨基和萨莫伊洛夫在这方面都有佳作。自由体诗形虽自由，但比较难把握，稍有不慎便成了分行的散文。例如，1991 年出版的《俄罗斯自由体诗选集》中有的作品就不伦不类。

阿尔谢尼·塔尔科夫斯基（1907—1989）大器晚成，其哲理诗颇受行家称道。塔尔科夫斯基以简洁生动的风格和典雅的形式写爱情、死亡和艺术等永恒主题。他发表作品很晚，著有诗集《下雪之前》（1962）、《把大地的献给大地》（1966）、《信使》（1969）、《冬季的一天》（1980）等。塔尔科夫斯基也思考过诗与诗人的作用问题，认为诗人是过去和未来之间的桥梁。瓦季姆·舍夫涅尔（1915—2002）的思想诗继承了丘特切夫的传统。鲍里斯·斯卢茨基（1919—1986）以切身体验，写战争给人们带来的痛苦和悲剧。他以从容的笔调，讲述人的命运（《记忆》，1957）。他同时也对诗人的使命这一命题予以思

考。他认为，诗应该有教育作用。作于 1944—1977 年间的《诗选》
（1981）触及了衰老和死亡主题。对他来说，"诗人不是电话线，而是
电报线"。叶甫盖尼·维诺库罗夫（1925—1993）是 70—80 年代苏
联颇受欢迎的诗人之一，早期作品根据自己在战争中的亲身经历，写
死亡和孤独。他对日常生活投以很大关注，他的隐喻总是与尘世相关
联。奥列格·丘洪采夫（1938—　　）以《选自三个笔记本》（1976）
崭露头角。他的作品值得一提的还有《听觉之窗》（1983）。诗集《风
和日丽》和《诗选》（1989）标志着他创作中的一次飞跃。丘洪采夫
对穷人，对受迫害者的遭遇尤为关注。尤里·列维坦斯基（1922—
1994）非政治化的理性诗和尼古拉·潘钦科（1924—2005）的基督教
抒情诗也独具特色。

　　在 70—80 年代的俄罗斯诗坛，成就最高的无疑有两位诗人，一
位是"战争孤儿"一代的代表库兹涅佐夫，一位是流亡美国的布罗
茨基。

　　尤里·库兹涅佐夫（1941—2003）以诗集《大雷雨》（1966）在诗
坛崭露头角，又以《远方在我的身上和近旁》（1974）和《世界的尽头
就在第一个拐角后面》（1976）确立了他在当代诗坛的牢固地位。

　　库兹涅佐夫是一位个性鲜明的诗人，他看取世界的眼光非同寻常，
诗歌运思和表达手法也独具匠心，作品具有强烈的艺术感染力。祖国
与大自然、战争与和平、爱与善等，是他一贯的主题。他有强烈的道
德感，坚持捍卫道德感的完好无损，决不允许在这方面有丝毫的摇摆
不定。

　　在库兹涅佐夫的作品中，能够感觉得到诗人的处世态度和诗歌形
象与民间诗歌的渊源。对于民间文学形象的处理，他没有落入前人窠
臼，而是充满当代气息。《原子童话》（1969）以俄罗斯民间文学中傻
瓜伊万和青蛙公主的故事为基础，从当代的角度加以提炼，写成一篇
关于人与自然关系的作品，寓意深刻，发人深思：

我听到的这个幸福的童话
契合的已经是如今的音符，
话说伊万努什卡来到田野，
拉开弓，信手将一支箭射出。

他朝着箭飞行的方向走去，
沿着命运银光闪闪的足迹。
他走啊走，碰到一只青蛙，
在一片远离家园的沼泽地。

"办正经事可能派上大用场！"——
他把青蛙放在一块手帕上。
他剖开它高贵的白色身体，
并把电流接进了它的腹腔。

青蛙久久地在死亡线挣扎，
每条血管里都有世纪回响。
傻瓜伊万志满意得的脸颊
闪烁着那理性认知的光芒。

值得注意的是，在俄罗斯民间文学中，傻瓜伊万其实并不傻，而且总是能逢凶化吉，而在库兹涅佐夫的这首诗里，他却成了名副其实的傻瓜。

卫国战争是库兹涅佐夫写得很多的一个题材，他这类诗大多具有感人至深、催人泪下和振聋发聩、发人深思的艺术力量，淋漓尽致地表达了战后新一代对战争的理解和感受。《俄罗斯的眼泪》（1965）、《归来》（1973）、《一套学生装》（1974）、《四百壮士》（1974）就是这方面的代表作。库兹涅佐夫擅长通过此时此刻的感受来透视战争。《归来》写父亲在战场上牺牲，化作烟灰；母亲苦苦等待，等到的是烟灰。这是全诗的两个着眼点，但更侧重后者。诗人写父亲时，语气平静：

> 父亲在布雷区前进，
> 一往无前地奔突，
> 他变成一团烟灰腾起，
> 没有坟墓，没有痛苦。

写母亲时，悲愤和同情溢于言表：

> 妈妈，妈妈，战争吃人不吐骨，
> 你别再痴痴地望着大路。

库兹涅佐夫比较优秀的作品还有诗集《刚上路，心儿就回头了》（1978）、《俄罗斯结》（1983）、《金山》（1989）等。

库兹涅佐夫的诗，思想深刻、内蕴丰富、想象奇特、形象新鲜，每个诗节、每个诗句、每个词语都经过反复锤炼，精心打磨，读来每每让人欲罢不能。

库兹涅佐夫的创作继承了俄罗斯诗歌传统，善于通过梦境、童话、幻想和寓言等形式，来表达他对俄罗斯命运和人生终极问题的关切。

约瑟夫·布罗茨基（1940—1996）是战后俄罗斯的一位大诗人。他的诗充满丰富的文化意蕴。他把自己归为1956年（苏共二十大）一代，对苏联入侵匈牙利无可奈何的一代，不过他的诗远离政治，且无论如何不能说是反苏的，尽管他对自己的时代不是没有非议并自嘲地对待自己的遭遇。1964年，他因"不劳而获"和"资产阶级寄生虫生活方式"而被判处流放北方5年。在国内外舆论的声援下，布罗茨基一年半后被释放，回到故乡列宁格勒。1972年，他被迫离开苏联。他在给勃列日涅夫的信中写道："我生在俄罗斯，长在俄罗斯，我为我在这个世界上所拥有的一切感激俄罗斯……虽然我要丧失俄罗斯国籍，但我不会停止做一名俄罗斯诗人。我相信我会回来的；诗人总是要回来的，不管是本人还是通过纸笔。"他住在美国，成为继纳博科夫之后第二个双语作家。1987 年，布罗茨基获诺贝尔文学奖。

布罗茨基在美国出版过《短诗和长诗》（1965）、《荒野中的停靠站》（1970）。侨居国外后，发表了《美好时代的终结》（1977）、《词类》（1977）和《罗马哀歌》（1981）。

布罗茨基用古典的形式、丰富的结构和丰富的形象表达现代人的复杂性，这从他的《动词》一诗中的那些精彩比喻可见一斑：

> 我被一些沉默寡言的动词包围，
> 那些酷似他人脑袋的
> 动词，
> 饥饿的动词，裸体的动词，
> 主要的动词，失聪的动词。
>
> 没有名词的动词。动词——仅此而已。
> 动词，
> 他们居住在地下室，
> 在地下室说话，在地下室出生，
> 他们置身于
> 普遍乐观主义的几层楼下。
>
> 他们每天早晨去上班，
> 搅拌泥浆，搬运石头。
> 可建造的城市不是城市，
> 而是为自己的孤独竖起的纪念碑。

有一次他们离去，从词语走向词语，
就像进入别人的记忆，
他们竟以自己全部的三个时态
登上骷髅地。

他们头顶上的天空
好似乡村墓地上方的鸟儿，
有个人，像是站在
一道紧锁的门前，
敲击着，将一根根钉子砸进
过去时，
现在时，
将来时。

不会有人来，不会有人拔下。
榔头的敲击
将成为一种永恒不变的节奏。
大地的夸张躺卧在他们身下，
一如隐喻的天空在他们上方浮游。

　　布罗茨基精通欧美诗人的创作，深得其中真昧。他特别迷恋英国
17 世纪玄学诗人（《献给约翰·邓恩的大哀歌》，1963），翻译过他们
的作品。1965 年，他写了《悼念艾略特》一诗，该诗模仿奥登的《纪
念叶芝》（1939）的诗歌形式。死亡主题促使布罗茨基创作了一系列哀
歌和悼亡诗。这些诗具有宗教性，以旧约或希腊神话情节为基础（《致
奥古斯塔的新八行诗》，1983）。作为一名玄学诗人和欧洲诗人，布罗
茨基是当代俄罗斯抒情诗中一座孤独的高峰。他在《斯坦斯》一诗中

曾这样写道：

> 我不想选择国家，
> 也不想选择墓地，
> 我要回到瓦西里岛，
> 在那里安然死去。

他的愿望没有实现。

在70—80年代的俄罗斯（苏联），除诗歌外，广为人们喜爱的体裁还有能起到宣泄作用的"自创歌谣"（或者叫弹唱诗歌），这些歌谣无疑也可以归入诗歌范畴，其形式和内容都达到了很高的水平。布拉特·奥库扎瓦（1924—1997）、弗拉基米尔·维索茨基（1938—1980）和亚历山大·加里奇（1918—1977）的作品极其鲜明地表达了当时公众的情绪。

在奥库扎瓦的创作中，战争题材占有核心地位（《别生病，中学生》）。《从前有一个士兵》通过少年人的眼光看到战争的无意义。这些歌谣常含有讽刺和影射成分。奥库扎瓦有关莫斯科，尤其是阿尔巴特老街的歌谣特别受观众喜爱（《啊，阿尔巴特，我的阿尔巴特》）。他关于爱情、死亡和孤独的歌曲感人肺腑。他的歌有些忧郁，不像维索茨基的抗议性歌曲那么尖锐。

维索茨基当了20多年的电影演员和话剧演员，在苏联很少有哪位诗人或作家能像他那样深受大众喜爱。他嘶哑而高亢的歌喉通过独特的独白形式表达了千千万万苏联人的思想感情。他并不像加里奇那样鲜明地批判体制，但他每一首歌都表达了对生存状况的不满，也常常流露出对命运的无奈。

饮酒是维索茨基生活和创作的重要组成部分：在俄语中，动词"喝"和"唱"只有一个字母之差，对维索茨基来说，酒与歌似乎缺一不可。如果说奥库扎瓦和加里奇主要是面向知识分子，那么维索茨基则是面向所有阶层。就连被他嘲笑的党内喜爱他的人也大有人在。他 350 多首歌谣中只有"最循规蹈矩"的一部分在苏联灌制成唱片发行（《歌与诗》，1981）。维索茨基的作品面向所有人，面向每一个人，语言通俗易懂。50 年代，他开始演唱囚犯歌曲，这一题材贯穿了他一生的创作。他的歌可谓家喻户晓。1980 年，他因纵酒过度导致心脏病发作死去。维索茨基的去世标志着俄罗斯行吟诗人一整个时代的终结。

第四节　戏剧

70—80 年代的戏剧创作也很活跃，剧作家跟小说家、诗人一样，致力于寻找新的主人公，刻画新的同时代人肖像，性格各异的典型。值得注意的是，在研究人的时候，这些剧作家恰恰疏离了人与周围环境的联系、人在社会中的地位和作用、人的活动范围，而是通过外在生活，透视人的内心生活。

可惜，这一执着探索并没有达到预想的艺术高度，只有伊格纳季·德沃列茨基（1919—1987）、亚历山大·格尔曼（1933—　）、根纳季·博卡列夫（1934—2012）的一些剧作例外。他们否认一个流行观念：集体永远正确。

上述剧作家们的探寻也可以概括为寻找积极个性，寻找具有示范作用和感召力的强者形象。但也有一些剧作家反其道而行之，他们关注的是社会上越来越具有普遍性的另一种人物——失败者，他们内心脆弱，只关心自己的个人生活。来自西伯利亚的亚历山大·万比洛夫（1937—1972）的创作写的就是这一类人。

万比洛夫是一位成就极高、影响甚大的剧作家，也可以说是这一时期俄罗斯文学一个标志性人物。万比洛夫主要关注道德伦理问题。他拥有非凡的戏剧才华，喜欢制造出人意料同时又富有悲剧色彩的情境，以揭示人物性格。《长子》（1968）的主人公萨拉法诺夫是一位才华出众的黑管演奏员，他心地纯洁，人格高尚，不愿追名逐利，因而在乐团里受到排挤，但始终没有放弃追求"四海之内皆兄弟"的美好世界。作品揭露了社会弊端对有理想有才华的青年人造成的伤害。《打野鸭》（1970）讲一个年轻的工程师齐洛夫因"看破红尘"而意志消沉，玩世不恭，对工作毫无热情，对爱情也麻木不仁，过着虽生犹死的生活。他不是没有才干，没有抱负，但在这个精神缺失的世界里，他无法振作起来，只能用酒精麻醉自己。《去年夏天在丘里木斯克》（1971）在构思和主题上与《打野鸭》一脉相承。有正义感的审判员沙曼诺夫因主张对一个大人物的儿子秉公审理而被剥夺审理权。他从此心灰意懒，躲到一个小镇上混日子，年纪轻轻就总想退休。万比洛夫笔下的青年人，可以说是20世纪的"多余人"。

在万比洛夫的剧中，主人公处于精神困顿和迷茫的同时，结尾往往会给人以一丝希望，这就是主人公还有获得新生的可能。这是万比洛夫戏剧的一个特点。万比洛夫忠实于经典传统，大胆触摸人性的弱点和缺陷，同时他又含蓄地告诫读者，主人公一味放任自己的懦弱，无所作为，其实并非正途。

万比洛夫的艺术手法朴实无华，含蓄深沉，善于通过细节描写刻画人物的个性，引起读者的共鸣，同时，他的戏剧又带有强烈的抒情性和散文化倾向，继承和发展了契诃夫的心理剧传统。

万比洛夫35岁那年在贝加尔湖泛舟时意外溺水身亡，因而留下的戏剧遗产不多，总共只有五部多幕剧、三部独幕剧和两个戏剧小品，但影响甚巨，作品长年上演，经久不衰，戏剧界有"万比洛夫之谜"一说。他去世后涌现出一大批追随者，被称为"万比洛夫流派"。

第五节　拉斯普京

　　瓦连京·拉斯普京（1937—2015）出生于西伯利亚安加拉河畔的农村，50年代中期考入伊尔库茨克大学历史语文系。1959年毕业后去克拉斯诺雅尔斯克一家报社当记者。1967年出版短篇小说集《来自这个世界的人》。随即发表的四部以农村为题材的中篇小说《为玛丽娅借钱》（1967）、《最后的期限》（1970）、《活着，并要记住》（1974）和《告别马焦拉》（1976）使他誉满国内外。

　　拉斯普京作品的情节都发生在西伯利亚。他笔下的人物都是未受现代文明浸染的、具有传统意识和亲近大自然的俄罗斯农民。他善于把握和揭示人物的内心世界。《为玛丽娅借钱》的情节平淡无奇。玛丽娅所在村里的商店前后两任售货员都因"挪用公款"被判刑。其实她们并没贪污，只因文化水平低不善管理，造成了账目上的亏空。第三任售货员玛丽娅勤勤恳恳为村民服务，到头来年终盘点时还是发现少了1 000卢布的货款。家里拿不出这样一笔巨款。结果为了填补这个亏空，玛丽娅的丈夫库兹马只好四处为妻子借钱。

　　《为玛丽娅借钱》跟拉斯普京随后发表的其他作品一样，不以情节曲折见长，而以揭示人物内心取胜。作家提出一个问题：能否心安理得地生活，如果明知身边有人遭难？危难关头见人心。对与库兹马关系或远或近的那些亲戚朋友和左邻右舍来说，借钱无疑是对他们良心的考验。正是通过对借钱的态度，作者深刻而细腻地反映了世态炎凉。小说的结尾是开放的：库兹马站在城里兄弟家的门口，等待他的不知是无情拒绝，还是柳暗花明。

　　《最后的期限》是当时公认的最优秀的中篇小说之一。作品的情节同样平淡无奇。80岁的老妇安娜行将死去，子女们从城里赶回来为她送终。子女是她生命的全部意义所在。安娜弥留之际听到子女们的声音，竟奇迹般地苏醒过来，多活了几天。这反倒让急于给母亲送终的子女感到不耐烦。等到第三天，他们借口母亲已经转危为安，迫不及待地扬长而去。当天夜里，安娜死了。子女的冷漠导致他们无法理解垂死的母亲，也无法相互理解。道德探索是拉斯普京的永恒主题。在这篇小说里，作者提出的不仅是两代人的关系问题，还有城乡关系问题。在拉斯普京看来，精神的退化，道德的堕落，无疑是人脱离土地，进入城市造成的后果。另外，生与死，世界文学的永恒主题，同样困扰着拉斯普京。

中篇小说《活着，并要记住》（1974）写一个逃兵和一个妇女的悲剧故事。第二次世界大战最后一年的冬天，在前线英勇战斗了三年的农村青年安德列·古西科夫伤愈出院后，一念之差开了小差，逃回老家，提心吊胆地隐藏在荒郊野外，过着非人的生活。为了避免被别人发现从而受到军法惩处，他只得跟妻子纳斯焦娜秘密见面。纳斯焦娜勤劳善良，具有俄罗斯妇女的许多传统美德。当纳斯焦娜有了身孕并到了无法隐瞒的程度时，为了掩护安德列，她宁肯谎称自己不贞，也不肯供出丈夫。然而事情最终还是败露，纳斯焦娜投河自尽，安德列则闻风而逃，下落不明。

批评界对拉斯普京让女主人公自杀有过争论，有人说作家是一个"残酷的天才"，"竟然杀死一位孕妇"。但拉斯普京不接受这样的批评，他说纳斯焦娜的死不是作者的意志，而是主人公自己的逻辑使然。

拉斯普京通过内心独白和梦深刻揭示了古西科夫的病态灵魂，揭示了他性格的复杂性。小说的结尾同样是开放的，但已不难明白，主人公仍旧是自己的人民的"浪子"，注定要依旧生活在彻底的孤独中，忍受良心的折磨，继续为自己的行为付出代价。

《活着，并要记住》是一部鲜明的反战作品，是对战争的残酷、战争的非理性、战争对人的生命的摧残发出的强烈抗议。

《告别马焦拉》（1976）写安加拉河中一个叫马焦拉的小岛因修建

水电站而被淹没的故事。马焦拉岛上住着几十户人家，他们祖祖辈辈生活在这里，不但有自己的房屋田园，还有自己的历史传统和风俗习惯。而这一切都与这个小岛不可分割地联系在一起。当地政府动员村民们搬迁，并在离此不远的城镇给他们安排了住房，但围绕搬还是不搬的问题，村民中间展开了激烈的争论。村中"所有老太婆中最老的老太婆"达丽雅坚决反对搬迁。她的孙子安德列的观点恰好相反。达丽雅是小说的核心形象。她整个一生都与自己的村子分不开。她认为生命的意义就在于保护和传承前辈的传统。她反对"进步"，反对自己的孙子安德列。孤立无援的达丽雅当然没能阻止水电站的修建，马焦拉岛最终还是被无情地淹没了。通过栩栩如生的达丽雅和多神教徒波戈杜尔的形象，拉斯普京表达了对所谓"进步"的怀疑，对其后果的担忧。

拉斯普京卓越的叙事才能是70年代俄罗斯文学的重大发现。1977年作家获国家文学奖。

在使作家再次获得国家文学奖的中篇小说《火灾》（1985）中，拉斯普京继续了他的道德探索。

拉斯普京在一篇访谈中说过："我的村庄马焦拉被淹没了。如今它的村民有的生活在城市里，有的生活在工业区，而我应该跟随着他们，应该去看看，他们失去了什么，又得到什么。"由此可见，《火灾》可以说是《告别马焦拉》的续篇，故事情节的发生地索斯诺夫卡也可以说是马焦拉村民迁居的新城镇。

《火灾》标题耐人寻味，富于明显的象征意义。作品具有明显的政论色彩，读后给人以必须改革苏联社会的强烈震撼。作家以报告文学般的真实，深刻地暴露了80年代中期苏联社会一些重要领域面临的危机，至今读来仍不乏现实意义。这部小说的问世表明，对社会抱积极介入态度，秉承真理探索者传统的主人公进入到文学作品中来。小说的主人公——司机伊万·彼得罗维奇·叶戈罗夫认为："人有四个生活支柱：家庭、工作、你与之一起过节、一起生活的人，还有你居家所在的土地。"可灾难降临了，人失去了自己的主要支柱。诚实正派的人无以为生，"无处可去"——"土地从脚下溜走了"。

跟以往一样，《火灾》的情节极其简单：工人供应处的仓库着火了。在此，作者感兴趣的与其说是仓库的火灾，不如说是大火映照出的世态人心。有些人极力想从大火中抢救出点什么，有些人则相反，幸灾乐祸，甚至趁火打劫。根据作家的想法，由于不拥有自己的财产，人们便不再珍惜所有的财产。伊万·彼得罗维奇从前想都不敢想的事情，现在亲眼看见了。

与以往作品不同的是，小说的结尾是乐观的，作者相信人的再生，呼唤道德良知的复归。

《火灾》之后，拉斯普京很长时间没再写小说，只写了一些政论性随笔和生态学文章。苏联解体后，拉斯普京重新回到农村散文领域，相继发表了《祝愿》《新职业》《谢尼亚上路》《下葬》《突如其来》等引起反响的短篇小说。2003年发表的长篇小说《伊凡的母亲，伊凡的女儿》是拉斯普京近期创作和道德探索的集大成之作，引起广泛反响。

第五编

21 世纪

第十一章

**20—21世纪
之交的俄罗
斯文学**

第一节　概述

1991年的苏联解体，就文学史意义而言，可
以认为是20世纪和21世纪的分水岭，21世纪的
俄罗斯文学由此肇始。

一个强大的联盟国家瞬间土崩瓦解，其影响不
仅仅在于政治经济领域，更在于社会心理层面。

包括文学在内的文化生活领域、言论自由，
加上光怪陆离和令人茫然的现实生活，为文学创
作提供了极其丰富的素材。20世纪80年代后期
摆脱地下状态的后现代主义成为90年代文坛主要
潮流。在后现代主义框架内，又存在着五花八门、
形形色色的流派和团体，以致"后现代"这个术
语常被诟病并显得捉襟见肘。目前学界倾向于将
后现代主义宽泛地定义为所有非现实主义的文学
流派。

习惯了"典型环境中的典型人物"和谈论精神
道德问题的读者大众，由于阅读期待没有得到满
足，而迅速远离了当代文学。文学期刊印数锐减，
图书发行量大幅下降。文学迅速成为少数"有悟
性"的读者的艺术，因为只有他们能够读懂后现
代主义的复杂语言，理解作者精心设计的文字游
戏，对作品中大量的文化代码驾轻就熟。

另一方面，现实主义传统还在延续，一如既往
地沉潜于厚重的民众生活，对现实生活中的各种
问题、悲剧和苦难表现出巨大的关切。不过，由

于主张对现实问题的描写不加粉饰，80年代末和90年代的小说开始回归自然主义诗学，再加上社会巨变给作家造成的精神危机，使得他们的创作蒙上一层悲观情调。

进入21世纪以后，俄罗斯文坛的力量分布发生了明显变化：以行为乖张和形式实验引人注目、咄咄逼人的后现代主义退出舞台。吊诡的是，这时的后现代主义变得有些类似通俗小说，失去了其叛逆性和反官方性，因而也就失去了对那些反对大众趣味的"小众"的吸引力。

一些新的形式同样丰富了当下文学进程。新世纪伊始开始兴起的网络文学日益引人注目。互联网并没有改变文学，但却使文学资源变得空前容易获得。通过网络，读者可以随心所欲地选择他所想要的作品文本。同时，网络也给文学写作提供了新的空间：发表无需付费，传播迅速而广泛，可以自由讨论乃至集体创作。不少文坛新人就是首先在网上崭露头角的。

尽管苏联解体至今已过去近30年，但当代文学进程仍没有完结。对其成败得失，因为距离太近，评论界看法不一，或褒或贬，各执一端，但有一点是有共识的：当代俄罗斯文学进程是一个处于成长和发展中的进程，继往开来的进程。

第二节　诗歌

苏联解体后，社会剧烈动荡，在这种条件下，抒情诗举步维艰。诗歌作品很难发表，因为从商业角度讲无利可图。如果说以内容取胜的小说多少还有些读者，那么诗歌的"含蓄和细腻"显然与时代氛围不相契合。绝大多数诗人都亲身经历了国家的崩溃和社会的激变，因情绪悲观和生活困顿而放弃写作者大有人在。

这一时期诗歌的形成和发展受到诸多因素的影响和左右，在不断变化的过程中出现了许多复杂的，甚至彼此矛盾的现象。

一方面，市场经济和大众消费文化的繁荣，使诗歌的处境更加艰难。严肃文学的中心地位旁落，国家不再从财政上支持文学创作。由于读者减少，大型主流文学期刊印刷量锐减，发行量持续走低，传统文学作品难以出版和发表。在出版方面，比起小说家来，诗人的境遇要困难得多。随着网络文学的蓬勃兴起，诗歌写作和传播方式也发生了变化。然而，发生改变的不仅是表述的方式和存留艺术信息的形式，还有对诗歌语言意义的认识。

另一方面，诗坛空前活跃，呈现出复杂多变、多元并举的态势。这既是国家体制改变引起的必然结果，也是俄罗斯诗歌在发展过程中裂变、分化、重组和转型的必然结果。

当代俄罗斯诗坛可谓群英荟萃，热闹非凡。诗歌创作队伍蔚为壮观，几代诗人同台竞技。60—70年代引领风骚的"大声疾呼派"诗人（沃兹涅先斯基、阿赫玛杜林娜、卡扎科娃）和"悄声细语派"诗人（索科洛夫、库尼亚耶夫等）笔力尚健；活跃于80年代的一代诗人（特里亚普金、库兹涅佐夫、库什涅尔等）稳步前行；后现代主义诗人声势浩大，来势凶猛；繁多的诗歌奖项和诗歌节捧红了一批又一批诗坛新秀；网络媒体的迅猛发展催生了大量的网络诗歌写作者。诗歌的读者大量流失，并没有影响诗歌写作队伍的扩大，目前从事诗歌写作的人数已逾10万。

传统诗人的创作在当下诗歌进程中依然占有重要地位。卡扎科娃的创作风格始终如一，晚年创作了不少回应社会政治事件的诗歌，具有很强的政论性。90年代后创作热情不减，出版了多本诗集，如《希望的故事》（1991）、《碰运气》（1995）、《单相思》（2000）、《诗与歌》（2000）、《在爱情的街垒上》（2002）、《悖逆》（2003）等。阿赫玛杜林娜常有新作问世，90年代中期出版诗集《我自己的诗》（1995），题材丰富，内容广泛，语言具有阿赫玛杜林娜特有的细腻与精致。

90 年代的俄罗斯现实给了斯坦尼斯拉夫·库尼亚耶夫（1932— ）政治化创作以新的动力，他在这一时期的诗作主要是拥护民族改革，揭露反对派的企图，具有批判的激情，如诗集《俄罗斯之梦》（1990）、《至高无上的意志：1988—1992 混乱时期的诗作》（1992）、《热泪盈眶》（1996）等。诗人预感到存在某种神秘的威胁，"他们将俄罗斯的道路／引向库里科沃原野"（《心灵充满痛苦……》；《魔鬼爬上克里姆林宫的城墙……》），担心出现民族内讧，并寄希望于造物主"至高无上的意志"，寄希望于复兴俄罗斯的东正教和像"花岗岩纪念碑"一样坚实的俄罗斯士兵（《最后的检阅》）。

丘洪采夫 90 年代的诗歌表现出对都市化世界的反感，思考如何拯救俄罗斯，因为"生活在俄罗斯很羞耻，但缺了它又不可能"。诗集《流动的风景》（1997）以质朴的语言表达出对小城镇生活和自然风光的热爱。诗集《非非阿》表现出丘洪采夫创作风格的转变：由单一的体裁转向多种体裁的融合与交织。诗集的名称取自斯瓦希里语，意为"消失"。库什涅尔在 90 年代相继出版诗集《长笛演奏者》（1990）、《夜晚的音乐》（1991）、《在暗淡的星体上》（1994）等。2000 年出版的诗集《四十年诗选》可视为其创作总结，集中反映出诗人的创作风格——拒绝抽象，具体的物象与概括性思考相结合。

库兹涅佐夫的诗总是与某一个具体的生活主题联系在一起，如《啊，真理陨落了》《正方形》《善良的人们，我们在干什么？》《1993年 10 月炮击周年纪》，但不同以前的是，在他的这些诗中占主要地位的已不是蓬勃向上的音调，而是找不到出路的悲观主义情绪，如《黑海的秘密》《野兽出生》《蜡烛》《底片》《梦》《一个法国人的教训》等。21 世纪之初，库兹涅佐夫创作了许多宗教主题的诗。在《诗人和僧侣》一诗中，库兹涅佐夫试图回答艺术与宗教之间的关系。在他看来，诗人比僧侣离上帝更近，僧侣丧失对上帝的爱，最终会仇视人类，这种极端的观点是库兹涅佐夫这一时期创作所特有的。关于基督的四部曲——《基督的童年》（2000）、《基督的青年时代》（2000）、《基督之路》（2001）、《跌入地狱》（2002）——构成了叙事组诗，由《基督之路》作为总标题。在这里，库兹涅佐夫浓缩了自己所有的艺术精华，基督的形象、作者的信仰及其存在哲学贯穿于组诗的全部。在诗中，基督形象的塑造是一个辩证发展的过程，其复杂性就在于，基督既是人类之子，又是神之子。基督之所以能够战胜魔鬼的诱惑，正在于他是作为一个人，只是后来才作为圣灵出现。作为神之子与人类之子的结合体，他还要经历十字架上的考验。

当下俄罗斯诗坛的另一奇观是各诗歌流派竞相登场，不同的诗学理论和创作原则争奇斗艳。后现代主义诗歌称雄诗坛，成为当时最令人瞩目的诗歌现象。

俄罗斯后现代主义诗歌的公开发表是在 1982—1986 年之间，以伊万·日丹诺夫、亚历山大·叶廖缅科、阿列克谢·帕尔希科夫等为首的一批诗人率先吹响了向传统诗歌出击的号角，稍后，德米特里·普里戈夫、列夫·鲁宾斯坦、铁木尔·基比罗夫等诗人也以另类风格进入了读者的阅读视野。当时，这些具有不同创作倾向和艺术探索的年轻诗人的作品被评论界称为"新浪潮"诗歌。[1] 这些诗人在 80 年代末赢得了不少读者，一个主要原因就在于他们的诗中没有演说性和政论成分，但同时，也招致了主流文学护卫者的抨击。有评论家指出：在新诗中，诗歌创作的核心基础因遭到动摇而分崩离析，新诗丧失了诗人为社会服务的认识，最主要的，是忘记了自古以来诗歌创作的使命。[2] 然而，不可否认的是，在 90 年代，"新浪潮"诗歌已经占据了当代经典和美学趣味的主宰位置，一些文学大奖也非这些诗人莫属。

---

[1] Зайцев В. А. Русская поэзия XX века (1940–1990). М.：Изд-во МГУ, 2001. С. 242.

[2] Лейдерман Н. Л., Липовецкий М. Н. Современная русская литература 1950–1990-е годы(том 2). М.：ACADEMA, 2003. С. 426.

后现代主义诗歌于 80 年代下半期从"地下"转入"地上",到了 90 年代初,以喷涌之势迅猛发展。其门派繁多、体系庞杂可谓史无前例。对诗歌流派的划分和命名也是众说纷纭、见仁见智,如观念主义、后观念主义、零风格、新原始主义、讽刺夸张怪诞派、元现实主义、多语体派、抒情档案、后阿克梅派、音乐意象主义、仿宫廷骑士派、讽刺诗派、极简主义、视觉诗、摇滚诗等,不一而足。这些新奇怪异的称谓非同寻常,既昭告了后现代主义诗人对传统诗歌的挑战,也揭示出不同流派的基本创作特质。

尽管批评界对诗歌派别的划分和命名不尽相同,但对一点是有共识的,即都把观念主义和元现实主义视为俄罗斯后现代主义诗歌的两个最主要流派。

观念主义是当代俄罗斯诗坛一个很有影响同时也是很有争议的一个流派。诗歌的观念主义来源于造型艺术的观念主义。观念主义艺术 60 年代末诞生于欧美,很快传入俄罗斯。观念主义在艺术创作中重视观念,将观念放在首位或绝对化;重视变现过程和状态,以未经加工的材料的展示,代替完成的实体作品,观众需自己从中领悟观念;观众参与艺术创造是观念主义的艺术目的之一。观念主义的代表性诗人主要有"文本写作者"德米特里·普里戈夫(1940—2007)、分别以"卡片诗"和"互文诗"著称的列夫·鲁宾斯坦(1944—)和铁木儿·基比罗夫(1955—)等。

普里戈夫从造型艺术走向诗歌,把拼贴法和纯粹的现成品的现代拼接造型艺术原则植入文本创作。普里戈夫的"现成品"就是那些选读本中的作品以及已经形成套话的、意识形态方面的习惯用语等。普里戈夫以戏仿的态度回应各种现实存在的情景,并且揭示了诗歌创作过程中的空洞性。普里戈夫把"现实艺术"的策略引进诗歌领域的同时,顺手掀翻了诗歌的神圣祭坛。做出这种离经叛道的举动,普里戈夫不是第一个,也不是最后一个,但却让那些崇高的文学传统的拥护者怒不可遏:

一切神圣的东西——语言、价值、思想——都因此而被他颠覆。

普里戈夫的诗歌看上去很像传统诗歌，实际上是对传统诗歌的讽刺性仿拟。斯维特洛夫的《格林纳达》（1926）一诗被认为是苏联时期经典的共青团诗歌，描写的是年轻的战士离开家乡奔赴前线，为了"把格林纳达的土地 / 交还给农民"。在普里戈夫笔下，革命的浪漫主义激情被彻底消解：

> 他离开华盛顿
> 去打仗，
> 为了把格林纳达的土地
> 交还给美国人。
> 他还看见：在古巴的上空
> 升起一轮月亮
> 于是长满胡茬的双唇
> 咕哝着：
> 见你的鬼

普里戈夫的诗特征明显。他的诗较为简短，常以规范的音步开始，写到中间节律就乱了，变成了散文，结尾也许是散文式的，也许又回到先前的音步上。一般情况下，在诗的结尾会添加一点东西，通常是前一句诗"掉下来"的一个词，被戏称为"普里戈夫的尾巴"。

元现实主义产生于 70 年代，但在 80 年代才广为人知。元现实主义首次作为一个特殊的流派和理论概念形成于 1983 年 6 月 8 日的诗歌晚会，该流派宣言于 1986 年问世。

元现实主义也称元隐喻派。该派诗人的创作宗旨在于净化词语，剔除虚假的、陈旧的庸常的词义，取而代之的是新的、更为深刻的意义，并为此目的创造了高级的、密集的词语体系。他们喜欢多义性，但这并不损伤形象和意义的完整性。元现实主义文本的结构特点是不稳定性和"分散性"。然而，表面的无序性并非本质上的结构混乱，而是意在形成新的结构。关注永恒的主题（如爱、死亡、大自然、语言等），呼应古典诗人是元现实主义的创作特点。对于该流派而言，中世纪、文艺复兴、巴洛克和古典主义的"神祇的"和"玄妙的"诗歌传统特别重要。元现实主义的诗歌话语虽然不拒绝本民族的和世界的文化传统，但却是沿着全新的诗歌美学道路行进。在其美学中，前辈的艺术发现及其成就被创造性地改造为新的抒情表述的战略。

元现实主义代表人物有伊万·日丹诺夫（1948—　）、亚历山大·叶廖缅科（1950—　）和阿列克谢·帕尔希科夫（1954—2009）。

日丹诺夫在大学期间就开始写诗，但因其不符合苏联诗歌的主流思想倾向，所以难于发表。第一本诗集《肖像》（1982）出版后饱受批评，其诗歌语言的"神秘性"、"密码性"、"极其复杂性"以及"出人意料的丰富的隐喻性"遭到指责。在90年代相继出版《无法兑换的天空》（1990）、《地球的位置》（1991）、《禁区里的嫌疑犯画像》（1997）等诗集。

日丹诺夫诗歌的特点是复杂的主观联想和隐喻以及光怪陆离的文本结构。他把习惯意识中无法组合在一起的各种现象——自然的与技术的、精神生活的与物质生活的——组合在一起，以此凸显人类生存中各种不同的本质彼此复杂的交织与联系，《含在鸟喙里的海……》就是一个范例：

> 含在鸟喙里的海，——是雨。
>
> 置于星际的天空，——是夜。
>
> 树木未完成的手势——是涡旋。
>
> 心灵裂成的方块——是十字架，
>
> 银色的刺编织的黑色的——十字架。
>
> 音乐的涡型曲径——是光盘……

诗歌文本是以隐喻为载体，以抒写作者潜意识中的思想动机为指向，语义的模糊性和联想性时常引发对同一个文本的多种解读：可以说大自然在痛苦中展现自己，可以说树木、星星、大海、音乐、天空……为了获得绝对的自由（运动的形式）而牺牲自己，也可以说表现了人与大自然、人与宇宙统一的思想，因为诗中的天空体现为人类光明和悲剧的象征之一——十字架。一连串富于幻想的、时常是模糊而朦胧的隐喻精致而密集，诗句之间的非关联性反映出诗人跳跃性的思路，朴实而又奇妙的意象则调动了读者内心更多的审美联想。故此，日丹诺夫的诗歌理解起来很复杂，"因为里面充满了大量的、能够创建个人空间和新维度的隐喻。日丹诺夫的艺术世界内在是隐喻性的，其中包含生存之永恒的、无尽的典型标志。因此，在他的诗中情节发生于时空坐标之外。要深入到这样的维度之中只能借助隐喻"。

日丹诺夫的诗歌具有一种悲剧意识。日丹诺夫认为，像他这样生于 40 年代末和 50 年代的诗人不同程度上都存在精神悲剧，因为他们过早地发现了当时文化中的不和谐以及恢复和谐的不可能性，文化呈现出碎片的形式。对于文化传统的继承者而言，他们唯一的生存方式，就是在精神上徘徊于没有任何希望恢复和谐生存秩序的废墟之上。然而更为悲剧性的，是意识到现实与理想之间、生活的混乱与创作的和谐之间存在的断裂是无法克服的，是意识到为此而付出的任何努力都是徒劳的。

日丹诺夫的诗歌语言是多维的、新颖的，能够激发很多联想以及联想的快速变化。与其他的后现代主义诗人不同，日丹诺夫拒绝"折中主义和仿拟"以及"无意义的技术装备"，在遥远的历史和过去中发掘能够创造新的艺术价值、语言和风格的潜力。他说："尝试回归更加久远的源头可以获得新的价值。这里说的依恋不是对于传统的，而是对于超传统的东西。也就是说不是诉诸于经典，而是回归到统一的文化宗教意识的产生成为自然和可能的时代。其主要目的是避免模仿的危险。"因此，他的诗需要的是知性读者，是拥有历史、哲学知识，了解古希腊罗马、东西方的神话以及基督教文化的读者，是诗歌文本的共同创作者。

在20世纪末21世纪初，俄罗斯诗坛上出现了一个非常活跃、也非常引人瞩目的"青年诗人"群体。所谓的"青年诗人"，从发表作品的时间上看，可以分为两代人：第一代是指那些在20世纪90年代开始发表作品的诗人，其代表人物有维拉·巴甫洛娃（1963— ）、德米特里·沃坚尼科夫（1968— ）、鲍里斯·雷日（1974—2001）、马克西姆·阿麦林（1970— ）等。第二代是指在新世纪之初开始发表作品的诗人，比较著名的有叶尔博尔·茹马古洛夫（1981— ）、安德列·尼特琴科（1983— ）、叶莲娜·波戈列拉娅（1987— ）等。从年龄上看，第一代都出生于20世纪60—70年代，第二代则属于"八零后"。

于90年代初登上诗坛的第一代"青年诗人"经历了翻天覆地的社会转型，新的社会时代和特殊的社会文化语境造就了这一代"青年诗人"的反叛精神和革新意识。这种求新的愿望正是从对观念主义诗歌的这种"非诗"性创作理念的追捧开始的。观念主义诗歌所奉行的"把语言艺术作为精致的、危险的游戏的手段"，成为他们轰炸传统诗歌审美取向和写作范式的炮弹。具有先锋实验意识的第一代"青年诗人"的创作道路、诗歌观念和作品的最初形态，都有许多相似点，他们后来逐渐成为90年代以后俄罗斯诗界的一支创作队伍。

第一代"青年诗人"虽然以观念主义诗歌传统为起点，但仍然渴望表现自己的创作个性，为此他们试图突围，摆脱前辈的影响，寻找"以自己的名义"说话的可能，找回属于自己的、具有个性的诗歌声音以及诗歌中的"我"，因此，他们很快脱离了观念主义的创作轨道。在观念主义之后的文学空间中寻找自我认同，成为第一代"青年诗人"创作中的一个迫切问题。这在诗作中表现为彼此联系的两个方面：一方面抒情主体"我"具有高度的内省精神和自觉性，另一方面是对待抒情主体"我"的元立场，即把作者自己、自己的"我"视为诗中的抒情主体"我"。除此之外，"身体书写"也是第一代"青年诗歌"的一个重要特点，如斯捷潘诺娃把日常生活的真实性问题与对自己"身体"和"性"的认识结合在一起，试图借此来确定历史文化与性之间的隐喻关系。

巴甫洛娃鲜明的创作个性和对情色主题的大胆涉猎让她成为当代俄罗斯诗坛上令人瞩目的一颗明星。她诗中的那些大胆的、出位的、毫不掩饰的情爱表达大大刺激了严肃的、正统的批评家们的神经。在批评家的眼里，巴甫洛娃的诗歌是文学题材范围内的不成体统的描写，是"歇斯底里的女性诗歌"。有批评家在评价她的诗时坦言："巴甫洛娃所采用的能够直接导致人休克的体系，对现今杂志的文雅风度来说简直不可思议，它吓跑了批评界，因为批评文章需要引用原文，而要从中找出哪怕四句体面的诗都不可能。"

巴甫洛娃用纯粹的女性的眼光、经验和视角来观察女性的生存状态和生存方式，揭示女性的内心世界，尤其是对爱情的感悟和体验。她的大部分诗抒写的是当代女性隐秘的个人生活，具体地说，就是爱的各种表现，包括那些羞于启齿的、私密的情事。为了创造具有鲜明个性的和标志性的艺术世界，巴甫洛娃经常使用富于刺激性和挑战性的字眼。对诗中的情爱内容，巴甫洛娃有她自己的理解。在她看来，爱是一种神秘的生命体验，似乎人类的一切情感都可以用两性之爱来形容，甚至包括对祖国的爱。例如，巴甫洛娃刚到美国时，她把自己对祖国的思念比作对"相爱的男人"的思念。

巴甫洛娃的许多诗韵脚新颖别致，联想出奇制胜，常常能化腐朽为神奇，给读者以意外的阅读惊喜，例如："希望散发着鲜嫩黄瓜的清香，/ 而信仰则冒出烤荤油葱头的味道"；"水洼里的雨，/ 像一个醉鬼，睡了"；女人的猜疑就是"产科医院的女护理员挂错了出生牌"。巴甫洛娃还善用隐喻："我的心——是你打碎的/储钱罐"，"比起书来/我更像一个女人"。巴甫洛娃的诗歌词语、主题、形象和场景都取自日常生活，这种手法看似寻常，但却有着不可低估的艺术力量。诗人离开了"象征的森林"，把生活中的真实场景变成艺术中的隐喻和象征，让诗歌回归现实生活。不仅如此，她还有能力把一个完整的情节浓缩成一个词，这只能证明她有极好的语言感受力。

沃坚尼科夫第一本诗集《牛蒡》（1996）的问世让读者和批评界为之一振。该诗集是沃坚尼科夫对自己在1990—1996年间创作的一个阶段性小结，从中不难看出叶莲娜·施瓦尔茨对他的影响，但也表现出诗人自己的鲜明个性。作品表达了在充满诱惑和危险的世界中人的孤独和无助，不得不随时接受命运的安排。

> 唉，贪婪而又灼人的罪孽，如狮子把我撕裂。
> 啊，母亲！他像吃小鱼一样，咬食我的皮大衣，
> 而现在，看哪，这美食家想出了什么主意：
> 他将徐缓而甜蜜的疯狂填进我可以伸缩的肚子，
> 就像把葡萄干装进馅饼，
> 还一丝不苟地用手指把它压实。
>
> 啊，母亲！我的母亲在哪里？

爱、孤独、无助——这是沃坚尼科夫诗歌中最重要的主题，这些主题在他以后的创作中得到进一步深化。

沃坚尼科夫日后的一个重要的创作原则在《牛蒡》中已经初见端倪：把人的情感体验戏剧化（这也是90年代诗歌创作的一个重要特点，但在沃坚尼科夫的诗中达到了极致）。运用戏剧化的主要任务是创造一种具有表现力的语言，以此规避直接表现"我"和与"我"相关的事件、"我"在世界中的状态、对世界的反应和责任，避免以第一人

称"我"来直接叙述。在沃坚尼科夫的诗中，人的情感体验以具有寓言意义的隐喻式动物形象，如狼、绵羊、公鸡、猫、狐狸等表现出来，并且，他的诗不是谈论情感体验，情感体验本身就成为隐喻和理解世界多样性的一种方式。在《神秘情侣》一诗中，情侣的眷恋之情和恐惧感戏剧化成为理解自己和他人的手段。

沃坚尼科夫此后创作的两个组诗《整个1997年》和《整个1998年》的体裁和风格发生了变化：组诗中不仅有诗歌，而且还有一些自白性质的日记片段。这两篇组诗在沃坚尼科夫的创作中具有过渡性质：既体现了早期创作的风格，又表现出成熟期创作的诗学品质，即所谓"新的真诚"，这种真诚近乎坦白甚至忏悔，表现出一个生活在现代化大都市的人的内心痛苦。

> 我全部臭名昭著的真诚——
> 皆源于我不愿意
> 寻找谈话的主题。
> 以前遇到这种情况
> 我会立刻上床睡觉。
> 如今我实话实说。
> 这样好还是不好，
> 不由我来评判。
> 可人们——就是喜欢。

组诗《草稿》（2006）则呈现出另外一种创作风貌：结构精致完整，内容具有连续性和发展性，只有从第一页读到最后一页，才能知道"它究竟说的是什么"，因为这里面的文本生成另一个文本，后一个文本是对前一个文本所提问题的回答。

作为第一代"青年诗人"的代表，沃坚尼科夫的诗歌能够充分说明他这一代诗人最初的创作理念和审美取向。沃坚尼科夫曾坦言自己不喜欢"抽象的诗歌",这种倾向在诗歌创作中的表现就是最大限度地使用观念主义创作中的互文及拼贴手法,其诗歌文本就像用各种元素拼成的"万花筒"。

诗集《应该怎样生活——要想成为被爱的人》(2001)、《男人也能模仿性高潮》(2002)在风格上非常相近,诗人的目的在于"我要教会男人谈论生活/毫无意义地,不知羞耻地,坦白直率地"(这是化用阿赫玛托娃的诗句"我教会女人说话")。在这两本诗集中,他把人物采访、报刊摘录、读者问答、梦境、对话片段、报幕词等统统纳入诗歌文本,不仅如此,里面还附有照片、展览会门票、广告宣传报、交通票据等"旅游纪念"。诗中不仅有作为"开场白"的诗人题词,还有电子信件以及报纸上刊登的有关作者信息的摘录、对诗人的采访等。诗集已经完全不是传统意义上的诗集,更像是作者的云游札记或者旅行纪念册,甚至可以说是作者意识的流动。沃坚尼科夫在创作中大胆进行语言探险,进行各种技术实验,把不同的艺术语言与表达方式嫁接在一起,植入诗歌文本,使诗歌的话语方式、文本形式及体裁都发生了根本性变化。

因患抑郁症自杀的雷日据说共写过 1 300 多首诗,其中发表的约350首。他生不逢时,赶上了苏联解体后的动荡时期。走马灯似的选举、此起彼伏的游行、没完没了的抗议、接二连三的绝食,就是那个动荡的俄罗斯的写照。雷日的个性和创作形成于 90 年代末,这一代人弃儿般的孤独感、迷惘感、悲剧感在他身上表现得最为集中和典型。拒不接受当下,而通向光明未来的道路谁也说不清:

> 金子般的童年,五一劳动节——
> 要记住不能忘记的只有这些。
>
> 因为我们现在已经不去上学。

因为到处都是幸福和雨水的气息。

因为你的手上有一只小球。
因为皱巴巴的上衣里有列宁。

因为石竹是一种奇怪的花，
因为没人能听见你哭得多么伤心……

——（《五一》，1995）

雷日的诗明显继承了白银时代的一些特点，极富抒情性和歌唱性。诗人的志向不限于此，他似乎要将俄罗斯诗歌的 300 年经验打通，将传统与现代集于一身。正如尤里·卡扎林指出的："20 世纪末诗歌的一些罕见品质——内涵的开放性、题材的矛盾性（当日常的两难选择，如果不是边缘性，变成存在的表达材料）、装饰高超的诗歌话语（格律、节奏、诗节、语调姿态和画面作为作者综合 19 和 20 世纪诗学的结果），最主要的是，由雷日在 20 与 21 世纪之交为俄罗斯诗歌（谢天谢地，已不是'城市诗歌'和'乡村诗歌'，也不是'首都诗歌'和'外省诗歌'）拉回来的音乐性——所有这一切决定了雷日作为诗人广受欢迎的程度和名气。在诗学范围里，鲍里斯·雷日既是 19 世纪，也是 20 和 21 世纪显而易见的同代人。"

很多文学界人士都认为，在同代的诗人中，雷日的才华最为出众。

别离开我，当
午夜的星光闪耀，
但外面和屋内
一切前所未有的安好。
不为什么，没有目的，

仅此而已，可是丢下我吧，

当我痛不欲生，

走吧，彻底放弃我。

纵使苍天变得寂寥，

纵使树林变得阴森。

纵使我会害怕极了

在睡前闭上眼睛。

纵使死亡天使会像电影里一样

或把毒药滴进酒里，

或对我的生命重新洗牌，

将一把梅花丢在桌子上。

可你要留守在一旁——

作窗前洁白的稠李花一朵，

把你的手伸过来吧，勇敢些，

即使够不到我。

——（《别离开我，当……》，2000）

雷日的书在俄罗斯相当畅销，这在诗坛普遍不景气的当下，不能不说是个奇迹。

作为"八零后"的第二代"青年诗人"走向读者，应归功于近些年来雨后春笋般涌现出来的诗歌奖项、诗歌赛事和诗歌大会（如"处女作奖"、"新人奖"、"伊利亚奖"、鲍里斯·索科洛夫奖、"迷途的无轨电车"、利普吉青年诗人代表大会等）。他们屡屡在各种活动中登台亮相，并凭借自己的才华和智识脱颖而出，迅速进入读者和批评界的视线。自21世纪以来，"八零后"诗人频繁在主流刊物（如《新世界》《十月》《涅瓦》《星》《民族友谊》《大陆》《阿里翁》等）上露面，不仅如此，他们还出版自己的诗歌合集，创办自己的网站、俱乐部，设立自己的文学刊物和奖项，举办自己的诗歌赛事等，逐渐成为俄罗斯新世纪诗歌中一支不容忽视的新生力量。

在诗歌创作上，"八零后"诗人很自然地受到第一代"青年诗人"的影响，尤其是他们在创作之初对语言实验和词语游戏抱有新鲜感和好奇心，喜欢尝试各种新奇的写作技术。这种"幼稚的"写作行为招致批评界的一些指责：语言不规范、根底浅薄、忘记传统、消极冷漠、疏离世界等等。不过近几年来，随着"八零后"诗人对社会、生活和创作认识不断深化，他们的创作靶向和书写风格也发生了变化，主要表现为：回归文学传统，恢复多向联系；反抗庸常世界，净化精神时空；关注生活细节，寻找日常诗意等。不同于第一代"青年诗人"，新世纪初的"青年诗人"力图抵抗一切"非诗"的东西，通过生活细节传达生活情趣，通过对生活现象的关注来表达重建世界和谐与完整的渴求。

对于当代俄罗斯诗坛而言，尼特琴科的诗集《水表》（2005）的问世如果被看作是一种出版行为的话，那是一件再寻常不过的事，然而作为一种美学现象则是独一无二的。诗集的音调是真诚的，里面没有任何面具，没有矫揉造作和文学游戏。新鲜和明晰——这是读尼特琴科诗歌的主要感受。作为新一代的"青年诗人"，尼特琴科的诗学风格似乎与时代格格不入。在令人压抑的都市主义的背景下，他诗中的田园风格、和谐及哲理性在一些人看来是落伍和自命不凡的表现，而在另一些人看来则是吹进当代诗坛的一缕清新的空气。

尼特琴科认为，世界不是虚无的，它具有真实的意义，并且是显而易见的，这一点不需要他用诗歌来证明。或许正是确信现实社会的意义性、重要性和非偶然性，而不是时髦的诗歌技术，让他的诗看上去有些"不合时宜"。

世界在尼特琴科的心目中是美好的、和谐的，基于这样的认识，尼特琴科不相信词语，似乎它不够高尚，无法精准地反映这个世界的美。语言的语法、构词等规则对诗人来说是僵死的，作为诗人有责任让它活跃起来。

> 人类的语言——
> 甲、乙、丙。不变的永恒。
> 为何语言能将我们戕害,
> 也能医治和保护我们?
>
> 什么能比我们的词语更分明?
> 我们该怎样准确地辨清:
> 这是源头,那是末端,
> 这是石块,那是屋顶。
>
> 每个音节都被磨损了,
> 扭曲了,暗含着嘲讽,
> 河岸、糊涂虫、上帝
> 毫无意义地彼此相邻。
>
> ——(《人类的语言……》)

与此同时,尼特琴科拒绝把诗人的形象浪漫主义化。在他的诗歌创作中,许多艺术元素与白银时代的诗歌和现代主义文化有着千丝万缕的联系。尽管如此,他却拒绝了对于 20 世纪诗歌来说一个非常关键的观念,即文化(文学)高于生活,而诗人高于上帝(《半抒情主人公……》,2003)。在这种情形下,他诗中的抒情主人公形象与诗人形象达到了高度的统一。正如文学评论家、诗人、小说家亚历山大·格里宪科在评论尼特琴科的诗集《水表》时所说:"成为美学事实的不是诗集……而是诗人本人,是安德列·尼特琴科,是抒情主人公或者作为主人公的抒情诗人。"

关注生活细节、寻找日常诗意是新一代青年诗人创作中的一个重要特征，而这一点在尼特琴科的诗中表现得尤为突出。在尼特琴科的诗中，对诗歌形象的可视性和客观性的关注与清新流畅的语言和谐地结合在一起，生活的细节、诗句的音乐性与格言性以及诗人自己的观点互相交织。尼特琴科重视诗歌语言的功能，但他任何时候都不会进行纯粹的语言实验。

> 你可还记得那个女孩？
> 那个把戒指掉在操场的女孩？
> 当时正进行足球比赛。
> 十来个小伙子在落叶中翻寻。
>
> 我们谁都没找到。
> 也许根本就没掉在那里，
> 但大家仍然不停地寻找，
> 五谷成熟……寒冷降临，
>
> 雪花纷飞——谁都不知道，
> 究竟发生了什么事情，
> 或许她猛然记起不是掉在那里。
> 后来有人拾到吗？没人知道。阒然无声。

—— (《你还记得那个女孩吗？……》，2010)

这首诗的构思十分巧妙。上面的三个诗节让人感觉到这是一首散文化的诗歌。诗歌散文化——这是一个很冒险的做法，可能会陷入平庸，显然尼特琴科意识到了这一点，因为这首诗接下来完全是另一种音调，对日常生活的观察产生了意想不到的认识：

我们是否忘记了上帝？没有。
我们终生都在把他寻觅，
就像藏在草叶中的戒指，就像一个物体，
隐藏在世上的才是最好的东西。

你很近吗，我的上帝，你发热吗？
如何找到你——你不启示，也不言语。
我们看不见你——你却在我们身后。
我们找不到你——你却把我们拯救。

尼特琴科的诗具有一种独特的品质——"轻盈的复杂"。虽然在他的诗中没有任何文学面具和文字游戏，虽然表述形式是明晰的，具有散文化特征，但有时理解起来仍会感到很吃力，莫名其妙，就像透过别人的眼镜看世界，会有一种头晕的感觉。诗人并不急于向读者展现自己的内心，尽管他的音调极其真诚。

在尼特琴科的诗中一切都张弛有度：不论是生还是死。不寻常的切入角度不是目的本身——尼特琴科试图理解世界，并与之融合。

第三节　小说

世纪之交的俄罗斯文学在形式上出现了多样化态势，这首先表现在小说领域。后现代主义与现实主义的对峙，成为文坛的突出特征。然而，即便是这两极，也并非简单的势不两立，二者之间与其说是艺术原则的斗争，毋宁说是思想意识上的对抗，暗地里互相借鉴艺术方法的事情并不罕见。作家共同体分裂成为两大阵营：自由派和保守派，或曰民主派和爱国派。他们分属于两个同样叫"俄罗斯作家协会"的组织。尽管国家意识形态缺席，但作家间的意识形态之争并没有停止，这使得创作方法具有了社会政治内涵。

尽管如此，世纪之交的作家还是存在一个共同的倾向：他们的创作始终处于与文化传统的积极对话状态。这种互动的形式可以是多种多样的。有些作家借助哲学和神话，探寻问题的始因和普遍的真理，有些作家则借助人文科学经验，或其他艺术门类的艺术手段，如戏剧和电影。

世纪之交的俄罗斯小说，跟诗歌一样，大体上呈现出后现代主义与现实主义相对峙的格局，双方的实力旗鼓相当，各不相让。

后现代主义是个有争议的概念。在后现代主义名下，被批评界罗列了众多五花八门的流派，如观念主义、元现实主义、讽刺先锋派等等，不一而足。

关于观念主义，我们在前面介绍诗歌中的观念主义时，已有涉及。在小说领域，遵循观念主义原则进行创作的有叶甫盖尼·波波夫（1946—　）、维克多·叶罗菲耶夫（1947—　）等一批作家。他们有意摆脱形形色色的意识形态束缚，消解关于俄罗斯命运的所有神话。他们并不把发展文化和捍卫某种价值视作己任，因而，在去意识形态化因素之后，他们留下的除了真空，别无其他。叶罗菲耶夫的长篇小说，从《男人们》和《俄罗斯美女》到《五条生命之河》，后现代主义的游戏味儿越来越重。叶罗菲耶夫还曾口出狂言："在文学中，学生总要吃掉自己的老师，正如我们吃掉了六十年代一辈。"

最为恪守观念主义创作原则的是丑闻不断的弗拉基米尔·索罗金（1955—　）。他的作品起初在西方发表，在俄罗斯出现是在1992年之后，如长篇小说《规范》（1994）、《玛丽娜的第三十次爱情》（1995）、《蓝脂》（1999）等。索罗金很善于玩弄体裁、风格和文化符号的游戏，而对自己作品的伦理层面漠不关心。对他而言，文本"不过是纸上的字母"，任何思想或道德都是多余的。他坦承，他看不出"在纳博科夫和某种公告之间"有什么原则性区别。结果使得他的小说成了冷漠的充满社会主义现实主义烙印的无个性叙述与耸人听闻的荒诞事件或露骨的生理自然主义的大杂烩。索罗金是唯一令读者大众恨之入骨的俄罗斯作家，在莫斯科甚至发生过大规模的抗议游行，读者当众将他的书焚毁，还有人以他的色情描写涉嫌犯罪的名义将他告上法庭。

与在诗歌领域有更突出表现的观念主义不同，元现实主义在小说领域的作为引人注目。虽然并不存在有组织的流派，但元现实主义在思考当代生活方面，还是留下了一些可资借鉴的艺术方法和手段。它不热衷于为破坏而破坏，而是保留了与现实主义的联系，这既体现在流派的名称上，也体现在创作本身上。元现实主义作家致力于与俄罗斯文化传统进行平等对话，对前辈不怀有任何优越感。

女作家达吉雅娜·托尔斯塔娅（1951—　）揭示了元现实主义的全部潜能。她的第一个短篇小说《坐在金色的台阶上……》（1983）甫一发表，立刻引起读者和评论家的关注。在后续出版的《你爱还是不爱》（1997）、《奥克维尔河》（1998）等短篇小说集中，作家专注于"永恒"主题，一再迫使自己的主人公们体验善与恶之间的冲突。她的典型主人公都是"小人物"，尽管作者本人更倾向于称之为平常人。她喜欢写孩子、老人和那些童心未泯的"非正常人"，他们随时准备把光明奉献给周围的人。正因为如此，她的小说中才有很多童话元素，提示人们不要忘记奇迹和理想，不论现实有多么不堪，也正因如此，她的艺术世界才有那么密集的诗意、神秘和诱人的细节。托尔斯塔娅创造了关于童年的真正神话，并以一个套用圣经的隐喻来透视其永恒和谐与神性本原："太初有个花园。童年即花园。"不过，提到花园，伊甸园，自然令人想起亚当和夏娃，他们的故事明显证明，人有多么弱小，不过是宇宙的一粒微尘（跟孩子一样弱小和无助）。不仅如此，在托尔斯塔娅看来，我们天生有罪，而且注定要在成长过程中亲手破坏和谐，让理想的实现变得渺茫。

托尔斯塔娅 2000 年出版的长篇小说《野猫精》，耗时长达 14 年，这与后现代主义典型的"速成"大相径庭。故事发生在一个不确定的时间，但可以推测出是在遥远的未来，经历了一场"擦枪走火"导致的巨大生态灾难的俄罗斯。文明与大多数人一同毁灭，而幸存者则过起了茹毛饮血的原始人生活。作者以苦涩的讽刺笔触，写到灾后出生之人的基因突变："多余的脑袋"、腿，乃至尾巴，就像主人公别涅迪克特一样。《野猫精》具有深刻的象征内涵。

在后现代主义文学板块中，也有一些作家并不从属于哪个具体流派，但在当代文学进程中的作用和地位却不可忽视，维克多·佩列文（1962— ）就是其中突出的一位。佩列文以奇幻小说家的身份于 20 世纪 80 年代末崭露头角，1992 年出版的短篇小说集《蓝色的灯笼》和中篇小说《奥蒙·拉》是作者在题材和创作手法上所做的新探索。随后推出的《昆虫的生活》（1993）是一部哲学寓言小说，《蓝箭》（1993）则以一列没有司机、驶向深渊的火车，隐喻国家的处境和命运。佩列文最有名的作品当属同年发表的两部长篇小说《夏伯阳与虚空》（1996）和《百事一代》（1996）。前者堪称一部存在主义小说，通过主人公在真实与梦境、历史与现实之间的"穿越"，反映了作者对人生的思考。正如一位评论家所说："这是通俗易懂的、引人入胜的、极其鲜明的哲学小说，带有神秘主义和彼岸色彩，易于接受且具有凝练的内容。它打动的正是人们最为敏感的心弦：死亡、自由、爱情、生命的意义、一切存在的意义……"确实，佩列文是当代俄罗斯作家中首次以严肃认真的态度成功地将俄国国内战争英雄夏伯阳形象变成了一个佛教哲学的传播者。对此不能以出格和揶揄视之，这里暗含着"一个俄罗斯灵魂的漫游"。作者并不特别看重民族问题，作为一个作家，他很符合全球化时代的写作潮流，也正因如此，他才会在国外尤其是美国名声大噪。《百事一代》通过主人公的"发迹史"，反映了苏联解体后知识分子的处境和蜕变。塔塔尔斯基毕业于高尔基文学院。面对商业大潮的冲击，靠文学创作越来越难以维持生计，受一位老同学启发，他决定"下海"，为一些著名品牌写广告词，由此步入广告界并很快成为一个呼风唤雨的老板。生意发达的同时，他的身心也陷入泥潭，走向堕落。《白事一代》明显表现出佩列文商业写作的倾向和意欲保持自己畅销作家的形象。他积极吸收富于当下气息的大众文化新语言、新形式，尝试将计算机编程和商业广告手法纳入自己的小说结构要素。

针对后现代主义文学的"去道德化"，一批捍卫民族思想的作家进行了坚决抵制。他们坚持俄罗斯特有的处世态度，认为俄罗斯文学的救世作用和教育功能，即便是在全球化时代的今天，仍有其现实意义。奥列格·巴甫洛夫（1970—2018）、尤里·科兹洛夫（1956— ）、彼得·帕拉马尔丘克（1955—1998）、维雅切斯拉夫·焦格杰夫（1959—2005）、阿列克谢·瓦尔拉莫夫（1963— ）、斯维特兰娜·瓦西连科（1956— ）、弗拉季斯拉夫·奥特罗申科（1959— ）等被评论界称为"新现实主义作家"。

巴甫洛夫是以军队和集中营题材出道的。他主要写守卫"禁区"——劳改营士兵的日常生活，如中篇小说《老生常谈》（又译《官方故事》，1994）、《卡拉甘达第九日祭》（2001），长篇小说《马秋申案卷》（1997）。1998年推出的《草原之书——短篇体叙事》由29个短篇故事组成，集中展示了巴甫洛夫艺术世界的所有特征，这部篇幅不大的集子堪称一部"纲领性之作"。

巴甫洛夫的作品虽然篇幅不大，但读起来往往给人以沉重感和压抑感，《在无法无天的小巷里》（2001）就是突出一例。相比之下，奥特罗申科的《曾祖父格里沙的院子》系列短篇虽然也是以第一人称孩子的口吻讲述的，但充满奇思异想，平凡生活变身为童话，读来引人入胜。科兹洛夫的长篇小说《夜猎》是一部反乌托邦小说，只不过其着眼点不在社会，而更多地在文化，并且就情节和艺术特点而言，很接近类型小说的惊悚体裁。

瓦尔拉莫夫的长篇小说《繁殖期的雄鲑鱼》（1995）讲的是主人公如何获得信仰的故事。一个矮小但勇敢的理想主义者敢冒天下之大不韪，非要以自己的生活方式向城市和世界证明，没有必要出卖自己，完全可以而且应该自由自在地活着。瓦尔拉莫夫的中篇小说《你好，公爵》（1992）是一个感伤的故事。主人公萨福什卡是一个诚实的青年，笃信良善、公正和道德真理，对理想坚信不疑。它在外省的一个单亲母亲家庭长大，来到首都参加高考，报考语文系，不料系主任就是他的亲生父亲。作者要让读者明白，阿尔焦姆·米哈伊洛维奇教授并非坏人。他跟卡拉姆津《可怜的丽莎》中的男主人公艾拉斯特一样，有一颗善良的心和良好的愿望，只是不知道如何去实现，毕竟环境和偏见更强大。作为一个系的主要领导，他早已体会不到满足感，还不止一次违背良心，委曲求全。儿子的到来，唤醒了他以往的信念，促使他重拾久违的尊严。中篇小说《生》（1995）重复了同样的思想。作品以 20 世纪 90 年代初众所周知的重大事件为背景，用崇高的象征性语言讲述了一个家庭的故事。作者对背景的交代是简单的、粗线条的，他的重点在男女主人公的情感波动。故事是这样的：一对夫妇（作者简单称之为男人和女人）婚后 12 年，依然未生育子女，这时终于有了孩子——"不顾贫穷、内战、肮脏、谎言和世界末日即将到来的严酷预言，毅然出生在俄罗斯的数以千计的孩子中的一个"。孩子是早产儿，瘦弱不堪，有生命危险，被送进重症监护室抢救，而此时，国内政坛各种力量正在激烈交锋，甚至发生了炮击国家杜马事件。孩子的父母陷入绝望，但幸得贵人相助，一位神职人员模样的人为孩子做了祷告，于是奇迹发生了，孩子转危为安。作品具有强烈的象征色彩，可以说隐喻了新俄罗斯的艰难诞生。瓦尔拉莫夫的《沉没的方舟》（1997）、《九月十一日》（2003）和新近推出的《能思考的狼》（2014）也都引起过强烈反响。

以上作品尽管各有特点，但都有一个共同之处：拒绝当下时髦的

"华丽人生"哲学，拒绝享乐。他们为当今的俄罗斯感到可惜——商业主义和拜金主义泛滥，大街小巷充斥着外国广告，花园广场上到处是无家可归的狗和无家可归的人们。悲悯和失望时常有堕入悲观主义之虞，但这些作家尽量不让自己的主人公们陷入这种境地。家庭或宗教，或保存在记忆中的祖国尊严和荣耀，成为他们最后的支柱。

一批在创作风格上追随俄罗斯经典文学传统的现实主义作家，其创作似乎并不介入与后现代主义的思想论争。"托尔斯泰风格"自然就意味着对"托尔斯泰价值观"的肯定。"重心"向作品自身的内部转移，这种情况，其实以前出现过。格奥尔吉·弗拉基莫夫（1931—2003）的长篇小说《将军和他的部队》就是这类作品的一个典范。

世纪之交的历史题材有助于作家以史为鉴，更好地理解俄罗斯当下的巨变，理解俄罗斯民族性格和不同时代的价值体系。这些课题一般放在家庭史诗——长篇小说这一体裁中解决，在变动的历史背景上讲述一个家庭的故事。尤里·波利亚科夫（1954— ）的《无望的逃离》（1999）、柳德米拉·乌利茨卡娅（1943— ）的《库科茨基档案》（2001）就是如此。

然而历史不是始终都可以与日常家庭生活素材结合起来。如果与哲学和宗教题材结合，势必会出现新的题材转向，由社会范畴转向精神领域。近十年间问世的一些著名长篇小说就遇到了这种情况：扎哈尔·普里列平（1975— ）的《修道院》（2014）讲的是一百年前索洛维茨岛上的一座古修道院与一座特别集中营是如何相安无事的。小说的结尾有一句非常吊诡的话，令人想起列昂尼德·安德列耶夫的哲学思想："人是阴暗和可怕的，但世界充满人性和温暖。"

叶甫盖尼·沃多拉兹金（1964— ）的《修道院》（2012）被英国《卫报》誉为世界文学有关上帝的十大佳作之一。故事发生在15世纪，而小说的主人公从出生到死亡走过了一条漫长的道路。祖父教给他医术，可他却没能拯救自己心爱的女人，眼看着她和未出生的孩子在难

产中死去。失去亲人的他决定用一生来赎罪。修道院长老告诉他："爱
情将你和乌斯季娜融为一个整体，这就意味着，乌斯季娜的一部分还
在这里。这就是你。"于是主人公改变了自己的生活态度，要在上帝面
前净化爱人的灵魂。他经历了四个阶段（每个阶段都有一个新名字），
学习不用草药，而是用言语、祷告和爱，为人治病。作品的容量很大：
过去的事件、俄罗斯中世纪日常生活的广阔画面、信仰的公理、取自
不同时代的非同寻常的词语和表达方式——仿佛不同的时代被置于一
个统一的生活空间。沃多拉兹金说：他的书是"非历史小说"，因为历
史意味着在时间里的运动，不可能返转。在他这部小说的哲学和艺术
世界里，没有开端也没有结束，一如没有普遍的法则和唯一正确的道
路。在这个世界里，占据支配地位的不是理智和情感，而是灵魂，它
能让人感觉到上帝并为自己找到通向上帝的途径。人只有明确自己的
目标不倦地追求，才能拯救自我和身边的人。

作为现实主义文学板块的一个组成部分，自然主义文学是在 90 年
代的残酷现实土壤上生长起来的。戈尔巴乔夫改革年代被称为"揭露
生活阴暗面"的作品，如今由于作家不满足于描述事实，还要解释事
实，因而获得了更为深刻的内涵。自然派作家显示了走向艺术概括、
创造作品第二层面也就是哲理、象征层面的意愿。

稍早些以写阿富汗战争闻名的奥列格·叶尔马科夫（1961—　），
在 1992 年推出了长篇小说《野兽的标记》。这部作品继续开掘阿富汗
战争题材，但作者突破了对战争之恐怖的生理性描写，写出了一部完
全不同的故事——兄弟内讧、骨肉相残。作品充满圣经和神话象征因
素，堪称一部关于永恒之恶的寓言，促使人们对个体乃至人类身上的
"恶"进行追本溯源。

小说主人公是一位名叫格列勃的士兵。耐人寻味的是，一到部队，
他就会忘记自己的名字，而用一个绰号"切列帕哈"来代替。"切列帕
哈"在俄语里意为"乌龟"，其缩略形式"切列普"则有"颅骨"的意

思。从中不难看出对主人公前路凶险的暗示。这位小伙子爱好哲学，饱读东方诗歌，完全是被迫走上战场，毁灭不久前还令他赞叹不已的文化，最不可接受的是——杀人。他陷入部队的世界，仿佛身陷泥潭，不能自拔。老兵痞欺负新兵蛋子、冷漠和残忍、偷窃和抢劫——这就是部队生活的新规则。格列勃不得不屈从，很快，他自己也变成了这样的人。

当他后来静心思考，他明白了，周围的人都打上了一个标记。表面上看，这是士兵军服上的一颗小星星，而在内心里，则是野兽的标志（圣经中称魔鬼为兽）。这是一种仇恨和邪恶，强迫人们对它俯首帖耳，大开杀戒。然而起初是对敌人的仇恨，会逐渐膨胀和扩大，结果任何人都有可能成为其伤害的目标。睡眠严重不足、被疲惫和炎热折磨得痛苦不堪的切列帕哈，执勤时悍然向决定当逃兵的战友开枪。他打死了自己唯一的好朋友，视他为兄弟并向他袒露自己的理想和计划的鲍里斯。叶尔马科夫笔下这两个人物的名字不是偶然的，其历史和宗教寓意是显而易见的。俄国历史上一对无辜被杀的大公兄弟，名字就叫鲍里斯和格列勃。同时，这也令人想起圣经中该隐弑弟的典故。该隐的罪责，注定要由全人类来背负。

《野兽的标记》写的是战争和军人的生活，但透过士兵的日常生活，也可窥见人类的生存状态。为此，叶尔马科夫把军营变为城市，把与苏联交界的一条河取名为斯提克斯，也就是希腊神话中的冥河。

借助神话或宗教象征实现概括，这种手法在世纪之交的小说中非常流行。自然派作家通过描绘特殊的、病态的现实，强化了这种手法对读者的感染力。列昂尼德·加贝舍夫（1952—　）的《奥德良，或自由的空气》（1994），写少年管教营的"内部规矩"，罗曼·先钦（1971—　）的《叶尔蒂舍夫一家》（2009），写日益衰落的当代乡村，都用了这样的手法。自然派作家试图解释为什么环境这么强大，这么压抑个性。他们不是空洞地说教应该怎样和不应该怎样，而是具体生动地展示人们的生活状态。即便是在有意选取生活中最为不堪入目的场面、社会上最为阴暗的角落，那也不是因为他们喜欢描写龌龊和苦难。他们另有目标——尽可能清晰地展示当代特有的、但又不易被发现的弊端。在一定程度上，自然派作家的小说可以说是对俄罗斯社会可能误入歧途发出的独特警告。许多当代人意识中精神理想的缺席，正是继承了俄罗斯古典文学传统的当下文学试图解决的一大难题。

第四节　戏剧

当代俄罗斯戏剧，无疑受到后现代主义文本的开放性、未完成性、缺少清晰的作者立场和传统美学等观念的影响。自然主义风格、有意拒绝语言规范、用人物的肢体描写来取代精神分析，这些都在戏剧中有明显表现。每个青年剧作家都有自己的特点，有自己的审美偏好和对新形式、戏剧实验的兴趣，批评界将之笼统地称为"新戏剧"。

舞台演出的假定形式时常导致戏剧的文学基础——剧本被淡化，甚至被放弃，从而使得戏剧情节具有了即兴演出的性质。这样的演剧在很多方面拉近了与相近艺术形式（如杂技、联欢、电视节目、大街游行等）的距离。有时，这种戏剧又具有纪实和"写真"的性质，表现的是"被偷听到的"主人公们的生活，伊万·维雷帕耶夫（1974—　）的剧本《氧气》（2002）就是这样。

当代戏剧（剧本）的另类体裁——单人剧，与其说是用来发表的，毋宁说是用来朗读的。里面作者的提示占据了很大的篇幅。单人剧是一种独白形式，演出从头到尾由一名演员完成。而且，在扮演自己的角色同时，还要最大限度地表达作者的意图。在这方面，叶甫盖尼·格里什科维茨（1967—　）的创作特别引人注目。他的第一个剧本《我怎样吃掉了一只狗》（1998）是在舞台演出一年后才应出版商之邀记录成文字的。然而，记录下来的文本作者并不喜欢，因为里面缺少额外的"特效"：主人公的魅力、语调、哑剧效果，诸如此类。格里什科维茨的剧本纳入了主人公在讲述基本情节过程中产生的联想和回忆。这是一些抒情的独白，从中可以揭示和表达主人公的个人情感、内心感受和精神状态。

不过也有一些剧作家在回归现实主义传统，尽管是通过新的体裁形式——"新感伤主义戏剧""契诃夫情绪剧""反向剧"。不过当代的"新感伤主义戏剧"远离现实，时常诉诸神话、梦境、回忆和奇幻，如奥尔加·米哈伊洛娃的《俄国梦》（1993）、《射手——三个梦的戏剧》（1993）和尼古拉·科里亚达（1957—　）的《我们走啊，走啊，走啊……》（1995），等等。

当代俄罗斯戏剧中有一个现象值得关注，这就是改写剧本，即对通行的经典观念和人物行为模式进行颠覆性改写。科里亚达的《海鸥唱罢》（1989）、阿列克谢·斯拉波夫斯基（1957—　）的《我的樱桃园》（1994）、米哈伊尔·乌加罗夫（1956—2018）的《伊里亚·伊里奇之死》（2000）、鲍里斯·阿库宁（1956—　）的《海鸥》（2000）、奥列格·博加耶夫（1970—　）的《巴什马奇金》（2003），凡是熟悉俄罗斯文学经典的人，不难看出其来龙去脉和指向所在。

当代俄罗斯戏剧中还有一个活跃的流派——荒诞派戏剧，其代表人物除了上面提到的维雷帕耶夫和科里亚达，还有杜尔年科夫兄弟、尤里·克拉季耶夫、马克西姆·库罗奇金、奥尔加·卢金娜等。在反映当下现实的反自然性时，这些剧作家也保留了形式逻辑的元素。科里亚达写过这类"纯荒诞"剧本，如《波斯丁香》（1995）、《走开——走开》（1998）和《凤凰鸟》（2003）。柳德米拉·彼得卢舍夫斯卡娅的剧作则游弋于心理剧和荒诞剧之间。

后记

　　本书是一部俄罗斯文学简史，以一般读者为对象。"简"者，简明扼要、简单明了之谓也。因此，作者在叙述文学史实时，力求重点突出，要而不繁；在评析作家作品时，尽量深入浅出，画龙点睛，以期读者读后能对俄罗斯文学历史发展的阶段特征、主要成就、流派更迭、风格演变以及重要经典作家作品能有个基本而清晰的了解。

　　对俄罗斯文学史，尤其是 20 世纪的俄罗斯文学史，近一二十年俄罗斯学界的认识和评价发生了极大的变化，新的研究成果不断涌现，各种"重写"的文学史类著述层出不穷。这种情况在我国学界也有相当程度的相应表现。本书试图在文学史的观念上有所推陈出新，在材料和观点上合理吸收学界的最新成果，包括作者本人的成果。

　　本书所述俄罗斯文学史，始于 11 世纪的发轫，止于 20 世纪末苏联解体。关于 1991 年苏联解体后的俄罗斯文学，虽然众说纷纭，尚无定评，但种种迹象表明，至苏联解体 20 世纪俄罗斯文学的进程已告终结，将苏联解体后的俄罗斯文学纳入 21 世纪更为合理。鉴于苏联解体后的俄罗斯文学还有待观察，同时也考虑到本书的对象，作者决定暂不把它列入介绍范围。

　　限于作者的学识和水平，本书的缺点和错误在所难免，诚望读者和方家不吝指正。

郑体武

2005 年 10 月于沪上

再版后记

　　本书出版后，作为一本简明的俄罗斯文学史普及读物，不料也受到了俄语以及相近专业学生的普遍欢迎。此次出版社决定再版，作者很高兴可以趁机对全书做一些必要的修订和补充。

　　本版与第一版相比，主要变化在于：

　　1. 对全书的文字校订了一遍，同时纠正了个别笔误、错讹和刊印错误。

　　2. 对结构体例略作调整，从概述中将小说、诗歌、戏剧单列出来，各自成节，以更加方便读者阅读。

　　3. 对个别章节的内容略作增删，使得各章节的详略程度保持相对平衡。当然，这是指一般情况，对于像"白银时代"这样的时期，由于自身的丰富和体量之大，还是要从实际出发，这也是国内外同类著作的通例，不必勉强。

　　4. 增补了第十一章，也就是20—21世纪之交的俄罗斯文学。第一版未写这一章，原因是，当时苏联解体的文学进程还在进行中，很多现象尚需观察，过些时间再写可能更合适些。此次增补，并不是说世纪之交的文学进程已经完成，而是经过近30年的变化和发展，其作为21世纪文学最初阶段的属性表现得日益明显和充分了。另外，考虑到我国读者大多对当下俄罗斯文学的状况了解甚少且饶有兴趣，故此，作者认为补上这一章也不无道理。鉴于对这一阶段俄罗斯文学的成败得失尚难盖棺论定，建议读者不妨把这一章权且当做文坛动态的信息资料。

　　欢迎读者继续给予批评指正。

郑体武

2019年3月于沪上